DE BLAUWE TWEELING

Jan Terlouw en Sanne Terlouw

De blauwe tweeling

Reders & Reders IV

Nieuw Amsterdam *Uitgevers*

Eerste druk april 2009
Tweede druk juni 2009

Omslagontwerp Annemarie van Pryssen
Foto omslag © Getty Images/Image Banks
Foto auteurs © Cees Noort
ISBN 978 90 468 0562 6
NUR 305
www.nieuwamsterdam.nl

Mixed Sources
Productgroep uit goed beheerde bossen en andere gecontroleerde bronnen.
FSC www.fsc.org Cert no. CU-COC-803902
© 1996 Forest Stewardship Council

1

Toen Loes van Haeringen, voor ze naar haar werk ging, haar man dag kuste, kon ze niet vermoeden dat ze hem nooit meer zou zien. Frank had een prima conditie, een paar jaar alweer, na een periode waarin hij met zijn gezondheid had getobd. Hij was dol op haar en op hun elfjarige zoon Gijs. Gisteren nog, tweede paasdag, waren ze met z'n drieën naar de Efteling geweest, een fijne dag, gegarneerd met kroketjes en flesjes cola en later een patatje mét, zo'n dag die althans de ouders niet zo nodig de volgende week nog eens hoeven, maar waar je met plezier op terugkijkt. Aan het ontbijt had Frank nog grappen gemaakt over accountants, met de strekking dat iemand die niet van cijfers houdt nooit zal begrijpen hoe hilarisch hun vak kan zijn. Hij was zelf accountant en hij werkte twee dagen per week thuis, ook deze dag. Hij was niet van plan de deur uit te gaan, hoogstens even om broccoli te kopen – goed voor de hersens. Het was zijn beurt de avondmaaltijd klaar te maken.

Loes had niet zoiets als een voorgevoel gehad dat ze hem aan het eind van de middag, als ze thuiskwam, niet opgewekt en fit zou aantreffen. Er waren geen opmerkelijke verschijnselen in de atmosfeer die onheil voorspelden. Er waren geen gefluisterde waarschuwingen. Later zou Loes zich soms inbeelden dat ze wel degelijk onrust had gevoeld, maar dat was gepraat achteraf. In werkelijkheid ging ze optimistisch en toekomstgericht de deur uit, met de instelling van iemand die de wereld aankan.

De dag verliep globaal als alle werkdagen. Ze was beleidsambtenaar bij de gemeente Dalfsen. Er was een werkbespreking met de griffier, er was een vergadering over een nieuw bestemmingsplan, ze schreef een notitie voor de wethouder Woningbouw en Ruimtelijke Ordening. Ze lunchte met collega's in de kantine. Om vijf uur ging ze naar huis. Daar trof ze Gijs aan, zonder zijn vader.

'Papa was er niet toen ik uit school kwam,' zei Gijs. 'De sleutel hing wel in de boom, maar ja, eigenlijk hangt die er ook vaak als jullie wel thuis zijn. Er lag alleen geen briefje op de keukentafel.'

'Vreemd,' zei Loes.

'Het tafeltje in de gang was omgevallen. Ik heb het weer rechtop gezet.'

'Wat gek.'

'Misschien had hij haast en is hij ertegenop gelopen.'

'Ja, dat zal wel,' zei Loes.

Ze ging naar Franks werkkamer. Het scherm van zijn computer was zwart, maar toen ze de muis even bewoog, verschenen er kolommen cijfers. Hij had de computer dus niet uitgezet. Raar. Dat deed hij meestal wel als hij het huis verliet. Loes zag dat hij aan het werk was geweest met de jaarrekening van Schuurman en Zoon, het bedrijf waarvoor hij de financiële administratie deed. Kennelijk was hij plotseling vertrokken.

'Papa zal zo wel opduiken,' zei ze luchtig tegen haar zoon, maar de luchtigheid was gespeeld.

Hij dook niet op. Loes belde eerst Franks ouders, die in Rotterdam woonden. Ze wisten van niks. Ze waren wel meteen ongerust en lieten Loes beloven dat ze zou bellen zodra Frank thuis was. Ze belde zijn zuster en zijn broer, in Vierhouten en in Dedemsvaart. Niets gehoord van Frank. Ze belde verschillende vrienden en kennissen. Niets. Om tien uur die avond belde ze de politie. Die probeerde haar gerust te stellen. Dit soort dingen berust bijna altijd op een misverstand. Een verkeerd begrepen afspraak. 'Heus mevrouw, u zult zien dat het goed komt.'

Kwam het goed? Loes ging er voor zitten om zich die vraag te stellen. Een tijdje geleden was ze haar portemonnee kwijt geweest. Hij had op haar bureau gelegen en was ineens verdwenen. Spoorloos. Ze had overal gezocht, in al haar tassen, jaszakken, tussen de boodschappen, ze was naar de supermarkt gegaan waar ze het laatst iets had gekocht, maar nee. Ze kon en mocht niet denken dat Gijs of Frank iets met de portemonnee hadden gedaan zonder het haar te melden, maar het ding kon toch niet vliegen? Gestolen? Had iemand zonder sporen achter te laten ingebroken, uitsluitend de portemonnee meegenomen, met daarin 125 euro en een creditcard? Dat was toch ondenkbaar. Ten slotte werd het verloren voorwerp teruggevonden. Door het verschuiven van een stapeltje boeken moest het van het bureau zijn gevallen, ongelukkig zijn gestuit op de rand van een prullenbak waardoor het in een spleet gleed waar het op de millimeter precies door kon, en toen in de ruimte erachter net in een dode hoek terecht was gekomen. Het was met geen mogelijkheid te zien tenzij je met een zaklamp in de nauwe ruimte scheen. Wie bedacht zoiets? Meestal is er een logische verklaring, dat zou nu met Frank ook het geval zijn.

Niettemin belde Loes de ziekenhuizen in de wijde omtrek. Er waren geen berichten van ongelukken. Gijs was naar bed gegaan. Tegen elven kwam hij de huiskamer weer in. Hij had even geslapen, maar nu ging het niet meer.

Ze tobden door de nacht. Soms even op bed liggend, dan weer op de been, warme melk drinkend, en dodelijk ongerust.

De volgende morgen belde Loes opnieuw naar het politiebureau.

'We mogen pas na vierentwintig uur in actie komen,' zei de dienstdoende rechercheur.

'Er zijn vierentwintig uur voorbij,' riep Loes. 'Gisteren om deze tijd ging ik de deur uit. Gijs was toen al naar school. Daarna heeft niemand Frank gezien.'

'We komen langs,' beloofde de politieman.

Een uur later waren ze er, twee man, Van Willigen en Stoop. Vriendelijke mannen, die kans zagen om de scepsis die ze voelden niet zichtbaar te laten zijn op hun gezicht. Manlief was er natuurlijk vandoor met een jongere editie van het vrouwelijk geslacht. Ze wilden best koffie en terwijl ze die dronken, lieten ze Loes vertellen wat ze wist. Dat was weinig.

'Tja,' zeiden Van Willigen en Stoop.

Ze vroegen of Gijs niet naar school moest, waarop Loes zei dat ze hem ziek had gemeld. Ze wilde geen geruchtenstroom op gang brengen door te zeggen dat haar man was verdwenen. Door die formulering kwam Loes op de gedachte dat de politiemannen waarschijnlijk zo hun vermoedens hadden. 'Misschien heeft Gijs even iets anders te doen,' suggereerde Van Willigen.

'Niet nodig,' zei Loes. 'U wilt natuurlijk vragen of er een andere vrouw in het geding kan zijn. Dat mag Gijs best horen. Het antwoord is *nee*. Frank houdt heel veel van ons. En we vertellen elkaar alles. Nietwaar, Gijs?'

Gijs knikte. Hij snoot zijn neus. Een moedige jongen, die nog niet huilde, al was het dichtbij. En die niet wegliep voor problemen.

'Toen hij ziek was, heb ik maandenlang voor mijn man gezorgd,' zei Loes. 'Vanzelfsprekend, vind ik, maar Frank bleef er dankbaar voor.'

'U hebt gebeld naar familie en vrienden?' vroeg Stoop.

'Iedereen die ik kon bedenken.'

'Tja,' zei Stoop nog eens.

'Het tafeltje,' zei Gijs.

'Wat bedoel je?'

'Het tafeltje in de gang was omgevallen.'

Ze gingen er met z'n allen heen. Achter de voordeur begon een gang met rode plavuizen die door het hele huis liep, tot aan een achterdeur die naar de tuin voerde. Een vestibule had het huis niet. Meteen achter de voordeur lag een kokosmat, een meter verder lag een smalle, veelkleurige kelim die ze enkele jaren geleden mee hadden gebracht van een vakantie in Turkije. Tegen de muur stond een mahoniehouten tafeltje, en daarop een schaal met sinaasappels.

'Kun je aangeven hoe het lag?' vroeg Van Willigen.

Gijs legde het tafeltje op de grond en ook de schaal. De sinaasappels hadden her en der verspreid gelegen.

'De schaal is niet kapotgegaan.'

'Het ziet er naar uit dat hij zo haastig de voordeur is uit gegaan dat hij het tafeltje ondersteboven heeft gelopen en niet de tijd heeft genomen het weer overeind te zetten,' zei Van Willigen.

Stoop was op zijn knieën op het tapijt gaan zitten. Hij had een loep uit zijn zak gehaald en bekeek de kelim aandachtig.

'Wat denk je, is dit bloed?' vroeg hij met gedempte stem aan zijn collega.

Die nam de loep over en keek ook.

'Zou best kunnen.' Even keken de mannen elkaar aan.

'Vindt u het goed dat we het kleed meenemen, mevrouw?' vroeg Stoop.

Loes wist later niet meer hoe ze de dagen die volgden was doorgekomen. Enerzijds leek ieder uur een dag te duren, anderzijds was het ineens drie dagen later. Alsof de tijd dan weer met sprongen ging, dan weer onmerkbaar voortschoof, schuivende tijdpanelen, waarbij donderdagmiddag voor woensdagmorgen leek te vallen. Onzekerheid ontregelt je gedachten en je organen. Onzekerheid maakt je letterlijk ziek, pijn in hoofd en nek, druk op je maag die leeg is omdat je niet kunt eten, maar die voelt alsof hij op springen staat.

De politie kwam met flarden nieuws. Op de kelim zat inderdaad een bloedvlek, bloed van dezelfde bloedgroep als die van Frank. Een vrouw van twee huizen verderop had voor het huis een grote bestelwagen zien staan, zo'n auto waarmee mensen rondrijden die reparaties komen verrichten. Een grijze, het nummer wist ze natuurlijk niet. Om een uur of elf in de ochtend was dat geweest. Wat was er gebeurd? Wat kon er gebeurd zijn?

Het gruwelijke nieuws kwam drie dagen na Franks verdwijning. Een oude boer uit de omgeving van Dalfsen meldde zich op het politiebureau. Hij had een katoenen tasje bij zich. Ze moesten maar eens goed kijken naar wat daarin zat, zei hij.

'Wat is het dan?' vroeg Van Willigen. 'Hoe kom je eraan?'

'Kiek noe eerst maar n's,' zei Puttestein. 'Ik doch eerst dat het 'n verbrand k'nientje was, maar 'k wee nie.'

In het tasje zat een homp zwartgeblakerd vlees. Al gauw bleek dat het een menselijke voet was. Geweest was. Uit nader onderzoek bleek dat het DNA van de voet hetzelfde was als dat van het bloed op de kelim.

Hoe kwam Puttestein aan die verkoolde voet?

Er waren in Overijssel gedurende de paasdagen grote vuren gestookt. Paasvuren. Het had de laatste maand niet geregend, droge takken in overvloed. Op heel wat plaatsen had men de gelegenheid aangegrepen om die dode takken te verbranden. De vuren hadden tijdens de paasdagen veel belangstelling getrokken, maar toen hier en daar ook op de dinsdag en woensdag na de paasdagen nog hopen takken werden aangestoken, ebde de belangstelling weg.

Puttestein, die ver van het dorp woonde, had wel gezien dat er dinsdag na Pasen nog een vuur brandde op een afgelegen veldje niet ver van de bosrand, maar hij had er geen aandacht aan besteed. Hij had zich wel even afgevraagd wie er belang bij had om daar dood hout te verbranden, maar hij had er niet over doorgedacht. Hij had geen mensen in de buurt van het vuur gezien, maar hij stond ook niet de hele dag op de uitkijk. Hij had wel wat anders te doen. Tot hij er gisteren langskwam met de trekker. Aan de rand van de ashoop had iets gelegen wat zijn aandacht had getrokken. Zoals gezegd, hij had gedacht aan een verbrand konijntje. Maar dat kon hij zich niet voorstellen. Zelfs een konijn dat bijna dood was van de myxomatose zou toch weglopen van zo'n groot vuur. Maar dat het vlees was, daar kon hij zich niet in vergissen. Nou, toen had hij het maar naar de politie gebracht. Die zijn daar toch voor.

De ashoop werd natuurlijk grondig doorzocht. Er was geen twijfel over dat daar in een groot vuur van takken, overgoten met benzine, een lichaam was verbrand. Er werden resten van beenderen gevonden. En het restant van een schedel. In de ashoop lag, onder de schedel, een kogel. Het was een kogel die met een pistool moest zijn afgevuurd, een Browning, met een kaliber van 9 mm. De kogel moest in het hoofd zijn blijven steken en er na gedeeltelijke verbranding van de schedel uit zijn gevallen.

Van Willigen kwam het Loes en Gijs vertellen. Hij kwam met moeite uit zijn woorden, de boodschap was huiveringwekkend. Het moest als volgt zijn gegaan. Een bestelwagen, zoals van een elektriciteitsbedrijf, of van een postbesteldienst, stopt voor het huis. De bestuurder belt aan. Frank doet open. De man die voor de deur staat, trekt een pistool. Frank deinst achteruit. De man schiet hem een kogel in het hoofd. Frank valt achterover en neemt in zijn val het gangtafeltje mee. De hoofdwond bloedt nauwelijks. De dader tilt het lichaam op en legt het in de bestelwagen. Hij rijdt naar een al klaargelegde brandstapel, legt het lijk tussen de takken en ontsteekt het vuur. Hij rijdt weg zonder een spoor achter te laten. Nou ja, bandensporen, maar die zijn niet meer te identificeren. Niemand heeft hem gezien, noch bij het woonhuis, noch bij de brandstapel.

Bij Gijs kwamen de tranen nu toch los. Huilend klemde hij zich vast aan zijn moeder. 'Mama, dat kan niet. Zeg dat het papa niet geweest kan zijn.'

'Hoe zeker bent u dat het om Frank gaat?' vroeg Loes. Alle klankkleur was uit haar stem verdwenen.

'Alles wijst erop,' antwoordde Van Willigen. 'Het DNA van het stoffelijk overschot komt overeen met dat van het bloed op het kleed. Maar als u een kam hebt met misschien nog een paar haren van uw man, liefst met wat haarwortel eraan, of zijn tandenborstel, dan zullen we het ook daar nog mee vergelijken. Ik betuig u mijn deelneming. Het is heel erg.'

Wie had er belang bij om Frank van Haeringen te vermoorden, en nog wel op zo'n ingewikkelde manier? Toen Loes van de eerste schok was bekomen, toen de golven van wanhoop in haar hoofd wat tot bedaren kwamen, toen ze weer een beetje ordelijk kon denken, was dat natuurlijk de vraag die haar bezighield. Het leven van haar man leek een open boek. Hij was vriendelijk geweest, behulpzaam, geen losbol, een trouwe echtgenoot (had ze altijd gedacht), een goede vriend. Hij was in zijn werk geen *streber*, niet iemand die zich met zijn ellebogen een weg omhoog baande. Wie wilde hem dood hebben en waarom?

Het was ook de vraag die Franks compagnon zich stelde. Hij had Frank gekend vanaf de schoolbanken. Had Frank een conflict gehad met een van hun klanten en dat voor hem verborgen gehouden? Had Frank een geheim voor hem gehad? Waarom had hij daar dan nooit iets van gemerkt? Ze hadden zo veel jaren samengewerkt. Ze waren zo vertrouwd met elkaar geweest.

De gruwelijke gebeurtenis deed in de eerste plaats aan de onderwereld denken, zei de politie. Had Van Haeringen ooit iets te maken gehad met drugshandel? Waren er bij de klanten voor wie de boeken werden bijgehouden of gecontroleerd, dubieuze figuren? Was Frank van Haeringen gestuit op iets wat absoluut geheim moest blijven? Maar waarom dan zo ingewikkeld, waarom was het lijk verbrand? Dat kon niet zijn om de moord te verdoezelen, in de as van zo'n brandstapel vond je altijd iets terug. Het leek op een ritueel. Was Frank lid geweest van een of andere obscure sekte? Je hoorde soms van satanische genootschappen.

'Uitgesloten,' zei Loes.

De politie wierp heel wat mankracht in de strijd. Alle klanten van het accountantskantoor werden zorgvuldig doorgelicht. Die vonden dat verre van aangenaam. Wie heeft een helemaal schone lei? Maar nergens werd een aanknopingspunt gevonden met de activiteiten van hun accountant.

Ook de levensloop van Loes werd nagegaan, zij het op discrete wijze. Had ze een minnaar, of wellicht een jaloerse aanbidder, die vond dat Frank in rook moest opgaan? Haar collega's werden ondervraagd. Haar baas op het gemeentehuis. Men had gezien dat ze eens geluncht had met een onbekende man. De politie vroeg Loes wie dat was geweest. Het bleek te gaan om een neef uit Argentinië, die met vakantie over was geweest en een week later weer terug was gegaan naar zijn nieuwe vaderland. Waarom had ze daar niets over verteld aan haar collega's? 'Vertelt u alles aan uw collega's?' had ze gevraagd.

'Waarom is die neef niet bij u thuis komen eten? Wist uw man ervan?'

'Als u het wilt weten: dat was omdat mijn man die neef nog nooit had ontmoet, omdat de neef alleen overdag kon op een dag dat Frank naar een congres in Brussel was. En hou alsjeblieft op met uw onzinnige vragen.'

Hoe zat het met de familie, vroeg de politie zich af. De oplossing van veel misdaden moet je in de familie zoeken. Maar Frank had juist heel hechte banden gehad met zijn familie. Ja, ook met zijn schoonfamilie. En inderdaad, de rouw die de politie overal aantrof, leek oprecht. Ze speurden en speurden, wekenlang.

Het leverde niets op. Geen enkele aanwijzing. Geen enkele clou. De media, die aanvankelijk veel aandacht aan de bizarre zaak besteedden, hielden op erover te berichten – er was geen nieuws. De politie gaf Franks lichaam (nou ja, de schamele resten ervan) vrij om begraven of gecremeerd te worden. Loes ging langs bij de werkkamer van de burgemeester, die ze bijna dagelijks zag, om te vragen of ze Frank mocht begraven op de plek van de brandstapel, aangenomen dat ze die zou kunnen kopen. Op die plek lag al zoveel van zijn as. De burgemeester had zeer met haar te doen. Hij was vol begrip. Hij antwoordde dat een enkele keer kon worden toegestaan dat iemand buiten een begraafplaats werd begraven. Op een groot landgoed mocht soms een familiegraf worden ingericht. Het liep toch op niets uit, want de wethouder Woningbouw en Ruimtelijke Ordening was juist bezig voor die plek het bestemmingsplan gewijzigd te krijgen. Hij was van plan er woningen te bouwen.

Daarop besloot Loes tot crematie, omdat het grootste deel van Franks lichaam toch al op die manier in de kringloop van de levensprocessen was opgenomen. Het was tegen de gewoonte van de familie, maar de anderen respecteerden haar besluit.

Ze overlegde met Franks ouders, en zijn broer en zus, hoe het moest met de rouwdienst. De beenderresten pasten in een flinke schoenendoos, maar ze waren het erover eens dat die toch maar in een normale lijkkist moesten worden gedaan. In de kerk waar de rouwdienst werd gehouden, staarden de aanwezigen schuw naar de kist. Na alle berichten in de media waren ze zich er maar al te goed van bewust dat die bijna leeg moest zijn.

Honderden mensen waren gekomen. Frank was geliefd geweest, en hij was jong toen zijn leven hem werd ontnomen, nog geen veertig. Enige sensatiezucht zal ook het aantal aanwezigen hebben beinvloed. Een remonstrantse dominee sprak over de vergankelijkheid van het leven, de broer van Frank zei hartelijke dingen, herinnerde aan de succesvolle studietijd van zijn broer, aan de tijd dat hij tobde met zijn nieren, aan hun gemeenschappelijke vakanties in de Dolomieten, en riep de politie op om de afschuwelijke misdaad op te helderen. Loes bracht het op om ook zelf iets te zeggen over haar man, over hun gelukkige jaren samen, over Gijs, die zo'n steun voor haar was.

De kist schoof weg, achter het zwarte gordijn, over de Lethe. Loes ontving de crematoriumgangers, met Gijs naast zich, haar bewonderenswaardige zoon, die beheerst *dank u wel* zei op alles wat de mensen hem aan troostende woorden toevoegden. Er was koffie en cake. Er was geen Frank.

2

Mathilde Jonker realiseerde zich dat ze voor de allereerste keer in haar bestaan bezig was mensen weg te strepen uit haar leven. Voor de zoveelste keer waren Annabeth en Flip, haar schoonzuster en zwager, zonder enige reden buitengewoon onaardig tegen haar geweest. Moest je alles maar accepteren? Ze wilde zich niet meer laten kwetsen. Ze wilde die mensen niet meer om zich heen hebben. Het voelde bevrijdend dat deze gedachten langzaam maar zeker tot een besluit rijpten.

Roderick zou er waarschijnlijk niets van begrijpen, maar die begreep toch nooit iets van menselijke relaties. Tot nu toe was zij degene geweest die de familie bij elkaar had gehouden. Waarom had ze dat eigenlijk al die jaren gedaan? Ze zou het Roderick recht in zijn gezicht zeggen. Als hij tenminste weer opdook, want hij was al vier dagen weg. Dat gebeurde wel vaker. Hij had een minnares met een zomerhuisje vlakbij, in Renesse, een vrouw die tien jaar jonger was dan Mathilde en ongetwijfeld oneindig veel knapper en onmeetbaar veel slanker. Mathildes povere wraak bestond eruit dat ze honderden euro's per jaar aan make-up en schoonheidsspecialistes uitgaf, maar diep in haar hart vond ze het niet erg dat Roderick met zijn uitgezakte buik haar niet meer aanraakte. Ze zou overigens ook niet graag haar lichaam nog aan hem tonen.

Sinds een aantal jaren woonden ze in een afgelegen huis in de duinen van Haamstede. Mathilde hield van Zeeland met zijn vlakke weilanden en schone stranden, zij was degene die de verhuizing had doorgezet, maar met de bewoners van het eiland had ze weinig contact. Ze verstond hun dialect niet en anderzijds vond men haar waarschijnlijk een vreemde eend in de bijt.

Haar gedachtestroom stokte toen de telefoon ging. Het was Peter Bijsterbosch om te vragen of Roderick zaterdag mee ging tennissen. Mathilde antwoordde dat Roderick al een paar dagen niet thuis was en vroeg of Peter de mobiel van Roderick had geprobeerd. Dat had hij, maar Roderick nam niet op.

Terwijl Peter kletste over ditjes en datjes luisterde Mathilde naar het krijsen van de meeuwen die om het huis vlogen en ze onderdrukte een eigen inwendige schreeuw van eenzaamheid. Of Peter een borrel kwam drinken, vroeg ze, maar hij had al een andere afspraak.

Ze bladerde wat in een modeblad, trok een paar dode blaadjes van de planten in de vensterbank, verwijderde met een theedoek het stof van het ivoren olifantje, hing de theedoek weer op z'n plaats, bedacht zich en gooide hem in de was, keek in de televisiegids en merkte toen dat ze huilde. Waarom was haar man niet gewoon thuis? Het was weekend, hij hoorde thuis te zijn. Waarom haatte haar schoonzus haar? Was ze dan zo verschrikkelijk? Ze belde Carolien, haar beste vriendin, maar ze kreeg dochter Flora aan de lijn. Ze was glad vergeten dat Carolien en haar man in Spanje zaten. Waarom hadden Roderick en zij geen kinderen? Ze had het gevoel dat ze die hoer van Roderick wel baas zou kunnen als ze maar kinderen had gehad. Was het nou echt nodig voor Roderick, deze stompzinnige tweede jeugd?

'Ik voel me herboren,' had hij op zijn veertigste verjaardag gezegd. 'Ik ben een nieuw mens. Ik ben gezond en ik wil genieten van het leven.' En vervolgens was hij dat gaan doen.

Mathilde gooide een van zijn motortijdschriften in de vuilnisbak. En toen de hele stapel van de afgelopen maanden erbovenop. Herboren m'n zolen, dacht ze. Je bent een man van middelbare leeftijd, hoe gezond je je ook voelt. Binnenkort zal juffrouw Vetloos genoeg van je pens hebben en ik weet niet of ik dan nog op je zit te wachten.

De mascara trok strepen over haar wangen. Ze waste haar gezicht en maakte zich opnieuw op. Ze hield het niet meer uit in het grote lege huis, ze ging nu direct een wandeling door de duinen maken.

Er zat nog steeds kou in de lucht, ook al was april al een eindje op dreef. Ze trok haar gewatteerde jas aan, deed een warme sjaal om en liep over het vertrouwde duinpad naar het westen. Ze dacht na over Annabeth en Flip. Annabeth had vorige week opgemerkt dat Mathilde haar kleren zeker in Duitsland kocht omdat ze haar maat in Nederland natuurlijk niet hadden en Flip had gegrinnikt. Mathilde was paars aangelopen, maar had zoals gewoonlijk geen ad rem antwoord geweten. Nu de zeewind haar hoofd schoonblies, kwamen er genoeg snedige opmerkingen boven. Heel tevreden was ze met: 'Zal ik voor jou dan meteen een flinke pot ontharingscrème meebrengen als ik weer ga?' Ze lachte hardop en dat hoorde een jogger die haar inhaalde. Vrolijk stak hij zijn hand naar haar op en zij knikte hem vriendelijk toe. Ze voelde zich een stuk beter. Kwam dat nou echt doordat een vreemdeling naar haar glimlachte?

Zou ze richting strand gaan, of hier links afslaan en verder het duingebied intrekken, de jogger achterna? Ze besloot tot het laatste.

Ze had nog geen honderd meter gelopen, toen ze de man zag terugkomen. Hij holde niet meer. In zijn ogen was een heel andere blik dan toen ze hem de eerste keer zag. Een blik die ze alleen kende van films op de televisie, als de camera inzoomde op het gezicht van iemand die binnen enkele seconden vermoord ging worden. Of nee, dat was het niet precies. Hoe het ook zij, Mathilde deed automatisch een stap van het pad af, omdat ze voelde dat ze hier niets mee te maken wilde hebben.

Maar de jogger pakte haar bij de arm. 'Ga daar niet heen, mevrouw,' hijgde hij in authentiek Rotterdams.

'Wat is daar dan?'

'Een lijk. De politie is er ook.'

'Een lijk? Van een mens?'

'Wat er van hem over is. Iemand heeft zich behoorlijk op hem uitgeleefd.'

'Jakkes.' Nu pas zag ze allemaal autosporen op het pad. Politie? Ambulance?

'Ze zijn daar verderop met een heel stel ambulancemensen bezig de resten bij elkaar te schrapen. Maar ze willen geen pottenkijkers. Ik werd weggestuurd.'

'Dank u wel voor de waarschuwing,' zei Mathilde en draaide om. Een dode, zo dichtbij, en blijkbaar op beestachtige wijze afgemaakt. Wat huiveringwekkend.

Ze had geen zin meer in wandelen en ging terug naar huis. Daar nam ze een glas sherry en nog een en ze toetste Rodericks nummer om hem te vertellen van de moord, maar hij nam niet op. Bah, wat was het huis leeg. Ze zette de televisie aan. Op RTL 4 was volop aandacht voor het gebeurde. Er werden beelden getoond van een afgezet stuk duingebied en Mathilde zag meerdere auto's en agenten lopen. Ze kon eerst niet begrijpen hoe het mogelijk was dat ze van al dat tumult niets had gehoord tijdens haar wandeling. Maar in de duinen kon dat. Dat wist ze eigenlijk wel. De akoestiek was er vreemd. De verslaggever sprak van een afgrijselijke moord, waarbij een man met een mes was bewerkt. Blijkbaar was hij afgeslacht als een beest. De verslaggever sprak van Amerikaanse toestanden. Mathilde zette de televisie uit.

Korte tijd later ging de telefoon. Roderick? Nee, een heldere vrouwenstem meldde zich. 'Ik ben Ilonka.'

'Ilonka? Kennen wij elkaar?'

'Nee, dat niet, maar ik ken je man.'

Ilonka. Ze was het. De hoer van Renesse. De mannendievegge.

'Is Roderick bij jou?' vroeg Mathilde en ze kon wel op haar tong bijten van spijt dat ze zijn naam hardop had uitgesproken.

'Mathilde...' De stem klonk nu zachter. 'Roderick was inderdaad bij mij in Renesse. Vanmorgen hebben we afscheid genomen. Voorgoed. Dat wil zeggen, we hebben ruzie gehad. Ik ben kwaad het huis uit gelopen. Het is uit tussen ons.' Mathilde kon horen dat ze moeite had om door te gaan.

'Toen ik terugkwam was het hier een ravage. Alsof er was gevochten. Roderick was er niet, maar er lag bloed op de grond in de kamer.'

'Wat zeg je?'

'Ik heb meteen de politie gebeld. Ze hebben Roderick gevonden. Het spijt me zo, Mathilde.'

Er kroop kou langs Mathildes nek omhoog. 'Gevonden? Wat bedoel je?'

'Heb je gehoord van de man die vlak bij jullie huis is vermoord?'

Mathilde zocht steun tegen de muur.

'Het is Roderick.'

Haar volumineuze lichaam zakte op de grond. Ze duwde haar vlees hard tegen de ijzeren randen van de centrale verwarming om iets te voelen, om dat andere maar niet te hoeven voelen.

'De politie heeft me net verhoord. Ze verdenken mij omdat ik heb verteld van die ruzie. En natuurlijk omdat we wat hadden. Sorry dat ik het zo zeg. Maar dat was over. En die ruzie ook wat mij betreft. Echt waar. Hij wilde naar huis. Hij zei dat hij zich op zijn tweede jeugd had verkeken. Ik denk dat hij bedoelde dat ik hem tegenviel. Maar daar bel ik niet voor. Ik wou je waarschuwen, want ik verwacht dat de politie zo bij jou langskomt.'

'Heb je het gedaan?' vroeg Mathilde met een stem die niet van haar was.

'Hem vermoord? Ben je gek! Natuurlijk niet. Dat zou ik nooit kunnen. Het spijt me echt Mathilde, wat ik je heb aangedaan, bedoel ik. Dat hij dood is ook. Ik begrijp niet wat er is gebeurd. Wie zou Roderick nou willen vermoorden?'

Mathilde hoorde amper meer wat Ilonka zei, maar terwijl die maar doorpraatte, hoorde ze een auto de oprijlaan op rijden. Ze kwam met moeite overeind, legde de hoorn terug op het toestel zonder afscheid te nemen en liep naar de voordeur. Twee grote agenten wilden net aanbellen toen Mathilde de deur opende. Ze konden haar nog net opvangen toen ze flauwviel.

Ze moest mee naar Zierikzee. Twee agenten namen haar een verhoor af, twee anderen dan die aan de deur waren geweest. Ze wisten dat Roderick een verhouding met Ilonka had gehad. Het maakte

Mathilde verdacht. Ze vonden het ook verdacht dat ze vlak bij de plaats van de moord gesignaleerd was. Wat deed ze daar?

'Wandelen,' zei Mathilde, maar de politie vond dat onwaarschijnlijk.

'En uw man was intussen bij zijn minnares?'

'Ja.'

'En dat vindt u normaal?' zei de oudste agent met een zwaar Zeeuws accent.

'Wat doet het ertoe of ik dat normaal vind.'

'Misschien was u wel woedend,' zei de jongste. 'Ik zou woedend zijn. Misschien was u wel zo woedend dat u uw man hebt vermoord.'

'Het idee!' zei Mathilde. 'Ik hield van mijn man, hij was een klootzak, maar ik hield toch van hem.'

Ze vroegen haar het hemd van het lijf. Mathilde begon vooral ergernis te voelen en zei nijdig: 'En nu wil ik eerst precies weten hoe mijn man vermoord is. Niemand heeft mij nog iets verteld.'

De agenten keken elkaar aan. 'Weet u dat nog niet?'

'Ik weet van niks.'

De oudste, die kennelijk de verantwoordelijkheid voelde om het afschuwelijke verhaal te vertellen, zei: 'Dit is wat wij denken dat er is gebeurd. Uw man was bij zijn vriendin, juffrouw De Wit. Ze heeft een huisje in Renesse, een zomerhuisje. Ze hebben ruzie gekregen en juffrouw De Wit beweert dat ze boos is weggelopen. Blijkbaar is toen iemand het huis binnengedrongen, de deur van het huis was waarschijnlijk niet op slot. Het lijkt erop dat de moordenaar uw man met een pistool om het leven wilde brengen, maar misschien had uw man dat in de gaten. In ieder geval is er een gevecht ontstaan. De vechtenden zijn in de tuin terechtgekomen, waarschijnlijk probeerde uw man te ontkomen. We hebben bloedsporen gevonden op het terras. Uiteindelijk is het pistool toch afgegaan, we vermoeden dat er een geluiddemper op zat, want niemand in de omgeving heeft iets gehoord. Uw man heeft een kogel in zijn nek gekregen, maar de kogel heeft zijn lichaam weer verlaten, we zoeken er nog naar. We nemen aan dat hij aan de schotwond is overleden. De moordenaar heeft hem in zijn auto gelegd – niemand heeft overigens een auto gezien op dat tijdstip, maar het huis van de familie De Wit ligt nogal van de weg af – en is naar Haamstede gereden. Op een stille plek in de duinen, enfin, u weet waar, heeft hij het lichaam van uw man uit de auto gehaald.'

De agent stopte even. Mathilde zag dat hij zich afvroeg of hij wel verder kon gaan. Ze knikte hem toe, al was ze bang voor de rest van het verhaal.

'Niet om het te verbergen, maar om er een abject ritueel mee uit te halen. Uw mans lichaam was opengesneden van boven tot onder en de organen, hart, lever, maag, darmen enzovoort waren verwijderd. Alsof hij geslacht is.'

Mathilde was stil. Ze probeerde zich Roderick voor te stellen. Eindelijk verlost van zijn dikke buik.

'Hoe is hij gevonden? Door wie?'

'Waarschijnlijk kort nadat de moordenaar klaar met hem was. Door een wandelaar met een hond.'

Mathilde zakte wat dieper in haar stoel. Ze zag vooral die hond voor zich. Hoe hij aan Roderick gesnuffeld moest hebben alsof hij een dood hert was. Ze moest nu werkelijk bijna braken. Haar Roderick, geslacht als een hert. Waarom?

'We moeten die idioot, die afschuwelijke moordenaar vinden,' riep ze. 'Wat moet ik doen? Waaróm heeft hij Roderick vermoord? We moeten bedenken waarom.' Mathilde praatte hoe langer hoe sneller en hoe langer hoe luider. 'We moeten zoeken in de papieren van Roderick, in zijn computer. U moet helpen. U moet mee naar Haamstede komen. Dan gaan we zoeken.'

'Er wordt op dit moment al huiszoeking bij u gedaan,' zei de jongste agent.

'Hè?' Zijn opmerking werkte ontnuchterend. 'Dat had u best even kunnen vragen,' zei Mathilde kwaad.

'U hebt gelijk, mevrouw,' zei de agent, 'maar in zulke gevallen moeten we voortmaken. Het is van het grootste belang zo snel mogelijk na een moord sporenonderzoek te doen.'

'Dat zal wel. Maar toch vind ik het vreemd dat u zoiets zonder mijn medeweten doet.'

De man knikte kort. 'Ik moet u nog een paar dingen vragen,' zei hij. 'Waar was u vanmiddag voordat u aan uw wandeling begon?' Het leek toch alsof de agent haar minder scherp bejegende.

Ze haalde haar schouders op. 'Thuis,' antwoordde ze.

'Alleen?'

'Ja, alleen.'

'Kunt u dat bewijzen?'

Mathilde dacht na. 'Ik heb een paar telefoontjes gepleegd.' Ze gaf hem de telefoonnummers van Carolien en van Peter.

'Hebt u enig idee wie deze brute moord gepleegd zou kunnen hebben?'

'Natuurlijk niet. Wist ik het maar.'

'Wat deed uw man voor werk?'

'Hij was directeur van Nijenheim Glas, een bedrijf waar kant-en-klare ramen worden gemaakt. Het is een familiebedrijf. Rodericks vader heeft er ook gewerkt, en diens vader is het bedrijf begonnen, toen was het nog een gewone glaszetterij.'

'Waar is het bedrijf van uw man gevestigd?'

'In Hellevoetsluis. Vroeger woonden we in Schiedam, maar vanaf Haamstede is het ongeveer even lang rijden.'

'Wie is zijn zaakwaarnemer?'

Mathilde moest even denken. 'Een meneer Quarles van Ufford, geloof ik,' zei ze. 'Ik ken hem niet, hij werkt nog niet lang voor Nijenheim Glas.'

'Was uw man religieus?' vroeg de agent.

'Religieus? Nee, zijn ouders waren lid van de gereformeerde kerk, maar Roderick heeft daar al sinds zijn jeugd niets meer aan gedaan.'

'En u?'

'Ik ga weleens in Haamstede naar de kerk, maar meer omdat ik het leuk vind om naar zo'n plaatselijke kerk te gaan. Echt religieus, nee. Waarom vraagt u dat?'

'De manier waarop de moordenaar met uw mans lichaam is omgegaan. Die is uitzonderlijk. We weten natuurlijk nog helemaal niet in welke richting we moeten denken, maar het lijkt een rituele moord, iets sektarisch. Had uw man contact met een sekte? Was hij lid van bepaalde genootschappen of verenigingen?'

'De tennisclub. Hij was sinds een paar jaar bezeten van tennis, dat hoorde bij zijn tweede jeugd. Net als Ilonka. O ja, en hij was natuurlijk lid van de Rotary. Maar ik denk niet dat ze daar rituele moorden plegen. En hij zat in een commissie die probeert te bewerkstelligen dat het duingebied onaangetast blijft. En op zondagochtend ging hij vaak met een clubje vogelaars de natuur in. De kerels die bij die vogelclub zitten, ja die kan ik me wel bij een slachtpartij voorstellen. Wat een stel zombies. En hij zat ook in het bestuur van een vereniging voor kinderen met het Downsyndroom. Een vriend van Roderick van vroeger heeft een dochter met het Downsyndroom. Sietske heet ze.'

De agent schreef het allemaal op, inclusief de namen van de contactpersonen die Mathilde zich kon herinneren. Mathilde kon zich niet voorstellen dat de problemen van Hans en Suzanne Kledering en hun dochter Sietske te maken konden hebben met de dood van Roderick, en ook de leden van de vogelclub achtte ze niet werkelijk tot een moord in staat, maar de agent had haar opmerkingen heel actief genoteerd.

En toen mocht ze naar huis. Ze brachten haar.

Ze opende de voordeur met haar sleutel, groette haar begeleiders en net als toen de agenten haar kwamen halen, werd het haar zwart voor de ogen. Ze kon zien dat er agenten in huis waren geweest. Maar Roderick was er niet meer. Nooit meer. Wat een vertrouwd en rustig gevoel was het toen hij nog gewoon bij zijn vriendin was. En nu was het dus echt uit tussen hen, definitief afgelopen. Hoe moest het verder met haar? Wie zou er voor haar zorgen? Ze had niemand. Zelf had ze geen familie, geen ouders, geen kinderen, alleen een broer die in Ierland woonde. Rodericks familie had een hekel aan haar. Ze woog honderdzestien kilo. Wie zat er op haar te wachten?

Ze ging naar de badkamer en vond de slaapmiddelen die ze bewaard had toen Roderick ze niet meer nodig had. Het waren er nog veel. Ze nam ze mee naar de keuken. Het was niet gemakkelijk om ze allemaal naar binnen te krijgen, maar het lukte. Ze nam een keukenglas en vulde het met whisky. Ze klokte het brandende vocht naar binnen en schonk zichzelf bij. Met de fles en het glas ging ze naar boven, naar de slaapkamer. Ze deed een cd met liederen van Schubert in de cd-speler. Ze legde haar honderdzestien kilo op het bed en sloot haar ogen. Of de pillen zouden werken, wist ze niet. Vaag herinnerde ze zich dat slaappillen tegenwoordig niet meer dodelijk waren. Of klopte dat niet? Ze had er wel veel genomen. Erg veel. Het glas met whisky gleed uit haar hand.

3

De brief ligt op de mat, tussen een rekening en een tijdschrift. Pas 's avonds, als ze thuiskomt van haar werk in de juwelierswinkel van Robert Gans, vindt ze hem. Ze houdt hem in haar hand. Nog ongeopend. Ze heeft het handschrift herkend. Gedachten bespringen haar als wolven een prooi.

Manon Rodriguez is zevenendertig jaar geleden geboren als kind van een Franse moeder en een Nederlandse vader, wiens overgrootvader honderd jaar eerder uit Spanje was gekomen. Vader Willem was een wildebras, die tijdens een vakantie in de Midi als een blok viel voor Brigitte, haar zwanger maakte, met haar trouwde, en haar vier jaar later weer verliet voor een schitterende Noorse.

Manon was een prachtig meisje, met zwart haar dat weigerde te krullen maar danste op haar schouders, en met zulke donkerbruine ogen dat het leek of ze ook zwart waren. Haar gezicht, met een hoog voorhoofd en strakke wangen, stond meestal in een ernstige plooi. Ze lachte alleen als er iets te lachen viel, maar als dat gebeurde was het alsof de zon doorbrak. En de tanden die dan zichtbaar werden waren zo regelmatig, dat orthodontisten wilden weten wie dat voor elkaar had gekregen. Het antwoord was: Moeder Natuur. Of: de genen van Willem en Brigitte.

Ze volgde het basisonderwijs in Marseille, maar toen Brigitte hertrouwde met een jurist, even Frans als zijzelf, verhuisde ze met haar moeder en de Fransman-jurist naar Parijs. Daar woonden ze aan de Avenue Mozart, in het zestiende, en Manon ging er naar het lyceum.

Ze sliep voor het eerst met een jongen toen ze zeventien was. Het markeerde de grens tussen haar kindertijd en de volwassenheid. Niet eens zozeer door de seksuele daad, veeleer door wat eruit voortvloeide. Geen zwangerschap, maar een conflict met haar moeder en stiefvader.

De jongen heette Pierre. Hij was iemand om onmiddellijk weer te vergeten, al vond hij zichzelf geweldig. Hij was ervan overtuigd dat ieder meisje maar één hartstochtelijke wens had, namelijk door hem ontmaagd worden. Bij Manon lukte het hem, meer omdat ze nieuwsgierig was dan omdat ze veel van hem verwachtte.

Ze had Pierre mee naar huis genomen, na een schoolfeest. Haar moeder en de echtgenoot waren met vakantie.

Het viel tegen. Er was geen tederheid, geen beheersing. Een korte geslachtsdaad, zoals een stier dat doet, ram ram, zaadlozing, klaar. Is dat alles, vroeg Manon zich af en ze begreep de ophef niet die er over seks werd gemaakt.

Maar ze werden betrapt. De ouwelui kwamen onverwacht vroeg naar huis en troffen daar dus Pierre aan, die als een blok in slaap was gevallen.

Moeder Brigitte was onredelijk, ongeremd kwaad geworden. Het moest ermee te maken hebben gehad dat ze zelf, zij het op wat latere leeftijd, zich had laten gaan met Willem, bedacht Manon later. Dat mocht haar dochter niet overkomen. Soms wordt een frustratie zorgvuldig toegedekt, tot hij ineens toch uitbreekt.

Brigitte verbood haar dochter naar feestjes te gaan, ze dreigde haar naar een klooster te sturen, ze kwam voortdurend op de gebeurtenis terug, ze verpestte de sfeer in huis.

Manon was een tamelijk gesloten meisje. Ze gehoorzaamde omdat ze een hekel had aan conflicten.

Ze had een hartsvriendin op school, Marthe heette ze. Manon en Marthe correspondeerden. Echte brieven, met een vulpen geschreven en per post verstuurd. Brieven die werden bewaard in twee identieke houten kistjes, brieven die gingen over eeuwige vriendschap, en diepe zielsverwantschap.

Moeder Brigitte nam aan dat de geregeld binnenkomende brieven duidden op een nieuw verwerpelijk contact met een man, maar toen ze een keer in Manons kistje had gesnuffeld en besefte dat het om een vriendin ging, verdween althans dit wantrouwen.

Manon sprak nooit over Marthe, het vertrouwen tussen haar moeder en haar was verdwenen. Haar zwijgzaamheid ging zo ver dat ze het niet vertelde toen Marthe ziek werd. Leukemie, een ongeneeslijke vorm. Ze vertelde zelfs niet dat ze naar de begrafenis was geweest, Brigitte raadde vruchteloos waarom haar dochter zo bedroefd was.

Op die begrafenis had Manon de broer van Marthe ontmoet, die ze nooit had gezien. Hij heette Alain en hij leek op zijn overleden zusje.

'Dus jij bent Manon,' had hij gezegd. 'Marthe heeft me vaak over je verteld. En over jullie briefwisseling. Ze heeft me zelfs weleens een brief van je laten lezen. Ik heb haar kistje met brieven van je meegenomen naar mijn kamer en bij mij in de kast gezet. Ik zal ze niet lezen, tenzij je me er toestemming voor geeft.'

'Daar moet ik over denken,' had Manon geantwoord.

De volgende dag was er een brief gekomen in dezelfde soort envelop als die Marthe altijd had gebruikt, en met het adres geschreven in een handschrift dat nauwelijks van dat van Marthe was te onderscheiden. Alain schreef over zijn zus en over Manon. Ze schreef terug. Voor ze het wist was de briefwisseling tussen haar en Marthe overgegaan in een tussen haar en Alain. *Maman* Brigitte had van dit alles geen weet.

Alain studeerde aan een universiteit in Lille en Manon en hij zagen elkaar nooit. Manon wist ook dat hij een vriendin had, aan wie hij af en toe een zinnetje wijdde. Hij schreef vooral over zijn kijk op het leven, over de dwaasheid van de mensen, over de onzinnigheid van het bestaan. Zij schreef over het toenemende onbegrip tussen haar en haar moeder, over de man van haar moeder die ze haatte, over het gemis aan een broer of zus. Jij bent mijn broer, schreef ze, en ze besefte niet dat ze steeds verliefder op hem werd.

Een jaar ging het zo door, een jaar met minstens tweeënvijftig brieven. Toen kwam er weer een laaiende uitbarsting, weer een punt des tijds.

Manon had het lyceum voltooid en dacht erover om Duits te gaan studeren aan de Sorbonne. Haar moeder vond dat het Engels moest zijn. Manon vond dat je zoiets gewoon kon bespreken. Zo ging het niet. Brigitte haalde er alles bij. De verderfelijke Spaanse en Nederlandse genen van haar vader, Manons gebrek aan openheid, de eeuwige geheimzinnige irritante briefwisseling met die Marthe. De argumenten werden geschreeuwd, een explosie van verwijten, waarbij stiefvader van tijd tot tijd een scheut olie op het vuur gooide.

De volgende morgen was er ook nog eens een brief van Alain, waarin hij terloops meedeelde dat hij ging samenwonen met zijn vriendin. Bij Manon deed dat de emmer overlopen. Ze liep weg van huis, vond in de Rue de Rennes een mansarde, zevende etage, en schreef een brief naar haar vader Willem in Nederland. Ze schreef dat ze het thuis niet meer uithield, dat ze een baantje zou zoeken, en of hij even financieel kon bijspringen. Ze had hem eenmaal gezien sinds hij haar en haar moeder had verlaten, dat was toen ze twaalf was, maar er was incidenteel schriftelijk contact. Kerstkaartenniveau. Nu knaagde bij Willem Rodriguez plotseling schuldgevoel. Hij had een meevallertje gehad en besloot zijn dochter van een klein maandgeld te voorzien.

In die dagen, toen Manon zich afvroeg wat ze met haar leven moest aanvangen, liep ze op een dag over de Boulevard Haussmann. Haar oog viel op een bordje met École Supérieure Technique Privée de Maquillage Artistique. In een opwelling gaf ze zich voor een grimecursus op. Haar schoolvriendinnen hadden haar er altijd om bewonderd dat ze met minimale middelen een maximaal effect wist te bereiken op haar eigen gezicht (wat geen wonder was, want haar gezicht had vrijwel niets nodig om mooi te zijn) en op dat van hen (wat in enkele gevallen wel een wonder was).

De cursus was goed. Degelijk en professioneel. Hij duurde een jaar. Toen Manon hem had voltooid, besloot ze voor een korte vakantie naar Nederland te gaan, het land van haar vader. Ze was er nooit eerder geweest.

Het leven kent kronkelige, onverwachte paden. Ze had zich voorgenomen niet meer dan twee weken in het lage land aan de zee te blijven, maar het liep anders.

Ze had haar vader laten weten dat ze in Nederland zou zijn en ze zocht hem op. Zijn Noorse was allang weer terug in Oslo, Willem woonde nu samen met een Friezin, een kenau, drie centimeter langer dan hij zelf was. Ze had hem aardig onder de duim, maar dat had misschien ook met zijn leeftijd te maken. De meeste van zijn wilde haren waren grijs geworden of uitgevallen.

Toen Willem Rodriguez zijn mooie twintigjarige dochter zag, bloeiden de vaderlijke gevoelens in hem op waarvan hij zich nooit bewust was geweest. Hij wilde beslist dat Manon bij hem en Froukje kwam logeren, eigenlijk kwam wonen. Zijn overstelpende liefde was een warm bad voor Manon. Froukje was ook heel hartelijk tegen haar, dat mag gezegd, maar Manon voelde zich een beetje ongemakkelijk bij die strenge blik en bleef bij haar plan: nog een week en dan zou ze de trein terug nemen. Willem, met zijn vele contacten, vond echter binnen die week een baan voor haar als grimeuze bij een toneelgezelschap. Bovendien bood iemand haar voor ze het wist een kamer aan, en toen besloot ze toch maar in Nederland te blijven.

Bij die beslissing speelde een rol dat ze de taal zo snel beheerste. Dat zat 'm natuurlijk in de eerste vier jaar van haar leven, toen Willem altijd Nederlands met haar had gesproken. Ze was de meeste woorden vergeten, maar haar tongval was vrijwel accentloos. Na twee maanden was niet meer te horen dat ze een Française was, je merkte dat pas als ze in een gesprek ineens een woord niet bleek te kennen. Een woord als *gootsteen*, nooit eerder tegengekomen.

In de jaren die volgden ging Manon eenmaal per jaar, soms tweemaal, een week naar Parijs. Ze bezocht dan haar moeder en was blij na een week weer af te kunnen reizen. Want echt intiem werden moeder en dochter niet meer. Waarschijnlijk zat de formele stiefvader ook in de weg. Hij stamde nog uit de tijd dat een vrouw volgens het Franse recht niet handelingsbekwaam was. Voor hem was een vrouw een veredelde dienstbode. Manon vond dat haar moeder deze houding niet moest accepteren van haar man, en daar werden ze het niet over eens.

Terwijl ze haar werk deed als grimeuze, volgde ze schriftelijke cursussen boekhouden en bedrijfsvoering. Want ofschoon het soms heel interessant was iemand van jong oud te maken, of van deftig slonzig, veel van het werk was meer van hetzelfde. Als je vijftig avonden aaneen de mond van een actrice wat groter moet maken en rood moet verven, hanteer je de lipstick op den duur iets minder geestdriftig.

Het werd allemaal anders toen ze Norbert Stein ontmoette. Hij was jong en intelligent, hij was diamantair, en hij werd als door de bliksem getroffen toen hij haar voor het eerst zag. Vader Willem zag niets in hem, maar dat had weinig te maken met Norberts hoedanigheden. Het kwam doordat hij feilloos begreep dat het ernst was. Norbert was serieus en doortastend en hij kwam uit een welgestelde familie. Zijn vader had een juwelierswinkel in Den Haag en er werden al voorbereidingen getroffen voor zijn opvolging, door zijn zoon natuurlijk. Willem voorzag dat zijn oogappel Manon spoedig zou worden gekaapt door deze robuuste knaap en dat zinde hem niet. Maar hij wist ook dat hij moest berusten, want het is gemakkelijker de Maagdenburger halve bollen uit elkaar te trekken dan twee jonge mensen die elkaar begeren.

Het werd een keurige katholieke bruiloft. Norberts vader stamde in de verte af van een joodse familie, maar er zaten al minstens drie generaties vrome katholieke moeders tussen, dus van joodse tradities was weinig overgebleven. Norbert zelf sloeg plichtmatig een kruisje als hij een kerk binnenkwam, wat zelden gebeurde, en hij had ooit eerste communie gedaan. Manon was natuurlijk opgevoed met de rituelen van de kerk, maar sinds ze in Nederland was, in de buurt van haar volstrekt atheïstische vader, deed ze er nooit meer iets aan.

Hoe dat ook zij, de kerk is er voor de hoogte- en dieptepunten van het leven, dus de bruiloft werd gevierd alsof bruid en bruidegom diepgelovige mensen waren. Brigitte en haar man kwamen er voor over, vader Willem gaf met instemming van Froukje een stofzuiger, een computer en een afwasmachine cadeau, en het jonge paar vertrok op huwelijksreis, naar China, een cadeau van de ouders van Norbert.

In China ontdekten ze voor het eerst dat ze nogal verschillend waren, in de mate waarin ze van wandelen, winkelen en uitslapen hielden, in hoe ze met de Chinezen die ze tegenkwamen omgingen, in hun kijk op het leven. Maar voorlopig gingen ze soepel om met die verschillen, ze waren nog in de fase dat er geen groter genoegen was dan de wens van de ander te vervullen en ze verwekten met intens plezier een kind, een jongen die ze Tim noemden.

Norbert had scheikunde gestudeerd. Misschien zag hij diamanten meer als gekristalliseerde koolstof dan als de prachtige edelstenen waarvoor moorden worden gepleegd. Hij was een man van strikt logische redeneringen, alles wat daarvan afweek werd genadeloos door hem neergesabeld. Manon had vage religieuze gevoelens als restant van haar opvoeding. Ze hield van de rituelen, ze hield van samen zingen in een groot kerkgebouw, ze vond het een onverteerbare gedachte dat er niets anders zou zijn dan onwrikbare natuurwetten.

'Het is ongerijmd dat God zowel alwetend als almachtig als oneindig goed zou zijn,' constateerde Norbert. 'Dat is in strijd met de werkelijkheid die we waarnemen. Wil je een glas wijn?'

'Je bent mijn onbedwingbare,' zei Manon. 'Weet je wel dat dat de oorspronkelijke betekenis is van het woord diamant? Maar, onbedwingbare, niet alles wat we niet kunnen beredeneren hoeft onwaar te zijn.'

'Nee, maar als we kunnen beredeneren dat iets onwaar is, is dat waar.'

In zo'n fase van een discussie haakte Manon gewoonlijk af. Aanvankelijk ging het over in een vrijpartij, bijvoorbeeld doordat Manon zei dat die strenge mond ook zulke tedere dingen kon zeggen, later volgde er soms een ongemakkelijk zwijgen, dat even tijd nodig had om te verkeren in een ontspannen conversatie.

Tim was een vrolijke, intelligente jongen, de vreugde van zijn opa's, die allebei vonden dat hij hun evenbeeld was. De kleinzoon maakte daar gebruik van om van twee walletjes gunsten te krijgen. Norbert zag dat als een geslaagde combinatie van genen, de genen van opa Rodriguez die streefden naar genoegens, gepaard aan de genen van opa Stein, die hem hadden begiftigd met een haarscherp zakelijk instinct. Manon vond dat haar zoon door zijn veelkleurige, liefdevolle inborst het beste in zijn beide opa's losmaakte, al met al een godsgeschenk. De werkelijkheid was dat Tim gewoon een fijn joch was, met hart voor anderen, zonder zijn eigen belang uit het oog te verliezen.

Het huwelijk tussen Manon en Norbert hield uiteindelijk niet stand. Ze vonden het beiden afschuwelijk, maar ze zagen het onder ogen. Norbert op zijn analytische manier, Manon met de mystieke berusting die haar hele levensloop had gekenmerkt. Het heeft geen zin te vechten tegen het onvermijdelijke, was altijd haar onuitgesproken credo geweest. Het leven heeft een kronkelig pad, dat heb je te accepteren.

Norbert was van mening dat er best wat herstelwerkzaamheden aan paden mogelijk zijn, maar in dit geval zag ook hij daarvan af. Daaraan zal niet vreemd zijn geweest dat er iemand op zijn pad kwam die ook mooi en warmbloedig was, maar de echte oorzaak van de scheiding was dat niet.

Ze gingen als goede vrienden uit elkaar, weemoedig, maar ze waren mensen die stevig in het leven stonden. Norbert had inmiddels de juwelierswinkel van zijn vader overgenomen en Manon, die veel tijd in de zaak had doorgebracht, wist intussen heel wat van het vak. Ze wist wat een metrieke karaat was, en een grein, ze had verstand van groeibriljanten en ze kon een steen vatten in een chaton.

De oude meneer Stein was bevriend met een collega in Doetinchem, Gans, en zo kwam het dat Manon een baan kreeg in de juwelierszaak van Robert, de zoon van meneer Gans. Doetinchem is ver van Den Haag voor Nederlandse begrippen, maar dat vonden de scheidende echtelieden geen bezwaar, al vergde het heel wat reistijd van Tim die, zoals ze afspraken, ongeveer een kwart van de tijd bij zijn vader zou doorbrengen.

Ook een soepel geregelde, van twee kanten gewenste scheiding veroorzaakt pijn. Manon had enkele slechte jaren. Mannen keken naar haar, soms begerig, soms bewonderend, soms schuw (zoiets prachtigs is voor mij niet weggelegd), maar de blikken drongen niet door het pantser dat ze zich had aangemeten. Gelukkig doet de tijd ook genadig werk. Op een dag kwam een man de juwelierszaak binnen die op zoek was naar haar collega. Zij was net bezig een diamantje op te vissen dat zich had verstopt in een groef van een duur horloge. De man keek hoe ze bezig was, rustig, als vanzelfsprekend. Ze zei dat haar collega nog wel een uur weg zou blijven en hij vroeg of hij dat uur bij haar mocht wachten. Hij bleek Job Reders te heten, hij had wel wat van Norbert, maar was een jaar of tien ouder.

Het kwam tot een relatie, ze was er weer aan toe. Job had een dochter, Leonie, die psychologie studeerde, en samen met haar vader soms moordzaken oploste, heel apart.

Leek Job inderdaad op Norbert? Nou ja, hij was ook wetenschapper, een moleculair bioloog, of een geneticus, iets in die hoek. Hij hield er ook strikt logische redeneringen op na, maar toch anders. Als zij, in de periode van haar huwelijk, een horoscoop in de krant zat te lezen, zonder er echt in te geloven, maar toch, dan had Norbert daar steevast een opmerking over gemaakt die aangaf hoe ver hij van zoiets onnozels af stond. Job reageerde anders. Hij stelde zichzelf of haar dan de vraag welke diepe behoefte de mensen ertoe brengt om te denken dat de bewegingen van planeten de kleine bestaantjes van de mens beïnvloeden. Misschien kwam het doordat hij zeven jaar in de gevangenis had gezeten, onschuldig naar later was gebleken. Daardoor waren zijn ogen iets dieper komen te liggen, dacht Manon dromerig. Ze werd betrokken bij een zaak waarin haar collega een rol speelde, waardoor die het veld moest ruimen. Het kringetje rond Job en Leonie nam haar op en maakte zelfs gebruik van haar grimeerkunst. Boeiend. Haar leven werd verrijkt. Ze hield veel van Job. Lag haar toekomst bij hem?

Manon heeft de brief in haar hand. Het handschrift is van Alain, met wie ze bijna twintig jaar geen contact heeft gehad. Ze weet het zeker. Met een scherpe nagel scheurt ze de envelop open.

4

Lieve Manon,

Hoe is het mogelijk dat we elkaar uit het oog zijn verloren? Hoe kan het dat al die jaren me zomaar door de vingers zijn geglipt? Hoe is het te bevatten dat de vertrouwelijkheid die tussen ons bestond is weggesmolten als de sneeuwpop die vorige winter in onze tuin stond?

Ik schaam me voor mijn schuld daaraan.

Laat ik je eerst kort op de hoogte brengen van de feiten in mijn leven. Anne en ik wonen met onze twee kinderen, Jules van 11 en Tirza van 8 in Fontainebleau. Anne en ik zijn beiden journalist bij Le Monde, ik werk op de redactie Cultuur, Anne bij Economie. Ons leven bestaat uit werken, werken, werken, en ons gezin lijkt nog het meest op een bedrijf. De grote agenda die in de keuken aan de muur hangt, is ons houvast. Daarop staat wanneer Tirza naar balletles moet, dat ik donderdagavond voor het eten zorg, dat Anne volgende week twee dagen naar Marseille is, dat Jules woensdagmiddag op een of andere manier bij de tandarts moet zien te komen. Op zaterdagavond eten we vaak bij vrienden, of zij bij ons, iedere zondag komt de moeder van Anne op bezoek. Het lijkt wel of er nooit tijd is voor bezinning.

Het spijt me als ik wat klagerig overkom, dat is niet mijn bedoeling, misschien ben ik nog steeds bezig mezelf te excuseren voor het feit dat we elkaar uit het oog zijn verloren. Gelukkig heb ik van je moeder je adres gekregen. Van jou weet ik al heel lang dat je diamantair bent, en in een juwelierswinkel werkt en dat je een zoon hebt.

Meer niet.

Ik heb een vraag, Manon. Maar die moet ik inleiden. Herinner je je mijn vader nog? Zwijgzaam, streng, stug, borstelige wenkbrauwen? Ik had niet veel contact met hem. Vorige maand belde hij me op. Hij klonk zoals ik hem nog nooit had gehoord. Hij was voor zijn doen uitbundig en zijn stem klaterde door de telefoon, ook al is zijn moeder kort voordat hij me opbelde overleden. Hij vertelde me dat hij bij het opruimen van haar spullen op een verbijsterende vondst was gestuit. Een grote, staalblauwe diamant. De diamant was in een donkerblauw fluwelen lapje gewikkeld en lag in een la van grootmoeders toilettafel. Hoe ze eraan was gekomen, is een volstrekt raadsel, misschien had ze hem al vele jaren, misschien was hij van haar ouders geweest, wie zal het zeggen? Mijn vader was er opgewonden van. Hij probeerde op internet informatie te vinden over de waarde van diamanten, maar die bleek van te veel factoren af te hangen om er iets zinnigs over te kunnen zeggen. Vader heeft de edelsteen op de brievenweger gelegd. Hij woog zo'n zesenhalve gram, volgens hem was dat veel, ik heb geen idee of hij daar gelijk in had, het zal best, ik heb het ding nooit gezien. Mijn vader was een romanticus, hij heeft de diamant dan ook direct een naam gegeven, naar analogie van beroemde diamanten uit de geschiedenis. Hij noemde hem l'oeil bleu, het blauwe oog. Hij vertelde me dit alles dus door de telefoon en voegde eraan toe dat hij een diamantair kende in Amsterdam, die hij vertrouwde. Hij zou deze man om raad vragen. Hij heeft de auto genomen en is naar Nederland gereden. Wat daar is gebeurd, weet ik niet. Op de terugweg heeft vader een ongeluk gehad. In de buurt van Breda is hij tegen de zijkant van een viaduct gereden. Hij was op slag dood. Ik kreeg het te horen van twee agenten die bij ons aan de deur kwamen. Het was vreselijk. Mijn moeder wenste indertijd gecremeerd te worden, hij niet. We hebben een graf gekocht hier in Fontainebleau en ik kan je zeggen: het is afschuwelijk te beseffen dat je geen ouders meer hebt, dat je wees bent, ook al ben ik een volwassen kerel, ook al was de band met mijn vader niet heel hecht.

Nu heb ik niemand meer van vroeger, Marthe niet, mijn ouders niet, mijn grootouders niet. Het geeft me het gevoel dat de wereld onder mijn voeten wegglijdt.

Jij bent een van de mensen die de meesten van hen heeft gekend.

Het lijkt ineens alsof mensen als jij in mijn vriendenkring nauwelijks voorkomen. En je hebt verstand van diamanten. Is het een wonder dat *mijn gedachten na al die tijd naar jou zijn teruggekeerd?*

Lieve Manon, ik weet niet met wie mijn vader een afspraak had in Amsterdam. In zijn agenda stond wel een naam, geen adres: Benjamins. Dat zou hem kunnen zijn. Kende vader het adres uit zijn hoofd? Wat ik wel weet, is dat de diamant weg is. Heeft hij hem in Amsterdam achtergelaten? Is hij gestolen? Is Benjamins inderdaad de diamantair? Hoe kende vader hem? Heb jij deze naam in je werk ooit gehoord? Heeft Marthe ooit iets tegen je gezegd over een diamantair die bevriend was met mijn vader, of over onze grootmoeder, of over een diamant?

Vind je het vreemd dat ik met deze vragen bij jou kom, lieve Manon? Wees alsjeblieft niet boos op me, ik voel me sinds de dood van mijn vader eenzaam op een manier die ik nooit eerder heb ervaren.

Misschien wil je me helpen. Ik hoop het. Alle informatie is welkom.

En, lieve Manon, kom je nog weleens in ons mooie Frankrijk? Als dat zo is, zullen we dan proberen elkaar te ontmoeten?

In verlangen naar een snel weerzien,
een omhelzing,
Je Alain

Manon is in de war. Al heeft ze Alain maar een paar keer in levenden lijve ontmoet, haar gevoelens voor hem zijn heftig geweest. Om na al die jaren zijn handschrift weer te zien, zijn kreet om hulp te horen, het doet haar meer dan ze zou hebben verwacht. Anne heet zijn vrouw. Waarom komt die naam vijf keer voor in zijn brief? Als waarschuwing? Uit schuldgevoel?

Waarom wil hij haar ontmoeten? 'In verlangen naar een snel weerzien', is dat maar een manier van zeggen of meent hij het? Verlangt hij naar haar? En al die lieve Manons? Weer een ander schuldgevoel? Ooit heeft ze een boek gelezen met de titel *He's just not that into you.* Een hilarisch boek, waarin de auteur – was het een man of een vrouw? – uitlegt hoe vrouwen direct bereid zijn excuses te bedenken voor het uitblijven van reacties van vermeend leuke mannen. Hij belt niet na een avond heftige seks? Je bedenkt meteen dat hij natuurlijk naar zijn zieke moeder is, of dat hij je telefoonnummer is kwijtgeraakt, of wellicht is hij in slaap gevallen, de stakker was zo moe. Nee, het simpele en enige juiste antwoord is: *He's just not that into you.* Tijdens de eerste pagina's van het boek lachte Manon nog, daarna ging ze steeds meer situaties herkennen waarin zij zelf zich op die manier had gedragen en werd het lezen steeds pijnlijker.

Oké, ook Alain is *just not that into me*, anders had hij toch zeker veel eerder contact gezocht, zo moeilijk was het niet achter mijn adres te komen, denkt Manon. Nu wil hij iets van me, daarom schrijft hij en om geen enkele andere reden, knoop dat in je oren en concentreer je op die reden. Wat weet zij van diamanten? Alain vergist zich. Ze is geen diamantair. Natuurlijk heeft ze er in haar werk mee te maken, ze weet natuurlijk dat de beroemde Koh-I-Noor in de kroon van de Engelse koningin verwerkt is, ze heeft altijd onthouden dat de grootste diamant ter wereld, de Cullinan I, 530 karaat weegt, maar dat zijn algemeenheden. En ja, ze weet ook wel iets van de waarde: ze heeft geleerd dat die afhangt van vier c's: *cut*, *colour*, *clarity*, en *carat*, ofwel, slijpvorm, kleur, zuiverheid en gewicht. Ze kan schatten wat de waarde is van de diamanten die ze in handen krijgt. Dat zijn altijd kleine diamanten, maar van afwijkende formaten en kleuren weet ze nauwelijks meer dan andere mensen.

Een belangrijker vraag is: Heeft ze zin om zich in het probleem van Alain te verdiepen?

Ze is onrustig die dag en begaat twee keer een blunder. Nou ja, blundertje. Om zes uur, als de winkel sluit, is ze zover dat ze heeft besloten 's avonds met Job over de brief van Alain te praten. Hij komt eten. Dat hebben ze gisteren al afgesproken.

Tim is al een paar uur thuis, die is altijd blij als zijn moeder van haar werk komt, de lange middagen alleen vindt hij niks. Ze luistert naar zijn verhalen. Hij is net op de middelbare school en alles is nog spannend. Frans is een eitje, zijn moeder spreekt het vaak genoeg met hem, maar met wiskunde heeft hij moeite en bovendien stinkt de wiskundeleraar. Voor Nederlands krijgen ze veel te veel huiswerk, en met Koos heeft hij ontzettend gelachen vandaag, die deed in de klas net of hij een jointje rookte, zodat de lerares Nederlands het helemaal op haar heupen kreeg. Manon kijkt naar hem. Weet hij met zijn twaalf jaar al wat een joint is? Maar Tim is met zijn gedachten bij de lego-auto die hij tijdens hun gesprek uit elkaar aan het halen was, plotseling weer helemaal kind.

Hoe was ze zelf toen ze twaalf was? Ze heeft het gevoel dat ze niet is veranderd, maar dat kan niet waar zijn. Ze was serieus toen, dat is ze nu veel minder. Kan een mens veranderen? Zou Tim – slordig, aanhankelijk, vrolijk, dol op gezelligheid – kunnen uitgroeien tot een norse man? En Alain? Zou hij veranderd zijn? Hij was een romanticus, net als zijn vader. Zijn brief loopt er nog van over. Hij is vast niet veranderd.

Job komt binnen met een bos margrieten. Hij kust Manon en aait Tim over zijn bol. Ongedwongen, vanzelfsprekend. Hoe zou het zijn om met Job getrouwd te zijn? Om hem iedere dag om je heen te hebben? Hoe dol ze ook op hem is, die gedachte benauwt haar. Ze heeft zo'n mooi evenwicht met Tim opgebouwd. Na de scheiding ging het niet goed met hem, hij was nog maar klein en kon zijn verdriet niet in woorden omzetten. Hij huilde veel en gaf voortdurend over. Manon heeft zich in die tijd vaak afgevraagd of Norbert en zij de juiste beslissing hadden genomen. Maar Tim is gek op Job en ze heeft de indruk dat dat wederzijds is. Misschien zou het kunnen, samen in een huis. Ooit.

Ze schenkt Job een glas wijn in en begint te koken. Over Alain zegt ze niets, ze wil even ten volle genieten van de huiselijkheid.

Later, als Tim naar bed gaat, laat ze Job de brief lezen. Ze was van plan Alain voor hem in te leiden, maar ziet er van af.

Job leest. Zijn Frans is niet geweldig, maar hij kan volgen wat er staat. Oude liefde, denkt hij al direct bij de eerste zin. Waarom geeft ze me dit? Wil ze dat ik deze man als een rivaal zie? Maar dan komt hij bij de tweede helft van de brief en zijn speurdersbloed begint vlugger te stromen.

'Wat vind je ervan?' vraagt Manon.

'Ik voel een druppel jaloezie,' zegt Job. 'Die Alain betekent iets voor je, hè?'

'Heeft betekend. Verleden tijd. Hij is gelukkig met zijn Anne.'

'Aha.'

'Hoezo aha?'

'Nou, omdat hij zijn Anne heeft, zet je hem uit je hoofd.'

'Welnee. Fijn voor hem dat hij haar heeft. Ik heb jou. Maar verder? Wat vind je er verder van?'

'Vreemde geschiedenis. Het kan natuurlijk toeval zijn dat Alains vader is verongelukt op de terugweg van de diamantair, maar dat hoeft niet. Waarom is die diamant weg?'

Manon staart hem aan. 'Daar had ik nog niet aan gedacht,' zegt ze. 'Denk je dat iemand dat ongeluk expres heeft veroorzaakt?'

'Geen idee, maar alles is mogelijk. Het was het eerste wat me door het hoofd speelde.' Hij staat op om nog een keer koffie in te schenken. Zijn bloed prikkelt aangenaam achter zijn oren. Hoe komt het toch, die prettige sensatie als er een onopgeloste misdaad op zijn pad komt? Had hij dat ook al voordat hij zeven jaar in de gevangenis heeft doorgebracht? Nee. Maar in die zeven moeilijke jaren is een besef in hem gegroeid, het besef dat het leven enerzijds zinloos is, maar anderzijds buitengewoon de moeite waard. Een enorm pluk-de-daggevoel. En de behoefte om ergens zijn tanden in te zetten.

'Ik ga het er eens met Leonie over hebben,' zegt hij.

Nu voelt Manon een steek van jaloezie. Ze weet wel dat Jobs dochter zijn maatje is als het gaat om het oplossen van misdaden, maar deze keer komt de misdaad toch zeker van haar kant? Het is haar Alain. Ze zegt dat ze even bij Tim gaat kijken om te zien of hij slaapt, maar de werkelijke reden is dat ze niet wil dat Job dat steekje op haar gezicht zal lezen.

Job blijft slapen, zoals meestal. Morgen hoeft hij niet vroeg op, zijn adviseursbaan bij het farmaceutische bedrijf McManner laat hem veel vrijheid.

Manon helpt de volgende ochtend eerst Tim om weg te komen, daarna zet Job haar vlak bij de juwelierszaak af. Een kus in zijn hals en daar gaat ze, elegant, lief. Houdt ze van hem of is hij een tijdelijke halte? Hij weet het niet.

Als hij thuiskomt is het al half elf. Leonie zit aan de keukentafel en doet niks. Ze ziet er anders uit dan anders. Te wakker en te bezorgd. Ze hoort rond deze tijd, als ze geen college heeft, slaapogen te hebben omdat ze net uit bed is gekomen.

'Is er wat?' vraagt hij.

'Ja.'

Zijn hart slaat een slag over.

'Er is iets met mama. D'r knie. Ze is vandaag naar het ziekenhuis voor onderzoek.' Meestal noemt ze haar Wies.

'Wat is er dan?'

'Ze heeft al een tijd pijn aan haar knie. Ik dacht dat het wel over zou gaan. Ze kan zich aanstellen, je kent dat. Maar het schijnt dat er echt iets mis is.'

'Wat kan het zijn?'

'De huisarts dacht dat ze misschien een versleten knie heeft. Daar is ze nog veel te jong voor, maar heel soms komt zoiets ook op jonge leeftijd voor.'

'Wat vreemd.'

'Misschien moet ze geopereerd worden.'

Job probeert iets te voelen bij het idee dat Wies geopereerd moet worden, maar hij voelt niets.

'Vind je het niet gek? Ze is helemaal niet oud en ze heeft nooit eerder iets gehad. Zou het wel kloppen dat die knie versleten is? Misschien is er wel iets heel anders aan de hand.'

'Laten we eerst maar eens afwachten. Vandaag is ze toch alleen voor onderzoek naar het ziekenhuis?' zegt Job.

'Ja.'

'Dus in feite weten ze nog niks en zit jij hier nogal voorbarig ongerust te zijn, heb ik gelijk?'

'Jawel, maar de huisarts begon meteen over een operatie.'

'Hé, kom op, we gaan niet bij de pakken neerzitten voordat we meer weten. En misschien lost zo'n operatie veel op. Heb je zin in koffie? Dan vertel ik ondertussen een verhaal dat ik van Manon heb. Het zal je boeien.'

'Ik zet die koffie wel. Vertel op.' Leonie komt overeind en schudt het nare gevoel over haar moeders knie van zich af.

'Manon heeft een ex-vriendje in Frankrijk.'

'Ai.'

'Niks "ai". Dat vriendje is kortgeleden iets vreemds overkomen.' Job vertelt het verhaal van Alains vader en het blauwe oog, de staalblauwe diamant.

Leonies ogen schitteren. 'Wat raar. Waarom hebben we daar niets over in de krant gelezen?'

'Misschien heeft het als klein berichtje op pagina zoveel gestaan en hebben we het gemist. Bovendien, ik denk niet dat de pers wist dat er een diamant ontbrak.'

'Heeft die Alain de politie daarover ingelicht?'

'Zijn brief klonk niet zo.'

'Vind je dat niet gek?'

'Ja. Wel een beetje. Misschien heeft hij het bestaan van de diamant voor zich gehouden omdat hij niet weet hoe zijn grootmoeder eraan is gekomen. Misschien wil hij haar niet in diskrediet brengen voordat hij daar meer over weet. Zoiets.'

'Zou kunnen.' Leonie stelt zich de grootmoeder van Alain voor als jong meisje met een jaren-twintig jurk aan, en hoe ze op een luisterrijk feest ten huize van een rijke baron de diamant toegestopt krijgt van diezelfde rijke baron, als afkoopsom voor haar discretie. Ze ziet ook voor zich hoe de elegante gechanteerde het blauwfluwelen lapje in haar decolleté laat verdwijnen en daarna schielijk het landhuis van de baron verlaat. Dan springen haar gedachten naar het viaduct bij Breda, naar de verongelukte auto.

'Heb je ook bedacht dat de dood van Alains vader misschien geen toeval is?'

'Dat was het eerste wat ik dacht. Het blauwe oog is weg.'

'Of is dat oog gewoon uit de auto gerold bij het ongeluk?'

'Ik merk dat je geïntrigeerd bent.'

Ze praten er nog een poos over door. Hebben ze inderdaad zin en tijd om aandacht aan het mysterie te geven? Leonie is aardig op weg om af te studeren in de psychologie, eigenlijk moet ze nu al haar energie in een scriptie steken. En misschien heeft Wies haar binnenkort nodig. Maar toch heeft ze zin in het diamantavontuur. Of juist.

Job ook. De sprankelende ogen van zijn dochter wakkeren zijn enthousiasme nog aan. 'Misschien zit er een mooi scriptieonderwerp voor je in.'

'Ik zou niet weten hoe je dat bedoelt. Volgens mij onderschat jij de wetenschappelijke kant van mijn studie. Zoals gewoonlijk trouwens.'

'Ik? Helemaal niet, hoe kom je erbij?'

De telefoon gaat en Leonie neemt op. Het is haar moeder vanuit het ziekenhuis. Ze klinkt mat. Ze zal inderdaad geopereerd moeten worden en een plastic schijf in haar knie krijgen of zoiets en ze vindt het doodeng. Leonie probeert haar te troosten door te zeggen dat duizenden mensen hetzelfde lot ondergaan hebben en dat ze na de operatie waarschijnlijk weer zal kunnen lopen als een kievit. Maar Wies laat zich niet troosten. Blijkbaar is er nog meer aan de hand, ze moet nog naar een andere specialist. Leonie begrijpt het allemaal niet zo snel. Denken ze aan een tumor in haar knie? Of heeft Wies dat ervan gemaakt? 'Ik ga met je mee,' zegt ze, 'het is vast niet zo erg als je denkt, de grootvader van een van mijn jaargenoten heeft ook...' Wies laat haar niet uitspreken.

Job hoort het van een afstandje aan. Hij vindt zichzelf een koele kikker omdat hij geen enkele sympathie voelt voor zijn ex-vrouw, en haar geklaag alleen ervaart als gezeur. Ooit was dat toch anders, toen hield hij van haar en was ieder pijntje of griepje dat haar teisterde een bron van zorg voor hem.

Leonie hangt op. Ze pakt haar jas. 'Ik ga naar mama,' zegt ze. 'Ze heeft me nodig.'

5

Job probeert zich voor te stellen dat hij een diamant bezit waarvan de waarde niet bekend is, maar misschien is die een miljoen euro of meer. Zou hij met zo'n kostbare steen in zijn auto vanuit Parijs op en neer naar Nederland durven rijden? Waarom niet? Mensen rijden grote afstanden met in hun auto het kostbaarste wat ze bezitten, nou ja, onder hun hoede hebben: hun kinderen. Dat is toch iets anders, peinst hij. Je kinderen kunnen niet leven als je ze opsluit in een brandkast en die alleen vervoert in een gepantserde auto met gewapende escorte. Met een diamant kun je wel zo handelen. Anderzijds, wat is het risico als niemand weet dat je iets zo waardevols bij je hebt?

Goed, de vader van die Alain (hij moet de antipathie die hij bij de naam voelt van zich afzetten), die vader rijdt naar Amsterdam en toont de edelsteen aan de hem bekende diamantair Benjamins. Job gaat er voorlopig maar eens van uit dat de man inderdaad Benjamins heet. Die heeft tijd nodig voor een zorgvuldige taxatie. Laat Alains vader de diamant achter in de brandkast van Benjamins, of neemt hij hem mee terug? Beide is mogelijk. Heeft de politie, na het auto-ongeluk, een blauwe diamant aangetroffen? Onbekend. Alain schreef alleen dat de diamant zoek was. Maar het lijkt erop dat Alain tegen de politie niets over een diamant heeft gezegd, en misschien heeft de politie *hem* niet verteld dat ze er een hebben gevonden. Toch vindt Job dat hij dat moet weten, voor hij welke stap dan ook zet.

Hij belt Manon. Beetje lastige vraag.

'Lieve schat, ben je van plan die oude vriend van je binnenkort terug te schrijven?'

'Zit je daarmee?'

'Nee nee, helemaal niet. Echt niet. Ik denk aan zijn verzoek betreffende de diamant. Als je hem schrijft of belt, wil je hem dan vragen of hij iets tegen de politie heeft gezegd over de diamant? Of ernaar heeft gevraagd. En zo nee, waarom niet. En of de politie ooit iets erover tegen hem heeft gezegd?'

'Ik begrijp het,' zegt Manon. 'Lief van je dat je je er mee gaat bezighouden. Er staat een e-mailadres boven de brief. Ik zal hem mailen, zo gauw ik het er met mezelf over eens ben hoe ik ga reageren op alles wat niet met de diamant te maken heeft. Dat kan nog een dagje duren.'

'En dat begrijp ik dan weer,' zegt Job.

Enkele dagen gaan voorbij. Wies wacht thuis op een operatie. De tweede specialist heeft geen andere afwijkingen geconstateerd dan de eerste. Haar knie lijkt inderdaad te zijn versleten, wat uitzonderlijk is bij iemand van die leeftijd, en lopen kan ze op het ogenblik niet. Leonie heeft tot vreugde van haar moeder besloten een poosje bij haar te blijven. Job vindt het saai zonder Leonie. Hij heeft intussen gezocht naar diamantairs en juwelierszaken Benjamins in Amsterdam. Zonder succes. Nu belt hij oude en nieuwe kennissen die iets met Amsterdam te maken hebben, maar tot dusverre heeft hij niemand gesproken die een Benjamins kent.

Tot hij zijn vriendin Zoë belt, met als enig doel om de vriendschapsbanden niet te laten verslappen. Als ze niet op haar schip zit dat in Hoorn ligt, woont Zoë in Den Haag. Ze vraagt hoe het met de speurdersactiviteiten zit en dat brengt het gesprek op Benjamins. Tot Jobs verrassing zegt ze dat haar een lichtje opgaat. Ze zal hem straks terugbellen.

En inderdaad, een uur later komt ze met nieuws.

Benjamins is vroeger zoiets als makelaar in edelstenen geweest, of toeleverancier aan een bedrijf dat edelstenen veilt, iets dergelijks, maar hij is nu diep in de zeventig en al een tijdje rustend. Dat heeft ze van Gerben Nieuwstad, een bioloog die Job ook wel kent. Ze stelt voor dat Job Gerben zelf even belt. Kan hij daar wat mee?

'Je bent een schat,' zegt Job. 'Binnenkort nemen we je op in onze speurdersmaatschap.'

Hij belt Gerben Nieuwstad. Na wat beleefdheden over en weer krijgt Job het telefoonnummer en adres van de heer Isaac Benjamins.

'Wat is het voor man?' vraagt hij.

'Bonafide zou ik zeggen,' antwoordt Gerben Nieuwstad. 'Een rustige man. Gepensioneerd.'

Ja, dat wist Job al. 'Dank je.'

's Avonds komt Manon naar Jobs huis in Amersfoort, waardoor dat huis aanzienlijk opwarmt. Twee kan tien keer zoveel zijn als één. Ze heeft nieuws van Alain.

Job toont zich niet te gretig. Hij geeft haar tijd om af te wegen wat ze kwijt wil over het nieuwe contact met haar oude vriend.

'Ik heb me natuurlijk verrast getoond over zijn brief,' formuleert ze zorgvuldig. 'Ik heb geïnformeerd naar zijn vrouw en kinderen. Ik heb herinneringen opgehaald aan Marthe. En ik heb naar details gevraagd over de diamant.'

'En?'

'De Parijse politie is hem het nieuws over het ongeluk van zijn vader komen vertellen. Hij is vervolgens naar Nederland gegaan, en heeft het stoffelijk overschot geïdentificeerd. Hij heeft het wrak van de auto gezien en het zelf minutieus onderzocht. Geen spoor van een diamant. Evenmin in de kleren van zijn vader. De Nederlandse politie heeft hem, met hulp van een tolk, verteld dat er geen getuigen waren van het ongeluk. Het is 's nachts gebeurd. Ze gaan ervan uit dat Alains vader in slaap is gevallen en daardoor tegen de staander van een viaduct is gereden. Ze zeiden niets over een diamant en Alain heeft er niet naar gevraagd. Misschien vermoedt hij dat er iets niet helemaal in de haak mee is. Want hoe kwam zijn moeder eraan?'

'Ja, zoiets dachten wij ook.'

'Hoe het zij, zijn vaders lichaam is in een metalen kist naar Fontainebleau gestuurd en daar begraven. Een paar weken later heeft Alain pogingen ondernomen om de Benjamins op te sporen die in de agenda van zijn vader stond. Dat is niet gelukt. Ik heb niet de indruk dat hij er veel moeite voor heeft gedaan. Hij zal steeds in zijn hoofd hebben gehad dat hij mij wel voor dat karretje kon spannen.'

Het lichte verwijt dat uit de laatste zin klinkt, bevalt Job wel. Hij zegt: 'Ik heb intussen het adres en telefoonnummer van de man. Inderdaad zoiets als een diamantair. Hij is een jaar of tien geleden met pensioen gegaan.'

'Wauw. De echte speurder,' zegt Manon.

'Als ik dit nog niet kon...'

De volgende dag toetst hij het nummer van Benjamins. Een oude stem meldt zich. Job vraagt of hij langs mag komen om advies te vragen over een kwestie uit het recente verleden.

'Welke kwestie?'

'Dat vertel ik u liever vis-à-vis.'

'Komt u morgenochtend maar. Tien uur, wat mij betreft.'

'Ik zal er zijn.'

Benjamins is klein en grijs. Zijn pientere ogen kijken door een brilletje met een zilverkleurig montuur. Hij spreekt langzaam en weloverwogen, niet vanwege zijn leeftijd, Job vermoedt dat hij zich altijd zo heeft uitgedrukt. Er is ook een mevrouw Benjamins, een elegante dame, even klein en grijs als haar man. Ze blijft op de achtergrond.

Ja, bonafide. Dat is zeker ook Jobs eerste indruk. Het zou hem zeer verbazen als hij zich vergiste.

'Wat kan ik voor u doen?'

'Een week of zes geleden hebt u bezoek gehad van een zekere meneer Jean-Paul Sire uit Parijs.'

Benjamins reageert niet.

'Hij heeft uw advies gevraagd over de waarde van een diamant die hij bij zich had. Een blauwe diamant met een gewicht van zesenhalve gram.'

Nog steeds geen reactie. Wat zich achter het hoge bleke voorhoofd afspeelt, wordt niet zichtbaar.

'Kunt u zich dat herinneren?'

'Ik herinner me een Reders uit krantenberichten van een jaar of twee geleden. Hij zou onschuldig in de gevangenis hebben gezeten. Bent u dat?'

'Jawel.'

'Ik ben graag bereid aan te nemen dat u inderdaad onschuldig was. Maar zou u, in mijn plaats, zonder meer inlichtingen verstrekken over een kostbare diamant aan iemand die je niet kent?'

Maar van wie je wel weet dat hij heeft vastgezeten, denkt Job erbij. Hij is deze reactie gewend. Daar komt hij nooit meer vanaf.

'Op de terugweg naar Parijs is meneer Sire in de buurt van Breda tegen de staander van een viaduct gereden. Hij was op slag dood.'

Daar kijkt Benjamins van op, zo lijkt het. Hij is even stil. 'Waar is de diamant nu?' vraagt hij.

'Spoorloos.'

'Hoe weet u dit allemaal, meneer Reders?'

'Van de zoon van meneer Sire. Ik ben, behalve bioloog, ook een soort amateurdetective. Dat moest ik wel worden om mijn onschuld te bewijzen.'

Benjamins knikt, met een fractie meer hartelijkheid dan hij tot dusverre heeft uitgestraald.

'De diamant die Jean-Paul Sire bij zich had is inderdaad zeer kostbaar. Om de waarde echt goed te schatten zou ik hem enige tijd moeten kunnen bestuderen en iets moeten achterhalen van de geschiedenis. Sire heeft de diamant natuurlijk niet bij me achtergelaten. Dat zou ik ook niet hebben gedaan, we kenden elkaar, maar van niet meer dan twee of drie ontmoetingen.'

'Is dat alles wat u me kunt vertellen?'

'Laat me nadenken...'

Het blijft even stil. Dan vervolgt Benjamins: 'Als u over twee dagen terug kunt komen, heb ik misschien nog een aanwijzing voor u.'

'Hartelijk dank.'

Job neemt afscheid en peinst erover wat voor soort aanwijzing het zou kunnen zijn waar Benjamins twee dagen over moet denken. Wellicht heeft hij de diamant herkend. Sommige juwelen hebben een geschiedenis die maar al te vaak te maken heeft met criminaliteit. Juwelen hebben een sterke relatie met begeerte.

'Spannend,' zegt Leonie, die 's avonds langskomt om een jurkje te halen dat ze twee dagen later aan wil naar de verjaardag van Liesbeth, een jaarclubgenote. 'Hou hem warm, die Benjamins.'

Dat doet Job, door de volgende ochtend meteen weer te bellen om te vragen hoe laat hij de daaropvolgende dag zal komen.

'Kom maar weer om tien uur,' zegt meneer Benjamins. 'Er is nog iemand die weet heeft van de diamant waar u over sprak. Ik heb hem gebeld tijdens het bezoek van meneer Sire, om zijn oordeel te vragen. Vanmiddag spreek ik hem weer. Ja, komt u morgenochtend maar.'

Dus staat Job om tien uur stipt voor de deur van het huis van Benjamins. Hij heeft vaag het gevoel dat er iets is veranderd. Wat? Meer auto's die in de straat geparkeerd staan? Een licht gedruis dat in het huis klinkt? Hij belt aan. Een vrouw van middelbare leeftijd doet open.

'Mijn naam is Reders. Ik heb een afspraak met de heer Benjamins.'

'Ik heb droevig nieuws,' zegt de vrouw. 'Ik ben de schoondochter van Isaac Benjamins. Helaas moet ik u mededelen dat mijn schoonvader vannacht plotseling is overleden.'

'Ach.'

'Ik vrees dat ik verder niets voor u kan doen. Als u me wilt verontschuldigen... We zijn in gesprek met een begrafenisondernemer. U begrijpt, mijn schoonmoeder en mijn man zijn erg ontdaan. Ikzelf trouwens ook.'

'Natuurlijk,' zegt Job. 'Was uw schoonvader ziek? Ik was hier eergisteren ook en toen heb ik hem nog gesproken, hij maakte op mij een vrij vitale indruk.'

'Voor zover we weten was hij gezond. Hartstilstand, denkt de dokter. Hij zou volgende week tachtig zijn geworden.'

'Ik wens u en de familie veel sterkte.'

Job gaat terug naar huis. Het zint hem niet. Toeval? Dat zal toch wel. Hoewel, hij gelooft niet zo in dit soort toeval. Natuurlijk, het kan, maar misschien komt het iemand goed uit dat Benjamins niets meer kan vertellen over een kostbare diamant. 's Avonds gaat hij, na getelefoneerd te hebben, langs bij zijn oude makker commissaris Hendrik Rijksen. Rijksen is de man die er aanvankelijk aan heeft meegewerkt dat Job in de gevangenis terechtkwam, maar die later heeft geholpen zijn onschuld te bewijzen. Van tijd tot tijd drinken ze samen een glas en wisselen bespiegelingen uit over de dwaasheid van het mensdom.

Job vertelt over zijn bezoek aan Amsterdam, over de kostbare diamant, en over de hartstilstand van Benjamins. Ook noemt hij het auto-ongeluk dat de eigenaar van de diamant is overkomen.

'Als niemand ingrijpt, gaat het stoffelijk overschot van Benjamins ongehinderd het graf of de verbrandingsoven in. Wie zegt dat de hartstilstand niet is bevorderd door iemand die er belang bij had?'

'En dus?' zegt Rijksen.

'Kun jij niet zorgen dat er een autopsie wordt verricht?'

Hendrik Rijksen is het gewend dat Job hem voor zijn karretje spant. Ze maken er vaak grappen over. Hij heeft een zwak voor Job en ook voor Leonie, die hem als een soort oom beschouwt sinds hij ernstig gewond is geraakt door een kogel op te vangen die voor haar vader was bedoeld.

'Om een familie ertoe te bewegen een autopsie toe te staan, moet je wel enige verdenking hebben,' zegt hij. 'Wat ik zal doen, is een collega in Amsterdam opbellen en vragen of die eens poolshoogte wil nemen. Morgenochtend. Intussen ga jij me wat preciezer vertellen waarom je de dood van die Benjamins verdacht vindt.'

'Akkoord,' zegt Job, maar nu hij zijn zin krijgt, vervalt hij in vaagheden. Hij vraagt wel of Rijksen voorlopig niets wil zeggen tegen de Amsterdamse politie over de diamant. Hij kan er niet voor instaan dat de informatie die hij daarover heeft helemaal juist is.

'Jij verandert nooit,' constateert Rijksen.

Twee dagen later heeft hij nieuws. Een Amsterdamse collega is langsgegaan bij de rouwende familie, heeft met de huisarts gesproken, en heeft gedaan gekregen dat de vrouw van Benjamins toestond dat het lichaam van haar man werd onderzocht. Zijn plotselinge dood riep ook bij haar vragen op. Het onderzoek toonde strychnine in zijn lichaam aan. Helaas was alle serviesgoed dat de laatste uren voor Benjamins dood was gebruikt, zoals kopjes en glazen, grondig gereinigd, zodat niet meer kan worden nagegaan hoe hij het gif heeft binnengekregen. Zelfmoord acht de familie uitgesloten, en dus heeft de Amsterdamse politie besloten de dood van de diamantair als een moordzaak te behandelen.

'Ze wilden natuurlijk weten waar de tip vandaan kwam en ze willen je spreken,' besluit Hendrik Rijksen.

'Dat begrijp ik,' zegt Job. 'En hartelijk dank.'

Hij belt Leonie, op haar mobieltje, want hij heeft geen zin Wies aan de telefoon te krijgen. Hij informeert wel naar Wies en hoort dat ze veel pijn heeft.

'Wanneer kom je weer thuis?'

'Mama hoopt heel erg dat ik voorlopig hier blijf. En ze kan niet lopen, iemand moet toch voor haar zorgen?'

'Ik heb interessant nieuws over een moord. Mijn speurdersbloed...'

'Vanavond ben ik er, minstens tot morgenochtend.'

Ze is er nog voor zessen, één bonk energie, met een doos diepvrieslasagne die meteen de oven in gaat. Job ontkurkt een fles wijn en dan gaan gewoontegetrouw de benen op tafel voor overleg.

'Dus is onze vraag gerechtvaardigd of het auto-ongeluk evenmin een ongeluk was,' constateert Leonie als haar vader alles heeft verteld.

'Mee eens. Dat is nu een stuk waarschijnlijker geworden.'

'Heeft de politie verband gelegd tussen de dood van Sire en die van Benjamins?'

'Ik denk het niet. Maar morgenochtend komt er iemand van de Amsterdamse politie hiernaartoe om met me te praten. Ga ik dat verband leggen? Ik was het niet van plan. Wat vind jij?'

Jacco Speelman woont in Rotterdam, maar hij is veel in de hoofdstad, waar hij vrienden heeft met een verleden dat evenals het zijne duistere kantjes heeft. Job heeft hem indertijd in de penose leren kennen en ze zijn vrienden gebleven, ondanks het enorme verschil in achtergrond, opleiding en morele opvattingen. Jacco trekt de grenzen ruimer dan Job, maar hij heeft een goed hart en hij gaat voor zijn oudere vriend door het vuur.

In Amsterdam woont Piet Dolemans, eind twintig, ook iemand die Job en Jacco hebben leren kennen in Lelystad, in de penitentiaire inrichting. Deze Piet heeft evenmin als Jacco zin daarheen terug te gaan, dus hij leeft niet over, maar wel op het randje van de wet. Hij heeft besloten de politie in het oog te houden, door informant voor ze te worden. Hij geeft daaraan wel een hoogstpersoonlijke invulling, wat erop neerkomt dat hij een soort zedenmeester is geworden. Hij verschaft voorzichtig en gedoseerd informatie over criminelen die hij niet mag, die in zijn ogen te ver gaan, maar hij houdt ook heel wat achter. Hij heeft zelf drie vrouwen die voor hem tippelen en hij verkoopt informatie over paardenrennen vanuit een café, waar hij bepaalde afspraken heeft met de kroegbaas. Hij kan enorm overtuigend liegen, die Piet Dolemans, wat zijn contactpersoon bij de politie goed in de gaten heeft en waarmee deze dan ook altijd rekening houdt. Al met al is tot dusverre de relatie voor de politie vruchtbaar.

Jacco weet dat informant-zijn twee kanten uit kan werken. De politie komt iets te weten over acties in het criminele circuit, de informant, als hij slim is, komt er af en toe achter wat de politie voor plannen heeft. Daarom zit Jacco nu in Piets stamkroeg en laat biertjes voor hem aanrukken.

'Je wilt dus iets van me,' constateert Piet.

Jacco grijnst.

'Zit je in de penarie?'

'Welnee man. Ik moet iets weten voor iemand die er vast wel een paar centen voor overheeft.' Hij noemt Jobs naam niet.

Piet wacht af.

‘Het zit zo,’ zegt Jacco, ‘dat de Amsterdamse politie een moordzaak onderzoekt. Een zekere Benjamins, een ouwe gozer, lag pas dood in z’n bed. Ze dachten een hartstilstand, maar hij bleek vol rattengif te zitten. Kun jij eens informeren op wie de politie een oogje heeft laten vallen?’

‘Wie er verdacht wordt?’

Jacco knikt.

‘Ik zal ’s informeren. Kom morgen maar weer.’

De volgende dag weet Piet te melden dat de politie twee mensen aan de tand voelt. Hij vertelt pas wie dat zijn als Jacco een envelop met honderd euro in zijn richting heeft geschoven. De ene verdachte is een man van midden dertig, een zekere Frederik Verheul, die de zaak van Benjamins acht jaar geleden heeft overgenomen. Die man zit dus in de edelstenenbusiness. Dan is er een vrouw – Piet is nog niet achter haar naam gekomen – die naar het schijnt geregeld bij Benjamins op bezoek kwam. Een oude geliefde misschien? Ook zij is langdurig verhoord. Moet hij er meer over te weten zien te komen? Hij verschuift bijna onmerkbaar de envelop die op tafel ligt.

‘Nee, laat maar even,’ zegt Jacco. ‘Tot zover bedankt.’

‘De crematie is overmorgen,’ deelt Piet nog mee, geheel gratis.

De politie heeft het lichaam dus vrijgegeven, constateert Job, als Jacco verslag heeft uitgebracht. Zoals met Leonie afgesproken, heeft hij de Amsterdamse politie niets verteld over de diamant, omdat ze eerst willen weten hoe Manons vroegere vriend Alain daarover denkt. Job besluit naar de crematie te gaan, want het is best mogelijk dat die Frederik Verheul daar zal zijn en die wil hij weleens zien. Dat zou de man kunnen zijn die door Benjamins is ingelicht over de diamant van de familie Sire. Jacco gaat mee.

Een oudere dame houdt een toespraak waaruit Job en Jacco begrijpen dat ze jarenlang een vriendin is geweest van de heer en mevrouw Benjamins. Misschien is zij de vrouw over wie Piet heeft gerapporteerd. Ze is naar Jobs inschatting oprecht bedroefd en hij schrapt haar voorlopig als verdachte. Maar meneer Verheul verdient aandacht. Hij is gekleed in een onberispelijk zwart pak, iedere haar op zijn hoofd is in het gelid gekamd, zijn handen zijn lang en lenig als van een pianist. Maar verder maakt hij meer de indruk een hoge ambtenaar te zijn, of een dominee, of een bankier. Of een pokerspeler, want van zijn gezicht is geen enkele emotie af te lezen. Zou deze man weten waar de diamant is?

'Kun je proberen wat meer over hem te weten te komen?' vraagt Job als ze het crematorium verlaten.

'Oké,' zegt Jacco. 'Je hoort van me.'

Drie dagen later belt hij. Leonie neemt op. Ze is weer even thuis. Job is er niet. Dat komt Jacco niet slecht uit.

Hij weet dat Job en zijn dochter samenwerken bij hun speurderswerk, dus hij vertelt haar wat hij te weten is gekomen. Frederik Verheul is gescheiden, twee kinderen die bij zijn ex-vrouw zijn. Hij gaat graag uit 's avonds. Als hij in een kroeg of een restaurant een aantrekkelijke vrouw ziet van wie hij vermoedt dat ze alleen is en niet op iemand wacht, probeert hij contact te maken. Kortom, een versierder.

'Dus dacht ik...' zegt Jacco.

'Je dacht?'

'Job vindt het vast niet goed.'

'Je dacht dat ik maar eens naar Amsterdam moest gaan, waarbij ik er niet op m'n onvoordeligst hoef uit te zien, en plaats moet nemen op een barkruk in een kroeg waar meneer Verheul de weg weet.'

'Ik heb altijd geweten dat je een goocheme meid bent.'

'Ik ga het Job vertellen,' zegt Leonie.

'Denk je dat-ie het pikt?'

'Op den duur wel. Je hoort van me, Jacco.'

6

'Ik dacht dat ik je nog zou treffen,' zegt Job door de telefoon.

'Mama voelde zich niet goed. Ik ben maar weer naar haar toe gegaan. De huisarts is geweest en die zegt dat nu ook haar bloeddruk te hoog is. Het zal wel van de zenuwen zijn, maar het bevalt me niet. Ze lijkt ineens een oude vrouw. Wat vind jij?'

'Ik heb er geen verstand van,' zegt Job. 'Wat adviseerde de huisarts?'

'Hij heeft medicijnen voorgeschreven. De apotheek is ze zojuist komen brengen. Het zit me niet lekker. Ik voel me verantwoordelijk, maar hoe kan ik beoordelen wanneer ik moet ingrijpen?'

Job denkt na. Wat kan hij doen?

'Kan ik iets doen?'

'Ik wou dat je kwam en zei wat jij ervan vindt.'

'Goed,' zegt Job. 'Maar vraag Wies eerst of zij dat wel wil.'

Leonie overlegt even en meldt dat Wies graag wil dat hij komt.

Met forse tegenzin stapt hij in de auto. Hij is nog nooit in het huis van Wies geweest. Veel te snel naar zijn zin is hij op de plaats van bestemming. 't Is een heel gewoon huis, niet oud en niet nieuw, vrolijke gele gordijnen met bloemen in de woonkamer, en in de keuken alles in rood en wit.

Boven zijn, zoals te verwachten in dit type huis, twee slaapkamers, de voorste is van Leonie, de achterste van Wies. Ze zit rechtop in bed als hij de kamer in komt. Haar wangen zijn rood. Van opwinding of is het haar bloeddruk? Job kust haar zo oppervlakkig mogelijk op de wang en gaat op een stoel naast het bed zitten. Leonie komt met thee.

'Waarom lig je in bed?' vraagt Job en dat valt direct verkeerd.

'Je hebt toch gehoord van mijn knie? Ik kan niet lopen.'

'Moet je daarvoor in bed liggen?'

Wies loopt nog roder aan. Leonie sust de boel door omstandig de belevenissen in het ziekenhuis op te halen, en Wies valt meteen in, over de aardige verpleegsters, de norse orthopeed, de gezellige röntgenoloog. Je wereld wordt klein als je een kwaal hebt. Job laat haar praten, hij heeft al zo dikwijls meegemaakt dat iemand met een ziekte behoefte heeft om zijn verhaal honderd keer te vertellen. Misschien helpt dat om je te prepareren op de operatie. Bovendien merkt hij op deze manier dat ze niet kortademig is en geen ondraaglijke hoofdpijn heeft, of pijn op haar borst, en dat het dus met die bloeddruk wel mee zal vallen. Hij zegt op gepaste momenten 'goh' en 'tjonge'. Als ze een half uurtje zo hebben gezeten, staat Job op en neemt afscheid. Wies is hem bij dat afscheid net iets te klef, ze aait over zijn wang alsof ze nog rechten op die wang heeft en ze kust hem net te dicht bij zijn mondhoek. Job is blij als hij met Leonie beneden in de keuken zit.

'En?' vraagt Leonie.

'Volgens mij gaat het best met haar, hoor. Ik zou me maar niet te veel zorgen maken.'

'Denk je dat echt?'

'Ja. Ik ben geen arts natuurlijk, maar ik heb de indruk dat ze zich een ietsje pietsje aanstelt.'

'Of zeg je dat omdat je wilt dat ik thuiskom?'

'Natuurlijk wil ik graag dat je thuiskomt, maar ik gaf gewoon mijn objectieve oordeel, precies waar je om vroeg.'

'Hm.' Leonie vertelt langs haar neus weg dat Jacco het een en ander heeft ontdekt over diamantair Frederik Verheul en dat het misschien een goed idee zou zijn als zij probeert die man uit te horen. Tot haar verbazing begint Job niet direct heftig te sputteren. Is hij uit zijn gewone doen, omdat ze in Wies d'r rode keuken zitten?

'Jacco heeft me de naam van een café gegeven waar Verheul bijna dagelijks komt. Ik ben van plan daarheen te gaan. Misschien kan ik contact met hem leggen.'

'Geen slecht idee, maar ik ga wel met je mee.'
'Als vader?'
Job grijnst. 'Ik ga incognito.'

Het lijkt Job beter om vermomd te gaan. Als Verheul inderdaad Benjamins heeft vergiftigd, dan zal hij ook wel met het verdwijnen van de diamant te maken hebben. Het kan dan handig zijn voor een latere confrontatie als hij Job niet kent. Bovendien heeft Verheul hem misschien opgemerkt tijdens de crematie en Job vindt het niet wenselijk dat de man hem zal herkennen. Manon is direct bereid haar grimeerkunst op Job los te laten. Ze heeft dat wel vaker voor hem gedaan. Ook deze keer maakt ze er iets moois van. Hij wordt een gedistingeerde oude heer, met een snorretje, rimpels en een bril met een gouden montuur. De pruik doet het meeste werk, doordat die hem kalend maakt, wat Job allerminst is. Hij lijkt wel dertig jaar ouder.

Job is bezorgd, niet om zijn vermomming, maar om Leonie.

'Het komt heus wel goed. Je drinkt lekker een biertje en kijkt oud om je heen,' zegt Leonie. 'Intussen zal ik die kerel wel inpalmen.'

'Hm.'

Ze gaan met de trein. Job heeft op die manier ruimschoots gelegenheid zijn rol als tachtigjarige te oefenen. Leonie speelt mee door hem te ondersteunen als ze een stoepje op moeten en hem tot Jobs grote ergernis voortdurend 'opa' te noemen op een weerzinwekkend denigrerend toontje: 'Heb je je kaartje, opa? Het zit in je jaszak, goed zo, laat maar aan de meneer zien.' Zelf ziet ze er zwoel uit. Ook daar heeft Manon een handje bij geholpen. Leonie draagt een zwarte strak zittende bloes waarvan de knoopjes zowat tot haar navel openstaan, maar met lange mouwen. Verder een knalrood minirokje en een korte jas. Haar hakken zijn griezelig hoog, ze is op ooghoogte met Job en haar mond heeft de kleur van haar rokje. Wulps slaat ze haar benen over elkaar en zegt tegen de conducteur: 'Geeft u mij zijn kaartje maar hoor, anders zijn we het straks nog kwijt.' Ze stopt de kaartjes in een piepklein tasje dat ze met gestrekte vingers vanwege haar lange rode kunstnagels open en weer dicht klikklakt. Ze kijkt nog een moment met wapperende wimpers naar de conducteur en ziet uit haar ooghoek hoe Job paars aanloopt.

De rest van de reis kiest hij ervoor zwijgzaam te zijn. Wie met zijn opa op reis is, moet zich maar aanpassen aan de grillen van de oude dag.

Job gaat als eerste het café binnen. Hij gaat aan een tafeltje zitten, bestelt een biertje en kijkt rond. Volgens Jacco is het Verheuls vaste dag en uur, maar de man is er niet. Job haalt zijn telefoon tevoorschijn en sms't naar Leonie: *geen V*. Hij had het hele woord *Verheul* willen sms'en, maar wordt gestoord door een meisje van Leonies leeftijd, net zo uitdagend opgemaakt, die hem aanstoot en zegt: 'Nou opaatje, jij bent bij de tijd hoor, dat zie ik de mijne nog niet doen.'

Job laat zijn wenkbrauwen zo diep mogelijk zakken om haar af te schrikken, maar het helpt niet.

'Ik mag hier wel even zitten, hè?' vraagt ze lief en schuift bij.

'Ik ben bezig,' zegt Job getergd.

'Ik ook. Ik ben Cecilia van Drimmelen en ik werk voor het jeugdmagazine *Bov*. Ik doe een artikel over "moderne techniek en je grootouders". Kijk, zie je, de meeste jongeren van tegenwoordig zijn uren bezig om hun grootouders te helpen internet aan te sluiten, de kanalen van de televisie in te regelen, de dvd te laten lopen en ze wegwijs te maken in de geheimen van de magnetron. Hun ouders hebben er ook moeite mee, dus ze sturen de kleinkinderen erop af. En die hebben daar lang niet allemaal zin in. Dus toen ik jou, ik bedoel u, hier zo zag zitten sms'en, dacht ik: dat is leuk voor mijn lezers.'

Uit zijn ooghoeken ziet Job Verheul het café binnenkomen. Hij draagt andere kleren nu, een overhemd dat openstaat en daarboven een lichtgeel vest en een jasje, op het randje van ordinair. Job pakt zijn telefoon en wil opnieuw sms'en, maar Cecilia kijkt hem op de vingers.

‘Wie sms je?’ vraagt ze zonder scrupules.

‘Ik sms naar mijn huisarts om te vragen of het verstandig is dat ik vandaag nog een extra pil tegen hoge bloeddruk neem, of dat ik op een andere manier van de gevolgen van ongewenste gesprekspartners af moet zien te komen.’

Ze zwijgt beledigd en gaat achterover zitten, zodat Job nu aan zijn dochter kan doorgeven dat V is gearriveerd.

Die is aan de bar gaan zitten. Ook hij kijkt rond en heeft in een oogwenk de mooie Cecilia ontdekt. Hij glimlacht naar haar. Job vindt het een onbetamelijke grimas, maar zij lijkt er wel door gecharmeerd.

‘Ik geloof dat ik die meneer daar maar eens ga interviewen,’ zegt ze verveeld en wil opstaan, maar Job legt nu snel een hand op haar arm.

‘Lieve schat, ik vertel je alles wat je wilt weten,’ zegt hij poeslief en precies op tijd, want Leonie komt binnenwiegen en verplettert Verheul met het zojuist in de trein geoefende gefladder van haar wimpers. Ze gaat op twee meter afstand van hem aan de bar zitten en begint ze bij te werken. Job probeert Cecilia bezig te houden en vertelt omstandig over zijn problemen met de magnetron. Hoeveel knopjes zo’n apparaat heeft, weet ze dat wel? En dat terwijl je alleen maar een maaltijdje wilt opwarmen, als man alleen moet je toch wat.

Voor Leonie is het voorlopig een makkie. Verheul, die ze op het eerste gezicht een niet helemaal oninteressante persoon vindt, biedt haar op hoffelijke toon iets te drinken aan en schuift dan geleidelijk drie barkrukken dichterbij. Ze raken in gesprek. Waarover? Over tandartsen. Over het weer. Over het genot van barbecueën op een hete zomerdag. Over de woningnood in Amsterdam. En dan maakt Leonie de knopen van haar manchetten los en rolt de mouwen een stukje op zodat de armband van haar grootmoeder Reders zichtbaar wordt.

De ouders van Job waren geen vermogende mensen. Maar toen ze vijfentwintig jaar getrouwd waren, gaf Hans W. Reders zijn vrouw Annetje een buiten proportie dure gouden armband bezaaid met diamanten. Een armband die misschien moest compenseren dat hij haar leven minder liet schitteren dan dit sieraad deed. Annetje droeg de armband veel en toen ze was overleden, kreeg Leonie hem. Zij doet hem zelden om, want ze is bang hem kwijt te raken. Hij ligt meestal in zijn luxe doos in de la bij haar ondergoed. Vanmorgen heeft ze hem tevoorschijn gehaald en om haar pols gedaan. Ze heeft drie keer gecontroleerd of de veiligheidssluiting goed dicht zit en er toen de manchet van haar bloes overheen dichtgeknoopt.

Ze ziet Verheul naar de armband kijken. Hij is een kenner en zal direct in de gaten hebben dat hij veel waard is. Ongetwijfeld bij lange na niet zoveel als het blauwe oog, maar toch moet het hem verbazen dat een jong meisje met zo'n duur sieraad rondloopt. Hij begint er meteen over:

'Mooie armband.'

'Ja hè,' zegt Leonie neutraal.

'Erfstuk zeker?' vraagt de man belangstellend.

'Vriendje,' zegt Leonie.

Verheul klakt met zijn tong. 'Mag ik hem eens bekijken?'

Leonie strekt haar arm uit.

Hij pakt haar pols. Behoedzaam. Hij houdt de pols dicht bij zijn gezicht, draait hem ook even om. 'Meisje, je loopt met een duur ding rond,' zegt hij dan en kust de lucht vlak boven haar hand.

Ze trekt haar arm terug. 'Dat weet ik ook wel,' zegt ze kattig. 'Ik hou van juwelen. Mag het soms? Ik verzamel ze. Ik heb van alles. Ringen, hangers, een antieke broche, ik ben er gek op, vooral als er echte diamanten in zitten.'

'Vind je het niet gevaarlijk om met zo'n sieraad naar een kroeg te gaan?'

'Ik heb op zelfverdediging gezeten,' snibt ze. 'Ik ben niet bang.'

'Dus ook niet voor mij,' constateert hij en glimlacht raadselachtig.

'Waarom zou ik.'

Hij bestelt nieuwe drankjes. Leonie giechelt. 'Ik kan er niet goed tegen hoor, pas op.' En dat moedigt hem aan om haar nog een derde glas port te laten drinken. Dan zegt hij: 'Zeg, ik woon hier vlak om de hoek. Ik zit in het juweliersvak. Als je zin hebt om een paar heel bijzondere juwelen te zien? Je zou even mee kunnen lopen.'

Uit haar ooghoek ziet Leonie dat Job in zijn glas staart. Hij kan blijkbaar niet horen wat er aan de bar wordt gezegd. Het meisje dat zo-even nog bij hem zat, is verdwenen. Ze kan niet met Job overleggen, maar zelf vindt ze het te gevaarlijk om met Verheul mee naar huis te gaan.

'Nee, dat zal niet gaan,' zegt ze.

'Waarom niet?'

'Ik ga niet met vreemde mannen mee naar huis,' zegt ze.

'Ach lieve kind,' zegt hij, 'ik ben toch geen vreemde meer. We hebben ons toch aan elkaar voorgesteld en we zitten hier al ik weet niet hoe lang gezellig te kletsen. Jij bent Leonie, ik ben Freek, ik heb de indruk dat we vrienden aan het worden zijn. Maar oké, objectief gezien heb je gelijk, je kunt vandaag de dag niet voorzichtig genoeg zijn.'

'Hmmm,' zegt Leonie en laat haar lichaam iets naar hem overhellen zodat hij haar parfum goed ruikt. Dan gaat ze weer rechtop zitten. 'Nee, ik moet het echt niet doen. Maar misschien kunnen we nog eens iets afspreken? Zal ik je mijn nummer geven?' Ze krabbelt het op een bierviltje en hij stopt dat gretig in de zak van zijn jasje.

'Kan ik je dan ergens heenbrengen?' vraagt hij. 'Je bij je huis afzetten? Waar woon je? Ik zou ook best graag jouw collectie sieraden willen zien. Zoals gezegd, ik zit in het vak.'

'Dat moet heel interessant werk zijn,' zegt Leonie en ze kijkt Verheul bewonderend aan. 'Werkt je vrouw met je mee?'

'Nee, ik ben niet getrouwd. Ik koop en verkoop, en ik adviseer beleggers, en als ik het me kan veroorloven hou ik een enkel bijzonder exemplaar zelf, als kunstobject. Als we elkaar wat beter kennen, moet je beslist eens komen kijken.'

'Weet je wat,' zegt Leonie, die er hoe langer hoe minder voor voelt – en zeker niet met haar dure armband en op haar veel te hoge hakken – om zonder veiligheidsmaatregelen met de man mee naar zijn huis te gaan, 'waarom geef je me je adres niet. Dan kom ik eens aanwippen.' En ze voegt er met een halve knipoog aan toe: 'Als het wat vroeger op de dag is, oké?'

'Meisje, dat is een geweldig idee.' Hij trekt een kaartje uit zijn zak. 'Bel me, je bent altijd welkom.'

Ze wipt van haar barkruk, trekt haar jas aan en geeft hem een vluchtige kus op zijn wang. Dan loopt ze heupwiegend het café uit. Zodra ze buiten staat, gaat haar hand automatisch naar haar armband. Even is ze bang dat Verheul, die ze een enge gladjanus vindt, hem ondanks haar oplettendheid heeft gestolen, maar nee, hij zit nog op zijn plaats. Ze loopt snel de hoek van de straat om en nog een hoek, zodat Verheul haar niet meer kan volgen als hij dat plan zou hebben gehad en dan sms't ze haar vader. *V versierd*, leest hij. *Kom je naar de tramhalte?*

Job staat op, een beetje stram zoals het een oude man past. Hij loopt naar de bar en betaalt. Verheul kijkt even naar hem en zijn ogen worden iets nauwer. Hij zal hem toch niet hebben herkend? Job knikt vriendelijk naar Verheul en loopt langzaam de kroeg uit. Buiten vindt hij Leonie terug bij de afgesproken halte en ze pakken een tram. Ze vinden twee zitplaatsen tegenover elkaar.

'Wat heb je ontdekt?'

'Waar hij woont. Ik heb zijn adres!'

'Uitstekend. Dat kan van pas komen.'

'En hij houdt van jonge vrouwen.'

'Duidelijk.'

'Hij heeft oog voor dure sieraden.'

'Dat is geen wonder. Het is zijn broodwinning, weten we toch.'

'Ja, hij viel direct voor oma's armband. En daarna vroeg hij of ik met hem mee naar zijn huis wilde. Of dat vanwege mijn verleidelijke verschijning was, of vanwege de armband, daar ben ik niet achter gekomen. En ja, hij zit in het juweliersvak. Dat vertelde hij me toen uit zichzelf.'

'Hij leek me een beleefde man.'

'Nou, ik vond het een griezel. Maar hij gedroeg zich redelijk correct. Niet echt een heer, meer een nepheer, zal ik maar zeggen.'

'Hoezo een griezel?' vraagt Job. Leonie is meestal tamelijk onverschrokken.

'Ik weet het niet. Hij zei niets verkeerds. Hij probeerde niet aan me te zitten, behalve dan aan mijn hand. De meeste mannen zijn wat dat betreft erger. Het was iets in zijn blik. Alsof hij zich door niets en niemand zou laten tegenhouden. Ik heb nu nog steeds de neiging over mijn schouder te kijken om te zien of hij niet op het bankje achter ons zit.'

'Nee hoor, hij zit er niet,' zegt Job. 'Ik ben overigens blij dat je niet met hem mee bent gegaan.'

'Ik piekerde er niet over. Niet in mijn eentje. En niet met oma's armband.'

'Die draag je niet vaak.'

'Nee, maar ik ben er wel aan verknocht. Ken je Liesbeth, mijn vriendin? Die komt uit een reusachtige familie. Zelf heeft ze vijf broers en zussen en ook haar ouders komen uit grote gezinnen. Ik ben laatst op haar verjaardag geweest, herinner je je nog? Bijna alle ooms en tantes waren er. Voor het eerst in mijn leven was ik daar jaloers op. Wie hebben wij? Ik heb geen grootouders meer, jij hebt geen broers en zussen, Wies d'r enige zus is dood. Ik ben ook al enig kind. Saaie boel hoor. Af en toe heb ik behoefte aan iets uit het verleden, aan een gevoel van familie. En die armband, die helpt daarbij. Die staat daar symbool voor. Zoiets. Hij maakt me een schatbewaarder, begrijp je wat ik bedoel?'

Job slaat een arm om zijn dochter heen. 'Jij bent zo ongelooflijk familie van mij,' zegt hij, 'dat het voelt alsof ik een hele dynastie om me heen heb. Maar toch begrijp ik wat je bedoelt. In mijn moeilijke jaren, je weet wel, heb ik me vaak erg eenzaam gevoeld. Zelden kwam iemand me opzoeken toen. De vanzelfsprekende liefde die je krijgt van directe familieleden, waar ieder mens recht op heeft, had ik in de gevangenis niet. Het voelde erg kaal. Je hebt geen idee hoe blij ik ben dat jij er bent.'

'Je bent een schat,' zegt Leonie. 'Ik wil echt niet zeuren hoor. Ik voel me heus niet tekortgedaan. Bovendien, wacht maar, over een jaar of tien ben je echt opa. Als het aan mij ligt van minstens zes kleinkinderen.'

Ze stappen uit de tram en lopen het station in.

'Welja,' zegt Job, die dat ineens een aantrekkelijke gedachte vindt, al die kleintjes die door het huis zullen rennen. Wordt hij oud dat hij het geen gruwel meer vindt om ooit grootvader te worden? 'Kom op,' zegt hij, 'we hebben nog twee minuten. Perron 8. Opa zal er eens even de sokken in zetten. Kijken of je hem bij kunt houden op die hakken.'

Met zijn getrainde hardloperslijf rent hij richting perron 8. Mensen kijken hem verbaasd na. Leonie schopt haar schoenen uit om hem in te halen, maar ze moet zo hard lachen dat ze de trein op een haar na mist.

7

Reders en Reders. Waar hebben ze zich nu weer in gestort? Hun bemoeienis heeft er in ieder geval toe geleid dat de moord op Benjamins wordt onderzocht. De blauwe diamant kon daarbij weleens de sleutelrol spelen, dus horen ze de politie op dat spoor te zetten. Maar ze aarzelen nog steeds. Job denkt aan de olifant en de porseleinkast. Hij denkt aan Manon en haar verleden, of als hij eerlijk is denkt hij vooral aan Manon en de man op wie ze vroeger verliefd was. Deze Alain heeft tegen de politie niets gezegd over de verdwenen diamant. Waarom niet? Daarover moet eerst duidelijkheid zijn voordat Leonie en hij de porseleinkast betreden.

'Heb je nog iets naders gehoord van Alain?' vraagt hij aan Manon.

'Niets van belang.' Het zinnetje galmt wat wrevelig na.

'Soms herbergen schijnbaar onbeduidende dingen iets van belang,' zegt Job zachtmoedig.

Ze drukt zich even tegen hem aan. 'Sorry, het lijkt of ik iets voor je verborgen hou. Dat is niet zo. Alain en ik hebben een paar keer met elkaar getelefoneerd. Er komt zoveel los over het verleden, weet je. Over zijn en mijn familie. Over zijn kinderen. Over Tim. Over mijn stukgelopen huwelijk en over zijn vrouw.'

'Met zijn huwelijk gaat het waarschijnlijk ook minder?'

'Waarom denk je dat?'

'Over goede huwelijken valt weinig te zeggen.'

'Ik heb hem verteld hoe dol ik ben op jou,' zegt Manon.

Daar gaat Job maar even niet op in. Hij vraagt of Alain nog iets heeft gezegd over de diamant van zijn grootmoeder. Vooral over zijn verzuim om de politie daarover in te lichten.

'Nee, geen woord.'

'We moeten daar meer over weten,' zegt Job.

'Ik bel hem meteen. Dan kun je hem er zelf naar vragen.' Resoluut pakt Manon de telefoon.

'Wacht even. Spreekt hij Engels? Want je weet het, mijn Frans is niet best.'

'Ik ben bang van niet.'

'Vraag hem dan of hij naar Doetinchem kan komen. Zonder jou als tolk ben ik nergens.'

'Wil je echt dat Alain hiernaartoe komt?'

Dat wil Job helemaal niet, maar als het erop aankomt is hij een rationeel mens. Een hernieuwde ontmoeting tussen Manon en Alain is sowieso onvermijdelijk. Dan kan hij maar beter in de buurt zijn. En verder verloochent zijn speurdersbloed zich niet. Hij is nieuwsgierig naar wat Alain te vertellen heeft over de diamant. Hij wil de man kunnen beoordelen. Er hangt een bedenkelijk luchtje om zijn verhaal.

'*Comme tu veux*,' zegt Manon, met haar gedachten al bij het telefoongesprek dat ze gaat voeren. Ze toetst een nummer in. Uit wat hij opvangt, begrijpt Job dat Alain het een prachtplan vindt. Er wordt afgesproken dat hij twee dagen later bij Manon in Doetinchem zal zijn.

De dag dat Alain aankomt, heeft Manon een maaltijd bereid en heeft ze gedekt voor vijf personen: Tim, Alain, Job, Leonie en zijzelf.

Alain is een sympathieke man van net veertig met een dichte donkere haarbos. Zijn mondhoeken staan iets omhoog, waardoor hij altijd lijkt te glimlachen, hij heeft beweeglijke handen, een grof gebreide trui die hem forser doet lijken dan hij is. Hij probeert zich uit te drukken in het Engels, maar dan is het Frans van Leonie en Job altijd nog iets begrijpelijker. Gelukkig is Manon er als tolk, en ook Tim redt zich goed.

Als de fase van oppervlakkige beleefdheden achter de rug is, vertelt Job over zijn bezoek aan Benjamins, over diens overlijden, en over het politieonderzoek dat is gestart. Over Verheul zegt hij voorlopig niets.

'Waarom hebt u de politie niet over de diamant verteld die uw vader aan Benjamins heeft laten zien?' vraagt Leonie onomwonden. In haar krakkemikkige schoolfrans is ze nog directer dan Job van haar gewend is.

En dan vertelt Alain.

'Mijn grootmoeder heette Clotilde Genlis. Ze woonde in de Vendée. Ik ben er vaak geweest. Het is echt een *bocage* landschap, dat wil zeggen zo'n landschap met door heggen omsloten velden, klein, onregelmatig, dit in tegenstelling tot de *campagne*, met grote open velden en weidse uitzichten.

Bonne-maman Clotilde moet een hartstochtelijke vrouw zijn geweest toen ze jong was. Haar huwelijk met mijn grootvader duurde kort, doordat hij al jong is overleden. Grootvader was streng katholiek geweest. Hij was niet van adel maar er wel aan geparenteerd, tamelijk welgesteld, een steunpilaar voor de kerk, echt een man van de Vendée, waar de adel altijd een sterke positie heeft gehad, nauw verbonden met de kerk.'

'Ik herinner me iets van de oorlogen van de Vendée,' zegt Job.

'Precies. Die gingen aan het eind van de achttiende eeuw tegen de revolutie in, toen niet alleen vele edelen, maar ook kloosterlingen onder de guillotine terechtkwamen. In de Vendée beschermde men zowel edelen als kloosterlingen.

Goed, er gingen geruchten dat mijn grootmoeder, na de dood van haar man, dus toen ze een jonge weduwe was, iets had met een oudere graaf, de *comte* Dantan-Lachaumière. Dat speelt allemaal zestig jaar geleden of zo. Jullie weten wel dat in Frankrijk een erotische uitspatting pas een schandaal is als er in de kranten over wordt geschreven, en dat gebeurt niet gauw, maar in de Vendée worden de grenzen wat strakker getrokken. De *comte* was ook zeer katholiek, en getrouwd. *Bonne-maman* woonde in het dorpje La Bruffière, niet ver van Nantes, en dicht daarbij, in de buurt van Montaigu, staat

Palatin de France, sinds eeuwen het kasteel van de familie Dantan-Lachaumière.

Ik ben pas voor het eerst in La Bruffière geweest toen *bonne-maman* al begin zestig was, en de oude *comte* kort daarvoor was overleden, maar hier en daar ving ik toch wat op.'

'De diamant,' herinnert Job hem.

'*Bonne-maman* heeft jarenlang een dienstmeisje gehad, een schat van een vrouw. Geneviève heette ze. Ik was dol op haar. Later, toen ze al een tijd niet meer bij mijn grootmoeder werkte en ik hoorde dat ze ziek was, ging ik haar opzoeken en toen hadden we een heel vertrouwelijk gesprek. Ze was altijd bijzonder discreet geweest, maar deze keer liet ze nogal wat los. Ze heeft daarna nog maar kort geleefd. Ik zal toen twintig geweest zijn. Van haar hoorde ik dat *bonne-maman* en de oude graaf inderdaad heel intieme vrienden waren geweest, maar dat die relatie abrupt was verbroken. Ze hebben elkaar daarna nooit meer gezien, althans niet van dichtbij. In de kerk zagen ze elkaar uit de verte, de *comte* vanuit de speciale kerkbank van de Dantans, *bonne-maman* ver daarvandaan aan een andere kant van de kerk. Maar ze telefoneerden, vertelde Geneviève me. Af en toe had ze een flard opgevangen. "Dat deel van je blijft bij me tot mijn dood," had Geneviève mijn grootmoeder eens horen zeggen en ze had sterk de indruk gehad dat het ging om iets tastbaars, iets stoffelijks. Alsof het een kind betrof. Dat was het natuurlijk niet, dat wist Geneviève heel goed, maar wel iets heel dierbaars. Als je iemand van zo dichtbij meemaakt, in haar eigen huis, zijn sommige dingen niet verborgen te houden. Mijn grootmoeder en de *comte* hadden heel veel van elkaar gehouden, daar was Geneviève van overtuigd. Ze wilde dat ik dat wist, want ik zou ook weleens bedenkelijke praatjes hebben gehoord over hun relatie.'

'U denkt dat de *comte* uw grootmoeder bij het afscheid een kostbare diamant heeft geschonken,' zegt Job.

'Ja, dat denk ik. Maar ik weet ook dat er na de dood van de *comte* rumoer is geweest over kostbaarheden die uit de erfenis waren verdwenen. De jongste zoon heeft zelfs nog even vastgezeten, voor verhoor, zei men. Hij zou dingen hebben verdonkeremaand. Maar het fijne weet ik daar niet van. Hoe dan ook, ik aarzel om de politie in te lichten over de diamant. Als die erg kostbaar is, zullen er vragen worden gesteld over de manier waarop hij in onze familie terecht is gekomen.'

'Dat rumoer over de erfenis, daar moet uw grootmoeder van hebben gehoord,' meent Leonie. 'Heeft ze toen niets ondernomen?'

'Niet dat ik weet.'

Vaak is het goed om nieuwe informatie even te laten bezinken.

'Denk over het volgende na,' zegt Job tegen Alain. 'We moeten rekening houden met de mogelijkheid dat de man die het bedrijfje van Benjamins heeft overgenomen, Frederik Verheul, de diamant heeft ontvreemd, al moeten we er natuurlijk voor waken voorbarige conclusies te trekken. En als Verheul de diamant heeft gestolen, dan heeft hij dat waarschijnlijk van je vader gedaan, want Benjamins heeft me verteld dat je vader de diamant mee terug naar Frankrijk heeft genomen.'

'Misschien loog Benjamins.'

'Hij maakte een betrouwbare indruk op me. Stel dat Verheul de diamant gestolen heeft, dan is het zelfs denkbaar dat hij de hand heeft gehad in het auto-ongeluk van je vader.'

Dat is volstrekt nieuw voor Alain. Hij is er stil van.

'Het spijt me. Het moet schokkend voor je zijn. We weten het natuurlijk ook niet, maar we moeten wel proberen erachter te komen. Op enig moment moeten we de politie erbij betrekken, daar zullen we niet onderuit kunnen. Dus stel je daarop in.'

'Ik betaal natuurlijk alle onkosten,' zegt Alain. 'En een honorarium.'

Job knikt langzaam. 'Daar hebben we het nog wel over.'

Van dat laatste kijkt Manon op. Meestal wuift Job iedere discussie over geld meteen weg. Nu wil hij de relatie kennelijk vooral zakelijk houden.

Terwijl ze de zinnen vertaalt, kijkt ze Job aan. Leonie kijkt overigens ook met enig onbegrip naar haar vader. Ze had de onderhuidse spanning tussen Job en Alain nog niet bespeurd. Maar Job kijkt neutraal voor zich uit.

De volgende dag overwegen Job en Leonie verschillende opties.

Naar de politie gaan en het opsporen van de diamant aan hen overlaten. Naar Frederik Verheul gaan en hem regelrecht vragen waar de diamant is. Zijn reactie zal misschien iets ophelderen. Naar de Vendeé gaan en proberen daar iets te weten te komen. De hele zaak laten rusten komt niet bij ze op.

Naar Frankrijk gaan spreekt hen het meest aan. Lekker even eruit. Daar pleit tegen dat Wies met haar knie zit en op verzorging door Leonie rekent. En vragen ze Manon mee? En Alain misschien?

'Natuurlijk doen we dat, we vragen ze allebei,' zegt Job.

'O?' Leonie had het zich anders voorgesteld.

'Natuurlijk.'

'Oké dan. Ik zal met mama overleggen, of ze een dag of vier zonder me kan.'

Dat kan Wies. Ze heeft nog geen oproep gehad voor de operatie en een vriendin heeft net aangeboden om een paar dagen te komen.

'Wel,' zegt Job, 'die diamant loopt niet weg. Een edelsteen met een zekere bekendheid verhandel je niet maar zo een-twee-drie. We kunnen best eerst een reisje maken.'

Ook Manon kan er een paar dagen tussenuit. En zo zitten Job, Leonie en Manon enkele dagen later in de TGV naar Le Mans, waar Alain hen staat op te wachten. Ze huren een auto en rijden naar Nantes. Daar hebben ze kamers voor een overnachting gereserveerd.

'Wat stellen jullie voor dat we morgen doen?' vraagt Alain, als ze voor het slapengaan nog een glas wijn drinken.

'Rondkijken. Onze ogen en oren de kost geven,' zegt Job. 'De atmosfeer rondom het chateau Palatin de France opsnuiven. Met dorpelingen praten. Luisteren of deze of gene iets speciaals te vertellen heeft over de familie Dantan-Lachaumière. De oudste zoon van je grootmoeders vriend woont in het kasteel, nietwaar? Waar is de jongere zoon gebleven, die blijkbaar indertijd voor iets is aangeklaagd, of minstens verhoord?'

'Mijn vader is een natuurwetenschapper die veel waarde hecht aan signalen die in de natuurwetenschappen geen rol spelen,' verklaart Leonie. 'Ik daarentegen probeer een alfawetenschapper te worden die krachtig leunt op wat de natuurwetenschappen te melden hebben.'

'Mag het iets minder ingewikkeld?' vraagt Manon, die alsmaar voor Alain aan het vertalen is.

De volgende morgen rijden ze eerst naar La Bruffière, naar het huis van wijlen oma Clotilde. Het staat te koop. Alain weet dat zijn vader dat via een makelaar heeft geregeld. Hij heeft sinds het ongeluk van zijn vader nog niets van de man gehoord, dus het verkopen van huizen in La Bruffière zal wel geen big business zijn. Hoe dat zij, hij is van plan om voor ze het gebied weer verlaten, bij hem langs te gaan.

Daarna gaan ze richting Montaigu. Ze zien het kasteel, rijden er een eindje voorbij, en wandelen er dan met een wijde bocht omheen. Er beweegt niets. De oprijlaan kan worden afgesloten door een hek, maar dat staat open.

'Bellen we aan?' vraagt Alain. 'Ik denk dat Alphonse Dantan nog wel weet wie ik ben, althans wie mijn grootmoeder was.'

'Later, lijkt me,' zegt Job. 'Eerst maar eens een praatje maken met iemand uit de buurt.'

Ze zoeken een terrasje in Montaigu en bestellen koffie. Ze kijken naar de mensen die door de straat komen. En dan, ineens, geeft Job Leonie een duwtje en fluistert gehaast: 'Gauw, naar binnen, ga... weet ik veel, je neus poederen. Uit zicht.' Zelf draait hij zijn rug naar de straat. 'Niet kijken, maar daar loopt Frederik Verheul.'

Leonie is meteen verdwenen. Alains gezicht is een groot vraagteken.

'Daar loopt de man die de zaak van Benjamins heeft overgenomen,' legt Manon uit. 'Kijk maar niet te uitdrukkelijk. Hij heeft

Leonie ontmoet in een café in Amsterdam. En Job heeft hij misschien gezien toen Benjamins gecremeerd werd.'

Verheul loopt langs het terras, steekt dan over en gaat iets verderop een *tabac* in.

'Het is beter dat ik hem niet volg,' zegt Job. 'Leonie al helemaal niet.'

'Alain en ik doen het,' zegt Manon. 'We bellen als er iets is. Of een van ons tweeën komt hier terug om te rapporteren wat de man doet. Heb je hem gezien, Alain?'

'Vaagjes.'

'Kom op. Blijven jullie hier zitten?'

'Daar mag je op rekenen.'

Manon en Alain slenteren de straat op, Leonie die verdekt opgesteld in de donkerte van het café door het raam de gebeurtenissen is blijven volgen, ziet Verheul de winkel uit komen en zijn weg vervolgen. Ze gaat weer bij haar vader zitten.

'Nu mogen we toch zeker aannemen dat Verheul iets met de diamant te maken heeft,' constateert ze tevreden.

'Hij heeft hem beslist gejat,' denkt ook Job. 'Ik neem aan dat hij intussen weet om welke diamant het gaat. Hij zal de literatuur over bekende diamanten er wel op nagelezen hebben. En nu gaat hij vast op bezoek bij de *comte*. Wat doet hij anders in Montaigu?'

'Wat een mazzel dat we hem nu net hier zien lopen,' zegt Leonie.

'Mazzel ja, maar zo toevallig is het ook weer niet. Blaise Pascal zei het al: Het geluk komt graag terecht in een gespreid bedje.'

Een half uur later komt Manon weer aanlopen en meldt dat Verheul een hotelletje is binnengegaan. Alain is in de buurt daarvan op wacht gebleven. Nog weer wat later belt Alain om mee te delen dat Verheul naar buiten is gekomen en bezig is in een auto te stappen. Een auto met een Nederlands nummerbord.

'Kun je zien wat een onervaren speurders we zijn,' zegt Job. 'We hadden natuurlijk met onze auto aan de startstreep moeten staan.

Manon, zeg maar tegen Alain dat we hem over drie minuten oppikken.'

Als Alain instapt, is Verheul natuurlijk al verdwenen. Veel zorgen maken ze zich daarover niet. Ze zijn er van overtuigd dat hij naar het kasteel gaat. Dus rijden ze daar ook heen. Maar nee. Geen auto te bekennen. Ze rijden door het openstaande hek de oprijlaan op, tot bij het gebouw. Niets. Een uur rijden ze rond, maar van de Nederlandse diamantair geen spoor.

'Ik denk dat ik weet waar hij is,' zegt Leonie.

'Vertel.'

'Terug naar Nederland. Hij is natuurlijk al eerder in Montaigu aangekomen. Toen wij hem zagen had hij zijn missie volbracht, zijn bagage al in de auto gezet, hij kocht nog even sigaretten, ging nog even naar de wc in het hotel en vervolgens is hij huiswaarts gegaan. Bij de graaf is hij gisteren al geweest.'

'Slimme meid, hè,' grijnst Job tegen Manon. 'Zo is het natuurlijk precies. Dus lijkt het me tijd dat wij nú de *comte* met een bezoekje vereren. Misschien niet met een delegatie van vier personen. Leonie, zou je het erg vinden om met Alain...'

'Alain moet mee, vanwege de relatie met zijn grootmoeder.'

'Ik meen me te herinneren dat die Dantans goed Engels spreken,' zegt Alain. 'De familie heeft relaties in Schotland.'

'Dan blijf ik met Leonie buiten wachten,' zegt Manon.

Job en Alain bellen aan. Er wordt opengedaan door een oudere man met een butlerachtig uiterlijk.

'*Messieurs?*'

'We willen graag de graaf spreken,' zegt Alain. 'Ik ben een kleinzoon van wijlen mevrouw Clotilde Genlis.'

'Ik zal het de *comte* zeggen.'

Ze worden binnengelaten in het kasteel Palatin de France. De graaf is veel ouder dan Job zich had voorgesteld, hij moet tegen de tachtig lopen. Hij is slecht ter been, dat blijkt al uit de enkele stappen die hij doet als hij zijn bezoekers begroet. Hij heeft een weelderige bos grijs haar. Er is wat veel vel in zijn gezicht, vroeger zal hij een bolle toet hebben gehad. Hij draagt een zwarte broek en een fluwelen huisjasje. Uit het borstzakje steekt een lorgnet, dat met een kettinkje aan een knoopsgat van het jasje zit. Beeld van een vervlogen tijd. Contactlenzen kun je je bij hem niet voorstellen. Ach ja, Alphonse Dantan zou natuurlijk qua leeftijd zo'n beetje de grootvader van Alain kunnen zijn. Alains grootmoeder was immers zowat een generatie jonger dan haar amant, denkt Job.

De oude man blijkt inderdaad Engels te spreken, al is het onmiskenbaar met een Frans accent. Het zet Alain een beetje buitenspel, maar dat vindt Job niet zo ongunstig. Na enkele inleidende opmerkingen zegt hij: 'Vergeef me onze vrijpostigheid, maar ik vermoed dat u kortgeleden bezoek hebt gehad van een landgenoot van me, een zekere Frederik Verheul.'

Meneer Dantan-Lachaumière schudt langzaam zijn hoofd.

'Er was een Nederlander, maar hij noemde zich De Vries. Jan de Vries.'

'Dan heeft hij een valse naam gebruikt,' vermoedt Job. 'Jan de Vries is zo'n beetje de meest algemene naam in Nederland die je kunt verzinnen.'

'Zo?'

'Als ik vragen mag, kwam hij spreken over een diamant?'

De graaf antwoordt niet, maar uit een nauwelijks merkbaar knikken van zijn hoofd zou je kunnen afleiden dat Job in de roos schiet.

'Een kostbare, blauwe diamant?'

'Wat hebt u hiermee te maken? Ah, *je comprends...*'

Zijn blik richt zich op Alain, en hij gaat over in het Frans. 'Clotilde Genlis, hè?'

Alain knikt.

'Een oude geschiedenis. Maar in de Vendeé nog niet vergeten.'

Even zwijgen ze alle drie.

'Zelfs ik weet er het fijne niet van,' mompelt de graaf.

'Jan de Vries is een valse naam, daar kunnen we rustig van uitgaan,' zegt Job. 'De man heet in werkelijkheid Frederik Verheul. En hij is waarschijnlijk een bedrieger. Wou hij u een diamant verkopen die van uw vader is geweest?'

De graaf schudt zijn hoofd. 'Hij wilde een diamant van me kopen.'

'Wel wel. Een speciale diamant?'

De graaf gaat wat rechter op zitten. Het lijkt alsof hij tot dusverre heeft zitten dutten en nu wakker wordt.

'Ik heb u niets aangeboden,' zegt hij. 'Hoe weinig attent van me. Mag ik u voorstellen dat we een glas witte wijn drinken?' Hij wacht het antwoord niet af, trekt aan een belkoord, en als de butler verschijnt, vraagt hij om een fles Chardonnay uit de voorste wijnkelder. 'Terwijl we dat glas drinken, iets vroeger op de dag dan mijn gewoonte is, vertelt u me eerst eens wie u bent. De kleinzoon van Clotilde Genlis kan ik plaatsen, maar wat is uw rol, meneer?'

Hij kijkt Job indringend aan.

'Alain Sire is een oude vriend van mijn vriendin. Ik ben geneticus, maar af en toe doe ik speurwerk. De heer Sire heeft me gevraagd te helpen bij het opsporen van een diamant die tot voor kort in het bezit was van zijn inmiddels overleden vader.' De wenkbrauwen van de graaf gaan centimeters omhoog. 'Ach, zo is dat. Uw vader was een zoon van Clotilde,' zegt de graaf in het Frans.

'Dat was hij.'

Ze drinken de wijn, die heerlijk koel is.

'Onze familie is al zo'n anderhalve eeuw in het bezit van juwelen, waarvan sommige een geschiedenis hebben en in de literatuur staan beschreven. Het meest opvallend is een juwelenpaar dat bekendstaat onder de naam *Les jumeaux bleus.* Twee blauwe diamanten, die bijna niet van elkaar zijn te onderscheiden. De laatste vijfentwintig jaar van zijn leven heeft mijn vader er niet meer in toegestemd dat *Les jumeaux bleus* voor tentoonstellingen werden uitgeleend, iets wat hij daarvoor nog weleens toestond. Ik heb ze de laatste veertig jaar ook niet meer bij elkaar gezien. Toen mijn vader was overleden, bleek dat een van de twee diamanten zoek was. En nog een ander kostbaar sieraad, een halssnoer van groene granaten. Mijn jongere broer werd ervan verdacht de kostbaarheden te hebben ontvreemd, niet door mij, maar door onze zuster, die met een gierige man is getrouwd. Jean-Patrice bekende onmiddellijk dat hij de granaten alvast had meegenomen, omdat zijn vrouw de volgende dag jarig was en papa hem dat halssnoer had toegezegd. Dat bleek ook uit een lijst met meer details dan het testament bevatte, die we later aantroffen in vaders bureau. Maar waar de helft van de tweeling was gebleven, daar had mijn broer geen idee van. De politie geloofde hem aanvankelijk niet, maar hij werd spoedig met rust gelaten, wegens gebrek aan bewijs. Begrijp ik nu goed dat uw grootmoeder hem in haar bezit had?'

'Daar zijn nogal wat aanwijzingen voor,' zegt Alain.

De graaf heeft al sinds enige tijd Frans gesproken en Job heeft niet alles begrepen. Maar wel de essentie.

'Uw vader moet hem aan Clotilde hebben geschonken,' zegt hij.

De huidige comte knikt: 'En hij moet de andere diamant dicht bij zijn hart hebben bewaard.' Het is even stil. Dan verzucht hij: 'Hij had het moeten opschrijven. Hij zal het niet hebben gedurfd, uit vrees dat mijn moeder de notitie zou vinden. En toen *maman* kort vóór hem is overleden, zal het er niet meer van zijn gekomen.'

'Is het diamantenpaar meer waard dan de som van de twee afzonderlijke exemplaren?'

'Ik denk het drievoudige,' zegt graaf Dantan-Lachaumière.

'Dus kwam Verheul vragen of u hem de andere helft van de blauwe tweeling wilde verkopen, zonder erbij te vertellen dat hij de ene helft zelf in zijn bezit heeft. Althans ik neem aan dat hij daarover niets heeft gezegd.'

'Zo is het.'

De gezichten van Job en Alain zijn vraagtekens.

'Ik heb hem de deur gewezen.'

8

'Weet je wat ik nou aardig van onze *comte* vind,' zegt Leonie als ze in de avondzon achter een bord *crudités* zitten. 'Dat hij niet één keer tegen Alain heeft gezegd dat hij het blauwe oog terug wil hebben.'

'De andere helft van *les jumeaux bleus* bedoel je,' zegt Manon. 'Tweeling betekent dat. Ze zijn wereldberoemd.'

'Hm. Maar ik vind het idee van twee blauwe ogen ook mooi, jullie niet?' Ze spert die van haar heel wijd open bij wijze van voorbeeld, maar ze zijn niet blauw.

Job is er niet bij met zijn gedachten. Het kribbige toontje van Manon valt hem niet op. Hij peinst over Verheul. Een dief? Een moordenaar? Hoe krijgen ze dat ooit bewezen?

'Verheul vermoedt natuurlijk dat de graaf de andere diamant heeft, maar hij weet dat niet zeker en hij weet ook niet waar die diamant zich bevindt. Hij is zonder nieuwe informatie naar Nederland teruggegaan. Teleurgesteld, neem ik aan. Wat zou er gebeuren,' vraagt hij zich hardop af, 'als de graaf hem de andere helft van de tweeling *wel* aanbood?'

'Hij zou er bovenop springen,' zegt Manon.

'Hij zou er financieel voordeel uit willen halen,' zegt Alain.

'Het is een manier om hem uit zijn tent te lokken,' denkt Leonie.

'We zouden er iets tegenover moeten stellen,' vindt Job.

'Hoe bedoel je?' vraagt Alain.

'Iets waardoor hij zichzelf verraadt. Iets waaruit zou blijken dat hij je vader heeft vermoord.'

'Denk je dat dan echt?'

'Het zou kunnen.'

‘Stel dat de vader van Alain ook de andere helft van *les jumeaux* zou hebben gehad...’ zegt Leonie.

‘Verheul weet natuurlijk dat dat niet zo was.’

‘Waarom denk je dat?’

De ene na de andere gedachte vliegt over de tafel. Manon komt met bruikbare informatie. Ze weet dat iedere diamant die in andere handen overgaat, gemiddeld drie keer langs Antwerpen komt: eerst wordt hij verhandeld als ruwe diamant, daarna als bewerkte diamant en vaak wordt hij later opnieuw in Antwerpen geveild, of hij verwisselt daar hoe dan ook van eigenaar.

‘Waarom Antwerpen?’ vraagt Leonie.

‘Omdat daar vier grote diamantbeurzen zijn. Vroeger ontmoetten de Antwerpse diamanthandelaars elkaar ongedwongen in openbare gelegenheden, zoals *Le Chalet* en *Café de l’Est* op de Keyserlei. Toen dat te gevaarlijk werd, richtten ze besloten clubs op. Vier van die clubs zijn uitgegroeid tot de vier Antwerpse wereldbeurzen. De totale omzet van de diamanthandel in Antwerpen is enorm. Ik geloof dat het gaat om zoiets als 20 miljard dollar. Het is in elk geval evenveel als in alle andere exportcentra samen.’

Manon weet ook hoe de koop en verkoop van diamanten in zijn werk gaat. Dat is niet zoiets als een brood kopen. De juwelierswinkel waar ze werkt heeft een contactpersoon in Antwerpen, een zekere Verzellenberg.

‘Een makelaar, zoals Verzellenberg,’ vertelt ze, ‘laat aan een koper een *lot* diamanten zien. Als die er belangstelling voor heeft, doet de makelaar de diamanten in een envelopje, dat noemen ze een *cachet*, en dat verzegelt hij. Op het cachet schrijft hij het bod van de potentiële klant en die zet er zijn handtekening onder. De makelaar laat dat aan de eigenaar van het lot diamanten zien, en die beslist of hij met het bod akkoord gaat.’

‘Kan hij dan de inhoud van het cachet niet alsnog vervangen door iets minder waardevols?’ vraagt Leonie.

‘Alleen de koper mag het cachet openen, de eigenaar mag zijn eigendom niet meer bekijken.’

'En als die ander dan toch niet wil kopen?'

'Dat zou kunnen. Maar een cachet is vierentwintig uur geldig. Daarna beschikt de eigenaar weer over wat erin zit. Gaat de koop door, dan wordt hij al sinds eeuwen beklonken met de woorden "mazzel en brooche". Dat is Jiddisch voor "voorspoed en zegen". Maar goed, de makelaar moet dus een betrouwbaar persoon zijn.'

'Dat lijkt me best een probleem. Hoe weet je wie echt betrouwbaar is,' vraagt Job zich af.

'De diamantwereld is een klein wereldje waarin iedereen iedereen kent. Als iemand een onbetrouwbare handelaar of makelaar blijkt te zijn, reken maar dat dat dan binnen een dag tot in Japan bekend is. Beroemde diamanten kunnen beslist niet onopgemerkt verhandeld worden op de beurs. *Les jumeaux bleus* bijvoorbeeld, zijn uitvoerig in de literatuur beschreven. Uit een enorme ruwe blauwe diamant, die rond 1850 is gevonden in Namibië, zijn door een befaamde Antwerpse klover twee prachtige identieke kleinere diamanten gemaakt. De tweeling. Beide 32,5 karaat, dat is iets meer dan zesenhalve gram. Ze zijn van eenzelfde schitterende helderheid. Iedereen in de diamantwereld weet van het bestaan van de blauwe tweeling, maar iedereen weet bovendien dat de diamanten al een halve eeuw niet meer te zien zijn geweest en dat ze ook niet meer in het nieuws zijn geweest. Men gaat ervan uit dat onze graaf, de *comte* Dantan-Lachaumière, *les jumeaux bleus* nog steeds in zijn bezit heeft, maar er is twijfel, terecht dus, omdat er zelfs bij het overlijden van de oude *comte* nauwelijks informatie over naar buiten is gesijpeld.'

Als Manon is uitgepraat zijn ze allemaal een poosje stil.

Ze denken na. En dan komen ze gezamenlijk tot een plan.

De volgende dag bellen Job en Alain opnieuw aan bij het kasteel. Opnieuw wordt opengedaan door de butler en opnieuw vragen ze belet bij Dantan-Lachaumière. Misschien heeft de *comte* weinig aanloop en vindt hij het prettig om herinneringen aan zijn vader op te halen? Hij zit in dezelfde sombere kamer met het hoge plafond als de vorige dag. Vandaag ligt er een plaid over zijn benen en hij komt niet overeind als Job en Alain worden binnengelaten. Wel gebaart hij hun vriendelijk te gaan zitten.

'Ik verwachtte u al,' zegt hij. 'U hebt nagedacht. Ik ook. We zullen deze De Vries of hoe hij mag heten er niet vandoor laten gaan met een van de twee liefdesdiamanten. Mijn vader zou zich in zijn graf omdraaien.' De graaf gaat even verzitten, een beetje moeizaam, het lijkt of hij pijn heeft. 'Mijn vader heeft ongetwijfeld heel veel van uw grootmoeder gehouden. Het is typisch iets voor hem om een van de twee diamanten aan zijn geliefde te schenken,' zegt hij tegen Alain. 'Zo was hij. Een romanticus, die alleen belang hechtte aan de emotionele waarde van voorwerpen, zelfs als het om een kostbare diamant ging. Ik twijfel er dan ook niet aan dat de diamant van uw grootmoeder was en nu dus van u is. Laten we dat vooropstellen.'

Job krijgt hoe langer hoe meer sympathie voor de oude heer. Hij doet hun plan van de vorige dag uit de doeken. Ze kunnen onmogelijk rechtstreeks naar Verheul gaan, zelfs niet met een smoesje. Hij zou direct doorhebben dat er een val voor hem wordt opgezet. Maar als hem via de Antwerpse diamantbeurs het gerucht bereikt dat de *comte* Dantan-Lachaumière op zoek is naar de andere helft van de tweeling, en dat hij bereid is hem te kopen voor een bedrag dat ruim ligt boven zijn waarde als solo-diamant, dan zal Verheul misschien gretig worden. De blauwe diamant van Alain moet ongeveer zevenhonderdvijftigduizend euro waard zijn, dat hebben ze gisteren al van de graaf gehoord. Maar als de tweeling compleet is, zijn de diamanten samen zeker vier miljoen waard.

De *comte* grinnikt op een manier die op niezen lijkt. 'Dus ik moet hem met zijn eigen methodes gaan bestoken?' zegt hij. 'Ik vraag *hem* nu te verkopen. Waarom?'

'Omdat hij dan op een zeker moment met de diamant bij een tussenpersoon moet komen,' zegt Job. 'Een expert. U moet toch de garantie hebben dat de diamant echt is.'

'Dat is waar,' zegt de graaf. 'Kent u een betrouwbare expert?'

'Jazeker, we kennen een zeer betrouwbare expert,' zegt Job. 'Maar of Verheul het zal wagen met een makelaar in zee te gaan, is nog de vraag. Misschien gaat hij wel heel anders te werk.'

'Mag ik vragen waar u de andere helft van de tweeling bewaart?' vraagt Alain ineens.

De *comte* grinnikt weer. De deken op zijn knieën schudt ervan. 'Als u me niet over uw grootmoeder had verteld, zou ik nu argwaan krijgen, meneer. Maar, mijn beste, de diamant is niet mijn persoonlijk bezit. We hebben hem als kinderen met z'n drieën van mijn vader geërfd. En als u dat zo graag wilt weten, hij is hier wel degelijk op Palatin de France. In een kluis natuurlijk. Veilig weggeborgen. Mijn broer en zus zijn daarmee akkoord gegaan. De diamant ligt hier veilig, al zo veel tientallen jaren.'

'Heeft niemand ooit geprobeerd hem te stelen?' vraagt Job.

'Niet voor zover wij weten. Misschien is het wel geprobeerd, maar Palatin de France is een moeilijk in kaart te brengen kasteel en bijna niemand weet waar zich de kluis bevindt.'

'Wanneer hebt u hem voor het laatst gezien?' vraagt Job.

'De diamant? Gisteravond, jongeman. Voor het eerst na jaren. Jullie verhaal van gisteren had me geraakt. Ik wilde hem in mijn hand houden en proberen te voelen wat mijn vader gevoeld moet hebben.'

'Dus u weet zeker dat hij er nog ligt.'

'Waarom vraagt u dat?'

'We vermoeden dat Verheul gemoord en gestolen heeft om aan de andere helft van de tweeling te komen. Ik verwacht dat hij zich door niets zal laten weerhouden als hij hoort dat de diamant zich inderdaad hier op Palatin bevindt. U moet uzelf beschermen, meneer. Lukt dat?'

De graaf kijkt ineens erg moe. 'Laten we daar nog even mee wachten,' zegt hij. 'U hebt nog niet eens het gerucht verspreid dat ik de andere diamant wil kopen. Palatin heeft in het verleden tegen vele vijanden standgehouden. Maar ik zal op mijn hoede zijn. Ik mag er neem ik aan van uitgaan dat u er met geen woord over rept dat de diamant zich in het kasteel bevindt? Met niemand. Maar ach, het ligt toch ook eigenlijk voor de hand dat hij hier is.'

Als ze terug zijn in Nantes om hun bagage op te halen, belt Manon haar baas, Robert Gans, en vraagt wat ook weer de adresgegevens zijn van Verzellenberg, hun contactpersoon bij de Antwerpse diamantbeurs. Gans is verbaasd dat ze dat wil weten, maar als ze iets mompelt over de verjaardag van het dochtertje Verzellenberg en dat ze die een kaart uit Frankrijk wil sturen, geeft hij het meteen door. 'Doe ze mijn groeten.'

'Ik heb August Verzellenberg vaak ontmoet,' zegt Manon tegen Job. 'Soms komt hij naar Nederland met een nieuwe catalogus en soms ontmoeten we hem in Antwerpen. Hij is een prima kerel en hij weet alles van diamanten. Hij heeft meneer Gans nog nooit afgezet, ook niet in het klein, hij komt altijd zijn afspraken prompt na en ik kan het goed met hem vinden. Je hoorde het, ik weet zelfs dat hij een dochtertje heeft. Hij kent de diamantwereld van haver tot klaver en hij lijkt me de aangewezen persoon om het gerucht over *les jumeaux bleus* te verspreiden en misschien als makelaar op te treden. Maar August zal nooit zijn goede naam verkwanselen.'

'Dat zal ook niet hoeven,' zegt Job.

Hij stelt voor dat ze de auto houden en ermee naar Antwerpen en vervolgens naar huis gaan. De verhuurder vindt dat geen bezwaar, zo blijkt uit een telefoontje. Alain blijft in Frankrijk. Manon neemt hartelijk afscheid van hem. Iets te hartelijk naar Jobs zin, hij is blij als ze met zijn drieën in de auto zitten.

Leonie zit achterin. Ze heeft de pest in omdat ze niets heeft kunnen bijdragen. Ze heeft Verheul niet kunnen achtervolgen, ze heeft de graaf niet ontmoet en nu zal ze er in Antwerpen weer niet bij kunnen zijn. Job vindt dat ze Verzellenberg overdonderen als ze met zijn drieën gaan. Van puur chagrijn belt ze Wies. Die wordt geweldig verzorgd door haar vriendin, maar mist Leonie toch wel erg en vraagt wanneer ze terugkomt.

Leonie krijgt daar een goed gevoel van, zegt dat het niet lang meer zal duren, morgen waarschijnlijk, en probeert zich dan te concentreren op de route die ze volgen.

In Antwerpen parkeren Manon en Job haar in een hotel in het centrum, drukken haar op het hart lekker te genieten van de *wellnessroom* met sauna en zwembad, en vertrekken. Leonie blijft knarsetandend achter.

Manon heeft tijdens de rit uit Frankrijk August Verzellenberg gebeld en gevraagd of hij tijd had om koffie te drinken met haar en haar vriend, omdat ze hem iets wil vragen. Ze hebben afgesproken in een vrolijk cafeetje vlak bij het hotel.

August Verzellenberg heeft een dichte baard en priemende ogen. Hij spreekt met de Antwerpse tongval. Manon schudt hem de hand en stelt Job aan hem voor. Job bestelt koffie en nadat Manon uitvoerig naar het gezin van August heeft geïnformeerd en naar de stand van zaken op de beurs, komt ze ter zake.

'Moet je horen August, we komen net uit Frankrijk, waar we gelogeerd hebben bij een oudere vriend van Job. Hij woont op een schitterend kasteel, wat is Frankrijk toch een rijk land, cultureel gezien.'

Verzellenberg beaamt dit.

'Toen hij hoorde dat ik in een juwelierswinkel werk, vertelde die kasteelbewoner ons een bijzonder verhaal over een diamantenpaar, twee identieke diamanten, waarvan er een in het bezit is van de familie. Waar de andere is weet hij niet, maar hij zou hem graag willen kopen. Hij heeft alleen geen idee hoe hij dat moet aanpakken. Je kunt toch moeilijk een advertentie in de krant zetten, nietwaar?'

August heeft niet goed geluisterd. 'Hij wil een diamant verkopen?'

'Nee, kopen.'

'Ach, juist. Een bepaalde diamant, naar ik begrijp. Hij weet, neem ik aan, wie de eigenaar is?'

'Nee, dat weet hij niet.'

'Dan wordt het moeilijk.'

'Maar hij beweerde bij hoog en bij laag dat dit diamantenpaar beroemd is. *Les jumeaux bleus*, ooit van gehoord?'

'Wat zeg je?' August is er ineens helemaal bij. Job luistert aandachtig. Dan zegt Verzellenberg tegen hem: ‘En wie mag die vriend van u wel wezen?’

Job zwijgt even, alsof hij aarzelt of hij de naam zal prijsgeven. ‘Het is de graaf Dantan-Lachaumière. Hij woont in de Vendée,’ zegt hij.

Nu begint August Verzellenberg met gedemptere stem te spreken, alsof hij bang is afgeluisterd te worden. ‘Zei je dat een van de diamanten zoek is? Weten jullie dat zeker? Het is toch geen grap hè?’

‘Natuurlijk niet,’ zegt Job. ‘Mijn vriend heeft zelfs een bedrag genoemd. Hij wil voor de tweelingzuster van zijn diamant een bedrag van ruim een miljoen euro betalen en dat is, zo hebben we begrepen, anderhalf keer de eigenlijke waarde.’

‘Sst,’ sist Verzellenberg. ‘Schreeuw zulke bedragen niet zo over de tafel in een café. We zijn in Antwerpen!’

‘Maar onze vraag aan jou is dus,’ zegt Manon, ‘hoe de *comte* in contact kan komen met de eigenaar van de diamant.’

Verzellenbergs ogen glinsteren. ‘Laat maar aan mij over,’ zegt hij. ‘Ik kom er wel achter wie de eigenaar is. Ik gooi wel een balletje op.’

Job geeft de man zijn kaartje en nadat ze nog wat over ditjes en datjes hebben gepraat, rekent hij af. Ze gaan terug naar het hotel waar Leonie sikkeneurig ronddobbert in het zwembad.

Ze twijfelen. Naar Nederland of terug naar Frankrijk? Hoe snel zou het nieuws Verheul bereiken dat de graaf zijn diamant wil kopen?

Toch eerst maar naar Nederland. Manon wil niet nog langer profiteren van de welwillendheid van meneer Gans, en al wordt Wies nog even verzorgd door haar vriendin, voor Leonie begint morgen een nieuw collegeblok. Ze wil de eerste lessen van de nieuwe vakken liever niet missen. Afgezien daarvan heeft ze er genoeg van om derde wiel aan de wagen te zijn.

Job merkt niks van haar wrok. Hij wordt in beslag genomen door zorg om de graaf. Het zit hem niet lekker. Hij wil de oude man onder zijn plaid niet alleen laten, stel je voor dat Verheul hem opnieuw bezoekt en de diamant kwaadschiks probeert te veroveren. Goed, het zal dan wel moeilijk zijn om het kasteel Palatin de France binnen te komen of om de kluis te kraken, of misschien zelfs maar te vinden, maar toch belt hij Jacco, en vraagt hem Verheul in de gaten te houden. Een vervelende klus, misschien kan hij hem samen met iemand anders opknappen, Job betaalt er natuurlijk voor. Mocht Jacco ook maar het vermoeden krijgen dat Verheul op reis gaat, dan moet hij Job dat laten weten.

Dan is er een telefoontje van August Verzellenberg. Hij wil nogmaals bevestigd krijgen dat het bericht over het diamantenpaar waar is, dat die graaf in De Vendée met zijn ene diamant op zoek is naar het bijbehorende exemplaar en het wil kopen. Job bevestigt het en Verzellenberg vraagt hem om het adres van de *comte*.

'Waarom wilt u dat hebben?'

'Ik kan bemiddelen bij een eventuele onderhandeling. Ik heb de literatuur over *les jumeaux bleus* inmiddels opnieuw bestudeerd. Ik kan – als ik straks de ene helft van de tweeling heb gezien – herkennen of de diamant van de verkoper echt is. Diamanten, dat is mijn vak.'

'Weet u wie de eigenaar is van de ontbrekende diamant?'

'Nee, dat weet ik niet, maar die meldt zich wel. Ik verwacht dat dat niet lang zal duren. Ik heb het bericht doen uitgaan dat graaf Dantan-Lachaumière op zoek is naar de diamant. Het nieuws heeft hier in Antwerpen al heel wat opschudding veroorzaakt.'

Job zegt niets. Hij denkt niet dat Verheul zich bij Verzellenberg zal melden, hun bedoeling is ook alleen dat hij gaat denken dat de graaf op zoek is naar de tweede diamant en hem wil kopen, maar hij hoedt zich ervoor om hierover of over een mogelijke misdaad iets tegen Verzellenberg te zeggen. 'Probeert u liever eerst de eigenaar van de tweede diamant te vinden,' zegt hij, 'dan breng ik daarna de graaf op de hoogte, en dan kan hij zelf beslissen of hij u als intermediair wil.'

'Hoe kan het eigenlijk dat de tweeling uit elkaar is geraakt?' vraagt

Verzellenberg. 'En waarom weet niemand daar iets van?'

'Een liefdesgeschiedenis,' zegt Job en daar laat hij het bij.

Ze wachten en wachten. Twee lange weken gebeurt er niets. Leonie werkt aan de nieuwe leerstof en zorgt voor Wies, die zucht en kreunt van de pijn in haar knie bij iedere stap die ze zet. Meestal ligt ze in bed of op de bank. Job houdt zich bezig met zijn werk voor McManner. Manon verkoopt juwelen en mailt zo nu en dan met Alain, meer voor de gezelligheid dan omdat er nieuws zou zijn van het diamantenfront. Jacco belt af en toe op, maar ook hij heeft geen nieuws te melden. Om de beurt houden een maatje en hij Verheul in de gaten, maar die gedraagt zich ijselijk normaal en Job vindt dat hij de twee mannen eigenlijk niet langer kan belasten met het spioneerwerk. Van puur ongeduld wil Leonie nu dan toch maar Verheul opzoeken. Haar ergernis over hun trip naar Frankrijk is weggeëbd. Ze belt Job en stelt het voor.

'Misschien geen gek idee,' zegt hij.

'Ik heb er de pest in dat er niks gebeurt.'

'Ik ook.'

'Ik kan doen of ik geïnteresseerd ben in zijn juwelen.'

'Maar hij zal je nooit van zijn leven de blauwe diamant laten zien.'

'Je kent mijn verleidingskunsten nog niet.'

'Dat zal dan wel, maar ik vind het te gevaarlijk.'

'Ik kan proberen uit te vinden of hij al weet dat de *comte* de blauwe diamant zoekt.'

'Ook te gevaarlijk en dat niet alleen, het is ook jammer van ons plan. Stel je voor dat hij je doorkrijgt. Laten we het nog een paar dagen geven, we weten niet hoe vaak Verheul iets hoort van de Antwerpse diamantbeurs. Ik ben er zeker van dat het nieuws hem op een gegeven moment bereikt.'

'Jammer,' zegt Leonie. 'Ik voel me nutteloos in deze zaak. Jij knapt het allemaal op met Alain en Manon.'

'Hoe kom je erbij. Ik zit hier ook maar op nieuws te wachten.'

Maar iets van Leonies frustratie dringt nu toch door. Hij zegt: 'Jouw tijd komt nog wel. Je zult het zien. Verheul laat zich vast niet zo makkelijk vangen.' En hij voegt eraan toe: ''t Is reuze saai hier zonder jou.'

'Kom, ik ga me maar weer eens laven aan de wijze uitspraken van David H. Barlow en V. Mark Durand. Aju.'

Toch ergert het ook Job dat er niets gebeurt. Hij is net van plan Leonie terug te bellen om te vragen of ze komt helpen een heel nieuw plan te bedenken, als de telefoon opnieuw gaat. Verzellenberg. Hij vertelt dat hij een mysterieus telefoontje heeft gekregen. Iemand heeft hem laat in de avond gebeld en hem zonder zijn naam te noemen gevraagd of het waar is dat hij interesse heeft in de helft van *les jumeaux bleus*. Verzellenberg heeft dat bevestigd. Toen heeft de mysterieuze gezegd dat hij in opdracht van iemand anders de diamant kan aanbieden en of Verzellenberg hem wil ontmoeten. Daarop heeft Verzellenberg gevraagd of de vreemdeling, die blijkbaar als tussenpersoon fungeert, aangesloten is bij een diamantbeurs. Dat was naar diens zeggen niet het geval. Toen heeft Verzellenberg gezegd dat hij uitsluitend overlegt met betrouwbare makelaars, makelaars die zijn aangesloten bij een beurs, en toen heeft de vreemdeling de hoorn neergelegd. August vraagt zich af wat hij nu moet doen.

'Niets,' zegt Job, en hij probeert niet al te opgewekt te klinken. 'De eigenaar roert zich. Hij heeft interesse, het is heel goed dat u hem hebt laten weten dat u een betrouwbare makelaar bent en weigert in achterafkamertjes te onderhandelen. Misschien belt hij opnieuw. Of misschien zal hij nu proberen buiten u om te werk te gaan, dat is natuurlijk ook mogelijk.'

Verzellenberg is even stil. Hij wil de koopopdracht dolgraag hebben. Had hij anders moeten handelen? Dan zegt hij: 'Ja, dat zou natuurlijk jammer zijn. Maar ik moet om mijn goede naam denken.'

'U hebt helemaal gelijk,' zegt Job.

Hij wrijft zich in de handen. Verheul heeft contact gelegd. De geruchten op de diamantbeurs hebben hem bereikt. Want dat de mysterieuze Verheul is, daaraan twijfelt hij geen moment. Wat hij nu gaat doen, weet Job niet, maar in ieder geval is de man wakker geworden. Zal Verheul de graaf nu opnieuw benaderen? Of heeft hij dat misschien al gedaan? Job toetst direct het telefoonnummer van Dantan-Lachaumière. De butler neemt op en verbindt Job door.

'*Oui*, mijn beste,' zegt de oude graaf. 'Ik ben vandaag gebeld door een mij onbekend persoon. Hij heeft zijn naam niet genoemd, maar ik ben er bijna zeker van dat het diezelfde De Vries is die eerlang bij me aan de deur kwam, althans, hij sprak Engels met datzelfde wonderlijke Nederlandse accent. Hij vroeg me of het waar is dat ik op zoek ben naar de andere helft van *les jumeaux bleus* en zo ja of we daar dan over kunnen praten.'

'En, als ik zo vrij mag zijn,' zegt Job, 'wat hebt u geantwoord?'

'Ik heb gezegd dat zijn informatie klopt en dat hij welkom is bij mij thuis op vrijdag de 20ste.'

Job is er stil van. De graaf is bepaald geen bangerik. Vrijdag de 20ste, dat is over anderhalve week. 'Meneer *le comte*, ik maak me daar zorgen over. Vindt u het goed dat ik bij dat gesprek aanwezig ben?' vraagt hij. 'En mag ik mijn dochter Leonie meebrengen?'

'Natuurlijk, waarde vriend, waarom hebt u me niet eerder verteld dat u een dochter hebt? Het zal een genoegen zijn haar te ontmoeten. En komt u gerust een paar dagen eerder, Palatin de France is ruim genoeg. Ik laat de logeervleugel voor u in orde brengen. Ja, komt u een paar dagen eerder, dan kunnen we op ons gemak overleggen hoe we dit verder moeten aanpakken, want ik twijfel eraan of de dief zich zo gemakkelijk zal laten vangen als u nu verwacht.'

9

Job zegt: 'We zullen Manon maar niet weer meevragen, hè?'

'Maakt me niet uit,' zegt Leonie en ze hoort zelf de jaloezie in haar stem.

'Ze zal trouwens niet alweer vrij kunnen krijgen,' vermoedt Job.

Het zit Leonie niet lekker, en dus zegt ze dat ze haar toch eigenlijk moeten zien over te halen, want juist deze keer kan ze erg nuttig zijn vanwege haar kennis op het gebied van diamanten.

In het algemeen springt Manon zuinig om met haar vakantiedagen omdat ze die met Tim wil kunnen doorbrengen, maar voor een logeerpartijtje in het kasteel offert ze er graag een paar op. Bovendien vindt ze het spannend om bij het speurwerk van Job en Leonie betrokken te worden. Tim mag net als de vorige keer bij zijn vriend Daan logeren. Zijn ouders vinden dat geen probleem. Juist leuk voor Daan. Job neemt niet het initiatief om Alain deze keer ook mee te vragen.

De gastvrije uitnodiging om enkele dagen voor de 20ste in Palatin de France te zijn, moet worden opgevat als één dag van tevoren, vinden ze, dus vertrekken ze de 19de met een vroege trein, huren weer een auto in Le Mans en zijn tegen de avond ter plaatse. Het kasteel is groot, en de graaf is bij uitzondering nu eens niet een kasteelbewoner die met moeite de eindjes aan elkaar knoopt. Hij heeft niet de plicht om af en toe open te zijn voor publiek. Hij behoeft geen steun van de overheid voor allerlei onderhoudswerkzaamheden. Zijn familie heeft het vermogen verstandig beheerd, ondanks de romantische trekjes die evident in het geslacht Dantan-Lachaumière aanwezig zijn.

Ze worden zoals verwacht binnengelaten door de butler. Die

brengt hen naar drie royale kamers. De graaf laat zich aanvankelijk niet zien, maar er wordt hun meegedeeld dat hij zich erop verheugt hen om acht uur aan het diner te treffen.

'Is er ook een *comtesse* Dantan?' vraagt Manon.

'Ze is vorig jaar overleden, madame. Het heeft de graaf zeer aangegrepen.'

Dat is te merken, denkt Job. Er hangt een waas van leed rond de man. Hij durft verdriet te hebben. Niet dat hij er anderen mee lastigvalt, maar het is er, onmiskenbaar. Hij zal op zijn vader lijken, die op grond van zijn geweten, of zijn geloofsovertuiging, van zichzelf verlangde dat hij de relatie met zijn minnares verbrak maar die in gedachten nooit afscheid van haar heeft genomen.

De conversatie gedurende de overvloedige maaltijd is open en prettig. De graaf maakt Job complimenten over zijn dochter. Ze bespreken de strategie voor de volgende dag, als Verheul er zal zijn, om elf uur. Ze zijn het erover eens dat het beter is als Job en Leonie op de achtergrond blijven. Manon zal bij het gesprek aanwezig zijn en ze zal worden voorgesteld als de dochter van de graaf.

Tegen middernacht zoekt ieder zijn vertrekken op, zoals in het chateau wordt gezegd. De kamer van Job blijft leeg.

'Wel wel, meneer De Vries, ik meende al uw stem te herkennen,' zegt de *comte*. 'Mag ik u mijn dochter voorstellen, Manon, *comtesse* di Salvatore.' Een binnenpretje van de graaf. 'U hebt er geen bezwaar tegen dat ze bij het gesprek aanwezig is?'

'Natuurlijk niet,' zegt de zogenaamde De Vries.

'Een maand geleden was u hier met de vraag of ik de helft van *les jumeaux bleus* in mijn bezit had en of u die kon kopen. Nu komt u me de andere helft te koop aanbieden. Die hebt u in uw bezit, begrijp ik uit die beide acties?'

'Nee nee, die conclusie mag u niet trekken. Het is zo dat ik die andere helft wellicht op kan sporen. Bent u daarin geïnteresseerd? En om maar direct met de deur in huis te vallen: hoeveel zou u daarvoor overhebben?'

'Uit het testament van mijn vader, diep in de vorige eeuw, heb ik begrepen dat een van de tweeling terecht is gekomen bij een familie Sire, in Parijs. Klopt dat met uw gegevens?'

'Daar kan ik u geen mededelingen over doen. Maar misschien wilt u hier eens naar kijken,' zegt Verheul.

Hij haalt uit de zijzak van zijn colbert een fluwelen doekje, dat hij op de salontafel legt en openvouwt. Een mooi geslepen stukje blauw glas schittert de graaf tegemoet.

'Dat... dat is hem.'

Manon neemt het doekje met de steen op en kijkt er van dichtbij naar.

'Papa, dit stukje glas is niet meer waard dan 50 euro,' zegt ze in het Frans.

Verheul kijkt vragend.

'Een imitatie van 50 euro,' vertaalt de graaf in het Engels.

'Dat klopt helemaal. Uw dochter heeft er kijk op. Maar de kopie is goed gelijkend, vindt u niet?'

'Op het eerste gezicht dacht ik dat het de echte was. Mijn ogen zijn niet meer wat ze waren. Hebt u de imitatie zelf gemaakt?'

'Nee, al zou ik dat wel kunnen als ik het origineel erbij had.'

'Hoe komt u hier dan aan?'

'Deze kopie is me ter hand gesteld door een Nederlander met de naam Hagenbrink. Ik ga ervan uit dat hij ofwel de diamant bezit ofwel de persoon kent die de diamant in zijn bezit heeft. Daarom zei ik dat ik de diamant wellicht zou kunnen opsporen.'

De graaf knikt.

'U wilt ons het adres van deze meneer Hagenbrink waarschijnlijk niet geven?' vraagt Manon in haar povere Engels, waarbij ze opzettelijk de naam Hagenbrink met een Franse intonatie uitspreekt, om haar uitstekende beheersing van het Nederlands te verhullen.

Verheul schudt zijn hoofd.

'U hebt gelijk, zaken zijn zaken,' vindt de graaf. 'Ik stel voor dat u zich er eerst van vergewist of u inderdaad de hand kunt leggen op het juweel. Mocht dat het geval zijn, dan ben ik bereid er een bod op te doen. De prijs zal in de buurt van een miljoen euro liggen, veronderstel ik.'

'U zult daar wat boven moeten.'

'Dat zien we te zijner tijd.'

'Uitstekend,' zegt Verheul. Hij stopt de kopie weer in zijn zak. 'U hoort van me.'

Hij neemt afscheid. Zodra hij is vertrokken, komen Job en Leonie tevoorschijn van achter de zware velours gordijnen waar ze de conversatie woord voor woord hebben kunnen volgen.

'Een slimmerik,' zegt Job. 'Was de imitatie goed?'

'Dat neem ik aan,' antwoordt Manon. 'Ik ken het origineel niet. Maar het is niet moeilijk een goede kopie te maken als je het origineel erbij hebt.'

'En dat heeft hij, dat is duidelijk,' concludeert Leonie. 'Maar hoe bewijzen we dat?'

'Wat adviseert u me nu te doen?' vraagt de graaf.

'Tja, daar moeten we zorgvuldig over nadenken,' zegt Job.

'Ik weet wat,' zegt Leonie. 'Mijn vader heeft altijd een probaat middel als we even vastzitten: verwarring zaaien. Ik stel voor dat ik dat nu ga doen. Je zult zien dat Verheul in hetzelfde hotel logeert als waar Alain hem een maand geleden naar binnen en weer naar buiten zag komen. Daar ga ik nu naartoe. In m'n eentje. De man zal er niets van snappen als hij me ziet.'

'Ho ho,' zegt Job. 'Wat zeg je dan tegen hem?'

'Dat weet ik nog niet. Ik verzin wel iets. Ik ga proberen hem tot iets onvoorzichtigs te bewegen. En om mij te vertrouwen. Of juist te wantrouwen. Verwarring zaaien. Als hij maar niet de diamant aan de graaf komt verkopen. Wij zitten veel te ver uit de buurt.'

'Je kunt hem vertellen dat ik een internationale crimineel ben,' grijnst de graaf. 'Dan blijft hij wel uit de buurt.'

'Ja! Mag dat? Goed idee!'

'Ik weet niet,' aarzelt Job, 'laat me even nadenken.'

'Geen tijd,' roept Leonie. 'Gauw, geef me de autosleutel, anders ontsnapt hij ons.' Ze zwaait vrolijk naar de achterblijvers, blij zich te kunnen revancheren voor haar non-actie tijdens hun vorige reisje. 'Tot zo!'

Voordat Job met nieuwe leeuwen en beren kan komen, is ze verdwenen.

Als Leonie bij het hotel aankomt, ziet ze een auto met een Nederlands nummerbord voor de ingang staan. Wat kan zo'n nummerbord je tegemoet stralen. Ze gaat naar binnen en ja hoor, Verheul staat aan de balie en is bezig uit te checken.

'Ha Freek,' zegt ze achteloos, alsof ze hem dagelijks tegenkomt.

'Leonie? Wat doe jij hier?'

Er is iets paniekerigs in zijn stem. Hij loopt naar haar toe en pakt haar bij haar bovenarmen. 'Dit is me iets te toevallig. Ben je me gevolgd of zo?'

'Welnee. Ik ben alomtegenwoordig.'

Verheul zegt tegen de jonge vrouw aan de balie dat hij zo terugkomt en sleurt Leonie haast mee aan een arm naar het terras, waar stoeltjes staan.

'Ga zitten en leg uit!'

'Beste Freek,' zegt Leonie, 'gedraag je. Ik weet veel meer dan je denkt. Je bent bezig met een transactie met de *comte* Dantan-Lachaumière. Hoe ik dat weet, dat vertel ik je heel misschien later nog weleens. Een transactie waar juwelen bij zijn betrokken. Oké, dat is je vak. Wat je waarschijnlijk niet weet, is dat die graaf lang actief is geweest in de diamanthandel, ik bedoel in de illegale diamanthandel. Hij is nu een beetje oud aan het worden, maar soms roert hij zich nog, meestal met hulp van een jongere vrouw.'

'Zijn dochter.'

'Zei hij dat het zijn dochter was? Ha ha. Noemde hij haar Manon?'

'Jawel.'

'Een internationale crimineel. Laat je niet beetnemen, man.'

'Werk je bij Interpol of zo? Daar ben je toch zeker veel te jong voor.'

'Ik ben ouder dan je denkt. Ga naar huis, raad ik je aan. Binnenkort neem ik contact met je op.' Leonie gaat staan.

'Ho eens even, ik laat je zomaar niet gaan. Ik moet meer van je weten.' Hij pakt haar opnieuw bij haar arm.

'Laat me los,' zegt Leonie ijzig. 'Je hoort van me.' De angst voor Verheul is van haar afgevallen.

Ze loopt naar de auto, die achter die van Verheul staat. Ze rijdt weg en ziet Verheul kijken naar het Franse nummerbord. Dat brengt hem beslist nog meer in verwarring. Mooi zo. Met een omweg gaat ze terug naar het kasteel.

Daar wordt ze bestookt met verwijten over de onverantwoorde risico's die ze heeft genomen en complimenten over haar lef en inventiviteit. Ze maken de balans op, samen met graaf Dantan-Lachaumière. Er zijn nog tal van onzekerheden. Mogen ze er nu van uitgaan dat Verheul de diamant in zijn bezit heeft? Stel dat ze de politie inlichten? Kan die wat doen? Zijn er genoeg aanwijzingen om te rechtvaardigen dat er huiszoeking wordt gedaan? Dat laatste waarschijnlijk niet. En stel dat er toch een huiszoeking komt en de diamant wordt gevonden? Dan zal Verheul zeggen dat hij die heeft gekocht van een meneer Sire uit Frankrijk. De politie zal vragen hoe hij dat heeft gefinancierd. Meneer Sire vroeg maar 3000 euro, zal Verheul zeggen. Dat bedrag heeft hij contant betaald. Jazeker, hij had wel vermoed dat de waarde groter was, maar zo'n gelukje heb je soms als diamantair. Zo'n soort antwoord zal hij geven. En noch Benjamins, noch Sire zijn oproepbaar om de man tegen te spreken. Als ze zover zijn gekomen, valt er een stilte. Job zou nu het liefst thuis zijn. Productief nadenken gaat daar het best. Brainstormend met Leonie en een glas wijn. 'We moeten de zaak misschien even laten bezinken,' zegt hij.

'Zo langzamerhand zult u zin hebben om mijn helft van de blauwe tweeling te zien,' vermoedt de graaf. Hij schuifelt de deur uit en komt pas een kwartier later terug. De kluis bevindt zich kennelijk inderdaad in een moeilijk bereikbaar deel van het kasteel. Hij zet een doosje op tafel en klikt het deksel open. Een groot blauw juweel fonkelt hun tegemoet.

'Mag ik even?' vraagt Manon.

Ze haalt een loep uit haar tas en bekijkt de indrukwekkende steen zorgvuldig. Ze maakt aantekeningen.

'Ik heb hier geen weegschaal, maar van Alains vader weten we dat hij ongeveer 6,5 gram moet wegen, en dat is bevestigd door Verzellenberg. Dank u wel. Mocht ik nu de andere diamant te zien krijgen, dan kan ik met redelijke zekerheid vaststellen of we met de wederhelft van dit prachtstuk te maken hebben.'

Ze maken ook nog een paar foto's van de diamant. De graaf belt de butler om te vragen of hij de lunch wil serveren, maar zijn gasten geven er de voorkeur aan nu te vertrekken, want ze willen op tijd in Le Mans zijn om de trein te halen.

'Denk jij wat ik denk?' vraagt Job aan Leonie, als ze weer met z'n tweeën thuis zijn.

'Waarschijnlijk wel.'

Ze kennen elkaar zo goed.

'We moeten Verheul de diamant ontfutselen,' zegt Job.

'Zonder hulp van de politie,' vult Leonie aan. 'Dus moeten we de man wijsmaken dat we een koper hebben voor zijn diamant.'

'Ja, hij zal er dolgraag af willen. Na die stunt van jou in Montaigu durft hij vast geen deal meer te sluiten met de graaf. Te veel onzekerheden.'

'We moeten dus een koper vinden die een flink bedrag wil betalen, maar we moeten er iets op verzinnen dat Verheul het geld ervoor nooit in handen krijgt. Of eventjes in handen krijgt maar meteen weer verliest.'

'Zoë,' zegt Job.

'Precies.' Dat had Leonie ook zo gedacht.

Job stelt voor dat ze samen gaan. Het is intussen tot hem doorgedrongen dat Leonie zich buitenspel gezet heeft gevoeld. Hij beseft dat hij door steeds Manon erbij te betrekken, hun zo ontspannen en vruchtbare samenwerking in gevaar heeft gebracht.

Zoë is op haar schip in Hoorn. Ze reageert enthousiast op hun telefoontje. Hartelijk welkom.

'Konden we er maar heen varen, zoals destijds, toen we de moordenaar van de charmeur aan het ontmaskeren waren,' zegt Leonie. Helaas, het weer is er niet naar, en ze beschikken ook niet zomaar over een zeeschouw, zoals toen. De auto dus maar.

De affectie tussen Job en Zoë, evenals die tussen Leonie en Zoë is groot, van Zoë's kant is hij voor Job zelfs meer dan dat, maar dat verbergt ze. Bovendien wil ze altijd graag van de partij zijn als er iemand misleid moet worden, misschien ook om te ontsnappen aan haar eenzaamheid. Haar enorme rijkdom heeft niet geleid tot een grote vriendenkring. Dat getuigt van een effectieve afhoudingsstrategie van haar kant, want geld heeft een aantrekkingskracht als een magneet.

'Ha, daar zijn jullie. Welkom!' roept ze vanaf het dek, als ze hen de loopplank ziet overkomen. Ze omhelzen elkaar hartelijk. Als altijd vergeet ze iets aan te bieden. Voedsel en drank, daar denkt ze nooit aan. En als altijd herinnert Job haar daar ongegeneerd aan, waarna het euvel wordt verholpen.

En dan wordt er een complot gesmeed.

Drie dagen later, nadat Jacco en tot op zekere hoogte ook de heer Gans zijn ingeschakeld, haalt Leonie het visitekaartje van Frederik Verheul tevoorschijn en belt hem op.

'Met Leonie,' zegt ze.

Het blijft even stil aan de andere kant.

'Ken je me nog?'

'Leonie ja. Wie zou jou kunnen vergeten.'

'Ik had je beloofd iets van me te laten horen. En verder heb je me uitgenodigd om je juwelen eens te komen bekijken. Is dat aanbod nog geldig?'

'Eh...' Het is lang stil aan de andere kant van de lijn. Leonie begint te vrezen dat hij er niets voor voelt. Maar dan zegt Verheul: 'Morgenmiddag?'

De uitnodiging, indertijd in het stamcafé van Verheul, was bedoeld geweest voor de avond, maar na hun laatste ontmoeting ziet Verheul haar beslist meer als een enge politievrouw dan als makkelijke prooi. Daar past de middag beter bij.

'Da's goed.'

'Drie uur dan.'

'Oké. Ik heb nieuws voor je.'

Leonie heeft zich, in tegenstelling tot voor de ontmoeting in het café, vrij zakelijk aangekleed: zwarte broek, overhemdbloes, colbertachtig jasje. Het huis waar ze binnengaat is gedeeltelijk woonhuis, gedeeltelijk kantoor. Verheul doet zelf open en nodigt haar in het kantoorgedeelte. Sinds hun ontmoeting in Montaigu ziet hij af van verdere versierpogingen, dat is duidelijk.

'Wel wel,' zegt hij. Verder doet hij niets om de conversatie te starten.

'Beste Freek,' zegt Leonie, 'laten we er niet omheen draaien. Jij bent in het bezit van de helft van de blauwe tweeling.'

'Zo? En stel dat dat zo was?'

'Je wilt ervan af. Eerst heb je geprobeerd de andere helft te kopen, omdat de complete tweeling meer waard is dan de som van de delen. Daarna heb je geprobeerd om jouw diamant te verkopen.'

'Ik luister.'

'Je weet dat het je niet gaat lukken.'

'En wie mag jij wel wezen dat je me dit allemaal zo haarfijn uit de doeken komt doen. Werk je voor de politie?'

'Ik werk niet voor de politie. Erewoord. Ik werk voor een verzekeringsmaatschappij. Maar deze zaak doe ik voor eigen rekening. Ik heb een koper voor je blauwe diamant. Een zekere mevrouw Kantelaer wil hem hebben, om een reden die je niet hoeft te weten. Ze biedt er zevenhonderdvijftigduizend euro voor, cash. Over het bedrag valt niet te onderhandelen. Dit is het voorstel: je komt zondagmiddag om drie uur naar een café in Doetinchem, waar ik je het adres van zal geven.'

'Waarom in Doetinchem?'

'Je kent wellicht juwelier Gans in Doetinchem?'

'Van naam, niet persoonlijk.'

'Mevrouw Kantelaer heeft meneer Gans bereid gevonden de echtheid van de diamant ter plekke te onderzoeken. Als hij de echtheid ervan bevestigt, overhandigt mevrouw Kantelaer je zevenhonderdvijftigduizend euro.'

Verheul zegt niets.

'Je hebt de diamant toch in je bezit?'

'Dat zijn jouw woorden.'

Hij zegt niets waardoor hij zichzelf zou kunnen beschuldigen, denkt Leonie. Hij is waarschijnlijk bang dat ik een opnameapparaat bij me heb.

'Ik heb geen microfoontje in mijn bh.'

Verheul grijnst. 'Mag ik dat even onderzoeken?'

Leonie lacht. 'Nee, je zult me op mijn woord moeten geloven. Ga je op het voorstel in?'

'We zullen zien,' zegt Verheul.

Leonie noemt de naam van het café net om de hoek van de juwelierswinkel van Gans. Ze herhaalt nog eens de datum en de tijd.

'Heb je het nummer van mijn mobiel nog? Bel me uiterlijk zaterdagavond op om je komst te bevestigen.'

Freek Verheul knikt.

'Tot kijk dan maar.'

Zaterdagmiddag belt Verheul.

'Ik zal er zijn.' Dat is alles wat hij zegt.

De val wordt opengezet. Zondag zit Job al om twee uur, wederom gegrimeerd en nu met een weelderige haardos, achter een krant in een hoekje van het café. Hij wil een oogje in het zeil houden. Buiten, onzichtbaar, zijn Jacco en zijn maat Gerard. Het is hun taak om, als de transactie heeft plaatsgevonden en Verheul naar buiten komt, hem de tas met geld uit zijn handen te rukken en er met een klaarstaande auto vandoor te gaan. Om vijf voor drie gaat Leonie met Gans en Zoë het café binnen. Zoë heeft een tas met geld bij zich, bankbiljetten in kleine coupures, zodat het een heel gewicht is, een pakket dat je niet wegstopt in een binnenzak. De heer Gans haalt een kleine weegschaal uit zijn tas en zet die voor zich op tafel. Precies om drie uur komt ook Freek Verheul binnen. Hij ziet Leonie en knikt kort naar haar, maakt een licht, hoffelijk buiginkje voor Zoë, schudt de hand van Gans, en voegt zich bij het drietal.

'De diamant,' zegt Zoë. 'Ik heb de pecunia bij me.' Ze doet haar tas open, zodat Verheul de grote hoeveelheid bankbiljetten kan zien.

'De diamant heb ik niet in mijn bezit,' verklaart hij. 'Maar daar is de eigenaar. De heer Hagenbrink.' Hij maakt een gebaar naar een man van een jaar of dertig die aan een ander tafeltje zit. Deze komt op het groepje van Leonie af en haalt een zachte doek tevoorschijn. Hij vouwt hem open en jawel, daar ligt een diamant. De man legt hem op de weegschaal.

'Het gewicht is in orde,' constateert Gans. Daarna bekijkt hij het kleinood met een loep en raadpleegt de aantekeningen die hij van Manon heeft gekregen.

'Voor zover ik kan nagaan is dit inderdaad een van de twee *jumeaux bleus*,' zegt hij met een zekere eerbied.

'Dank u,' zegt de man die is voorgesteld als Hagenbrink. 'Dan is de koop gesloten, neem ik aan?'

Hij neemt de tas van Zoë, stopt die met een snelle beweging in een grotere tas die hij bij zich heeft, groet met een hoofdknik en gaat de deur uit.

'Besluitvaardige man,' zegt Gans.

Het is door dat zinnetje dat Leonie niet opspringt en Hagenbrink achternarent. Gans weet van niets. Manon kon niet zelf als expert optreden, ze was immers de internationale crimineel die Verheul in Frankrijk heeft ontmoet. Dus hebben ze het Gans gevraagd, maar zonder iets te zeggen over de bedenkelijke kanten van de zaak. En

Manon heeft hun bezworen dat de integere Gans niet in diskrediet mag worden gebracht.

Job heeft uit de verte niet goed kunnen zien wat er gaande was. Verheul zit nog rustig zijn koffie te drinken. Het duurt tien seconden voordat tot Job doordringt wat er gebeurt. Hij loopt snel naar buiten, maar van Hagenbrink geen spoor meer. Jacco komt op hem toe en vraagt wat er aan de hand is.

'Zag je een man met een tas naar buiten komen?'

'Jazeker, maar dat was Verheul niet. Die ken ik, al had-ie een zwarte baard op zijn kin geplakt. Die man met de tas is daarginds in een auto gestapt en met nogal veel gas weggereden.'

'Heel prettig zaken met u te doen, meneer Gans, dames,' zegt Verheul. 'Mag ik u nog een kop koffie aanbieden?'

10

De diamant ligt op tafel in de woonkamer van Job en Leonie, en reflecteert het licht duizendvoudig. Hij fonkelt als een ster in een maanloze nacht. Vergeefse schoonheid. Niemand kijkt er naar. Ze zijn allemaal in gedachten. Hoe hebben ze zo stom kunnen zijn? Met z'n vijven zitten ze eromheen. Manon was thuis terwijl haar baas in het café de diamant beoordeelde. Ze weet nog van niks. Leonie kijkt wazig. Zoë grijnst tamelijk sullig. Jacco kijkt naar zijn schoenen en maakt af en toe een grommend geluid. Zijn vriend Gerard is meegekomen en kijkt wat onwennig om zich heen. Job staart met een diepe rimpel in zijn voorhoofd door het raam. Allemaal voelen ze zich schuldig. En dom. Waarom heeft niemand van hen iets gedaan toen Hagenbrink het café zo 'besluitvaardig' verliet? Ze zijn het niet gewend om slachtoffer van de trukendoos van iemand anders te zijn, nu weten ze ook eens hoe dat voelt.

'Zal ik nog een keer naar hem toe gaan?' vraagt Leonie moedeloos.

'Lijkt me niet veel zin hebben. Hij laat je waarschijnlijk niet eens binnen,' zegt Job.

'Dat geld krijgen we wel terug hoor,' zegt Jacco tegen Zoë. 'Al moet ik er voor inbreken.' Job denkt bij zichzelf dat Jacco er graag voor zou inbreken.

'Ach joh, het is maar geld. Daar slaap ik geen nacht korter om.'

'Zevenhonderdvijftigduizend euro,' mompelt Jacco. 'Daar slaapt ze geen nacht korter om. Job, kom op met een plan. Ik heb drang om het terug te pikken.'

'Wie zou die Hagenbrink zijn,' vraagt Leonie zich af. 'Toen we bij de graaf achter dat gordijn stonden te luistervinken, noemde hij die naam ook al. Hebben jullie eigenlijk naar hem gekeken? Kun je je herinneren hoe hij eruitzag?'

'Ik niet,' zegt Jacco. 'Ik lette vooral op of Verheul naar buiten kwam.'

'Ik ook niet,' zegt Job. 'Hij zat met z'n rug naar me toe.'

Gerard heeft wel een aanknopingspunt. Toen hij en Jacco hadden staan wachten, waren hem de letters G en J opgevallen op de nummerplaat van de auto waarmee even later Hagenbrink er met het geld vandoor ging. G en J, Gerard en Jacco, had hij nog gedacht.

'Dat is tenminste wat,' zegt Job.

'Ik zag alleen z'n krullenbol,' zegt Leonie spijtig.

'Maar ik heb hem nog best goed op m'n netvlies,' zegt Zoë. 'Al voordat Verheul binnenkwam was hij me opgevallen. Hij had namelijk twee verschillende sokken aan, een groenig-grijze en een knalrode nota bene. Ik zat me af te vragen of hij soms kleurenblind was.'

'Dat zal dan wel,' zegt Job. Hij grinnikt. 'Welke sukkel heeft er nou rode sokken in huis als hij kleurenblind is?'

'Die heeft-ie dan natuurlijk juist per ongeluk gekocht,' zegt Leonie. 'Heb je nog meer nuttigs gezien, Zoë?'

'Nou nee. Zijn ogen stonden nogal ver uit elkaar, vond ik, en ja, krulhaar.'

'Hoe oud was de man ongeveer?' vraagt Jacco.

'Eind twintig, begin dertig zou ik zeggen. Ik vond dat hij een beetje onnozel uit zijn ogen keek. Niet het slimste jongetje van de klas, leek me.'

'Als hij een rode sok voor een groene hield, is hij waarschijnlijk inderdaad behoorlijk kleurenblind,' zegt Job. 'Zo'n vergissing maak je anders toch niet?'

'Oké,' zegt Leonie vief, 'een onnozele kleurenblinde krullenbol in een auto met de letters G en J, met ver uit elkaar staande ogen, die Hagenbrink heet. Die moeten we kunnen vinden. Het is te hopen dat hij echt Hagenbrink heet, want dat is natuurlijk de vraag.'

'Hoe dacht je hem dan te vinden?' vraagt Zoë.

'Nou, om te beginnen op een adressensite, zou ik zo denken.' Leonie gaat achter de computer in de serre zitten en typt op diverse sites de naam Hagenbrink in. Het levert niets op. In heel Nederland geen Hagenbrink te vinden. Wel een paar in het buitenland. Dan googelt ze naar *kleurenblindheid*. Na een poosje roept ze: 'Ik lees hier dat er een organisatie bestaat voor kleurenblinden. Het schijnt dat ze soms echt problemen hebben.'

'Zoals?'

'Nou ja, als je een rood stoplicht voor een groen aanziet,' bedenkt Jacco.

'Of als je niet ziet dat je vriendin die mooie rode jurk zo leuk staat,' zegt Leonie. 'Hoe dan ook, er is een club voor kleurenblinden, een belangenvereniging. Misschien is onze Hagenbrink daar lid van. Hé, wacht eens. Weet je wat hier ook staat? Komende dinsdag hebben ze hun jaarvergadering. Hoe vind je! *De Regenboog*, heet die vereniging. Ik ga erheen.'

'Welja,' zegt Job. ''t Lijkt mij een onzinnig plan. Denk je echt dat je daar iets mee bereikt? Wat een omweg. Jacco kan er vast vlugger achter komen wie dat vriendje van Verheul is. Nietwaar, Jacco?'

'Het kan even duren, maar daar komt deze Rotterdammer achter, zelfs als het in het verdorven 020 is.'

'Dat zal best,' zegt Leonie, 'maar intussen ga ik toch ook het pad van de kleurenblinden bewandelen. Ik blijf het een constructief idee van mezelf vinden. En eerst ga ik het een en ander over kleurenblindheid lezen, zodat ik daar bij die regenbooglieden niet meteen door de mand val.'

Ze loopt kaarsrecht de woonkamer uit. Boven zal ze op haar eigen laptop wel vinden wat ze wil weten. De anderen kijken haar een beetje meewarig na.

De vergadering wordt opgeheven, ieder gaat zijns weegs. Jacco en Gerard naar Rotterdam. Jacco zal zien of hij verder komt met de twee letters van het nummerbord. Zoë gaat naar haar penthouse in Den Haag. Daar zal ze haar adressenboek raadplegen. Misschien stuit ze op iemand die kan helpen. Job kust haar gedag en spreekt nogmaals zijn excuses uit omdat ze het geld kwijt zijn, maar Zoë wuift die excuses weg. 'Dat zijn de risico's van het vak. Trouwens, jullie vinden het geld wel voor me terug. Bovendien heb ik de diamant. Die gaat voorlopig bij mij in de kluis, al besef ik heel goed dat het gestolen waar is die te zijner tijd terug moet naar de eigenaar. Dag Job. Dag Jacco. Dag Gerard. Groet Leonie van me.'

Job heeft geen enkel aanknopingspunt. Zal hij Verheul in elkaar tremmen? Natuurlijk niet. Het zou in strijd zijn met al zijn principes, en hij zou het ook niet kunnen. Geweld past niet bij zijn opvoeding en niet bij zijn aard. En diep in zijn hart heeft hij ook bewondering voor de slinkse en snelle manier waarop Verheul geopereerd heeft. Dat hij de diamant zo vlug mogelijk kwijt moest, nu allerlei mensen ervan wisten en nu hij de graaf niet meer kan vertrouwen, al was het voor minder geld dan hij had gehoopt te vangen, ja dat had Job wel bedacht, maar dat Verheul had voorzien dat de koper zich zou omringen met helpers om het geld te bewaken... handige jongen, Job kan er eigenlijk alleen maar respect voor hebben.

Dinsdagavond is Leonie stipt op tijd bij het café-restaurant in Amsterdam waar *De Regenboog* gaat vergaderen. Gelukkig wordt er niet moeilijk gedaan met lidmaatschapskaarten en zo, ze kan zonder enige controle naar binnen. De bijeenkomst wordt gehouden in een zaaltje achter het restaurant. Er zijn zo'n honderd mensen, schat ze. Best veel. Ze ziet een krullenbol, maar nee, het is Hagenbrink niet. Ze besluit toch maar te blijven. Misschien wordt zijn naam in de vergadering genoemd. Twee meisjes met witte schortjes schenken koffie en ze ziet dat sommige mensen elkaar met veel enthousiasme begroeten. Zou het een band scheppen om samen kleurenblind te zijn? Als de vergadering begint, neemt ze plaats op een klapstoeltje en hoort de slaapverwekkende onderwerpen aan. Er wordt vooral veel geklaagd en gesteund over de overheid die zich nooit iets aantrekt van kleurenblinden en over de maatschappij die alleen maar lacht om de aandoening, terwijl die toch echt heel lastig en invaliderend is. Leonie valt er bijna bij in slaap. Haar buurman geeft haar net op tijd een duwtje. Ze kijkt hem aan. Aardig gezicht. Een jaar of vijfentwintig. Wat doet hij in vredesnaam op een vergadering als deze?

'Ik wilde eens wat lotgenoten ontmoeten,' zegt de jongen. 'Maar ik had niet gedacht dat het zulke zeurpieten zouden zijn.'

Leonie grinnikt. 'Ik heet Leonie,' zegt ze.

'Ik ben Jonathan Warnsveld. Hoe lang ben jij van plan te blijven?'

'Weet ik nog niet.'

Ze fluisteren natuurlijk, maar de kleurenblinden kijken toch kwaad in hun richting.

'Zeg,' fluistert Leonie een paar decibellen zachter, 'ken jij hier toevallig iemand die Hagenbrink heet?'

Jonathan kijkt haar aan en denkt na. Leonie vraagt zich af hoe haar gezicht er in zijn ogen uitziet, zonder het rood van haar lippenstift. Of zou het zonder het blauw van haar oogschaduw zijn? Of misschien is hij niet zo erg kleurenblind. Ze hoopt het.

'Ik ken niemand die Hagenbrink heet. Maar ik ken wel iemand die Hazebrink heet. Jurgen Hazebrink.'

Leonie zucht. Wat heeft ze daaraan?

'Jurgen Hazebrink is net zo kleurenblind als ik,' zegt Jonathan. 'Hij is mijn halfbroer.'

'Heeft hij krulhaar en ogen die een beetje wijd uit elkaar staan?'

'Ja,' zegt Jonathan tot haar verbazing.

'Dat meen je niet.'

'Jawel.'

'Tjonge.' Ze denkt even na. 'Waar woont je halfbroer?' vraagt ze dan.

'Hier in Amsterdam. Waarom ben je in hem geïnteresseerd?'

'Doet je halfbroer iets met diamanten? Voor zijn beroep of in zijn vrije tijd?'

'Niet dat ik weet. Nee, volgens mij niet, maar we hebben erg weinig contact. Ik weet pas sinds een paar jaar dat hij mijn halfbroer is.'

De mensen om hen heen gebaren nu geërgerd dat ze hun mond moeten houden.

'Zullen we hier weggaan?' fluistert Leonie. 'Zullen we in het café iets gaan drinken?'

'Prima plan,' zegt Jonathan Warnsveld.

Hij vertelt dat hij instrumentbouwer is. Hij bouwt dwarsfluiten, een precisieklusje waar gelukkig nauwelijks kleur bij komt kijken. Want hij is ongelooflijk kleurenblind. Hij ziet absoluut geen verschil tussen vooral rood en groen. Hoe hij dat dan doet als hij 's morgens sokken moet uitkiezen, vraagt Leonie, maar dat is voor een pietje precies als een instrumentbouwer natuurlijk geen probleem. Zij bekent dat ze zelf alle kleuren van de regenboog kan onderscheiden, maar dat ze vermoedde dat die Hagenbrink of hoe hij ook mag heten daar minder bekwaam in was en dat ze hem zoekt.

'Waarom toch?'

'Ik denk dat hij iets te maken heeft met een diamantroof.'

'Mijn broer? Ach welja, waarom ook niet.'

'Ik krijg niet de indruk dat jullie bepaald dol zijn op elkaar.'

'Goed gezien.'

'Hè, vertel eens.'

'Het is nogal een lang verhaal.' Jonathan zwijgt en staart in zijn biertje.

Leonie wordt ongeduldig. 'Als jij me jouw verhaal over Jurgen vertelt, vertel ik wat ik weet over die diamantroof,' zegt ze.

'Ik heb helemaal geen zin om over mijn halfbroer te praten,' zegt Jonathan. 'Ik heb niks met hem. Hij is dom, onaardig en ongeïnteresseerd. Er zijn duizend leukere onderwerpen te bedenken om over te praten dan over Jurgen. Jij bijvoorbeeld. Laten we het eens over jou hebben.'

'Jullie hebben zeker dezelfde moeder?' vraagt Leonie.

‘We hebben dezelfde vader.’

‘Hé,’ zegt Leonie. ‘dat is gek. Ik las dat kleurenblindheid overerfelijk is via het X-chromosoom. Dat betekent dat vrouwen voornamelijk dragers zijn en mannen de aandoening krijgen, maar niet doorgeven. Als je vader kleurenblind was en je moeder niet, dan zouden jullie als zoons gewoon kleuren moeten zien. Want je erft je X-chromosoom als zoon nu eenmaal van je moeder. Dat betekent in jullie geval dus dat je moeder draagster moet zijn. Maar jullie zijn halfbroers. En dat betekent dan weer dat allebei jullie moeders draagster zijn geweest, vind je dat geen vreemd toeval?’

‘Wat zeg je allemaal?’ Jonathan lijkt te zijn afgehaakt door de veelheid aan chromosomen.

‘Ja echt, ik heb het van de week allemaal gelezen.’

‘Ik begrijp het niet,’ zegt Jonathan.

‘Ik zeg alleen maar,’ gaat Leonie door, ‘dat jij en Jurgen je kleurenblindheid van jullie moeders hebben geërfd en niet van je vader.’

Jonathan kijkt haar verbluft aan. ‘Dat heb ik nooit geweten,’ zegt hij. ‘Ik ging ervan uit dat we die kleurenblindheid van onze vader hadden, maar jij beweert dus dat het toeval is dat we allebei kleurenblind zijn?’

‘Ja, als jullie niet dezelfde moeder hebben, dan is het toeval. Jullie hebben van je vader het Y-chromosoom geërfd en dat chromosoom heeft niks met kleurenblindheid te maken. Is je moeder kleurenblind?’

‘Mijn moeder leeft niet meer. Maar ze was beslist niet kleurenblind.’

‘Ze was dus alleen draagster van de ziekte.’

‘Nou... ziekte...’

‘Sorry, van de... afwijking? En de moeder van je broer?’

‘Die heb ik nooit gekend. Misschien was zij wel kleurenblind, het zou kunnen. Zij leeft ook niet meer.’

‘Als zij kleurenblind was,’ zegt Leonie deskundig, ‘dan had je broer een kans van honderd procent om ook kleurenblind te worden.’

'Je bent me te slim hoor,' zegt Jonathan berustend.

'Ach, al die informatie zit nog vers in mijn hoofd. Maar wat denk je, zou een kleurenblinde verstand kunnen hebben van diamanten?'

Jonathan antwoordt niet. Hij kijkt ongeïnteresseerd. Het kan hem waarschijnlijk weinig schelen of hij zijn kleurenblindheid van zijn vader of van zijn moeder heeft geërfd. Ze stelt haar vraag opnieuw. Hij kijkt haar nu een beetje wazig aan.

'Waarom zou een kleurenblinde het moeilijker hebben in de diamantbranche,' zegt hij. 'Ik weet het eigenlijk niet, ik heb helemaal geen verstand van diamanten. Diamanten hebben toch geen kleur?'

'Sommige wel.'

'Tja, dan zal dat wel een probleem zijn.'

'Oké,' zegt Leonie. 'Ik moet nu eerst grondig nadenken. Per slot van rekening weet ik helemaal niet zeker of jouw broer de man is die ik zoek. Het lijkt erop, maar ik moet eerst zekerheid hebben. Heb je niet een fotootje van hem of zo?'

'Ja, dat heb ik. Toen ik hem ontmoette heb ik meteen een kiekje van hem gemaakt. Uit enthousiasme dat ik een broer had. Niet bij me natuurlijk. Hij wou niks van me weten, dus ik sleep de kop van die man niet in mijn portemonnee met me mee.'

'Zou je me die foto willen mailen, zodat ik kan zien of we het over dezelfde man hebben?'

'Ja hoor. Geef je mailadres maar.'

Leonie schrijft haar e-mailadres en haar telefoonnummer voor hem op. Hij geeft haar ook zijn telefoonnummer. 'Ik begrijp niet wat je van mijn broer wilt,' zegt hij. 'Áls hij tenminste mijn broer is. Want eerlijk gezegd weet ik niet zeker of zijn vader ook mijn vader is. Volgens mijn moeder wel. Buitenechtelijke affaire. Ik begin er nu weer aan te twijfelen. En ik weet ook eigenlijk niet of ik het zo erg vind als hij mijn broer niet is. Zoals ik zei, hij mag me niet en dus mag ik hem ook niet.'

'Hè?'

'Ik dacht altijd dat onze gezamenlijke kleurenblindheid het bewijs was dat we halfbroers zijn. Maar je hebt me volkomen aan het twijfelen gebracht.'

Leonie laat dit op zich inwerken. 'En stel dat jullie geen broers zijn, wat betekent dat dan voor je?' vraagt ze.

'Als we geen broers zijn, was mijn vader ook niet mijn vader. Ja, dat zou ik erg vinden.'

'Hm, ja, dat begrijp ik. Sorry. Zeg, Jonathan, ik moet naar huis. Laten we contact houden. Heb je misschien het adres van je broer voor me?'

'Ik heb het niet bij me want ik spreek hem nooit. Ik zal het thuis opzoeken en dan mail ik dat ook wel.'

'Reuze bedankt. Ik hoop dat hij degene is die ik zoek.'

'Hé, je zou me nog vertellen over die diamantroof.'

'Doe ik, maar niet nu. Ik moet echt nodig weg.'

Ze nemen afscheid. Leonie loopt naar het station en ploft neer in de trein. Ze geniet. Stel je voor dat ze zomaar door een dik, dik toeval, door gigantische mazzel, in haar eentje via die onzinnige Regenboogvereniging en via Jonathan Warnsveld die Hagenbrink/ Hazebrink gevonden zou hebben. Wat zal Job opkijken! Ze besluit niets te zeggen voordat ze zekerheid heeft. Ze verheugt zich nu al op haar vaders reactie.

Jonathan houdt woord en hij mailt Leonie een fotootje van zijn halfbroer en diens adres. Het is een beetje teleurstellend, Leonie herkent hem niet. In het café in Doetinchem heeft ze meer gekeken naar de diamant en naar de tas met geld dan naar Hagenbrink. Ze stuurt de foto door naar Zoë en die is positief. Ik weet bijna zeker dat hij het is, mailt ze terug. Dus toch. Popelend van ongeduld wacht Leonie op Job.

'Ik heb hem,' roept ze al als zijn sleutel nog in het sleutelgat zit.

'Wat? Waar heb je het over?'

'Nee: wie. Hagenbrink. Maar hij heet Hazebrink.'

'Potverdorie,' zegt Job. 'Hoe weet je dat? En weet je het zeker?'

'Zeker genoeg.'

'Tjonge, je moet van speuren je beroep maken,' zegt Job.

'Het was gewoon geluk hoor,' bekent Leonie.

'Jawel, maar geluk...'

'Ja ja... komt meestal in een gespreid bedje,' vult Leonie aan.

'Vertel op.'

Ze vertelt hem het hele verhaal. Over De Regenboog en Jonathan en zijn kronkels over zijn afkomst. En dan laat ze Job de foto zien die ze heeft geprint. 'Zijn adres heb ik ook.'

'Je bent een mirakel,' zegt haar vader.

'Mee eens.'

'Is hij het echt? Ik heb de man pas opgemerkt toen hij aan jullie tafeltje aanschoof, maar hij ging met z'n rug naar me toe zitten. En hij vertrok zo snel... nee, toen heb ik ook zijn gezicht niet echt gezien...'

'Zoë beweert dat hij het is. De ogen die een beetje wijd uit elkaar staan. Dat krullerige haar. Wat doen we nu? De politie op hem afsturen?'

'Daar hebben we geen argumenten voor. Wij hebben hem zelf het geld aangeboden in ruil voor de blauwe diamant en hij is akkoord gegaan met de koop nadat Gans verklaard had dat de diamant echt was. Deze Hagenbrink of Hazebrink heeft dus niets misdadigs gedaan.'

'Maar er is een moord gepleegd. Of misschien wel twee. De politie verdacht Verheul van de moord op Benjamins.'

'Blijkbaar hadden ze niet genoeg bewijs. Voor zover ik weet is Verheul nooit opgepakt.'

'Kunnen wij – nu we de diamant hebben – niet wat olie op het vuur gooien zodat de politie weer een beetje in hem geïnteresseerd raakt?'

'Misschien is dat een goed idee. We weten nu dat Alain op legale wijze aan de diamant is gekomen en er dus geen bezwaar tegen kan hebben als we de politie erbij betrekken. Probleem is alleen dat we geen enkel bewijs meer hebben voor een diefstal. Wij hebben de diamant, Verheul en Hagenbrink of Hazebrink hebben het geld, en zij zullen de transactie ontkennen. Zoë heeft geen factuur of zoiets getekend. Verheul zal nooit toegeven dat hij degene was die de diamant in zijn bezit had. Of misschien zegt hij dat hij hem voor een krats heeft gekocht. Nou ja, we hebben een getuige: Gans. Maar of dat genoeg is... We zijn het haasje zogezegd.'

'Weet Alain al dat we de diamant hebben?' vraagt Leonie.

'Eh, dat denk ik niet.'

'Hoezo? Heb je het Manon niet verteld dan? Alain zal blij zijn.'

Bloost haar vader? Leonie begrijpt het ineens: 'Aha, je wilt deze mislukking niet aan haar opbiechten. Je wacht stilletjes op goed nieuws voordat je het hele verhaal aan haar vertelt. Maar heeft ze jou dan al die dagen niet opgebeld?'

Job mompelt wat.

'Ach zo. Je hebt de telefoon niet opgenomen? Flink hoor.' Leonie schatert het uit.

'Ach wat,' zegt Job. 'Het leek me slimmer om even te wachten. Maar zo onderhand kan ik haar inderdaad maar beter inlichten. Met jouw informatie over Hazebrink hebben we tenminste weer wat perspectief. Overigens, dat vergeet ik te zeggen, je moeder belde gisteravond. Ze vroeg wanneer je weer bij haar kwam. "Thuiskwam," zei ze eigenlijk, maar bij mijn weten woon je hier.'

'Ik woon hier, maar ik ga vanavond toch maar naar haar toe. Ik weet wel dat ze zich soms aanstelt, maar aan de andere kant is het naar als je nauwelijks kunt lopen. Ik zal haar bellen. Waar is de diamant nu trouwens?'

'In een brandkast bij Zoë.'

'Vind je dat veilig?'

'De grootmoeder van Alain had hem gewoon in de la van haar toilettafel liggen al die jaren.'

'Ja, maar niemand wist dat zij een diamant bezat. Terwijl van jou inmiddels enkele mensen met een bedenkelijke moraal weten dat jij weet waar de diamant is. Ik durf je zo niet alleen te laten hoor. Wie weet wat je straks allemaal voor tuig van je af moet slaan.'

'Als de hemel neervalt hebben we allemaal een blauwe hoed,' zegt Job zorgeloos. 'Blijf je hier nog eten of wil je meteen weg?'

'Iets eten lijkt me heerlijk. En dan?'

'Dan ga jij naar Wies en we gaan allebei bedenken hoe het verder moet.'

11

Zoë is rijk, zeer rijk. Ze heeft geologie gestudeerd en heeft op veel exotische plaatsen in de wereld onderzoek gedaan. Daar word je niet rijk van. Ze kent wel geologen die aardolie hebben gezocht en gevonden, en die in directies van aardoliemaatschappijen fortuin hebben gemaakt.

Zoë is rijk geworden doordat ze een wonderbaarlijk gevoelige neus heeft voor beleggen. Ze leest het economische en financiële nieuws in de kranten en gokt zelden verkeerd. Ook de laatste tijd, met de kredietcrisis in de Verenigde Staten, heeft ze het weer aan zien komen. Ze is op tijd uit de gevoelige fondsen gestapt. Ze zegt zelf dat het komt doordat ze zo'n doodgewoon mens is. 'Ik denk zoals doorsnee-mensen,' zegt ze, 'zodat ik weet wat mensen leuk gaan vinden in de toekomst, wat de nieuwe hobby's worden, waar ze met vakantie heen zullen willen, waar ze genoeg van krijgen.' Ze heeft de populariteit van de dvd aan zien komen, en ook het verzadigingspunt. Ze wantrouwt iedere belofte van ondernemers op gouden bergen. 'Want iemand betaalt die bergen,' zegt ze. 'En meestal de klant.'

Hoe dan ook, ze is steenrijk geworden, wat haar nauwelijks interesseert. Ze heeft een huis in de Vogezen waar ze zelden komt. Op haar luxueuze schip *De Bounty* in Hoorn brengt ze een groot deel van de zomer door.

Maar wie slapend rijk wordt, wekt wantrouwen. De FIOD, de Fiscale Inlichtingen- en Opsporingsdienst, kan nauwelijks geloven dat het allemaal koosjer is wat deze Zoë Kantelaer uithaalt. Terwijl het dat wel is. Ze opereert altijd binnen de wet. Dat hebben ze bij hun laatste onderzoek ook weer moeten constateren. Ze zijn vrij kort geleden nog geweest en hebben haar dat toen ook meegedeeld.

Daarom is ze hoogst verbaasd als ze een telefoontje krijgt van de recherche in Amsterdam met de mededeling dat twee rechercheurs op bezoek willen komen. Alweer? denkt ze. Maar met haar geweten zo zuiver als een diamant, zegt ze dat de heren welkom zijn.

Bangen en Van Sperkelaar heten ze. Ze zijn in uniform. En van de FIOD zijn ze niet. Zoë heeft het onmiddellijk door.

'We winden er maar geen doekjes om,' zegt Van Sperkelaar, 'u wordt verdacht van heling.'

'Van heling?'

'U hebt kortgeleden een diamant gekocht, ver onder de waarde. Een gestolen diamant, die het eigendom is van een Franse graaf.'

Zoë schrikt. Hoe weten ze dat. Strikt genomen heeft de man gelijk, behalve dan dat de diamant van Alain is. Ze heeft er trouwens geen ogenblik bij stilgestaan dat je strafbaar bent als je iets koopt waarvan je weet dat het uit diefstal afkomstig is.

'U ontkent het niet?'

Ze denkt na. Ze is bedachtzaam van nature en ze heeft veel meegemaakt in haar leven, wat bedachtzaamheid meestal ook nog eens bevordert.

'Als je ergens van wordt beschuldigd is het raadzaam niet te kwistig te zijn met woorden. Dat hebben mijn juristenvrienden me geleerd.'

'Waar is de diamant?'

'Diamant is een verzamelbegrip. Het is, zoals u zult weten, een mineraal, dat bij hoge temperatuur en onder zeer hoge druk is versteend. U zegt dé diamant, dus u doelt op een specifiek, benoembaar exemplaar. De Florentijner wellicht? De Witselsbach?'

'U bent kennelijk een deskundige. U bent in het bezit van de helft van *les jumeaux bleus*. Hebt u hem thuis?'

'U wilt hem zien?'

De mannen knikken.

'En vervolgens voert u me geboeid naar het cachot, wegens heling?'

'Dat sluit ik niet uit,' zegt Bangen geïrriteerd.

'Hij is niet hier. Ik heb hem opgeborgen in de kluis van een bank.'

'Dan gaan we met z'n drieën naar die bank,' constateert Bangen.

'Geen sprake van,' zegt Zoë. 'Ik ben wel bereid de weinige juwelen die ik bezit zelf te halen en u die hier vanmiddag om vier uur te laten zien.'

Van Sperkelaar en Bangen kijken elkaar even aan.

'Akkoord, vanmiddag om vier uur.'

Ze vertrekken.

Zo gauw ze weg zijn, haalt Zoë de blauwe diamant uit het kluisje in haar slaapkamer en gaat naar haar bank. Ze is ervan overtuigd dat ze gevolgd wordt door de twee rechercheurs, maar dat kan haar niet schelen. Ze kunnen niet door het leer van de tas kijken. Bij de bank huurt ze een safe en bergt de diamant erin op. Dan gaat ze terug naar huis en belt Job.

'Ik word beticht van heling,' zegt ze koeltjes.

'Nee toch.'

'Een tweetal mannen, zich noemende rechercheurs Bangen en Van Sperkelaar, weten dat ik de halve tweeling heb en dat ik die heb gekocht. Van een diamantendief. Ze wilden de diamant zien.'

'En?'

'Ik vertrouw ze niet.'

'Gelijk heb je, slimmerik, want van wie hebben ze dit verhaal?'

'Ik heb goed opgelet tijdens mijn stage bij jou als speurder. Bovendien hadden ze een politie-uniform aan. Dat vond ik ook al gek. Voor een bezoek als dit ga je in burger. Denk ik. Ze hadden trouwens absoluut niet de uitstraling van ons integere politiekorps. Kwestie van gevoel.'

'Een nieuwe streek van Verheul?' vraagt Job zich af. 'Wil hij ons de diamant opnieuw afhandig maken? Vreemd. Ik had toch sterk de indruk dat hij er zo gauw mogelijk van af wou. Desnoods voor minder dan een miljoen. Je hebt hem niet aan die kerels laten zien, laat staan afgegeven, neem ik aan?'

‘Ik heb gezegd dat ik hem ging halen en dat ze om vier uur welkom waren. Vervolgens ben ik naar de bank gegaan, niet om de diamant te halen, maar om hem daar op te bergen. Ze zijn me vast gevolgd. Nu stel ik voor dat je Jacco inschakelt. Ik verlaat in de loop van de middag mijn huis via de garage in het souterrain. De heren Bangen en Van Sperkelaar zullen dan vergeefs aanbellen. Als ze teleurgesteld afdruipen, volgt Jacco hun spoor. Lijkt je dat wat?’

‘Je bent een genie,’ vindt Job. ‘Kom jij dan naar ons toe, zou ik zeggen.’

‘Misschien. Ik zie nog wel.’

‘Heb je een veilige plaats om heen te gaan?’

‘Geen probleem.’

‘Oké, ik zet Jacco aan het werk.’

‘’t Was een makkie,’ zegt Jacco. ‘Ik had Chantal meegenomen, voor de gezelligheid. Ik had m’n ouwe Chevrolet vlak bij de ingang van het gebouw gezet waar Zoë d’r penthouse heeft, en steeds als er mensen naar binnen gingen die een beetje leken op die Van Sperkelaar en Bangen, zoals je ze beschreven had, sloegen we aan het vrijen. Vrijende mensen in een Chevrolet, daar kijkt geen mens naar.’

‘Ging Chantal mee voor de liefde of voor het speurwerk?’ vraagt Leonie geamuseerd. Ze luistert met haar vader naar het verslag van Jacco, dat als gewoonlijk iets sneller zou kunnen.

‘Wat denk je,’ zegt hij, en hij trekt zijn macho veroveraarsgezicht. ‘Afijn, om kort te gaan, die gozers komen eraan om vijf voor vier en ze komen weer naar buiten om vijf over vier. Met de pest in, dat zag je zo. Ze kijken goed om zich heen, maar Chantal d’r krullenbol zit te veel in de weg om mij te onderscheiden. Zij in de auto, wij op flinke afstand erachteraan. Naar Amsterdam. Ze stoppen voor een huis aan de Weteringschans. Van Sperkelaar eruit, Bangen rijdt door. Ik zeg tegen Chantal: ‘D’r uit meid, kijk waar die gozer naar binnen gaat. Ik haal je hier straks weer op.’ Dat was nou niet helemaal hoe Chantal het zich had voorgesteld, maar ze doet braaf wat ik zeg. Ik achter Bangen aan. Die rijdt naar West, waar hij kennelijk woont, want hij gaat met een sleutel naar binnen. Ik heb het adres opgeschreven. Ik geef het jullie. Hij heet overigens Van Spangen.

Ik terug naar de Weteringschans. Daar staat Chantal te blauwbekken. Ze wijst me het huis waar Van Sperkelaar heeft aangebeld en is binnengelaten. "Er staat geen naam op de deur," zegt ze, "dus toen heb ik ook maar effe aangebeld en gevraagd of hier de freule van Stoethaspel woonde." Wat een dondersteen hè. Er had een vrouw opengedaan en die had gezegd dat ze bij meneer Hazebrink was. Jurgen Hazebrink.'

Leonie straalt.

'Nou, toen heb ik Chantal namens jou, Job, honderd euro gegeven. We zijn naar huis gegaan. Daar heb ik nog effe uitgezocht dat Van Sperkelaar eigenlijk Berkelaar heet, en we hebben afgemaakt waar we in de Chevrolet de voorbereidende werkzaamheden voor hadden verricht.'

De laatste truc van Verheul is mislukt, tenminste als Verheul erachter zat, als dit niet een soloactie was van Hazebrink. Maar ze weten intussen wel dat ze noch de een noch de ander mogen onderschatten. De heren zijn er driekwart miljoen beter van geworden, al zullen ze flink kosten hebben gemaakt door de medewerking van Van Spangen en Berkelaar.

Arglistig is het hart, mijmert Job, het zinnetje dat zijn zwaarmoedige vader nogal eens uitsprak. Mensen die niet worden gehinderd door moraal hebben een voorsprong. Zelf doet hij soms dingen die de politie van een rechtsstaat zich niet kan veroorloven, maar hij trekt wel een grens. De politie mag niet zomaar huiszoeking doen bij Verheul, wat Job zichzelf zonder aarzeling zou toestaan als dat in zijn straatje te pas kwam, maar om nou de man onder dreiging van fysiek geweld te dwingen het geld terug te geven, dat is voorbij die grens.

Zoë komt langs, wordt geprezen en bewonderd, en vertrekt vervolgens weer.

Bij de voordeur vraagt Job: 'Waar ga je heen?', waarop Zoë zegt: 'Naar ergens waar het veilig is.'

'Toch niet je schip?'

'Nee, niet m'n schip. Ik ga een paar dagen in een hotel, ik bel je nog wel.'

Jacco is bedankt en betaald. Leonie is naar Wies. Job is alleen achtergebleven. Het verkeer is bijna naar nul gedaald. De avond met zijn stilte. Een boek? Een film? Een actualiteitenprogramma? Of niets doen, naar het plafond staren en langzaam een beetje dronken worden, terwijl de gedachten alle kanten op gaan en misschien iets bruikbaars opleveren?

Als hij een fles wijn half heeft leeggedronken, gaat de telefoon. Het is commissaris Rijksen, die vraagt of hij even mag langskomen.

'Er staat een ontkurkte fles op tafel,' zegt Job. 'En in de kelder is meer.'

Zowel Job als Hendrik Rijksen heeft de neiging om in diepe onderwerpen te duiken, zoals de grondslagen van religie, en ontwikkelingen in de samenleving.

'Stel je voor, een gezin met twee moeilijk opvoedbare jongens,' zegt Rijksen. 'Ze gaan naar een instelling, wat de samenleving vijftigduizend euro per jaar per jongen kost. Nu is er een persoon die zegt dat hij of zij voor tachtigduizend euro in totaal, voor de twee dus, betere resultaten kan bereiken dan die instellingen. Waarschijnlijk is dat waar. Kan dat geregeld worden? Nee. Dat past niet in het systeem. Dat past niet in de honderdduizend regeltjes.'

'Vroeger stuurden ze zulke jongens naar een boer in het oosten van het land,' zegt Job. 'Die boer zei niet veel, hij liet zo'n knul zich het zweet uit z'n lijf werken. Als beloning: veel en gezond eten, nou ja misschien een beetje te vet. De zwijgzame boer, met zijn gezag en levenservaring, wist dat een simpel leven waarbij je werkt om te eten, vaak een prima therapie is.'

'Vandaag de dag komen er onmiddellijk Kamervragen als ze in een instelling van criminele ettertjes een jongen die in razernij ontsteekt even tegen de grond drukken.'

'Ze discussiëren erover hoe vaak in de maand zo'n jongen naar de bioscoop mag en of de staat het kaartje voor zijn begeleider ook moet betalen.'

Ouwemannenpraat, denken ze gelijktijdig, en dus stokt het gesprek.

'Ik kom je eigenlijk iets vragen, of preciezer, iets zeggen,' herneemt Hendrik Rijksen.

Job spitst zijn oren.

'Ik heb een tijdje geleden de politie van Amsterdam gevraagd om autopsie te laten verrichten op die diamantair, Benjamins. Op jouw verzoek.'

Job knikt.

'De man bleek te zijn vergiftigd, maar de collega's in Amsterdam komen niet verder. Nu noemde jij bij die gelegenheid een diamant, en een auto-ongeluk dat er misschien mee in verband stond, maar je vroeg me daarover niet met mijn collega's te spreken. Intussen moeten ze het beslist weten in Amsterdam. Ik ga ze dat dan ook wel degelijk vertellen. En eerst doe jij me uitvoerig uit de doeken wat jij ervan weet.'

Ze kennen elkaar zo goed langzamerhand, Job en Hendrik Rijksen. Ze spelen vaak niet een kat-en-muis- maar een kat-en-katspel, zonder elkaar te verwonden. Daar hoort nu bij dat Job zijn eerlijkste gezicht trekt en van wal steekt alsof hij nooit iets voor de commissaris verborgen heeft gehouden. Hij vertelt hoe hij van de blauwe tweeling weet, via een vroegere vriend van Manon, over het bezoek van Alains vader aan Benjamins en wat hij zelf te weten is gekomen over diens auto-ongeluk. Ook dat de diamant was verdwenen, en vervolgens weer opgedoken, en door een zekere Hagenbrink verkocht aan een kennis van Job.

'Wie is Hagenbrink, wie is die kennis, hoe weet jij dit allemaal?'

Nu wordt Jobs verhaal vager.

'Je wordt vager,' constateert Rijksen.

'Het probleem is,' zegt Job, 'dat die kennis van heling zou kunnen worden beschuldigd. Die kennis zou kunnen weten dat de diamant was gestolen.'

'Het gaat dus om een vrouw,' constateert Rijksen.

'Hoezo?'

'Je herhaalt het woord "die kennis". Als het een man betrof had je gezegd: hij zou kunnen weten... *never mind*.'

'Oké, een vrouw. Als jij haar naam in het justitiële apparaat brengt en je treft een erg wettische officier van justitie, dan meent die misschien dat hij die vrouw moet gaan vervolgen. En dat is het laatste wat ik wil.'

'Kom nou.'

'Ik heb leergeld betaald.'

Als altijd is dat een afdoende opmerking richting Rijksen. Job maakt schaamteloos gebruik van het latente schuldgevoel bij de man. Hij zegt verder dat hij veronderstelt dat Verheul de diamant heeft gestolen, op de een of andere manier heeft gezorgd dat meneer Sire verongelukte, Benjamins heeft omgebracht, en via Hagenbrink, die misschien Hazebrink heet, de diamant heeft verkocht.

'Als de politie een goed deel van driekwart miljoen kan vinden bij Verheul, en hij kan de herkomst van dat geld niet verklaren, dan zijn ze een stuk verder,' besluit hij.

Daarmee moet de commissaris het doen.

Tegen middernacht, als Rijksen is vertrokken, belt Job nog naar Manon. Ze ligt al in bed, maar ze is het gewend dat Job zo laat nog van zich laat horen. Hij brengt haar op de hoogte van de ontwikkelingen van de laatste twee dagen.

'Je geeft veel om Zoë, hè,' zegt ze.

'Maar meer om jou.'

'Dat is mooi,' zegt Manon.

'Wanneer zie ik je weer?'

'Dat kan even duren. Mijn moeder is ziek. Ik ga morgen naar Parijs.'

'Zieke moeders zijn in de mode. Wat heeft ze?'

'Heup gebroken. Gestruikeld over een stom stoepje. Ze is al geopereerd en komt morgen thuis.'

'Doe de groeten aan Alain,' zegt Job.

Het blijft even stil aan de andere kant van de lijn.

'Wie zegt dat ik Alain zal zien?'

Job herinnert zich dat Manons moeder enkele maanden geleden een zware griep heeft gehad, een week lang meer dan 39 graden koorts. Er is toen geen sprake geweest van naar Parijs gaan. Een gebroken heup is iets anders, zeker, maar toch. Manon is even liefdevol tegenover hem als voorheen, ze is even hartstochtelijk in bed als voorheen, en toch voelt hij iets van een verandering sinds de brief van Alain is gekomen. Is het Alain, haar vroegere vertrouweling, of is het de taal, de cultuur, het vaderland dat ze is gaan missen? Toen hij drie dagen geleden bij haar kwam, stond de Franse radio aan.

'Niet dan?'

'Dat weet ik nog niet. Ga je met me mee? Dan kun je me in de gaten houden.'

Zo sluipen er scherpe kantjes in een verhouding, denkt Job. Zijn schuld? Is hij jaloers?

'Sorry. Waar bemoei ik me mee.'

'Bemoei je maar,' zegt Manon. En dat is een zin die ze niet helemaal meent.

Er schuilt gevaar in telefoongesprekken, merkt Job. Lichamelijke nabijheid kan nodig zijn om uitgesproken zinnen te ontdoen van een ongewenste onderhuidse lading.

'Lieve schat, ik kan niet mee. Wanneer kom je terug?'

'Donderdagmiddag.'

'Kom je dan hiernaartoe? Ik zal je missen.'

'Dat doe ik. Ik bel je vanuit Parijs. Ik zal je ook missen. Welterusten.'

In Amsterdam gaat een voortvarende inspecteur aan de slag met de aanknopingspunten die via commissaris Rijksen zijn binnengekomen. De man heet Thomas Godschalk, hij is vierendertig jaar, schrander en gedreven. Hij leest een en ander over diamanten en komt erachter dat de blauwe tweeling voor zover bekend in het bezit is van de erfgenamen van een Franse graaf, Dantan-Lachaumière. Hij vindt het telefoonnummer van de zoon die het familiekasteel in de Vendee bewoont, en belt op. Met enige moeite krijgt hij deze graaf aan de telefoon, een kennelijk oude heer die hem in het Frans te woord staat. Maar Godschalk kent geen Frans. De graaf is niet van zins over te gaan op Engels, want hij voelt er niet voor om met de Nederlandse politie te spreken zolang hij niet van Job heeft gehoord wat de laatste ontwikkelingen zijn. De inspecteur wordt dan ook weinig wijzer van het gesprek. Hij overweegt naar Frankrijk af te reizen om met hulp van een tolk met de graaf van gedachten te wisselen. Maar eerst verdiept hij zich in het auto-ongeluk bij Breda, waarbij een Fransman, genaamd Sire, is omgekomen. Om twee uur 's nachts heeft een automobilist via een praatpaal gemeld dat er een voertuig op z'n kop in de berm lag, net voor een viaduct. Niemand had het ongeluk zien gebeuren. Vermoed werd dat de bestuurder in slaap was gevallen en tegen een staander van het viaduct was gereden, naar de rechterkant was gestuiterd en omgeslagen. Onderzoek heeft uitgewezen dat hij geen alcohol in zijn bloed had. Wel een medicijn tegen hoge bloeddruk, maar dat kan zijn rijvaardigheid niet hebben beïnvloed. Het stoffelijk overschot is vrijgegeven en naar Frankrijk vervoerd. Daar is het begraven.

Godschalk leest nergens dat er wel of niet een slaapmiddel of een andere verdovende stof in het lichaam van meneer Sire is aangetroffen. Daar is blijkbaar niet naar gezocht.

Hij telefoneert uitvoerig met de Parijse politie van de Securité Nationale, waar men hem bereidwillig wel in het Engels te woord staat. Ze hebben daar niets opmerkelijks over de handel en wandel van Sire geconstateerd. Geen hoge levensverzekering. Voor zover bekend geen vijanden. Geen schulden. Geen reden voor nader onderzoek. Een verkeersongeluk, was de conclusie.

Daarna richt de aandacht van Thomas Godschalk zich opnieuw op de dood van diamantair Benjamins, waar hij al eerder dagenlang mee bezig is geweest. En natuurlijk stuit hij weer op Verheul. Hij moet iets vinden waardoor de rechter-commissaris huiszoeking wil toestaan. Tot dusverre is dat niet gelukt. Hij duikt diep in het verleden van Frederik Verheul. En tot zijn vreugde komt hij iets te weten waar hij misschien wat mee kan beginnen.

12

Het is de strychnine die Thomas Godschalk ter wille is. Gif interesseert hem. Ooit heeft hij zich grondig verdiept in verschillende soorten gif. Maar dat is alweer een tijd geleden en nu moet hij toch nogal wat werk verrichten om opnieuw te weten te komen wat strychnine ook weer precies voor stof is. Hij komt erachter dat het al in kleine doses een gruwelijke invloed heeft op de zenuwen en het ruggenmerg, al kan het, zoals zo veel vergiften, ook in positieve zin gebruikt worden. In zeer, zeer kleine hoeveelheden werkt het als een analepticum, een stof waar je wakker van blijft, zoals ook van cafeïne en cocaïne. Dan is het dus een pepmiddel. Streng verboden in de sport natuurlijk. Verder leest Thomas dat strychnine een witte, reukloze, erg bittere stof is die qua substantie lijkt op suiker en die uit een aantal planten kan worden gewonnen, bijvoorbeeld uit de *strychnos nux-vomica*, de braaknoot... Juist, nou ja, dat zal dan wel.

Wat hij niet wist, en nu voor het eerst in een oud dossier ziet staan, is dat Frederik Verheul ooit eerder in zijn leven in verband is gebracht met strychnine. Het ging toen niet om moord, dat wil zeggen, niet op een mens. In de Amsterdamse buurt waar Verheul toen woonde, stroomden op een zeker moment klachten binnen. Er waren op straat, in tuinen, in portieken kort na elkaar verscheidene honden en katten dood aangetroffen. Onderzoek wees uit dat de beesten strychnine hadden binnengekregen. Vier katten en drie honden waren op deze geniepige manier om het leven gebracht. Omdat strychnine zo snel doodt werd het in het verleden in rattengif gebruikt. Een rat is namelijk een argwanend diertje. Hij eet een klein hapje en wacht dan geruime tijd om te zien of het voedsel hem geen kwaad doet. Als dat niet het geval is, eet hij verder. Maar als er strychnine in zijn hap zat, zal hem dat niet helpen. Hij krijgt dan geen kans om van wat dan ook nog een hapje te nemen, want hij sterft direct een nare dood.

In die Amsterdamse wijk stond een huis met een grote garage ernaast. Die garage had de eigenaresse omgebouwd tot stal en zo kon het gebeuren dat ergens in Amsterdam-West een paard gehuisvest was. De hele buurt was dol op het dier, dat Zwarte heette. De kinderen mochten rondjes rijden op zijn rug, de eigenaresse ging trouw iedere dag met het dier wandelen in het park. De ontzetting was dan ook enorm toen Zwarte op een zondagochtend dood in zijn stal werd aangetroffen. Hij lag op de grond, op zijn zij, zijn benen gestrekt, zijn nek in een rare knik.

Waar Zwarte aan was gestorven was niet duidelijk, maar voor de eigenaresse van het paard – die zich liever de vriendin van Zwarte noemde – zonneklaar. Ze was over haar toeren. Schreeuwend liep ze door de straten tot ze bij het huis van Frederik Verheul kwam. 'Moordenaar!' had ze geroepen. 'Vuile moordenaar, ik pak je wel! Ik heb heus wel gehoord hoe erg jij de pest aan Zwarte had!' Maar behalve met haar vuist zwaaien kon ze weinig doen. Er ontstond een oploopje en mensen stootten elkaar aan. Iedereen vond ineens die Verheul verdacht. Hij had al zo dikwijls zijn afkeer van allerlei dieren uitgesproken, zijn ergernis over hondenpoep op straat en kattenstront in zijn tuin en ook over Zwarte, die, het moet gezegd, weleens een berg mest op straat achterliet.

Verheul was bij zijn open raam komen staan, had zijn schouders opgehaald en had de menigte toegesproken. Een storm in een glas water, was de kern van zijn betoog geweest. Een paar poepproducenten minder, mensen wees blij dat we geen last meer van ze hebben.

Dat werd hem natuurlijk niet in dank afgenomen en de wijkagent werd erbij gehaald. Die aanschouwde met weerzin het dode paard, dat de eigenaresse samen met haar twee zoons naar de kant van de weg had gesleept. Een destructiebedrijf zou het daar ophalen. Op het platteland was dit een gebruikelijke manier van doen, maar de wijkagent vroeg zich af of deze procedure voor de stad wel zo geschikt was.

De eigenaresse en haar zoons hielden anderhalve dag lang om de beurt een wake bij het dode paard. De wijkagent belde twee keer met het destructiebedrijf of ze er alsjeblieft vaart achter wilden zetten en vroeg de eigenaresse het dier ten minste te bedekken met een deken.

Toen Zwarte afgevoerd en onderzocht was, bleek hij net als de honden en katten door strychnine om het leven te zijn gekomen en alle vingers wezen naar Verheul. Het luikje dat in de staldeur was aangebracht om Zwarte te kunnen bekijken, had half opengestaan. Het was goed mogelijk dat de paardenmoordenaar zijn hand erdoorheen had gestoken en Zwarte brokjes had gevoerd die vermengd waren met gif.

Maar Verheuls schuld was niet te bewijzen. Hij ontkende in alle toonaarden, al gaf hij toe een hekel aan dieren te hebben. In zijn huis werd geen strychnine gevonden.

Als Thomas Godschalk het langgeleden onafgeronde en weggestopte rapport van de diermoorden in Amsterdam heeft gelezen, vraagt hij zich af of het toeval is dat Verheul nu voor de tweede keer in verband wordt gebracht met een zaak waarin strychnine een rol speelt. Zou dit kleine aanknopingspunt voldoende zijn voor een huiszoekingsbevel?

De rechter-commissaris vindt het vergezocht, maar geeft uiteindelijk toch toestemming om het huis van Verheul aan een onderzoek te onderwerpen.

Godschalk wil het liefst bij Verheul binnenvallen als hij thuis is. 's Morgens heel vroeg lijkt hem daarvoor een goed moment. Hij laat de avond van tevoren een agent bij het huis van Verheul surveilleren met de opdracht het direct te melden als hij de indruk heeft dat de verdachte onverwacht niet thuis komt slapen. Zo'n melding komt er niet. De volgende morgen om zes uur belt hij met twee collega's aan bij Verheul.

Verheul doet zeer verbolgen open. Tot Godschalks verrassing is hij volledig gekleed en ziet er in geen enkel opzicht uit alsof hij net uit bed komt. In de gang, vlak bij de voordeur, staat een koffertje.

Thomas Godschalk stelt zich voor en toont het huiszoekingsbevel. Verheul laat hem binnen, terwijl hij omstandig op zijn horloge kijkt.

'Moet u ergens heen?' informeert Godschalk.

'Hoe raadt u het zo,' zegt Verheul bits.

'Het spijt me, dat zal nu niet gaan,' zegt Godschalk. 'We zijn wel even bezig.'

'Ik moet een vliegtuig halen. Het vertrekt om kwart over negen.'

'Waar gaat de reis naartoe?'

'Ik vraag me af of dat uw zaak is,' zegt Verheul ijskoud. 'U valt hier binnen, ik heb geen idee waarom, ik...'

Thomas Godschalk valt hem in de rede: 'Klopt het dat u de opvolger bent van de heer Benjamins?'

Verheul knikt kort. Van zijn gezicht is niets af te lezen. Hij neemt een jas van de kapstok, trekt hem aan en gaat dan ostentatief op een stoel in de gang zitten.

De agenten doorzoeken de woning. Hij is netjes opgeruimd en staat en hangt boordevol smaakvolle kunstvoorwerpen. Zilver, schilderijen, beeldjes. Een flesje rattengif wordt niet gevonden en dat had Godschalk ook niet verwacht. Verheul lijkt niet iemand die slordig met zulke spullen omgaat. Ook een groot geldbedrag vinden ze niet. Wel wordt in de badkamer een flesje aangetroffen met een sterk en onaangenaam ruikend middel. Het lijkt wel chloroform. Verheul zegt dat hij geen verklaring heeft voor de aanwezigheid van het flesje in zijn badkamer. Hij staat op om te laten zien dat hij het bezoek als beëindigd beschouwt. Hij kijkt nogmaals op zijn horloge en zegt ten overvloede: 'Heren, ik moet nu echt gaan.'

'U kunt ook gaan,' zegt Thomas Godschalk, 'als u eerst nog even uw koffertje voor ons wilt openmaken.'

Chagrijnig loopt Verheul de woonkamer in en kwakt het koffertje op een tafel. Hij knipt het open. Enkele keurig gestreken overhemden, wat ondergoed en een toilettasje worden zichtbaar. Godschalk voelt even tussen de kledingstukken. Hij ritst het voorvak van het koffertje open en vindt alleen het vliegticket van Verheul. Snel bladert hij erdoorheen. 'Zo zo, Zürich,' mompelt hij en verzoekt Verheul vervolgens alles uit het koffertje te verwijderen.

'Dacht u hiermee weg te komen?' vraagt Godschalk als de koffer leeg is.

'Hoe bedoelt u dat?'

'Laat u me zelf de inhoud van de dubbele bodem zien, of moet ik uw koffer opensnijden?' vraagt Godschalk.

Verheul is woedend. Hij wurmt met zijn vinger de bodem van de koffer los. Eronder ligt een enorme bruine enveloppe. Thomas Godschalk kijkt erin en klakt met zijn vingers. 'Hoe komt u aan dit geld?' vraagt hij.

'Handel.'

'Hebt u bijgeval een blauwe diamant verhandeld? Een diamant die helemaal niet van u was?'

Verheul loopt rood aan. Hij geeft geen antwoord.

'Ik verzoek u mee te gaan naar het bureau,' zegt Thomas Godschalk.

'Waarom?' vraagt Verheul nijdig.

'U wordt verdacht van heling. Misschien ook van diefstal. Misschien ook van moord. Dat moet ik uitzoeken.' Godschalk steekt de enveloppe met de zevenhonderdvijftigduizend euro in zijn tas.

Rijksen komt het nieuws zelf vertellen. Hij doet er tergend lang over en hij geniet er zichtbaar van dat Job nu eens aan *zijn* lippen hangt.

'Tjonge,' zegt Job. 'Pet af voor die Thomas Godschalk. Zo te horen was hij precies op tijd.'

'Ja, ik neem aan dat Verheul een kluis heeft in Zürich, of misschien zelfs een bankrekening. Daar proberen ze nu achter te komen. 't Is de vraag of het lukt. De Zwitsers zijn niet scheutig met dit soort informatie.'

'En het geld?'

'Daar heb ik over nagedacht,' zegt Rijksen. 'Je vertelde me dat een kennis van je, een zekere dame, precies dat bedrag betaald heeft voor een blauwe diamant die gestolen is van de Fransman Alain Sire.'

'Dat klopt.'

'Het lijkt dus redelijk dat zij dat geld terugkrijgt tegen inlevering van de diamant en dat de diamant teruggaat naar de erfgenaam van meneer Sire.'

'Ja.'

'Maar dat kan niet zomaar. Eerst moet worden bewezen dat dat geld inderdaad afkomstig is uit de verkoop van de diamant en als dat zo is, dat Verheul de diamant onrechtmatig heeft verkregen.'

'Dat zal niet heel moeilijk zijn.'

'Dat weet ik nog zo net niet. Er is meer onderzoek nodig en uiteindelijk zal de rechter erover moeten beslissen. En ook of je vriendin van heling moet worden beschuldigd. Maar als die vriendin in opdracht van de werkelijke eigenaar handelde, van Alain Sire dus, is het niet waarschijnlijk dat dat zal gebeuren.'

'Natuurlijk handelde ze in opdracht van de eigenaar, dat wil zeggen, die heeft mij gevraagd hem te helpen en dat heb ik gedaan.' Eigenlijk heeft Alain aan Manon gevraagd om hem te helpen, maar dat laat Job achterwege.

'Ben je bereid hier een verklaring over te ondertekenen?' vraagt Rijksen.

'Vanzelfsprekend.'

'Dan komt het wel voor elkaar. Bedankt voor je aanwijzingen.'

'Jij bedankt,' zegt Job met gemeende warmte in zijn stem. Hij kijkt hoe de oude commissaris het tuinpad af loopt en bedenkt dat de man veranderd is. Hij ziet de dingen beslist niet meer zo zwartwit als vroeger.

'Ik wil nooit meer een man,' zegt Wies en zucht omstandig.

'Heeft-ie je belazerd?' vraagt Leonie.

'Weet ik niet zeker.' Wies vertelt dat haar minnaar Fridus spoorslags naar Argentinië is vertrokken toen zij met die knie kwam te zitten. 'En daar zit hij nu al weken. Voor zijn werk, zegt hij. En bellen of mailen, ho maar.'

'Hm,' zegt Leonie. 'Geen goed teken.'

'Aan een dochter heb je meer dan aan een vent,' zegt Wies en Leonie vindt dat een cliché dat moeders misbruiken om hun dochters te paaien. Ze gaat er dus niet op in.

'Is er al een datum voor de operatie?' vraagt ze.

'Nee. Wachtlijsten, wachtlijsten.'

'Vervelend voor je.' Leonie is er met haar hoofd niet bij. Ze is bezorgd, en nu niet om de knie van Wies. Zojuist belde Job om te vertellen dat Verheul is opgepakt met zevenhonderdvijftigduizend euro op zak. En dat hij in het verleden iets met strychnine te maken heeft gehad. Dat is nog eens nieuws! Zouden ze hem nu voor moord kunnen aanklagen? Job was bang van niet, omdat er bij zijn weten geen bewijzen waren. Ze had zich afgevraagd of de politie een idee had hoe Verheul aan de diamant was gekomen. En hij had haar eraan herinnerd dat er geen hard bewijs was dat Verheul de diamant ooit in zijn bezit had gehad. Dat is natuurlijk waar. Zoë heeft hem gekocht van Hazebrink, en de eventuele getuigen, Sire en Benjamins, zijn allebei dood. Job dacht dat Verheul wel zou beweren dat Sire de diamant rechtstreeks aan Hazebrink had verkocht. Wat Leonie nu zorgen baart, is dat haar vader een van de laatste mensen is die Benjamins heeft gesproken. Hij heeft toen van hem gehoord dat hij de waarde van de diamant niet direct heel nauwkeurig kon schatten, dat de vader van Alain hem weer had meegenomen, en dat Benjamins met iemand zou overleggen. Job en Leonie waren het erover eens geweest dat hij met die 'iemand' wel Verheul zou hebben bedoeld. 'Jij bent eigenlijk een belangrijke getuige. Kunnen we niet zelf bewijzen dat Verheul een moordenaar is?' had ze toen tegen Job gezegd. Maar Job dacht dat de politie nu alles op alles zou zetten om dat voor elkaar te krijgen. Hij had voorgesteld dat zij zich liever eens over die Hagenbrink zouden buigen. 'HaZEbrink,' had ze gezegd. Job had geantwoord dat HaZEbrink beslist een handlanger was van

Verheul. En dat ze niet veel meer van hem wisten. 'Maar,' had hij gezegd, 'jij kent zijn halfbroer. Als jij nou eens probeert erachter te komen in hoeverre Hazebrink betrokken is bij de diamantroof. Of misschien zelfs bij de moorden op Sire en op Benjamins. Laat de politie Verheul maar op de pijnbank leggen.'

Leonie belt Jonathan Warnsveld en vraagt of ze langs mag komen. Hij klinkt blij verrast. Ze gaat naar zijn huis, met een fles wijn onder de arm. Hij laat haar binnen en terwijl hij in de keuken de wijn ontkurkt, kijkt ze rond in zijn appartement. Uit niets blijkt dat hier een kleurenblinde woont. Alles is smaakvol op elkaar afgestemd, ook wat kleur betreft. Daar moet een ander de hand in hebben gehad. Een vrouw wellicht?

Jonathan komt de kamer in met glazen en de ontkurkte fles.

'Je komt vast niet voor mij,' zegt hij.

'Natuurlijk wel.'

'Geloof ik niks van. Je bent in mijn broer geïnteresseerd.'

'Ook,' zegt Leonie voorzichtig.

'Ga maar zitten, ik zal je alles over hem vertellen wat ik weet.'

En hij vertelt hoe het komt dat hij zijn halfbroer nauwelijks kent.

Tot voor kort heeft hij niet geweten wie zijn vader was. Pas toen zijn moeder wist dat ze niet meer lang zou leven, heeft hij van haar gehoord dat zijn vader de bankier Theodoor Hazebrink was. Deze Hazebrink senior heeft Jonathan bij zijn moeder, Marleen Warnsveld, verwekt toen ze nog financieel adviseur was voor een grote Nederlandse bank. Het gebeurde tijdens een congres in Mombasa in Kenia. Hazebrink was getrouwd, wat Marleen Warnsveld wist toen ze de liefde met hem bedreef, en toen ze zwanger bleek, vond ze het niet nodig hem daarmee lastig te vallen. Ze heeft het kind gehouden, maar nooit met de vader over zijn bestaan gerept. Ze heeft Hazebrink daarna overigens nog maar twee keer gezien. Hij was een versierder en had zijn belangstelling voor Marleen alweer half verloren toen het congres ten einde was. Ook dit heeft ze op haar sterfbed eerlijk aan Jonathan verteld. Ze vond dat haar zoon moest weten dat hij niets te verwachten had van zijn natuurlijke vader.

'Toch wou ik de man leren kennen. Toen moeder was overleden, heb ik gegevens over hem gezocht op internet. Het leverde een aantal hits op. Hazebrink was een grote jongen in de financiële wereld. Ik begon de artikeltjes op internet en in de krant waarin mijn vader werd genoemd te verzamelen.

Op een dag werd er een foto van Hazebrink gepubliceerd. Urenlang heb ik ernaar getuurd. Was dat mijn vader? Ik herkende niets in dat brede gelaat. Iedereen zei altijd wel dat ik zo op mijn moeder leek, maar toch vroeg ik me af of het klopte. Was dit mijn vader? Misschien had moeder zich vergist, misschien had ze meer vriendjes gehad indertijd.'

Wat een nare gedachte voor Jonathan, denkt Leonie.

'Ik bleef uitkijken naar informatie over Theodoor Hazebrink. Toen stuitte ik op een artikel waarin ook zijn privéleven kort besproken werd. En weet je wat daar stond: Hazebrink had nog een andere zoon, Jurgen. En mijn vader, nou ja, die Hazebrink, maakte tegenover de journalist een opmerking over de ontzaglijke kleurenblindheid van Jurgen. Vanaf dat moment was ik overtuigd. Ik heb toen een afspraak met mijn vader gemaakt.

Het was wonderlijk om hem in het echt te ontmoeten. Ineens herkende ik toch van alles aan de man. Misschien was dat pure verbeelding. En weet je, ik vond hem zelfs aardig. Ik stond natuurlijk een beetje te schutteren, maar hij was echt sympathiek en toen ik ten slotte zei dat ik waarschijnlijk zijn zoon was, werd hij niet kwaad. Hij stuurde me niet weg, nee, hij keek me heel geïnteresseerd aan, onderzoekend.

"Hoe heet je moeder, jongen," zei hij. Ik zei dat ze Marleen Warnsveld heette, en dat ze was overleden. Dat greep hem aan, geloof ik. "Ach, is Marleen overleden? Nee toch," zei hij.

Ik zei dat ik heel veel van haar had gehouden. En toen zei hij: "Ik was ook dol op haar," en dat deed me echt goed. Hij zei ook dat hij niet had geweten dat ze een zoon had. Daarna had hij een poosje niks gezegd, alleen wat geknikt en hij mompelde nog zoiets als: "Het is mogelijk... Ik zou het moeten laten onderzoeken." Toen was hij weggeroepen voor een dringende zaak, maar hij beloofde dat hij over mijn bezoek zou nadenken.

Maar daarna hoorde ik niets meer van hem. Helemaal niets en ik was te trots om hem nogmaals te benaderen.'

'Wat onaardig van hem,' zegt Leonie.

'Dat vond ik ook. Totdat ik een advertentie las bij de rouwberichten. Theodoor Hazebrink was na een heftig ziekbed van enkele dagen overleden. De crematie had inmiddels in besloten kring plaatsgevonden. Ik kan je niet zeggen hoe verdrietig ik ben geweest. Ik vond dat zelf nogal overdreven, ik kende de man nauwelijks, maar het idee dat ik te veel tijd voorbij had laten gaan, dat het mijn eigen stomme schuld was dat ik hem niet echt had leren kennen, het vrat aan me. Het vrat zozeer aan me, dat ik besloot mijn broer op te zoeken voordat dat ook te laat zou zijn. Zijn naam had onder de rouwadvertentie gestaan en ik gokte erop dat het correspondentieadres het zijne zou zijn. Ik schreef een condoleancebrief, maar daar kreeg ik geen reactie op. Toen ben ik er op een zaterdag gewoon heen gegaan. Naar dat adres dus. Mijn kleurenblinde broer deed open. Hij leek in helemaal niets op mij. Ik herkende niets. Hij was bepaald niet toeschietelijk, maar liet me toen ik aandrong toch binnen. Ik vertelde dat ik zijn halfbroer was.

"Dat lijkt me hoogst onwaarschijnlijk," was zijn reactie. "Mijn vader heeft me daar nooit iets over verteld."

Je kunt je voorstellen dat dat een teleurstelling voor me was, maar ik had er ook wel begrip voor. Welke vader loopt nu te koop met een plotseling opgedoken buitenechtelijk kind? Bovendien had Theodoor Hazebrink nog maar kort geleefd na onze ontmoeting.'

'Heeft je vader je ook niet in zijn testament genoemd?' vroeg Leonie.

'Geen idee. Nooit over nagedacht, maar ik neem aan van niet, anders had ik wel een brief van een notaris gekregen of zo.'

'Ja, dat is waar. Wat naar voor je dat het zo gelopen is.'

'Ik heb mijn broer nog een keer opgezocht, maar toen was hij zo mogelijk nog ontoeschietelijker. En ik heb hem ook nog een keer een uitnodiging gestuurd toen mijn bedrijfje vijf jaar bestond. Daar heeft hij niet op gereageerd. Kortom, ik heb helemaal niets aan deze familieband. Samen Kerstmis vieren zit er niet in, samen met vakantie nog veel minder. Niet dat dat per se zou moeten, maar je begrijpt wat ik bedoel. Ik vind het naar, maar zo naar nu ook weer niet. Deze Jurgen is pas enkele jaren in mijn leven en of mijn vader inderdaad mijn vader was, is nog maar de vraag, zeker nu jij mijn argument van die kleurenblindheid de das om hebt gedaan.'

Leonie loopt gearmd met Jonathan Warnsveld over de Weteringschans. Ze heeft hem overgehaald haar het huis van zijn broer aan te wijzen. Ze wil Jurgen niet ontmoeten, niet voordat ze met Job heeft overlegd, maar ze wil zo veel mogelijk over hem te weten komen. Jonathan heeft toegestemd, op voorwaarde dat Leonie niet gaat aanbellen of zoiets. Hij heeft allang door hoe impulsief ze is. Hij verzekert haar dat hij nooit meer naar Jurgen toe wil, laat staan met een meisje. Leonie laat Jonathan aan de huizenkant lopen en ze doet haar capuchon omhoog, zodat als ze Jurgen tegen het lijf zouden lopen de kans dat hij haar herkent van die keer dat hij de diamant verkocht, niet al te groot is.

Ze heeft van Jacco gehoord op welk huisnummer aan de Weteringschans Berkelaar naar binnen is gegaan. En ja hoor, het is hetzelfde huis als wat Jonathan haar nu aanwijst. In het huis beweegt niets, de capuchon was overbodige moeite.

'Dank voor je vertrouwen,' zegt Leonie als ze afscheid neemt van Jonathan.

13

Ik mis je.

Dat is de essentie van de boodschap die Job vindt op zijn antwoordapparaat. Manon meldt dat ze donderdag nog niet naar huis kan komen, want haar moeder strompelt met twee krukken door het huis, kan zelf geen boodschappen doen, en haar man is in Japan voor internationaal overleg. Kan Job zich niet een paar dagen vrijmaken? Ze snakt ernaar hem te zien.

Job is een romanticus, wat hij altijd zorgvuldig voor zijn omgeving probeert verborgen te houden, dus bij zo'n bericht smelt hij subiet. Hij reserveert een hotel in de buurt van de Place de Passy, waar hij al eerder met Leonie heeft gelogeerd toen ze de moordenaar van de charmeur opspoorden, want het komt niet bij hem op bij de moeder van Manon op de Avenue Mozart te gaan logeren. Hij reserveert ook een plaats in de Thalys van de volgende dag. Dan belt hij Leonie, in het huis van die andere moeder.

'Alles goed?'

'Ik heb Jonathan Warnsveld gesproken en een en ander gehoord over halfbroer Jurgen Hazebrink,' vertelt ze. 'Ik heb zelfs samen met Jonathan gezien waar de halfbroer woont, en dat is inderdaad hetzelfde huis waar Jacco's liefje Berkelaar naar binnen heeft zien gaan. Maar ik wil hem niet benaderen zonder eerst met jou te hebben overlegd.'

'Ik hoor het graag allemaal in detail. Maar ik ga nu een paar dagen naar Parijs. Manon is daar bij háár moeder, die strompelt vanwege een heup. Kan het even wachten?'

'Oké.' Een beetje teleurgesteld klinkt het wel, maar Leonie heeft veerkracht als een trampoline. Job vertrouwt erop dat ze er zo weer overheen is.

'Ik bel je meteen als ik terug ben. Of kom je naar huis?'

'Ik denk dat ik over drie dagen weer in Amersfoort ben. Groeten aan Manon.'

Een wandeling met Manon door de Jardin du Ranelagh, een parkje feitelijk. Manon maakt een foto van Job die Jean de la Fontaine en zijn vos en raaf begroet. Ze kan het niet laten de loftrompet over haar landgenoot te steken.

'Die man hield met zijn wereldberoemd geworden fabels de elite van zijn tijd een spiegel voor. Wist je dat hij zo'n 240 gedichten heeft geschreven?'

Zo precies wist Job dat niet, maar hij heeft plezier in Manons enthousiasme. De Fransen mogen dan wat minder vreemde talen leren dan Nederlandse kinderen, de geschiedenis van hun literatuur en hun filosofie wordt de jeugd grondig ingeprent. Wat heb je aan kennis van een vreemde taal als je in die taal niets te melden hebt, vraagt Job zich af.

Ze wippen binnen in Marmotan, het museum vlakbij, maken een rondje door het souterrain, en vergapen zich aan Monets overweldigende waterlelies en irissen.

Ze lopen door naar het Bois de Boulogne en wandelen om het Grand Lac. En al die uren voelt Job een lichte verbazing. Dit is een andere Manon dan die hij kent. Dit is Manon in haar biotoop. Ze vervalt geregeld in Frans, kennelijk zonder dat ze het in de gaten heeft. Dit is de Manon in Parijs, waar ze haar eerste zelfstandige gedachten heeft gehad, het eerst de liefde heeft bedreven, de stad waar miljoenen mensen in eenpersoonsappartementen wonen, maar die gezamenlijk de stad geur en kleur en geschiedenis geven.

Job heeft zich er soms over verwonderd dat kleuren en smaken en eigenschappen het best gedijen in hun eigen, specifieke omgeving. Toen hij jong was en veel reisde, was hij soms in een streek met een lokale wijn. Hij genoot van die wijn en aan het eind van de vakantie nam hij wat flessen mee naar huis. Dat viel dan tegen. In Nederland smaakte die streekwijn niet meer. Sommige dingen kun je niet straffeloos verkassen. Zo is het hem ook opgevallen dat hij in het Friese landschap het meest houdt van zwartbonte koeien, maar in het midden van het land vindt hij beslist roodbont Maas/Rijn/IJsselvee beter passen. Waar zit 'm dat in? Hij heeft het gevoel dat hij Manon nu pas ziet zoals ze echt is, dat haar pracht, haar wezen, hier het best uitkomt.

'Fijn dat je gekomen bent,' zegt ze.

'Ik miste jou ook.' Hij trekt haar even tegen zich aan.

'Hoe is het met je moeder?'

'Beter. Ga je zo mee om kennis te maken? Dat zou ik prettig vinden.'

'Natuurlijk,' zegt Job. 'Fijn dat ze opknapt.'

'Ze is een traditionele frik, maar geen zeurpiet.'

Brigitte is een statige, beheerste Française. Een nog altijd mooie dame, Manon heeft het van niemand vreemd. Ze spreekt behalve Frans alleen Italiaans, maar dat kent Job niet. Dus worstelen ze zich door het verplichte uurtje met het schoolfrans van Job en af en toe de hulp van tolk Manon. Natuurlijk betekent het dat er niets wezenlijks wordt gezegd. Als de twee elkaar zouden verstaan, verstaan in meerdere opzichten, zou Job zoveel willen vragen over Manon als kind, zou Brigitte zoveel willen vragen over Manon als Nederlandse. Nu blijft het bij formaliteiten als het comfort van de Thalys en het ongemak van krukken (aha, *des béquilles* – dat kom ik tenminste te weten, denkt Job cynisch).

Ze zijn alle drie opgelucht als het voorbij is. Manon zegt tegen haar moeder dat ze met Job gaat eten en in zijn hotel blijft overnachten. Brigitte knikt vormelijk. Ze eten in Le Cadre Vert, een restaurantje achter de Place de Passy, dat bij Job prettige herinneringen oproept. Hier hebben Leonie en hij zich met enorme voldoening gerealiseerd dat ze een moordenaar ontmaskerd hadden. Hun eerste speurderssucces was dat.

Als Manon en hij later in bed liggen, moe gevrijd, kan Job het toch niet laten te vragen of ze Alain nog heeft gezien.

'Nee, wel aan de telefoon gehad.'

'Hoe is het met hem?'

'Niet zo goed. Zijn huwelijk gaat nog steeds niet over rozen, begreep ik. Daar hou ik me verre van.'

Job bromt wat.

'Zijn er nog nieuwe ontwikkelingen wat betreft de blauwe diamant?' vraagt Manon.

De volgende twee dagen brengt ze door met het helpen van haar moeder maar er is toch ook tijd om Job nog meer van Parijs te laten zien. Job heeft het goed naar zijn zin. Manon is in haar beste doen, ze is een stralende vrouw die in ieder restaurant de blikken van mannen én vrouwen naar zich toetrekt, begerige blikken en afgunstige blikken. Maar ze houdt alleen van Job, daar maakt ze zelfs publiek geen geheim van. Heerlijke stad, Parijs, waar je oog nooit genoeg krijgt van kijken en je oor die speciale Parijse mengelmoes van geluiden blijft registreren.

Zondag komt de man van Brigitte thuis uit Japan, tijd voor Job en Manon om de trein terug naar Nederland te nemen. Op het station in Utrecht nemen ze afscheid, als jonge verliefden. Manon moet overstappen naar Doetinchem, Job gaat door naar Amersfoort, waar hij tot zijn blijdschap Leonie treft. Ze maakt koffie voor hem, priemt met een vinger in zijn maag, en zegt dat hij nu weer eens van haar is. Allebei zijn ze blij dat er eindelijk weer eens ouderwets kan worden gebrainstormd.

Commissaris Hendrik Rijksen heeft nauwkeurig verslag gedaan van wat de Amsterdamse politie te weten is gekomen. Ze hebben Verheul na verhoor vastgehouden, want hij had geen afdoende verklaring voor een koffertje met dubbele bodem, driekwart miljoen euro in contanten, en een vliegticket naar Zwitserland. Dat leek wel erg op een kwestie van zwart geld. Ze zijn de administratie van Verheul aan het doorspitten, maar tot nu toe is er niets gevonden. Hij zal een dezer dagen ongetwijfeld op vrije voeten komen. Mochten ze nog op iets stuiten, dan komt er later alsnog een proces. Verder zullen ze zich concentreren op de moord op Benjamins, want ze zijn ervan overtuigd dat Verheul die heeft gepleegd. Hoe bewijs je dat? Ondanks het mogelijke verband met de zaak van het dode paard, zijn ze ook daarmee nog geen stap verder gekomen. Ze zullen de relaties en de gangen van de man minutieus nagaan, ze zullen proberen aan te tonen dat hij ergens strychnine heeft gekocht, enfin, het gebruikelijke speurwerk. In de transactie met de diamant schijnen ze wat minder geïnteresseerd te zijn, moord heeft nu eenmaal prioriteit.

'Wat nu?' zeggen Job en Leonie tegen elkaar.

Ze zitten op hun vertrouwde wijze, Job met zijn benen op tafel, Leonie opgekruld op de bank, wijnglazen gevuld.

'Er is iets wat me al dagen door het hoofd speelt,' zegt Job. 'Die Hazebrink. Daar klopt iets niet. De man verkoopt een diamant, die door Verheul moet zijn gestolen, aan Zoë. Dat doet hij dus namens Verheul, mogen we aannemen. Hij beurt zevenhonderdvijftigduizend euro, en diezelfde zevenhonderdvijftigduizend euro, tenminste ik ga er voorlopig van uit dat het diezelfde euro's zijn, vindt de politie in een koffertje van Verheul, die op het punt staat naar Zürich te gaan.'

'Dus Hazebrink heeft niets gekregen voor zijn inspanningen in de deal,' knikt Leonie.

'Precies. Geen cent. Je zou verwachten dat hij eenderde van het bedrag, of minstens een ton zou hebben bedongen voor het risico dat hij heeft genomen. Nee, geen sous.'

'Misschien heeft Verheul hem met ander geld betaald, of iets voor Hazebrink gedaan.'

'Mogelijk.'

'Of Hazebrink is een sukkel. Hij doet regelmatig werkjes voor Verheul, en krijgt daarvoor een vast salaris.'

'Hm.'

'Of Hazebrink was Verheul nog iets schuldig?'

'Zoiets had ik in mijn hoofd. Of eigenlijk denk ik dat Verheul macht heeft over Hazebrink. Stel dat Verheul en Hazebrink dingen van elkaar weten. Misschien chanteert Verheul Hazebrink. Als Hazebrink inderdaad een sukkel is, kan hij ons wellicht op een spoor brengen waar we anders niet op zouden komen.'

Het lijkt Leonie een vruchtbare gedachte. Ze vertelt in detail wat ze van Jonathan heeft gehoord over de bankier die mogelijk zijn natuurlijke vader is, en over Jurgen die dan zijn halfbroer zou zijn, en hoe bot Jurgen heeft gereageerd toen Jonathan hem dat kwam vertellen.

'Een typetje dat niet tegen onverwachte dingen kan. Iemand die zekerheden nodig heeft. Wist je dat Nederlanders meer uitgeven aan verzekeringen dan de inwoners van enig ander land? Echte Nederlander dus, die Hagenbrink,' peinst Job.

'Hazebrink.'

'Hazebrink.'

'Zullen we Jacco erop afsturen?'

Dat is precies wat Job ook in gedachten had.

Het duurt even voordat Jacco op gang komt, zo lijkt het. Ze horen de eerste twee dagen weinig van hem. De werkelijkheid is dat er niks te melden valt. Als hij ten slotte opbelt, laat hij goed merken dat hij zijn opdracht voorlopig doodsaai vindt. Hij heeft niets opzienbarends ontdekt aan Jurgen Hazebrink. De man heeft een eenpersoons adviesbureautje, hij schijnt adviezen te geven over personen die weleens een andere baan willen, hij is een soort headhunter dus. Jacco betwijfelt of er veel nering is in Hazebrinks adviesbureau. De man heeft kantoor aan huis, hij komt sporadisch de deur uit. Dat zijn vader, een bankier met een zekere bekendheid, enkele jaren geleden is overleden, weten ze al. Weten ze ook dat Jurgen is geadopteerd door het echtpaar Hazebrink?

'Ai,' roept Leonie. 'Daarmee is een eventuele verwantschap door kleurenblindheid al helemaal van de baan.'

'Geadopteerd wanneer?' vraagt Job.

'Als klein kind. Hij was een jaar of twee, geloof ik. Mijn contact meende te weten dat mevrouw Hazebrink onvruchtbaar was, maar dat kan hij uit zijn duim hebben gezogen.'

Meer levert het telefoontje van Jacco niet op.

Maar nog twee dagen later belt hij opnieuw en kondigt zijn bezoek aan.

'Mooi, dan heeft hij nu echt iets te vertellen,' zegt Job.

Jacco kijkt vergenoegd, maar hij laat zich niet opjagen. Pas na een tweede biertje komt hij los.

'Na dat telefoongesprek met jullie vond ik dat ik eigenlijk weinig te melden had, dus dat ik me wat drukker moest maken. Ik denk, ik ga toch 's een poos heel precies kijken of die gozer echt de hele dag thuiszit. Ik krijg Chantal zover dat ze bij me in de auto komt zitten, om acht uur 's morgens al. Hazedinges komt om elf uur zijn huis uit en rijdt weg in z'n auto. Een Ford Fiesta. Niks bijzonders. Wij erachteraan, zonder dat-ie iets in de gaten heeft natuurlijk. Nou, ik was blij dat ik volgetankt had, want je raadt niet waar het helemaal heen ging.'

'Naar Appingedam,' zegt Job, om de pauze die Jacco inlast kort te houden.

'Bijna goed. Naar Dalfsen. Weet je waar dat ligt?'

'In Overijssel.'

'Wat ben je toch geleerd. Bingo, in Overijssel.'

'Wat ging Hazebrink doen in Dalfsen?' vraagt Leonie.

'Daar kom ik op. Daar kom ik op. Chantal en ik rijden op veilige afstand achter hem. Ik geloof nooit dat hij er iets van kan hebben gemerkt. We komen in Dalfsen, een dorp, niet groot, ook niet een gehucht zal ik maar zeggen. Hazebrink rijdt dwars door het dorp, het leek of hij er zo weer uit zou rijden, en dan, aan de andere kant waar de bebouwing zowat weer ophoudt, gaat hij naar zo'n klein pension, De Posthoorn. Ik bedoel, hij wist precies waar hij wezen moest. Hij parkeert de auto en gaat naar binnen.'

'Een vrouw,' zegt Leonie. 'Hij had een afspraak met een getrouwde vrouw.'

'Dat zei Chantal ook meteen. Maar 'k weet niet. Moet je horen. Chantal en ik vertoeven de hele middag en de hele avond in de buurt van De Posthoorn, maar noppes. De man laat zich niet meer zien.'

'Zag je een vrouw naar binnen gaan?' vraagt Leonie.

'Geen vrouw alleen. Wel wat koppels. Een gezin met drie kinderen. Twee mannen, van die verkoperachtige typetjes zal ik maar zeggen, geen vrouw alleen die op avontuur gaat.'

'Dit was allemaal gisteren?' vraagt Job.

'Jazeker. Het leek me niet zo'n goed idee om in hetzelfde pension te overnachten, dus ik zet Chantal op een bankje om een oogje in het zeil te houden en ik ga zelf iets reserveren in een ander hotelletje. We hebben nog een hele poos die Posthoorn in de gaten gehouden, maar ten slotte zijn we toch gaan slapen. In dat andere hotelletje dus. Prima bed. Vanmorgen, wederom nog voor achten, zijn we weer bij De Posthoorn. We waren er om elf uur mee uitgescheeën. En wat denk je? De auto van Hazebrink is weg. Foetsie. Toen had ik ineens een gedachte. Ik weet niet hoe ik erop kwam. Ik bel een maat van me in Amsterdam en ik vraag of 'ie effe naar de Weteringschans wil gaan. Ik beschrijf hem de plek waar Hazebrink zijn auto gewoonlijk parkeert. Ik geef het nummer van de auto. Een uurtje later belt hij terug. Hazebrink is weer thuis, althans zijn auto staat weer op z'n plek. Moet je nagaan, om negen uur is die gozer alweer terug in Amsterdam. Snap je dat nou?'

Merkwaardig, vinden ze.

'Ben je nog bij De Posthoorn binnen gaan kijken?' vraagt Job.

'Vanzelf. Het is zo'n gelegenheid zonder nachtportier. De hotelgasten krijgen een sleutel mee met hulp waarvan ze zich na elven zelf toegang kunnen verschaffen. Toen ik er binnenging was er nog weinig te beleven. Ach, er zal wel nooit veel te beleven zijn. Ik moest heel hard *volluk* roepen en toen kwam de eigenaar – ik denk dat het de eigenaar was – tevoorschijn. Hij was waarschijnlijk aan het helpen bij het ontbijt van de gasten. Die kleine zelfstandige ondernemertjes werken best hard. Ik vraag hem of een zekere Hazebrink de nacht in De Posthoorn heeft doorgebracht. Hij vraagt waarom ik dat wil weten. Ik zeg dat ik van de politie ben. Hij zegt dat hij dan mijn legitimatie wel effe wil zien. Hij was heel vriendelijk hoor, maar die wou hij toch zien. Dat verwacht je toch niet in Dalfsen.'

'Jij denkt dat iedereen die niet in Rotterdam, of desnoods in Amsterdam woont, nog in de Middeleeuwen leeft,' zegt Job. 'Denk je dat ze in Dalfsen niet naar *Dirty Harry* kijken op de televisie?'

'Nou goed, ik heb natuurlijk m'n legitimatie niet bij me.'

'Héb je dan een legitimatie van de politie?' vraagt Leonie geamuseerd.

'Niet bij me, zeg ik toch.'

'Ga maar door.'

'Nou ja, ik moest afdruipen. Toen is Chantal er nog op afgegaan. Die meid is goud waard. En een lol dat ze erin heeft. Een half uurtje later is zij naar binnen gegaan en wat zegt ze tegen die baas? Met tranen in haar ogen? Dat d'r man zoek is, dat ze bang is dat-ie zichzelf iets aan zal doen, en of hij de nacht bijgeval in De Posthoorn heeft doorgebracht. Toen heeft die baas, die eigenaar, in z'n computer gekeken en gezegd dat er geen Hazebrink en ook geen Hagenbrink bij hem in het boek staat. Afgelopen nacht niet en nooit niet.'

'Weer een andere valse naam dus,' zegt Leonie.

'Dat lijkt me een haarscherpe conclusie.'

Als Jacco is verdwenen, praten ze nog lang na, Job en Leonie. Ze zijn zo verschillend, die twee. Leonie spontaan, flapuit, enthousiast over alles wat dynamiek met zich meebrengt. Job beschouwend, op zijn hoede, een karaktereigenschap die gedurende de jaren in de gevangenis is versterkt. Maar energiek zijn ze beiden, gereed om ergens op af te gaan. Leonie het liefst op een raket, Job te voet, of hoogstens op de fiets, omdat er dan tijd is om waar te nemen en na te denken.

'We gaan dus naar Dalfsen,' zegt Leonie.

'Tja.'

'Natuurlijk gaan we naar Dalfsen. We moeten te weten komen wie Hazebrink in dat hotelletje heeft ontmoet. Dat geeft ons vast aanknopingspunten.'

'Vreemd gedrag,' mijmert Job. 'Een korte nacht in een hotel aan de rand van Dalfsen. Onder een valse naam. Ja, we moesten er maar eens een kijkje gaan nemen. Wanneer kun je?'

'Morgen. O nee, eerst twee uur college, en daarna heb ik mama beloofd dat ik boodschappen voor haar zal doen. Overmorgen?'

Job kijkt in zijn agenda.

'In de middag zou ik kunnen. Afgesproken.'

Net voordat ze twee dagen later in de auto stappen, belt Jacco alweer. Hij meldt dat zo'n twintig minuten geleden de heer Hazebrink opnieuw in zijn voertuig heeft plaatsgenomen, met hetzelfde koffertje bij zich dat hij eerder mee had naar Dalfsen. Jacco achtervolgt hem. Zonder Chantal deze keer.

'Gaat het weer richting Dalfsen?' vraagt Job. 'Dan zouden we hem daar kunnen tegenkomen, want Leonie en ik gaan er over tien minuten heen.'

'Nee, we gaan zuid. Hij heeft de A4 gepakt, richting Den Haag. Je hoort van me. Groeten aan Dalfsen. Sympathiek plaatsje,' zegt Jacco. 'En denk eraan, geen kattenkwaad uithalen.'

14

Job en Leonie toeren op hun dooie gemak door het golvende Overijsselse landschap, langs landgoederen, havezaten, buitenplaatsen en Sallandse boerderijen. 'Dalfsen, een landelijke gemeente met zesentwintigduizend inwoners, gelegen in het prachtige Vechtdal,' leest Leonie voor uit een van haar onafscheidelijke gidsjes.

'Waarom wonen we hier niet?' vraagt ze.

'Ik zou hier best kunnen aarden,' zegt Job, 'maar jij zou in slaap vallen.'

'Daar ben ik inderdaad goed in. Ik kan overal in slaap vallen. Maar moet je je voorstellen hoe je hier slaapt. Zonder stadsgeluiden, zonder licht van reclameborden. En 's morgens word je wakker van het gekraai van een haan of het loeien van een koe.'

'Jij zou pas wakker worden als het toeristenseizoen begint.'

'Wat denk je toch min over me. Ik zou hier voor dag en dauw opstaan om de koeien te melken.'

'Ik denk dat er meer kans is dat je je zou aansluiten bij de plaatselijke motorclub,' zegt Job.

'Dalfsen,' mijmert Leonie. 'De naam alleen al straalt een onmetelijke rust uit. Zeg, heb jij ergens een café gezien? Ik heb zin in koffie.'

'Aha. De drang naar het materiële komt alweer boven. Gelukkig, zo ken ik je weer. Kijk daar, een café. *Simmes, verse koffie*. Misschien hebben ze zelfs wel cappuccino, of zou het daarvoor te landelijk zijn hier?'

Hij parkeert de auto en ze gaan naar binnen. Vloerkleedjes op de tafels, een rokerige lucht, koperen potten en pannen aan het plafond, helemaal zoals zo'n café hoort te zijn. Leonie gaat er eens uitgebreid voor zitten en bestelt voor hen beiden niet alleen koffie, maar ook een appelpunt met slagroom.

'Vandaag gaan we iets ontdekken,' zegt ze en neemt een grote hap. 'Hoe kan het anders in zo'n omgeving.'

Een vrouw van een jaar of dertig komt informeren of alles naar wens is en of ze nog iets anders willen gebruiken. Job bestelt meer koffie en vraagt of het meisje weet waar De Posthoorn ligt.

'Dat is makkelijk. Hou richting Emmen aan. Rij zowat helemaal door het dorp, en je vindt De Posthoorn net buiten de bebouwde kom.'

'Wat is het voor soort gelegenheid, weet u dat misschien?'

'Jawel hoor, de neef van een vriendin van me is er de eigenaar. Ik ken hem wel. Koos ter Kuile. U wilt er zeker overnachten? Ik denk dat Koos wel plaats heeft, 't is er meestal niet druk. Ja, in de vakanties natuurlijk wel. 't Is zo'n pensionnetje voor toeristen, veel mensen met kinderen, ze hebben ook een speeltuin en ik geloof zelfs een zwembadje. Maar zo door het jaar heen is het er rustig hoor. Wat zakenlui misschien.'

'Zijn er nog meer hotels in de buurt?'

Ze haalt haar schouders op. 'De Binckershoek. Maar dat ligt midden in het dorp, daar heb je meer last van lawaai.'

'Lawaai!' zegt Leonie.

'Ja natuurlijk. Van auto's en ook van de kermis, zoals nu.'

'Kermis!' zegt Leonie als een echoput.

Ze rekenen af en rijden het dorp in. Ja, er is kermis met alles wat daarbij hoort. Poffertjes, reuzenrad, muziek bij de botsautootjes, blikken herrie. Job gruwt ervan en moppert over de vermeende rust in Overijsselse dorpen. Hij rijdt vlug rechtdoor langs de kermis in de richting van het gehuchtje Emmen, niet te verwarren met de Drentse stad Emmen, waar onder meer de bekende pianist-componist Leonard Leutscher vandaan komt. Net buiten de bebouwde kom zien ze aan de rechterkant van de weg De Posthoorn liggen. Ook hier is parkeren geen probleem. Het hotelletje is van binnen lichter dan je zou verwachten. De muren zijn in pasteltinten geschilderd, het houtwerk daarentegen knalt je tegemoet: knalblauw, knalrood, kanariegeel. Overal hangen grote spiegels met goudkleurige lijsten en her en der hangen aan de wanden ook goudgeschilderde putti, dikke kitscherige engeltjes met bolle buikjes en trompetjes.

'Wat een opgedirkte tent,' fluistert Leonie te hard.

Een bepaald niet opgedirkte man, waarschijnlijk Koos ter Kuile, heeft de deur horen rinkelen en komt hen tegemoet. Hij knikt ze stijf toe. 'U wenst?'

'Eerst maar eens iets te eten,' zegt Job. 'Hebt u een lunchkaart?'

De man zegt niets maar gaat Job en Leonie voor naar een zonnige serre met tafeltjes die met damasten kleedjes zijn bedekt.

'Tjonge, wat hebben ze hier hun best gedaan om de zaak allure te geven,' zegt Job als ze alleen zijn. 'Jammer voor ze dat het niet is gelukt. Het past niet bij de man. Het ziet eruit alsof hij een nieuwe vriendin heeft die de boel heeft opgeluxt.'

Leonie grinnikt. 'Het oog van de detective,' zegt ze. Een vrouw met een notitieblokje verschijnt. Ze is een jaar of vijftig en behoorlijk onaantrekkelijk vanwege slierten vettig haar en een ontevreden blik.

'Detective van niks,' zegt Leonie langs haar neus weg. De vrouw neemt de bestelling op en sloft weg. 'Dat was natuurlijk zijn echtgenote, al eeuwen. Ze snurkt en ze hebben tien jaar geleden voor het laatst seks gehad, maar hij is te sloom om een nieuwe vriendin te zoeken en zij te onaantrekkelijk voor een minnaar. De fut is eruit.'

'En wie heeft dan die oerlelijke kunstzinnige putti opgehangen?'

De oplossing dient zichzelf aan. Een vrolijke meid van een jaar of vijfentwintig met een kanten schortje en een diep decolleté verschijnt in de serre. Ze maakt een elegant hoofdknikje in de richting van Job en Leonie en begint met een krijtje in sierlijke letters het dagmenu op een schoolbord te schrijven.

'Daar is ze dan,' zegt Job.

'Mee eens, punt voor jou,' zegt Leonie. 'Wat gaan we hier nu verder doen?'

''t Was jouw idee om naar Dalfsen te gaan.'

'Een korte nacht in dit hotel onder een valse naam. Vreemd gedrag. Jouw woorden,' zegt Leonie.

'Oké, laten we zien of we erachter kunnen komen wie Hazebrink hier heeft ontmoet.' Hij wenkt het meisje met het schortje.

'Ben zo klaar,' zegt ze en maakt nog een paar sierlijke krullen onder het menu. 'Zo, dat kan ermee door, vindt u niet?' Ze staat een paar tellen te genieten van haar eigen werk.

'Prachtig,' roept Leonie.

Dan komt het meisje naar hen toe. 'Wordt u nog niet geholpen? Ik dacht dat Nans al bij u was geweest.' Op haar eigen borst is een bordje gespeld met de naam Daphna.

'Klopt Daphna, maar we willen graag iets weten. Misschien kunt u ons helpen. Een paar dagen geleden, dinsdag om precies te zijn, heeft hier een man de nacht doorgebracht.' Ze beschrijven het uiterlijk van Hazebrink. 'Kunt u zich deze man herinneren?'

'U bent bij mij aan het goede adres,' zegt het meisje. 'Ik vergeet nooit een gezicht. Ik weet wie u bedoelt. Hoe hij heet, dat moet u me niet vragen, namen kan ik niet onthouden, maar beslist, die man is hier geweest. Ik meen dat hij in kamer 21 sliep. Ja, ik weet het zeker. Hij was 's morgens toen ik ging schoonmaken al vertrokken. Meestal zijn de gasten hier niet zo van dat vroege. Deze moest zeker nog een heel eind rijden die dag.'

'Kunt u zich misschien herinneren of hij met iemand heeft gesproken? Had hij hier in het hotel een afspraak?'

Ze denkt na. 'Nee,' zegt ze dan. 'Hij heeft hier gegeten, dat weet ik nog goed, hij zat daar bij het raam. In zijn eentje. De rest van de avond hing hij hier wat rond en om een uur of elf denk ik, is hij naar boven gegaan. Maar of hij met iemand heeft gesproken, nee, dat zou ik niet weten.'

'Wat deed hij hier dan?' vraagt Leonie.

'Ja juffrouw, dat moet je mij niet vragen. Het gaat mij niet aan wat de gasten doen.'

Daphna raapt een op de grond gevallen vork op en wil verdergaan met haar bezigheden. Dan bedenkt ze zich.

'Wacht 's, ik kan u toch nog wel wat over hem vertellen.' Ze gaat erbij zitten. Maar dan springt ze meteen weer overeind. 'Moment, ik ga eerst kijken waar uw lunch blijft. Nans vergeet nogal eens iets, maar het is de moeite om te wachten, de baas maakt lekkere omeletjes, hoor.' Weg is ze.

'Wat overheerst bij jou?' vraagt Job. 'De honger of de nieuwsgierigheid?'

'Wat denk je?' zegt Leonie. Maar als Nans met twee borden de serre binnenkomt, eten ze toch eerst hun eieren op.

Als ze klaar zijn komt Daphna afruimen. 'Ik kom zo vertellen hoor,' roept ze, wanneer ze met het gebruikte serviesgoed alweer bij de deur is. 'Moet even in de keuken zijn.' Job en Leonie doden de tijd met naar buiten kijken, naar de groene, goedverzorgde tuin, dan naar de deur als eerst een ouder echtpaar verschijnt en een paar tafeltjes bij hen vandaan plaatsneemt en dan weer naar de deur, als een jonger stel binnenkomt met twee kleine kinderen. Leonie en Job zwijgen en wachten.

Eindelijk komt Daphna toch weer bij hen. 'Twee dingen weet ik van die man,' vat ze zonder inleiding de draad weer op. 'Ten eerste is hij hier beslist al eerder geweest. Wanneer, dat weet ik niet meer zo precies, maar het zal een aantal maanden geleden zijn. Toen was hij hier wat langer. Een paar nachten. Overdag zagen we hem niet, maar hij sliep hier wel. En verder heeft hij van de week wat rommel achtergelaten in zijn kamer, wat papiertjes, rekeningen en zo. Van dat spul dat weg kan. Er zat ook een kaartje bij. Omdat het als enige op de grond lag en de andere papiertjes duidelijk rommel waren, dacht ik dat hij het niet had zien liggen en daarom niet had meegenomen. Op het kaartje stond een telefoonnummer.'

'Hebt u dat kaartje nog?' vraagt Job.

'Nee, toen er een nieuwe gast kwam in kamer 21 heb ik het weggegooid.'

'Herinner je je het nummer?'

De blonde schone krijgt een stug trekje om haar mond. 'Nee, en als ik het nog wist, zou ik het toch zeker niet zeggen. Ik praat al veel te veel over een klant.'

'Je slaapt met de baas,' zegt Leonie op een toon waarop je constateert dat het regent.

De jonge vrouw schrikt.

'Hoe kom je daar bij?'

'We zijn detectives,' onthult Leonie. 'Detectives weten dingen. Schrik maar niet, we gaan het niet aan Nans vertellen. Althans, als je ons vertelt wat dat nummer was.'

'Ik weet het echt niet meer. Alleen het netnummer. Ik dacht nog, dat is Doetinchem. Daar woont een vriendin van me die ik weleens bel, 0314.'

'Reuze bedankt,' zegt Leonie tegen Daphna. 'Je hebt ons geweldig geholpen.'

'Ja, misschien had ik dat niet mogen doen, dingen vertellen over andere gasten. Maar jullie lijken me geen kwaadaardige mensen.'

'Nee hoor, dat zijn we niet, en je hebt niets verkeerds gedaan,' zegt Leonie. Ze kijkt naar Job. Die zegt niks. Hij is onbereikbaar. Ze voelt haarscherp aan wat door zijn hoofd speelt.

Als Daphna is vertrokken, zegt Leonie luchtig: 'Juist. Een link met Doetinchem. Hij wou zeker nog wat van Gans te weten zien te komen.'

Maar Job blijft somber voor zich uit kijken. Leonie legt haar hand op die van haar vader. Die zegt: 'We kennen nog meer nummers in Doetinchem.'

'Van Manon ja.' Eerlijk gezegd had Leonie ook direct aan Manon gedacht. Maar ze schudt haar hoofd en zegt: 'Hij heeft natuurlijk Gans opgebeld.'

Job bromt iets onduidelijks. Dan zegt hij: 'Als Hazebrink Gans had gebeld, zou Manon dat ook weten. Dan zou zij ons gebeld hebben.' Hij haalt zijn mobieltje tevoorschijn en constateert dat er geen berichten zijn. 'Ik bel haar op.'

Manon neemt niet op. Thuis niet, op haar mobiel niet. Als Job de juwelierszaak belt, krijgt hij te horen dat Manon naar een veiling is en de hele dag niet naar de zaak komt.

'Hm. Vanavond nog maar eens proberen.' Verder is Job zo zwijgzaam als een stuk hout.

'Kom nou. Er is echt geen sprake van dat Manon er iets mee te maken heeft, dat ze iets achter je rug om doet. Er zijn duizend redenen te bedenken waarom Hazebrink dat nummer bij zich had. Gans heeft bemiddeld bij de verkoop van de diamant. Misschien heeft Hazebrink iets besproken met Gans. Weet ik veel.'

Job reageert niet.

Leonie schudt eens aan zijn arm. 'Hé zeg, heb je me niet geleerd iemand nooit lichtvaardig te verdenken?'

'Zeker, zeker,' zegt Job.

Ze besluiten te overnachten in De Posthoorn. Het is toch gek dat ze niet iets meer te weten zouden kunnen komen over de afspraak die Hazebrink hier in Dalfsen moet hebben gehad. Job krijgt op zijn verzoek kamer 21. Ze kijken er zorgvuldig rond, maar dat levert niets op. 's Middags wandelen ze door het dorp. Leonie put zich uit in het bedenken van redenen waarom het telefoonnummer van juwelier Gans op het nachtkastje van Hazebrink zou hebben gelegen. Maar Job blijft somber. Te lang heeft hij het gevoel gehad dat de wereld om hem heen vijandig was, dat hij niemand meer kon vertrouwen. Toen hij opgepakt was voor de moord op zijn oom Bart, had hij plotseling geen vrienden meer gehad. Het was voelbaar, pijnlijk voelbaar geweest dat men twijfelde aan zijn onschuld. Zelfs Wies, zijn eigen vrouw, had niet voor honderd procent achter hem gestaan. Het had hem gekwetst, een pijn die hij nog steeds voelt en die bij tijd en wijle weer heftig bovenkomt. Ook nu. Hij weet dat hij onredelijk is, de verdenkingen die door zijn hoofd spoken slaan nergens op. Een netnummer van Doetinchem, kom bij zinnen, zegt hij tegen zichzelf. Gebruik je getrainde analytische verstand. Maar iets in hem is verstard, gestold. Het is alsof zijn bloed niet vrij door zijn aderen kan stromen, alsof er ergens een prop zit. Ook al is hij volledig gerehabiliteerd, een deel van hem blijft een gevangene.

Er zijn psychologen, weet hij, die aannemen dat heftige emoties zichtbare littekens achterlaten in het emotionele brein, in een deel van de cortex, of van de neocortex. Meestal lukt het ons brein om zo'n litteken in te bedden, te verstoppen, er iets omheen te bouwen, maar soms is de bescherming die we onszelf geven niet sterk genoeg en wordt het beschermende vlies opengebroken bij een nieuwe hevige emotie. Toen Job dit had gelezen, heeft hij zijn eigen litteken gevisualiseerd. Een donkere zigzagstreep dwars door zijn hersenen. Een slordig dichtgenaaide wond van wantrouwen, van eenzaamheid, een afscheiding tussen hem en de wereld, een Berlijnse muur tussen twee werelden, zijn eigen kwetsbare innerlijk en de verraderlijke buitenwereld.

Het kengetal van Doetinchem heeft de wond opengerist en het wantrouwen stroomt eruit. Heeft Manon met Hazebrink gesproken zonder dat aan hem te vertellen? Was het misschien met haar dat Hazebrink een afspraak had in De Posthoorn? Waarom? Onzin, onzin, onzin. Maar de gedachte gaat niet weg.

Leonie houdt eindelijk haar mond. Wat ze allemaal zei, heeft Job niet gehoord, maar hij weet dat het goed bedoeld is. Zijn dochter is de enige die hem nooit heeft laten zitten, op wie hij zonder meer kan vertrouwen. Hij slaat even een arm om haar heen. 'We zullen wel zien,' zegt hij. 'We komen er wel achter wat er aan de hand is.'

In het dorp knopen ze een praatje aan met winkeliers, met een oude heer die op een bankje in het park zit, met de kaartjesverkoper van de botsautootjes. Niemand weet iets over Hazebrink. Ze zoeken in het telefoonboek van Dalfsen of er hier soms familie van hem woont, maar vinden geen Hazebrink. Ze zoeken op 'Verheul', vinden vier nummers, maar na een telefoontje naar deze Verheuls kunnen ze zich met geen mogelijkheid voorstellen dat ze een relatie hebben met hun eigen Verheul. Het is half zes en ze zijn door hun ideeën heen. Op het dorpsplein drinken ze een biertje in een café. Leonie doet een laatste poging en legt de ober uit hoe Hazebrink eruitziet, maar de man haalt ongeïnteresseerd zijn schouders op.

Om zes uur belt Job naar Manons huis. Hij krijgt Tim aan de telefoon, die zegt dat zijn moeder laat thuiskomt en dat hij zelf iets opwarmt in de magnetron. Hij belooft dat hij een briefje zal neerleggen met de vraag of ze Job nog even wil bellen.

'Ze is nog steeds niet thuis.'

Leonie had het al begrepen. Ze zucht. Ze voelt haar energie wegstromen. Als haar vader in zo'n bui is, is het net alsof ze een blok beton voort moet duwen.

'Hé, ze vertonen hier films,' zegt ze. 'Zullen we? Even iets anders? Even ontspannen?'

Maar Job heeft geen zin.

'Laten we maar teruggaan naar het hotel,' zegt hij. 'Ik wil nadenken in kamer 21.'

Tegen elven belt Manon. Ook al is ze moe na een lange dag werken, ze is lief en ontspannen en zegt dat ze van hem houdt. Nee, ze heeft niets gehoord over een telefoontje van Hazebrink, maar ze zal morgenochtend meteen aan meneer Gans vragen of die wordt opgebeld.

'Dank je wel. Slaap lekker.'

De spanning zakt weg uit zijn hoofd. Hij overweegt om Leonie in te lichten, maar besluit dat dat wel kan wachten tot de volgende dag. Dan is hij hopelijk weer aangenamer gezelschap.

Terwijl Job met Manon telefoneerde is Leonie naar de serre van het hotel gegaan en heeft een kop chocolademelk besteld. Ze zijn geen mislukkingen gewend, Reders en Reders. Het is frustrerend. Als ze de man ziet lopen die ze 's ochtends al hebben gezien, de man van wie ze verwacht dat hij de baas van De Posthoorn is, Ter Kuile, schiet ze hem aan. Hij is achter de bar bezig glazen schoon te wrijven. Leonie gaat op een kruk zitten. Ze complimenteert hem met de inrichting van zijn etablissement. 'Wat leuk, zo met die vrolijke kleuren en die engeltjes,' liegt ze.

Hij grinnikt. 'Dat moet je tegen mijn vrouw zeggen. Die heeft er hartelijk tegen geprotesteerd. Maar onze kelnerin heeft het doorgedrukt.'

'Daphna.'

'Ja. U kent haar?'

'Nou kennen... ik heb vanmiddag kennis met haar gemaakt.'

'Prima kracht. Vol ideeën en altijd opgewekt.'

Leonie beaamt dat Daphna een positief gevoel weet op te wekken. Dan zegt ze: 'Een paar dagen geleden heeft hier een man gelogeerd. Hazebrink heet hij, maar ik denk dat hij zich onder een andere naam heeft ingeschreven.'

'Waarom?'

'Kunt u zich de naam Hazebrink soms herinneren?'

'Nee.'

'Dat bedoel ik. Hagenbrink dan?'

'Hoezo? Waarom wilt u dat weten?' Ter Kuile kijkt haar opmerkzaam aan. 'Er is me al eerder gevraagd naar deze figuur,' zegt hij. 'En daarom weet ik dat er geen Hazebrink en ook geen Hagenbrink in onze computer voorkomt.'

'Maar als ik hem nog eens voor u beschrijf,' zegt Leonie. 'Hij heeft geen doorsnee gezicht. Hij kijkt nogal wazig en zijn ogen staan tamelijk ver uit elkaar. Hij heeft krulhaar. Verder is hij zo kleurenblind dat hij soms zelfs een groene en een rode sok draagt. Als u dat zo hoort, doet dat dan geen belletje rinkelen?'

'Kleurenblind,' herhaalt de eigenaar van De Posthoorn.

Leonie laat hem nadenken. Ter Kuile peinst, hij ploetert en dan zegt hij: 'Verduld, ik weet het weer. Ach ja, dat was dezelfde man als van de week.'

'Vertel!' zegt Leonie.

'Dat kan ik niet doen,' zegt Ter Kuile. 'Ik mag geen informatie over gasten aan andere gasten geven.'

'Ach kom,' zegt Leonie, 'alleen over die kleurenblindheid.'

'Ik herinner me een man die enkele maanden geleden hier een paar nachten verbleef en die zo kleurenblind was als... als... ik kan niks bedenken, in ieder geval hartstikke kleurenblind, hilarisch kleurenblind. Ik weet nog dat ik zei: dan moet u door die rode deur daar, en hij ging glashard de gele deur door. Mijn vrouw en ik zeiden nog tegen elkaar: allemachtig, wat moet die kerel kleurenblind zijn. En nu ineens, nu u over hem begint, herinner ik me dat dat dezelfde man was die hier een paar dagen geleden logeerde.'

'Maar hoe heette hij?'

'Ik zou het werkelijk niet weten.'

'En als u in uw computer kijkt? Ik weet dat hij in kamer 21 heeft overnacht.'

Ter Kuile loopt naar de receptie. Leonie gaat er achteraan. Ze blijft aan de klant-kant staan en wacht braaf. Ter Kuile zoekt en tuurt. Hij loopt een beetje rood aan.

'Welke nacht was dat ook weer?' vraagt hij.

'Dinsdagnacht. Van dinsdag op woensdag.'

'Ik begrijp het niet,' mompelt Ter Kuile.

'Wat is er dan?'

'Er heeft de hele week nog niemand in kamer 21 geslapen. Alleen voor vannacht staat meneer Reders ingeschreven.'

15

Waardoor weet ik dat nou zo zeker, denkt Leonie, terwijl ze aan het ontbijtbuffet yoghurt in een glazen bakje doet en er cruesli overheen strooit. Hoe is het mogelijk dat ik weet dat de muizenissen uit zijn hoofd zijn verdwenen. Op het moment dat hij de ontbijtzaal binnenkwam, wist ik het. Is het zijn manier van lopen? Zijn gelaatsuitdrukking? Zijn oogopslag? Ze moet professor Langhout eens vragen of daar literatuur over is. Overigens hoef je er geen mastersexamen voor te hebben gedaan. Iedereen die een ander goed kent, kan het.

Hoe dan ook, hoera, Job is weer bij de les. Hij vertelt dat Manon vandaag aan Gans zal vragen of Hazebrink contact met hem heeft gezocht. Zijn telefoon trilt in zijn binnenzak.

'Daar zul je haar al hebben,' zegt hij.

Maar het is Manon niet. Het is Jacco. Hij belt om verslag uit te brengen over de meest recente bewegingen van de heer Hazebrink. Dat verslag komt niet, zoals gewoonlijk, opgewekt uit zijn mond. Nee, als ware hij ingehuurd om de minister van Verkeer en Waterstaat te adviseren over het fileprobleem, begint hij de verkeersdrukte rond Rotterdam te beschrijven.

'Heel boeiend,' zegt Job. 'Mogen we horen over Hazebrink?'

'Het zit zo dat als je vanaf de A4 de ruit bij Rotterdam op rijdt, wat op bepaalde uren van de dag door een grote schare automobilisten van uiteenlopende vaardigheid wat het besturen van hun voertuig aanbetreft wordt ondernomen...'

'Ben je hem kwijtgeraakt?'

'Dat is te zeggen,' gaat Jacco verder, 'daar bij Rotterdam heb ik het nog gered. Maar een eind verder, zowat bij Zierikzee, schoof een vrachtauto van de firma Den Helder en Zonen, en dan bedoel ik dus niet bij Den Helder, want dat ligt meer in het noorden zal ik maar zeggen, nee, een joekel van een vrachtwagen van de firma Den Helder en Zonen dus, en die schuift zo achter Hazebrink z'n Ford Fiesta... Ja.'

'Da's dan jammer.'

'Hij was ineens foetsie. Jou was hetzelfde gebeurd.'

'Oké, oké Jacco, ik verwijt je niks.'

'Gisteravond om half één ben ik nog gaan kijken of zijn auto weer thuis was. Geenszins. Een half uur geleden, om negen uur, ben ik weer gaan kijken.'

'Kort nachtje voor je.'

'Wat denk je? Zijn auto staat er weer.'

'Die man maakt nog kortere nachtjes dan jij,' zegt Job. 'Leonie en ik zitten te ontbijten in Dalfsen, in De Posthoorn, jou welbekend. Het ziet ernaar uit dat Hazebrink hier met niemand heeft gesproken. Hij heeft hier enkele uren niks gedaan en weg was 'ie weer. Misschien heeft hij dat herhaald in Zierikzee of omstreken. Leonie, hoor je dat? Ik hoor Jacco op z'n tanden knarsen omdat hij niet kan melden waar Hazebrink nu weer niks heeft zitten doen.'

'Nou, ajuus. Ik blijf die Hazebrink nog effe gadeslaan. Je hoort van me.'

'Heeft die even de pest in,' zegt Job tegen Leonie als de verbinding is verbroken. 'Spoor kwijtgeraakt. Onze Jacco houdt niet van falen. Wie wel?'

In de tweede helft van de middag is Leonie terug in Utrecht waar ze een afspraak heeft en Job is in Doetinchem. Hij heeft van Manon gehoord dat haar baas inderdaad afgelopen week contact heeft gehad met Hazebrink. De man zei dat hij drie diamanten te koop aanbood, voor een prijs die Gans zou doen watertanden. Er is een afspraak gemaakt voor de volgende ochtend, dan zullen Gans en Hazebrink elkaar ontmoeten in Arnhem.

'De diamanthandel begint hem te bevallen,' constateert Job.

Hij belt Jacco om te zeggen dat hij Hazebrink de volgende morgen niet hoeft te volgen. De man zal naar Arnhem gaan en een poosje later waarschijnlijk terugkeren naar Amsterdam. Job blijft zelf in Doetinchem, speelt een partijtje straatvoetbal met Tim en beleeft een intieme nacht met Manon. De volgende morgen moet hij eigenlijk naar McManner, maar hij belt af. Hij wil graag met Gans spreken als die terug is uit Arnhem. In het begin van de middag lukt dat. 'De man met wie u in Arnhem hebt gesproken heet Hazebrink, niet Hagenbrink,' zegt Job.

'Zo?'

'Hij is een oplichter.'

'Zo?' zegt Gans bedachtzaam. 'Ik ben niet gewend met derden over mijn zakenrelaties te spreken, maar omdat u een goede vriend bent van Manon maak ik een uitzondering. De man over wie we het hebben, bood me drie kostbare diamanten aan, voor een totaalprijs van vijfenveertigduizend euro. Ik heb ze onderzocht. Ze zijn echt en de prijs meer dan waard. Ik heb gezegd dat ik wil nagaan of er iets bekend is over de geschiedenis van de diamanten, of ze niet worden gezocht wegens diefstal, of hoe dan ook een probleem kunnen opleveren. Als dat niet het geval is, koop ik ze. Overmorgen, in hetzelfde café hier om de hoek, waar ik op uw verzoek enige tijd geleden heb geadviseerd over de blauwe diamant.'

'Betaling cash, neem ik aan?'

'Inderdaad. De man zal geld willen witwassen, veronderstel ik. Dat deugt natuurlijk niet, maar zo nauw in mijn ingewanden kan ik niet zijn. In mijn administratie wordt de transactie keurig geboekt.'

'Vanzelfsprekend. Vindt u het goed dat ik, op de achtergrond, in het café aanwezig ben als u de zaak met Hazebrink afhandelt?'

'Het café is toegankelijk voor iedereen.'

'Ik zal er zijn, maar het is beter dat we elkaar niet begroeten, als u begrijpt wat ik bedoel.'

Meneer Gans knikt aarzelend. Ze nemen afscheid.

'Tot overmorgen.'

Job gaat ervan uit dat hij nu vrij goed weet wat Hazebrink aan het doen is. Daarom hoeft Jacco de man even niet in de gaten te houden, maar Job heeft door de telefoon gevraagd of Jacco iets voor hem op de kop wou tikken en dat heeft hij prima en snel gedaan. Hij was blij met dit klusje, temeer omdat het hem niet lekker zit dat hij zo weinig over Hazebrink te weten komt. Hij brengt een namaakpistool, van kunststof, maar zo goed gemaakt dat je het niet van echt kunt onderscheiden tenzij je het in je hand hebt en voelt.

'Ga je duelleren?' vraagt Leonie belangstellend aan Job. 'Mag ik secondant zijn?'

En Job vertelt wat hij van plan is.

Hij zit al vroeg in het café, ook deze keer weer dicht bij de deur, en half verborgen achter een krant. Het is rustig, de dag moet nog op gang komen. Dichtbij de bar drinken drie mannen in werkkleding koffie, ze hebben er wellicht de eerste ochtendshift al op zitten. Ondanks het rookverbod draaien ze een shagje. De café-eigenaar ziet het niet of doet alsof. Om vijf voor tien komt Robert Gans binnen. Hij knikt kort, naar niemand in het bijzonder, en gaat zo ver mogelijk van zowel Job als de werklieden zitten. De eigenaar, nog niet echt zijn dynamische zelf, voorziet de juwelier van koffie. De stilte van de ochtend wordt geaccentueerd door het zachte zoemen van een apparaat.

Tien minuten later verschijnt Hazebrink. Job duikt dieper achter zijn krant. Hazebrink begroet Gans, krijgt ook koffie, en haalt dan een grijs doosje tevoorschijn. Hij klapt het open. Job kan uit de verte net zien dat drie diamanten in een zacht bedje van iets zijdeachtigs het morgenlicht weerkaatsen. Gans neemt een loep uit zijn vestzak en vergewist zich ervan dat het dezelfde stenen zijn die hij eerder heeft gezien. Hij lijkt tevreden, want hij knikt en bergt de loep op. Hij schuift het doosje over de tafel terug naar Hazebrink. Vervolgens haalt hij een dikke envelop uit zijn tas die naast hem op een stoel staat. Jobs zintuigen staan op scherp. Dit is het moment waarop hij heeft gewacht. Hij tuurt intensief naar de handen van Hazebrink. Gedurende de paar seconden dat de blik van Gans op zijn tas is gericht, legt Hazebrink zijn linkerhand op het doosje en tilt zijn rechterhand op. Daaronder ligt precies zo'n doosje, ook open, en met waarschijnlijk, al kan Job dat niet zo nauwkeurig zien, identiek lijkende diamanten. De linkerhand verdwijnt naar de zijzak van Hazebrinks colbertje. Als de blik van Gans op het verwisselde doosje is gericht, klapt Hazebrink het dicht en schuift het over de tafel naar de diamantair. Die schuift van zijn kant de envelop over de tafel naar de oplichter. Hazebrink maakt aanstalten om op te stappen, maar Job is met enkele snelle stappen bij hem en drukt hem terug op zijn stoel.

'Wat moet dat,' snauwt de man.

'Meneer Gans, wilt u even kijken naar wat u zojuist hebt gekocht?'

'Dat heb ik net gedaan.'

'Controleer het nog even.'

Gans klapt het doosje open en verbleekt. 'Maar dit zijn... dit is...'

'Gekleurd glas?' zegt Job.

'Hoe kan dat?'

Intussen heeft Hazebrink zich ontworsteld aan de hand van Job op zijn schouder en is hij opgestaan. Het is duidelijk dat hij er vandoor wil.

'Zitten vriend,' snauwt Job. Hij haalt het neppistool uit zijn zak en prikt het, buiten het blikveld van de drie werklieden, maar zichtbaar voor Gans en Hazebrink, in de zij van Hazebrink.

Onwillig gaat de man weer zitten.

Jobs hand glijdt in de linker zijzak van het jasje van de dief en brengt het doosje met de diamanten tevoorschijn. 'Is dit wat u zoekt, meneer Gans?'

'Dat een ouwe rot als ik zich zo laat beetnemen,' mompelt de bedrogene. 'Ik heb me laten misleiden doordat de blauwe diamant een paar weken geleden wel echt was.'

'Ben je van de politie?' vraagt Hazebrink.

'Nee, dit is wat je noemt een burgerarrest. Ik ga je bij de politie afleveren.'

'Valt daarover te praten?' Het klinkt bijna smekend.

'Misschien, misschien. De vervalsingen zijn gemaakt door Verheul, is het niet?'

Hazebrink zwijgt. Job is er intussen ook bij gaan zitten. 'Meneer Gans,' zegt hij, 'ik stel voor dat u uw geld weer opbergt en naar huis gaat. Ik handel dit wel af. Ik neem aan dat u van deze oplichter geen diamanten wenst te kopen.'

Gans wil niets liever dan vertrekken. Hij voelt zich zeer ongemakkelijk in de buurt van een crimineel. 'Ik dank u, meneer Reders,' zegt hij. 'U hebt me behoed voor een verlies van vijfenveertigduizend euro. We praten er nog wel over. Kan ik echt niets doen om...'

'Om deze boef op te bergen? Nee hoor, ik doe dit soort klusjes dagelijks,' bluft Job. 'Tot gauw.'

Hazebrink is ervan overtuigd dat Job de juwelier heeft weggestuurd om met hem, Hazebrink, een deal te sluiten.

'Hoeveel?' vraagt hij. 'Tien procent van veertigduizend?'

Job snuift minachtend. 'Ik moet je smerige pegels niet.'

'Wat wil je dan?'

'Een tijdje geleden heb je in ditzelfde café een kostbare diamant verkocht aan een dame. Voor driekwart miljoen. Deed je dat in opdracht van Verheul?'

'Dat zeg ik je niet.'

'Nou, dan gaan we maar. Naar het politiebureau. Hup overeind.'

'Waarom wil je dat weten?'

'Dat gaat jou niet aan. Trouwens, ik weet het al. Ik weet ook hoe Verheul aan die diamant is gekomen, wat jij waarschijnlijk niet weet.'

'Oké, ik deed het in opdracht van Verheul.'

'In opdracht? Sta je bij hem op de loonlijst?'

'Nee, vriendendienst.'

'Voor nop?'

Hazebrink haalt zijn schouders op.

Job haalt uit zijn binnenzak een vel papier en leest voor: 'Ik verklaar hierbij dat de diamant die de helft vormt van de zo genoemde *jumeaux bleus* mij door Frederik Verheul ter hand is gesteld en dat ik hem in diens opdracht heb verkocht. De opbrengst heb ik in zijn geheel afgedragen aan Verheul.' Hij legt het papier voor Hazebrink op tafel. 'Teken.'

'Laat je me dan gaan?'

'Teken.'

Hazebrink tekent.

Job schrijft datum en plaats eronder en zijn eigen paraaf.

'Met de getuigenis van de ober die ons hier heeft zien zitten en die ik daar zo dadelijk nog even goed op attent zal maken, zal het je niet meevallen om deze verklaring te ontkennen.'

'Kan ik nu gaan?'

'Bijna. Eerst ga ik een kiekje van je nemen.'

Job haalt een digitale camera uit zijn zak en vereeuwigt Hazebrink met het interieur van het café als achtergrond.

'Twee dagen geleden,' vervolgt hij, 'heeft er in Zierikzee een soortgelijke zwendel plaatsgevonden als die jij hier op touw hebt gezet.' Pure bluf van Job. 'Jij was in de buurt van Zierikzee. Heb je dat ook geflikt?'

'Ik was helemaal niet in Zierikzee.'

'Je bent daar in de buurt gesignaleerd.'

'Onzin.'

'Waar was je dan?'

'Bij mijn tante in Marokko, nou goed.'

'En wat deed je in Dalfsen?'

Hazebrink transpireert nu zichtbaar. 'Laat je me volgen? Jij schurftige...'

'Nou, hoepel maar op. En gedraag je. Ga eerst aan de balie je koffie betalen. Dan hebben ze goed zicht op je.'

En meer om Hazebrink bang te maken dan omdat hij denkt dat het nuttig zou kunnen zijn, roept hij naar de man achter de bar: 'Ach meneer, wilt u deze persoon even goed aankijken?'

'Barst.'

Robert Gans is terneergeslagen. Hij dacht dat hij een vrij goed oordeel had over mensen, en hij had Hazebrink als betrouwbaar getaxeerd. En nu dit. Hij is één keer eerder opgelicht, toen hij twintig was en bij zijn vader het vak leerde. Een sexy vrouw was het geweest, met diepblauwe ogen en een figuurtje waar je van droomt. Ze had ervoor gezorgd dat hij haar mee uit vroeg, ze had hem naar een parelsnoer op haar decolleté laten kijken en hem gevraagd naar de waarde van dat snoer. Hij had andere waarden bespeurd. Ze had gezegd dat ze de volgende dag naar het diner van een ambassadeur moest, een diner waar veel van afhing, want ze kon er misschien een interessante baan door krijgen. Ze was zelf de dochter van een ambassadeur, vertelde ze. En ze wilde zo graag een ander parelsnoer van Robert lenen voor die ene avond, want wat ze nu droeg was vals, dat had hij natuurlijk meteen gezien. Eerlijk gezegd had hij het nog niet gezien, want zijn blik was gericht geweest op de glooiende hellingen waar dat snoer boven deinde. De ambassadeur was een echte kenner, die hechtte aan zoiets. Hij zou het snoer op waarde schatten.

Ze was natuurlijk niet de dochter van een ambassadeur, ze was een Mata Hari, dochter van een moeder die zich in haar jonge jaren courtisane had genoemd maar in latere jaren beter als prostituee kon worden betiteld, al bleef ze nog een beetje selectief bij het aanbieden van haar gunsten. Het snoer had Gans nooit teruggezien, een schadepost van indertijd bijna twintigduizend gulden, een van de zeldzame keren dat vader Gans zijn stem had verheven. Voor de toen nog jonge Robert Gans was het een les voor het leven. Hij was getrouwd met een meisje uit een puriteinse familie waar de vrouwen hun bloesjes hoog gesloten hielden, en nooit was hem meer overkomen dat hij werd afgezet.

Tot nu.

'Trekt u het zich niet aan,' zegt Job, als hij Manon 's middags nog even opzoekt in de zaak. 'Het overkomt de besten.'

'U had hem door, ik niet,' mompelt Gans treurig.

'Ik heb lang met criminelen vertoefd. Het is mijn specialisme.'

'Kan ik iets voor u doen?'

'Jazeker,' zegt Job opgewekt. 'Geef Manon de rest van de dag vrij, dan kunnen we een fietstochtje maken door de prachtige Achterhoek.'

Bij het station huren ze een fiets voor Job en ze krijgen het advies om de heuvels van Montferland en Elten te gaan verkennen, ten zuiden van Doetinchem. Het verhoogde landschap daar schijnt zo'n honderdvijftigduizend jaar geleden in een ijstijd te zijn ontstaan.

'Bij Huis ten Bergh zijn grote zwerfkeien. Die zijn helemaal vanuit Scandinavië hier terechtgekomen,' zegt het meisje van de VVV. Ze glimt van trots op haar Achterhoek.

Ze drinken thee op het terras van hotel-restaurant Montferland en zien in de verte de nucleaire centrale Kalkar liggen, nooit afgebouwd, nu een pretpark.

'Een politiek monument van de vorige eeuw,' zegt Job, 'toen de politiek nog ging over emoties en hartstochten, en niet zoals nu alleen over geld.'

'Waarom is er een pretpark van gemaakt?' vraagt Manon. 'Dat moet een hoop gekost hebben.'

'Maatschappelijke spanningen over kernenergie. Daar hebben jullie in Frankrijk geen weet van. Jullie hebben wel vijftig of zestig kerncentrales. Daar profiteren wij overigens gewoon van mee. En wij, hypocrieten, maar moeilijk doen over die ene hier in Nederland.'

Hij zegt 'jullie' als het over Frankrijk gaat, denkt Manon. Dat zegt hij pas sinds Alain op het toneel is verschenen. Als ze net voorbij 's Heerenberg zijn, waar ze kasteel Huis ten Bergh hebben bewonderd, worden ze overvallen door onweer. Niet zomaar een mompelend onweertje met wat lichtflitsen, maar een onweer zoals ze zelden hebben meegemaakt. In een mum van tijd zijn ze doorweekt, omgeven door aanhoudend weerlicht en inslagen, een slagregen teistert hen tot ze een boerenschuur zijn in gevlucht, de donderslagen volgen elkaar zo snel op dat het één dreigende dreun is, geaccentueerd door keiharde krakende geluiden alsof een zware boom breekt. Dit is echt Donar die met zijn wagen en vurige paarden door de hemel raast, links en rechts smijtend met zijn vlammende pijlen, Donar in een woedende bui die raakt wat hij raken kan, alsof hij bedrogen is door zijn geliefde en wraak wil nemen op de wereld.

'Ik hou hier niet van,' zegt Manon, rillend in haar kletsnatte kleren. 'Ik was als kind al bang voor onweer.'

'In Parijs? Onweert het weleens in Parijs?' vraagt Job, maar zijn vraag wordt niet verstaan door een knetterende inslag, kennelijk vlak in de buurt.

Ruim een uur houdt het onweer aan. Dan klaart het wat op, al is het in de schuur nog steeds tamelijk donker. Het is daardoor dat Job, bij het naar buiten gaan, zijn knie lelijk stoot aan een oude hakselmachine.

'Au.'

'Heb je je bezeerd?'

Job stroopt zijn broekspijp op en constateert dat hij een wond heeft aan zijn knie en dat die ook meteen begint op te zwellen. Niet iets wat niet vanzelf over gaat, wel iets waar hij meerdere dagen last van zal hebben. Vooral nu hij geen ijs bij de hand heeft om de zwelling te ontmoedigen.

'Mijn knie.'

'O hemel,' roept Manon. 'Ik ben iets vergeten. De knie van je ex. Vanmorgen belde Leonie om te zeggen dat Wies aan het eind van de ochtend geholpen zou worden aan haar knie. Daar zat ze al lang op te wachten, begrijp ik. Of je terug wou bellen.'

'Dat had je wel eerder mogen vertellen,' zegt Job kribbig vanwege de pijn die door zijn been vlijmt.

'Sorry.'

Job vist zijn telefoon uit zijn zak en ziet dat er een bericht is. Leonie natuurlijk, die geprobeerd heeft hem te bereiken. Drie keer zelfs. Hij toetst haar nummer.

Het antwoordapparaat begint te melden dat hij een bericht kan inspreken, en hij verbreekt de verbinding. Meteen daarop rinkelt zijn telefoontje. Leonie.

'Ben je daar eindelijk?'

'Mijn mobiel stond uit. Ik kon vanmorgen geen oproep gebruiken toen ik Hazebrink moest ontmaskeren.'

'Is dat gelukt?'

'Ja. Dat vertel ik je nog wel. Hoe is het met je moeder?'

'Ze heet Wies.'

'Ja. Oké. Hoe is het gegaan?'

'Dat kunnen ze nog niet zeggen. Het was algehele narcose. 't Heeft lang geduurd. Ze is nu net aan het bijkomen. Ik ben in het ziekenhuis.'

'Ik kom naar je toe,' zegt Job. 'Wat zal ik doen, naar huis of naar het ziekenhuis?'

'Graag naar het ziekenhuis. Mama zal een beetje belangstelling van jouw kant op prijs stellen.'

'Goed, ik kom vanavond.'

'Zal ik maar vast de groeten doen?'

'Doe maar.'

Ze fietsen naar huis, Job moeizaam vanwege een stijf wordend been. Thuis bij Manon gaat hij op de bank liggen, zijn been omhoog. Hij slaapt even in, het woord knie schiet als de eerdere bliksemschichten door zijn been en door zijn dromen. Hij had zich de laatste tijd erop betrapt dat hij een hekel begon te krijgen aan die knie van Wies, het gezeur, het gewacht op de operatie. Onredelijk natuurlijk, aan die verkalkte knieschijf had ze geen schuld. Nu heeft hij zelf een knie. Au. Het woord bliksemafleider gaat ook een rol spelen in zijn droom. Hij heeft die middag in de oude schuur bedacht dat zich daar wellicht geen bliksemafleider op het dak bevond. Die gedachte had hij maar niet met Manon gedeeld. In zijn droom verschijnt Hazebrink op de nok van het dak als bliksemafleider. Leidt de man de misdaad van Verheul af? Dat was niet de bedoeling. Is de man deel van de oplossing of deel van het probleem? Au, zijn knie. Manon heeft soep gemaakt, heerlijk warm en hartig.

'Dank je, schat,' zegt hij. 'En nu moet ik naar Amersfoort.'

16

Honderdzestien kilo woog Mathilde Jonker toen haar man Roderick op beestachtige wijze in de duinen werd geslacht. En misschien was het juist dat enorme gewicht dat haar redde. Het leven was uitzichtloos, had ze geconcludeerd en dus had ze een overdosis slaappillen genomen. Ze was de ochtend erop gewoon weer wakker geworden, weliswaar met een zware hoofdpijn, maar dat kon ook van de whisky zijn. Ze was wakker geworden en had zich gerealiseerd dat ze twee dingen kon doen. Ze kon het bijltje er definitief bij neergooien en zich verdiepen in andere methoden om een einde aan haar leven te maken, methoden die beter zouden werken, of ze zou dezelfde energie kunnen gebruiken om iets van haar leven te maken. Om te beginnen zou ze kunnen proberen te begrijpen waarom haar man vermoord was. Nadat ze de twee mogelijkheden een half uur lang in bed had liggen overdenken, besloot ze tot de tweede.

In de maanden die volgden merkte ze dat de Zeeuwse politie weinig voortgang maakte met het onderzoek naar de moord. Ze hadden iedereen ondervraagd die maar in de verste verte iets met Roderick te maken had gehad, maar dat had niets opgeleverd. Mathilde was twee keer naar het bureau in Zierikzee gegaan, maar toen bleek dat dat zinloze bezoekjes waren, had ze het eenzame huis in de duinen verkocht en een aardig appartement in Den Haag betrokken. Ze begon de mensen die haar misschien meer over Rodericks dood zouden kunnen vertellen een voor een zelf op te zoeken. Het deed haar goed. Niet dat ook maar iemand een werkelijk bruikbaar idee had, maar zo kwam ze het huis uit, ze sprak weer met anderen en haar bezoekjes hadden een doel. Ze voelde zich beter, gezonder, actiever.

Roderick was een doodgewone, iets te rijke man geweest, sommigen zouden hem misschien, als Mathilde er niet bij was geweest, een patser hebben genoemd. Was hij dat echt geweest? Hij genoot van materiële welvaart, hij vond het prettig om belangrijk te zijn en dat gevoel kon hij kwijt bij de regionale Rotaryclub waarvan hij voorzitter was – en hij was er geknipt voor geweest volgens de secretaris van de Rotary, een van de mensen die Mathilde opzocht. Roderick had het gevoel van belangrijk zijn, onmisbaar zijn, ook kwijt gekund bij Nijenheim Glas. Hij was er de directeur en volgens zijn tweede man, Quarles van Ufford, was hij geliefd geweest bij de werknemers. Hij had nooit onredelijke eisen gesteld, hij betaalde goede salarissen, hij was niet kwaad als zijn werknemers een enkele keer te laat op het werk kwamen, al hield hij op subtiele wijze de teugels strak. Quarles van Ufford kon zich niet voorstellen dat er iemand binnen het bedrijf was die een hartgrondige hekel aan de baas had gehad en ook waren er geen rare dingen met klanten gebeurd in het laatste jaar van Rodericks leven.

Roderick was verzot geweest op de ontspanning die zijn tennisclub hem gaf en op de borrels na de wedstrijd met zijn vriend Peter Bijsterbosch, waarbij hij graag opsneed over zijn successen, wat Peter hem vergaf omdat Roderick ook voor zo veel gezelligheid zorgde. Peter vertelde dat Roderick graag won (dat wist Mathilde natuurlijk), maar dat het tennissen daar eigenlijk juist leuker door werd. Hij smeet niet met zijn racket als hij verloor, liep alleen wat rood aan en werd bij het volgende potje nog wat fanatieker. Maar het beïnvloedde zijn humeur niet echt.

Roderick was met enthousiasme zondagsmorgens op pad gegaan met zijn vogelaar-vrienden en had zich ook in dat wereldje gemanifesteerd als de man die alles regelt, ja, hoe kon het ook anders tussen dat stelletje geitenwollen sokken, dacht Mathilde, hij nam nu eenmaal graag de leiding.

Hij was lang ziek geweest en was het dan een wonder dat je juist aan de pleziertjes van het leven ging hechten? Zoals ze aan hem terugdacht, was hij vooral een man geweest die van het leven genoot.

Haar gedachten over hem werden milder naarmate de tijd verstreek. Vaak dwaalden ze af naar de akelige momenten die ze samen hadden meegemaakt, toen ze hoorden dat ook Rodericks tweede nier een kwaadaardige tumor bevatte. De eerste was al in zijn adolescentie om dezelfde reden verwijderd. De angst die hij had gehad om te sterven, de zorgen over hoe een mens verder moest zonder nieren, de tijd in het ziekenhuis, de opluchting toen er geen uitzaaiingen bleken te zijn en nog meer opluchting toen er al vrij snel zicht op een donornier kwam. Het was, nu ze eraan terugdenkt, een tijd van saamhorigheid geweest, die was verstoord door Rodericks hernieuwde levensvreugde en waarin definitief een barst was gekomen toen de jonge en mooie Ilonka in beeld kwam.

Mathilde vermande zich en zocht ook Ilonka op, niet in het zomerhuis in Renesse, maar in Ilonka's woonplaats Dordrecht. Een last viel tijdens dat bezoek van haar af. Niet alleen was de mooie Ilonka helemaal niet zo mooi, ze was ook bepaald niet zo dun als Mathilde altijd had gedacht. En ze bleek aardig te zijn. Ze had zo veel begrip voor Mathilde, ze had zo'n naar gevoel over alles wat er was gebeurd en dat Roderick nu precies vermoord was toen ze zo'n ruzie hadden gehad. Vreselijk, Mathilde voelde met Ilonka mee en vroeg haar of ze echt geen enkel idee had wie de dader kon zijn geweest.

'Ik denk dat het een psychopaat was,' zei Ilonka.

'Dat dacht ik eerst ook. Maar dan zouden er toch berichten in de krant hebben gestaan over een gek die uit een inrichting was ontsnapt of zo, ik bedoel, zo iemand zou toch bekend zijn bij de politie. Die verschijnt niet uit het niets. Of er zou een week later weer iemand op zo'n afschuwelijke manier omgebracht moeten zijn. Psychopaten zijn toch niet eenmalig gestoord?'

'Misschien wel, wacht, ik kijk op internet,' zei Ilonka, die verslaafd bleek aan haar laptop en ze googelde op 'psychopaat'. Ze vond een interview met een Amerikaanse psycholoog die beweerde dat een psychopaat schuldgevoel noch medelijden kent. De psycholoog schreef dat de doorsnee psychopaat een vlotte prater is, oppervlakkig, charmant, onverantwoordelijk, manipulatief en impulsief. Hij was narcistisch en had een opgeblazen zelfbeeld. Hij vond het leuk om mensen pijn te doen, hij wilde winnen en hij had voortdurend spanning nodig.

'Daar klopt dus niks van,' zei Mathilde bedachtzaam.

'Waarom niet?'

'Rodericks moordenaar heeft hem eerst gedood en toen geslacht, het ging er dus niet om hem zo veel mogelijk pijn te doen. En hij heeft zichzelf niet herhaald, voor zover wij weten.'

'Je hebt gelijk.'

'En dus moet er een motief zijn. Godsdienstwaanzin? Dat was indertijd de suggestie van de politie.'

Ilonka keek weer op internet en vond talloze voorbeelden van duiveluitdrijvingen in Nederland en België, sommige waarbij de persoon die de duivel in zijn lichaam zou herbergen om het leven kwam. 'Het zou kunnen,' zei ze, 'het komt voor.'

'Eerlijk gezegd denk ik dat het vooral voorkomt in boeken van Dan Brown,' zei Mathilde. 'Kom nou. Duiveluitdrijving, hier in het nuchtere Nederland?'

'Dat moet je niet zeggen,' meende Ilonka. 'Er gebeuren hier genoeg griezelige dingen.'

Mathilde ging naar huis. Ze geloofde absoluut niet dat de moord uit pure willekeur was gepleegd. Maar een motief kon ze ook niet bedenken.

Ze gaf zich op bij de weight watchers en verloor in enkele maanden dertig kilo. Omdat ze de Zeeuwse natuur miste, huurde ze een volkstuintje aan de rand van Den Haag en dat was de beste beslissing die ze ooit in haar leven had genomen. Niet alleen genoot ze van het telen en verzorgen van de plantjes in haar tuin, ook ontmoette ze er een grote groep nieuwe mensen met wie ze al snel een hechte band voelde. De tuiniersvereniging organiseerde barbecues en midzomerfeesten, er werd wijn geschonken en er werden planten geruild. Ze had er haar eigen privacy en tegelijkertijd een hoop aanloop. Ze genoot van haar nieuwe leven en kon zich niet voorstellen dat ze er ooit een eind aan had willen maken. Maar ze kwam geen steek dichter bij het motief voor de dood van haar man.

Toen ze zich ten slotte slank en zelfverzekerd genoeg voelde, besloot ze haar zwager en schoonzuster op te zoeken. Flip was de jongere broer van Roderick. Hij en zijn vrouw woonden in Blaricum met hun twee kinderen. Mathilde had die kinderen nooit gemogen. Ze waren verwend in materieel en verwaarloosd in geestelijk opzicht, de slechtst denkbare combinatie. De zoon zei rustig 'hou je kop' tegen zijn moeder, die dat vervolgens negeerde alsof het normaal was dat je zoon zo tegen je sprak. De dochter sloeg als regel een kattige toon aan tegen haar hele omgeving en haar mondhoeken hingen naar beneden. Vooral van haar vader verwachtte ze continue belangstelling en aandacht, maar die kreeg ze niet genoeg naar haar zin. Daarom had ze geleerd flink door te zeuren over de dingen die ze wilde hebben, en om van haar af te zijn, gaf de vader dan meestal maar toe. Ze bezaten alles wat de moderne consumptiemaatschappij te bieden heeft, die kinderen. De nieuwste iPod, een playstation, een dure telefoon voorzien van de laatste snufjes, een paard, het mooiste zadel, het fraaiste halster.

Annabeth en Flip lieten door de telefoon niet merken of ze het opmerkelijk vonden dat Mathilde zich aandiende. Maar toen Annabeth de deur voor haar opendeed kon ze haar verbazing over het nieuwe lichaam van haar schoonzuster nauwelijks verbergen. Sinds de begrafenis hadden ze elkaar niet meer gezien.

'Je ziet er goed uit,' stamelde ze.

'Dank je. Jij ook.' Mathilde reikte haar de grote bos bloemen aan die ze in haar volkstuin had geplukt. Ze werd naar de serre geleid en kreeg thee. Tot haar vreugde waren de kinderen niet thuis. Flip kwam uit zijn studeerkamer en begroette Mathilde hartelijker dan ze van hem gewend was. Schuldgevoel omdat hij haar al die tijd had laten barsten?

'Ik zal maar meteen vertellen waarom ik hier ben,' zei Mathilde.

Ze knikten.

'Roderick is op beestachtige wijze vermoord, dat weten jullie.'

Opnieuw energiek geknik.

'De vraag is: wie heeft dat gedaan?' Ze keek Annabeth en Flip doordringend aan. Die kregen een kleur alsof ze zelf schuldig waren.

'Jullie worden rood,' constateerde Mathilde.

'Ja, eh, dat komt...' zei Annabeth.

'We hadden het gisteravond over Roderick,' zei Flip. 'En toen bedachten we dat we iets vergeten zijn te vertellen.'

Mathilde keek belangstellend naar zijn trillende handen.

'We waren het vergeten,' zei Annabeth.

Flip stond op en haalde uit zijn studeerkamer een boek dat hij op de schoot van Mathilde legde. Hij was vlug terug, blijkbaar lag het boek al op haar te wachten. *Compleet handboek van Magie en Esoterische Wijsheid*, geschreven door Kamilla Weston.

'Wat is dit?' vroeg ze.

'Roderick heeft het me ooit cadeau gedaan. Het was in de tijd dat hij erg leed onder het feit dat hij die tumor had. Hij was bang en hij stortte zich op alternatieve geneeswijzen, wist je daarvan?'

'Hij heeft me daar nooit iets over verteld,' zei Mathilde achterdochtig. 'En ik heb ook nooit iets van die belangstelling gemerkt.'

'Nee, hij schaamde zich ervoor, voor mij ook een beetje, maar toen hij hier een keer op bezoek was, raakte hij blijkbaar over die schaamte heen en heeft hij een pleidooi voor kruiden en zo staan afsteken. De volgende keer dat hij langskwam, had hij dit boek voor me bij zich.'

Mathilde draaide het boek om en las: *Kamilla Weston is vooral bekend om haar werken rond spirituele ervaringen, folklore en bijgeloof. Ze geeft cursussen paranormale ontwikkeling en schreef al meerdere bestsellers.*

'Vreemd,' zei ze.

'Het is nog vreemder. Toen Roderick met dat boek kwam aanzetten, was hij nogal over zijn toeren. Hij probeerde me ervan te overtuigen dat de enige manier om de tumor echt de baas te worden magie en kruiden en handoplegging en wat dies meer zij was. Hij had het over chakra's en energiebanen. En hij vertelde me toen dat hij naar een mevrouw geweest was die verstand had van magie en duiveluitdrijving en zo.'

'En zo?'

'Nou ja, ik weet het ook niet precies.'

'Waarom vertel je me dit nu pas? Heb je het aan de politie gezegd toen jullie ondervraagd zijn? Ik mag toch hopen van wel.'

'Eh nou, nee. De politie vroeg er niet expliciet naar en het was al zo lang geleden dat ik het vergeten was. Ik heb Roderick na zijn genezing er nooit meer over gehoord. Het leek me onwaarschijnlijk dat het iets met zijn dood te maken zou hebben.'

'Maar nu denk je dat ineens *wel*? Weet je iets meer? Waar zat die club? Wat ontzettend vreemd dat ik er niets van weet.'

'Ik denk dat hij zich voor je schaamde.'

'Ja, waarschijnlijk.'

'Die club van heksen of tovenaars of hoe moet je het noemen, die heette iets met magie, o ja, Magic Cure. 't Was ergens in de Betuwe, geloof ik. En of het echt een club was, weet ik eigenlijk niet. Hij had het in ieder geval over een vrouw die hij bezocht had.'

'Nou, ik ben blij dat ik hier ben gekomen,' zei Mathilde snibbig. 'Anders had ik dit misschien nooit ontdekt.'

Ze nam afscheid, belde Ilonka en die keek voor haar op internet of ze iets kon vinden over Magic Cure in de Betuwe. Ze vond een telefoonnummer dat Mathilde met enige aarzeling belde. Een vrouw nam op. 'Met Cunera,' zei een heldere stem die meer klonk alsof ze een badkamer aan het schrobben was dan of ze bezig was geesten uit te drijven. Mathildes aarzeling sloeg ter plekke om in daadkracht en ze vroeg of ze langs mocht komen om over iets belangrijks te spreken. Cunera stelde geen vragen, ze ging direct akkoord. Waarschijnlijk waren er meer vreemde snoeshanen die met haar wilden spreken over zaken die beter niet door de telefoon behandeld konden worden.

Cunera woonde in een gehucht in de buurt van Tiel, dat Zennewijnen heette. Mathilde was er twee dagen later al welkom.

Ze ging met de auto. De vrouw die zich Cunera noemde, had uitgelegd dat een tomtom haar niet zou helpen omdat ze op zo'n merkwaardig adres woonde dat geen enkel navigatiesysteem het kende en Mathilde reed dus op Cunera's aanwijzingen naar het adres. Aan een doodlopend zandweggetje, met aan één kant maïsvelden en aan de andere kant weilanden met koeien, vond ze een klein witgepleisterd huis. Het huis van de heks, dacht ze. Of hoort dat van boterkoek te zijn? Aan ieder raamkozijn hing een plantenbak met geraniums in alle kleuren die geraniums maar kunnen hebben, de muren waren dan wel niet van koek, maar het geheel was net de decoratie van een koektrommel. In de voortuin stond een groot kippenhok vol kakelende barnevelders. Cunera kwam daar juist uit tevoorschijn, ze zag er helemaal niet uit als een heks, ze was een dertiger met een strak geel rokje aan en gele regenlaarzen. Haar gezicht en haar knieën waren bruinverbrand en haar stroblonde haar was in een vrolijke staart bij elkaar gebonden. Ze lachte naar Mathilde, die meteen begreep dat Roderick zich tijdens zijn ziekte aan haar moest hebben vastgeklampt, in geestelijke zin dan, want in die tijd was hij niet bepaald in de stemming voor een liefdesrelatie. Cunera straalde een en al gezondheid uit. Als je bij haar in de buurt was, voelde je je zelf ook gezonder worden. Cunera was eerder een fee dan een heks.

Ze wees Mathilde een oude schommelstoel die voor het huis stond en ging zelf op een kruk zitten.

'Wat kan ik voor je doen?' vroeg ze en zelfs haar toon was geneeskrachtig.

'Ik heb een vraag,' zei Mathilde.

'Ben je ziek, kind? Of is er iets wat aan je knaagt? Ik kan zien dat je een probleem hebt.'

Mathilde was even van haar stuk dat de jonge Cunera haar *kind* noemde, en ze grinnikte. Toen werd ze weer serieus. 'Het gaat om mijn man, Roderick,' zei ze. 'Enkele jaren geleden is hij bij je geweest. Hij had kanker en was ten einde raad. Hij had al eerder een tumor in een nier gehad en die is toen verwijderd. Nu was zijn tweede nier aan de beurt. Gelukkig bleek naderhand dat ook deze tumor helemaal zat ingekapseld in de nier en dat die in zijn totaliteit verwijderd kon worden, maar dat wist Roderick nog niet toen hij bij jou op bezoek is geweest.'

'Ik herinner me je man,' zei Cunera, 'hoe is het nu met hem?'

'Hij leeft niet meer.'

'Och!'

'Mag ik vragen wat er tussen jullie is voorgevallen?'

'Voorgevallen? Hoe bedoel je?' Ze klonk oprecht verbaasd. Maar daarna veranderde dat in iets tussen boos en achterdochtig. 'Hij vroeg advies. En dat heb ik zo goed mogelijk gegeven.' Ineens was ze een gewone vrouw die je in de supermarkt kon tegenkomen.

'Waar hebben jullie het over gehad?'

Ze haalde haar schouders op. 'Je man is bij me geweest. Zoals je zei, hij was ten einde raad. Ik heb hem kruiden gegeven. Ik weet het nog precies: heliotroop en jeneverbes om zijn sombere buien te verdrijven, kamille om rustiger te slapen, en koriander en laurier om te genezen.'

'Zo. En verder?'

'Nou ja, ik heb zijn elektromagnetisch veld gemeten en een paar naalden gezet. Ik ontdekte toen dat zijn milt en zijn dikke darm ook een opdoffer hadden gehad en dat zijn hypofyse was opgezet. En ik herinner me dat hij een nogal opvallend tekort aan broom had.'

'Welja. Je herinnert je dat erg goed, na al die jaren.'

'Ik heb een ijzersterk geheugen.'

'En hoe zit het met Magic Cure?'

'Zo heet mijn bedrijfje. Ik verkoop geneeskrachtige kruiden en doe aan handoplegging.'

'Mijn man is op beestachtige manier vermoord. De politie heeft ooit het vermoeden geuit dat er een sekte of zoiets achter zou zitten. Als ze horen dat je hem heliotroop en wat al niet meer hebt gegeven om te genezen, en magnetische velden om hem heen hebt gemeten, dan zou het best eens kunnen dat ze je komen opzoeken.'

Cunera schrok. 'Ik heb hem nooit aangeraden om niet naar een arts te gaan. Ik ben Jomanda niet! Ik heb nooit beweerd dat ik hem kon genezen, ik heb alleen gezegd dat kruiden soms kunnen helpen. Een bijdrage leveren. De pijn kunnen verzachten. De hele geneeskunde is immers oorspronkelijk op de werking van kruiden gebaseerd.'

'Ja, dat weet ik wel, en het gaat me ook helemaal niet om zijn genezing. Roderick is niet genezen, al is hij uiteindelijk wel van die kanker afgekomen, of moet je zeggen dat de kanker met wortel en tak is weggesnoeid door een operatie. Daar gaat het me niet om. Mijn man is jaren na de operatie vermoord. Door een slager, zeg maar gerust. Heb je enig idee wie dat zou kunnen zijn? Heb je mensen in je kennissenkring die zwarte magie bedrijven of die rituelen met slachtpartijen uitvoeren?'

'Natuurlijk niet,' zei Cunera beledigd. 'Dat soort dingen gebeuren niet in het echt, dat zijn sprookjes. Mensen kijken altijd zo negatief tegen alternatieve geneeswijzen aan. Het enige wat ik doe is vraagtekens zetten bij de chemische geneesmiddelenindustrie. Ik ben ervan overtuigd dat chemische geneesmiddelen slecht voor een mens zijn, jij niet?'

'Ik weet het niet,' zei Mathilde. 'Soms kan het denk ik niet anders dan met zulke medicijnen. Maar je hebt waarschijnlijk gelijk dat je ermee moet oppassen. Veel mensen gebruiken ze te gemakkelijk.'

'Ik heb iets voor je,' zei Cunera. Ze liep naar binnen en kwam terug met een klein stoffen zakje. 'Bladeren van de teunisbloem. Maak er thee van, ze helpen je om terug te vinden wat verloren is.'

'Maar wat ik ben verloren zal ik nooit meer terugvinden,' zei Mathilde bedroefd.

'Misschien vind je iets anders. Misschien iets beters zelfs. Je man was een aardige kerel, maar hij leek me erg op zichzelf gericht. Ik vraag me af of hij jou erg gelukkig heeft gemaakt. Niet zo, hè? Heb ik gelijk?'

Mathilde glimlachte. Ze vertelde Cunera van de tuin die ze sinds kort had en toen kreeg ze ook nog een hele hoop zaden mee, met de uitleg over welke positieve effecten de planten die eruit zouden groeien teweeg zouden brengen. Of het waar was, daar twijfelde Mathilde aan, maar ze had het gevoel dat ze er een vriendin bij had gekregen en wat nog belangrijker was: dat ze het verleden verder zou kunnen laten rusten.

17

Wies is terug uit het ziekenhuis. De operatie is geslaagd, ze gaat tweemaal per week naar fysiotherapie, ze loopt met een stok, ze heeft van haar vriend te horen gekregen dat hij een ander heeft. Ze probeert op haar manier om niet te zeuren maar ze doet het wel. Leonie is weer thuis bij Job, ze gaat weer trouwer naar college, maar ze heeft met haar moeder te doen, die versneld dreigt te verslijten en oud te worden.

'Geloof jij in handoplegging?' vraagt ze aan Job.

'*Geloven*, daar hebben we het vaker over gehad. Geloven in de kerk, daar bedoelen we mee dat je iets aanneemt zonder dat je er enig bewijs voor hebt. Maar als ik zeg: "Ik geloof dat jij ooit professor in de psychologie zult worden," dan geef ik aan dat ik het zeer aannemelijk vind dat je deze positie ooit zult verwerven.'

'Acht je het aannemelijk dat het leggen van een hand op de zere knie van iemand anders, die knie kan helpen genezen?'

'Ik acht het mogelijk,' zegt Job.

Dat antwoord verrast Leonie. Haar vader houdt van sterrenkunde, maar verwijst iedere waarde die aan astrologie wordt toegedacht naar het rijk van de ongeletterden. Voor films over menselijke belevenissen buiten ons zonnestelsel heeft hij geen enkele belangstelling. Voor boeken over geesten van welke soort ook, evenmin. Hij lacht om zwarte katten die zijn pad kruisen, hij loopt onbezorgd onder ladders door, hij boekt vliegreizen op vrijdag de dertiende, zijn bloeddruk zou geen punt stijgen als hij op een maanloze nacht moest kamperen op een kerkhof waar onder de helft van de zerken criminelen begraven lagen.

'Je acht het mogelijk.'

'Jazeker. Je geest heeft invloed op je lichaam. Je wordt rood als je je schaamt. Je wordt bleek als je schrikt. Je knapt soms op van een ziekte als je een placebo hebt geslikt, als je maar niet weet dat het een pepermuntje was. Iemand die zijn hand op andermans knie legt, beïnvloedt niet die knie, maar de geest van die ander. Misschien wordt die ander er opgewonden van. Wat dan ook. En de geest van de eigenaar van de knie doet mogelijk weer iets met die knie.'

'Ik maak me zorgen over Wies,' zegt Leonie. 'Haar knie, die best goed geneest geloof ik, is een alibi om ongelukkig te zijn. Ik had het daarover in mijn jaarclub. Toen raadde iemand me aan om eens naar een alternatieve genezer te gaan.'

'Brr.'

'Kruidenthee en acupunctuur en handopleggingen, dat soort dingen.'

'Is dat allemaal één pot nat?'

'Ze hadden het over Magic Cure, een vrouw die Cunera heet, en...'

'Mijn hemel,' zegt Job. 'Magic Cure? Cunera? Weet je zeker dat het niet Jomanda was?'

'Dat vroeg ik ook meteen. Maar het schijnt dat die Cunera veel minder zweverig is dan de naam van haar bedrijfje doet vermoeden.'

'En daar wil je heen met je moeder? Wil Wies dat?'

'Heb ik nog niet gevraagd.' Job kan het waarderen dat Leonie eerst hem raadpleegt en hij doet dan ook zijn best om niet al te sarcastisch te doen. 'Ach, je kunt het altijd proberen. Maar ik denk dat het effect er vooral van afhangt of Wies graag wíl genezen.'

Zo komt het dat Leonie enkele dagen later aan het stuur van haar vaders auto, met Wies naast zich, naar de Betuwe rijdt. Ze vindt Zennewijnen, ze vindt het kleine, witgepleisterde huis.

'Ik vind het eng,' zegt Wies.

'Welnee. Cunera klonk heel toegankelijk door de telefoon.'

Ze zien voor het huis twee vrouwen zitten. Dat blijken Cunera en een zekere Mathilde te zijn, die vertellen dat ze beiden een grote liefde hebben voor tuinieren en graag ervaringen uitwisselen.

'Wij gaan samen binnen eens kijken naar die knie van u, mevrouw,' zegt Cunera hartelijk. 'Mathilde houdt uw dochter wel zolang gezelschap.'

Ze raken aan de praat, Leonie en Mathilde. Leonie kan goed luisteren, een bruikbare eigenschap voor een toekomstige psychologe. Ze kan ook goed vragen, de goede vraag op het goede moment, zachtjes drukken op een gevoelige plek. Mathilde stort haar hart uit, over haar succesvol bestreden dikte, over haar volkstuintje, maar dan algauw ook over de mysterieuze moord op Roderick, haar man. In de duinen bij Haamstede was dat, op Schouwen.

'Wat afschuwelijk.'

'Ik kwam er niet los van. Cunera helpt me. Ze is zo'n begrijpende vrouw. Het gaat nu beslist beter. Ze kan vast ook iets doen voor je moeder.'

Maar Leonie denkt even niet aan Wies. De detective in haar is opgestaan, ze wil alles weten over de bizarre moord op Roderick.

'Geen enkel spoor, geen enkele aanwijzing. Niets, niets, niets,' zegt Mathilde. 'Ik heb me gek gepiekerd.'

'In Haamstede, hè?'

'Daar woonden we toen.'

'Lijkt me heerlijk daar. Dat is toch vlak bij zee?'

'Ja, 't was wel afgelegen, maar voor de boodschappen kon ik in het dorp terecht en dat was maar een kwartiertje fietsen.'

'Kun je daar alles kopen wat je nodig hebt?'

'Jawel hoor. Bijna alles. En anders gingen we naar Zierikzee.'

Zierikzee, daar in de buurt was Jacco toch de door hem achtervolgde Hazebrink kwijtgeraakt? Dat zul je altijd zien. Jarenlang kom je een woord, een naam niet tegen, en dan hoor je hem twee keer vlak na elkaar.

Ze legt even haar hand op de arm van Mathilde.

'Het is vreselijk,' zegt ze hartelijk.

Wies komt opgetogen naar buiten. Als ze afscheid hebben genomen en terugrijden, vertelt ze dat ze fijn hebben gepraat en kruidenthee gedronken, en Cunera heeft ook nog even over haar knie gestreken, ze voelt zich echt beter. En ze mag over een maand nog eens terugkomen.

'Nou ja, mag...' zegt Leonie. 'Je hebt wel veertig euro betaald.'

'Dat is niks te veel,' vindt Wies.

'Hoe lang is het geleden dat je de zee hebt gezien?' vraagt Leonie mijmerend.

Zij en Job hebben hun vrijdagse brainstormuurtje, de mooiste avond van de week. De gebruikelijke fles wijn tussen hen in schiet alweer op.

'Hoezo?'

'Vriend Hazebrink gaat naar Dalfsen, ontmoet daar *niemand*, verblijft een korte nacht in een hotel, daarvan is geen spoor in de boeken terug te vinden, en vervolgens gaat hij weer naar Amsterdam. Enkele dagen later rijdt hij naar het zuidwesten, raakt zoek in de buurt van Zierikzee, en is ook alweer de volgende ochtend idioot vroeg terug in zijn huis. Als we zouden weten wat hij heeft uitgespookt daar in Dalfsen en in de buurt van Zierikzee, dan worden er vast een paar raadsels opgelost, daar ben ik van overtuigd.'

Job knikt bedachtzaam, maar zwijgt.

'En dus gaan we morgen met jouw nieuwe foto van Hazebrink naar Zierikzee en omgeving om uit te vinden of hij er ergens heeft overnacht en wat hij verder heeft ondernomen. Als we niks vinden, gaan we pootjebaaien in de zee,' zegt Leonie.

'Ik zie nog niet helemaal hoe we dat moeten aanpakken – misschien herinner je je nog dat we in Dalfsen niet veel wijzer zijn geworden – maar goed, als je met pootjebaaien bedoelt dat we een flinke strandwandeling gaan maken, ben ik je man.'

'Je vader.'

'Ja, Pietje Precies.'

'Petronella Precies.'

‘Er zijn drie dingen aan Zeeland die me in het bijzonder bevallen,’ zegt Job als ze Schouwen op rijden. ‘Het water, de schone lucht met zijn wolkenvelden, en de namen van de plaatsen. Neem nou *Zierikzee*, wat een prachtige naam.’

‘Zierikzee kreeg al in 1236 stadsrechten van Willem II van Holland,’ leest Leonie voor uit haar stedengidsje. ‘Eerst maar eens de hotels in Zierikzee proberen.’

Veel zijn er niet, maar bij het vierde waar ze binnenlopen, hebben ze tot hun verrassing beet. Het hotel heet Zeekant, al is de zee een heel eind verder, voorbij de Oosterscheldedam. Achtentwintig bedden. Achter de incheckbalie zit een vrouw van middelbare leeftijd haar administratie te doen. Ze begroet de Redersen op een vriendelijke maar zo kordate toon, dat het verstandig lijkt meteen ter zake te komen.

‘We zijn op zoek naar de man op deze foto,’ zegt Job. ‘We vermoeden dat hij hier onlangs heeft gelogeerd.’

‘Hoe heet hij?’

‘Hazebrink. Maar waarschijnlijk heeft hij zich onder een andere naam laten inschrijven.’

‘Wanneer?’

‘Van de zesde op de zevende.’

‘Waarom zoekt u hem?’

‘Hij is een crimineeltje. Een oplichtertje.’

‘Bent u van de politie?’

‘Nee,’ zegt Job, ‘maar we werken wel veel samen met de politie. Als u wilt kunt u commissaris Rijksen in Amersfoort bellen om u ervan te verzekeren dat we betrouwbaar zijn.’

‘Hij is hier inderdaad geweest,’ zegt de vrouw. ‘Ik herinner me dat gezicht. En die krullen. Hij heeft hier overnacht. Hij betaalde contant en van tevoren, dat komt niet veel meer voor tegenwoordig.’ Ze raadpleegt haar computer. ‘Hé, waar staat-ie nou? Wanneer was het precies?’

Leonie bladert in haar agenda en noemt de datum.

‘Nee, hij staat er niet. We hadden die nacht weinig nieuwe gasten.

Twee gezinnen met kinderen, en een groepje van vier vrouwen, o ja ik herinner het me, dat waren nonnen die naar een congres gingen. We zien hier niet veel katholieke geestelijken die nog aan hun kleding herkenbaar zijn. Nee hoor, geen man alleen. Vreemd. Ik meen me toch vast te herinneren dat ik hem heb ingeschreven.'

'Hebt u hem zien vertrekken de volgende morgen?' wil Leonie weten.

'Dat kan ik me niet herinneren. Ik geloof het niet, nee.'

'Heeft hij hier ontbeten?'

'Ik ga het even aan Hendrien vragen. Zij verzorgt het ontbijt voor de gasten.'

Ze komt even later terug met Hendrien, die een ogenblik naar de foto kijkt en zegt dat die man beslist van haar geen ontbijt heeft gekregen. Ze heeft hem nog nooit gezien.

'Dank je, Hendrien.'

'Als u deze man zelf hebt ingeschreven, onder welke naam ook, en hij staat nu niet in uw computer, dan heeft iemand de naam weer verwijderd. Waarschijnlijk de man zelf,' zegt Job. 'Is uw computer 's nachts beveiligd?'

'Gut nee. Na elven 's avonds zit hier niemand meer. De gasten krijgen een sleutel mee, zodat ze dan zelf binnen kunnen komen.'

'Met andere woorden,' zegt Leonie, 'als iemand in het holst van de nacht in deze computer wil inbreken en hij heeft er een beetje verstand van, dan moet dat lukken.'

'Maar juffrouw – hoe heet u? Reders? – juffrouw Reders, waarom zou iemand hiernaartoe komen, zich laten inschrijven voor een overnachting, negentig euro betalen, in de loop van de nacht stiekem zijn naam weer verwijderen, en ongezien vertrekken? Wie doet zoiets?'

'Ziet u, dat is nou precies wat wij zo graag willen begrijpen,' zegt Job.

Het is heerlijk zonnig voor half september, tweeëntwintig graden. Een zacht briesje uit het zuidoosten zorgt dat het aangenaam blijft aanvoelen, nu de zon op z'n hoogst is. Ze kopen broodjes en flesjes met sap en besluiten ermee naar het strand te gaan. Uitkijken over de zee, over eeuwigheid, is goed voor het verjagen van muizenissen en kromme gedachten.

'Waarom zitten we ook weer achter dit mannetje aan?' vraagt Job zich hardop af. 'Ik geloof nooit dat hij Benjamins en Sire heeft vermoord. Ik denk nog steeds dat Verheul dat heeft gedaan.'

'Hazebrink heeft dankzij jouw verbazingwekkende inzicht – en je waaghalzerij met dat neppistool – al een verklaring getekend dat Verheul de blauwe diamant in zijn bezit had. Hoe meer we van hem weten, des te meer kunnen we hem onder druk zetten om Verheul erbij te lappen,' zegt Leonie slaperig. 'De man heeft vast weinig ruggengraat. Daar gaan we gebruik van maken.'

Een licht gesnurk maakt het waarschijnlijk dat haar vader die opmerking niet heeft gehoord. Zelf begint ze ook al te doezelen. Dan rukt ze zich los uit haar loomheid, staat op en loopt naar het water. Ze heeft medelijden met mensen die wonen in een land dat niet aan zee grenst. Oostenrijk en Tsjechië en zo. Dat moet toch een constant gemis betekenen. Onzin natuurlijk. Die mensen voelen zich waarschijnlijk juist veilig, die vinden zo'n plas waarvan je het eind niet kunt zien vast bedreigend.

Die Hazebrink sjoemelt, mijmert Leonie al spetterend met het zeewater. Hij sjoemelt met juwelen, en dat is mild uitgedrukt. Hij wou doodleuk die arme meneer Gans met een paar stukjes glas opzadelen. Is het denkbaar dat hij naar Zierikzee is gegaan om iets soortgelijks te doen? Hé, dat is een invalshoek. Het slaapje van Job moet eraan geloven. Ze loopt terug en toetert in zijn oor: 'Zou er een juwelier in Zierikzee zijn?'

Job is altijd bij het minste of geringste klaarwakker. Een overblijfsel uit de zeven magere jaren, zoals hij ze pleegt te noemen. Altijd op zijn hoede. Hij snapt meteen waar Leonie op doelt.

'Dat gaan we uitzoeken.'

En inderdaad, er is natuurlijk een juwelier. Een vrouw. Ze heet Anna Evertsen en ze draagt een Zeeuwse cape en een oorijzermuts, schitterend, dat smalle oorijzer dat eindigt in gouden spiralen.

'Mijn moppes,' zegt ze glimlachend. 'Daar is nog vraag naar in deze buurt, vooral voor feestelijke gelegenheden.'

'Het spijt me, maar daar komen we niet voor,' zegt Job.

'Het zou de jongedame anders goed staan,' vindt Anna Evertsen. 'Wat kan ik dan voor u doen?' Ze heeft de sympathieke Zeeuwse tongval.

'We willen graag weten of deze man bij u in de zaak is geweest.' Job toont de foto van Hazebrink.

'Dan bent u van de politie,' zegt Anna resoluut. 'Ik dacht al dat hij niet deugde.'

Een golfje van vreugde glijdt over Leonies rug. Ze krijgt gelijk.

'Heeft hij u afgezet?'

Anna Evertsen knikt en schudt haar hoofd tegelijk. 'Ik vermoedde dat hij dat probeerde. Hij had een paar diamanten bij zich die hij me aanbood voor een te lage prijs. Daar word ik wantrouwig van. Ik heb weinig mensen in mijn leven ontmoet die erop uit zijn je te bevoordelen. Van het omgekeerde tref je er een heleboel aan.'

'Waren de diamanten echt?' vraagt Job.

'Dat leek me wel. Maar als ze echt waren, dan waren ze te goedkoop. Ik heb er niet veel verstand van, wij doen meer in goud en zilver. Sommige oorijzermutsen hebben hangers met diamanten, dat wel. Zodoende weet ik er wel iets van, maar nee, een expert ben ik niet.'

'Wat hebt u tegen hem gezegd?'

Ze krijgt een kleur, wat goed staat boven haar zwarte, met rood gevoerde schoudercape.

'Ik heb hem verwezen naar een collega op Zuid-Beveland, met wie ik op minder goede voet ben. Ik heb gezegd dat die meer gespecialiseerd is in rooms-katholieke mopmutsen, die weer anders zijn.'

'Waar zit die?' wil Leonie weten.

'Dat vertel ik u niet. Bent u nou van de politie of niet?'

'Een beetje,' zegt Job. 'U hebt het goed gezien. De man van de foto heet Hazebrink en hij is inderdaad een oplichter. Waarom wilt u niet zeggen waar u deze Hazebrink naartoe hebt gestuurd?'

'Misschien heeft de collega zaken met hem gedaan. Ik wil hem niet in moeilijkheden brengen.'

Hoe Job en Leonie ook aandringen, meer krijgen ze niet uit Anna Evertsen. Ze bedanken haar en nemen afscheid.

'Gaan we zoeken naar juweliers op Zuid-Beveland?' vraagt Leonie.

'Zomaar willekeurig? Dat gaat heel veel tijd kosten. Ik heb weinig zin. Jij?'

'Ik ook niet.'

'We gaan geen diefstalletjes oplossen,' vindt Job. 'O wacht, ik moet nodig Jacco bellen. Ik heb hem gezegd dat hij Hazebrink aan mij kon overlaten en sindsdien heeft hij niks meer van me gehoord. Ik bel hem even.'

Job vermoedt dat Jacco bij vriendin Chantal in Amsterdam zit, maar nee, hij is in zijn eigen huis in Rotterdam.

'Soms moet je het verlangen kans geven weer even te groeien,' zegt hij. 'En m'n Rotterdamse contacten mogen ook niet verleppen. Ben je in Amersfoort?'

'Nee, we zijn in Zierikzee.'

'Zitten jullie achter m'n vriend Hazebrink aan? Die ik bij Zierikzee kwijt ben geraakt?' Het is onmiskenbaar, er is bitterheid in Jacco's stem.

'Weet je wat, we komen het je vertellen. Over twee uur zijn we in je stamkroeg.'

'Oké.'

Maar Leonie wil liever vanavond thuis nog wat voorbereiden aan een college dat ze morgen heeft.

'Vind je het dan goed dat ik je afzet op het Centraal Station in Rotterdam?' vraagt Job aan zijn dochter.

'Prima. Probeer jij Jacco maar weer op te vrolijken.'

Twee uur later zitten Job en Jacco ieder achter een biertje dat barman Guus voor hen heeft neergezet. Jacco is merkbaar minder opgewekt dan meestal als hij Job weer ziet.

'Je bent chagrijnig,' constateert Job. 'Wil Chantal je niet meer zien?'

'Chantal hunkert dag en nacht naar mijn gespierde lijf.'

'Wat is er dan?' Job weet het precies, maar hij wil het van Jacco horen.

'Je hebt me niet meer nodig. Je volgt nu zelf die druiloor van een Hazebrink, een werkje waar je veel te deftig voor bent.'

'Nee Jacco, het zit anders. Moet je horen.'

Hij vertelt over de oplichterpogingen van Hazebrink in Doetinchem, en misschien ook in Zierikzee, en hoe ze daarvan gebruik willen maken om de man inlichtingen te ontfutselen over Verheul, die ze nog steeds verdenken van moord op Benjamins en misschien op Sire. Want met Verheul kwamen ze niet veel verder.

'Je had mij toch kunnen vragen die juwelier in Zierikzee op te sporen.'

'Het liep nu eenmaal zo. We zullen je nog hard nodig hebben.'

Guus brengt een tweede biertje. Jacco trekt bij.

'Ik heb mijn werkzaamheden naar eigen inzicht voortgezet,' onthult hij.

'O? In welke richting?'

'Weet jij nog wie Van Spangen en Berkelaar zijn?'

Job pijnigt zijn hersens en haalt het tweetal dat enigszins is weggezakt, naar boven. 'Ja. Die kerels die zich voor politieman uitgaven en Zoë kwamen beschuldigen van heling.'

'Precies. Berkelaar en zijn vrouw wonen in hetzelfde huis aan de Weteringschans als Hazebrink. Hij heeft een slotenmakerbedrijfje elders in de stad. Die andere gozer ben ik toentertijd gevolgd naar zijn woning in West. Teun van Spangen. Ik ben het een en ander over hem te weten gekomen.'

'Ik weet allang dat je een genie bent. Vertel.'

Jacco straalt weer als vanouds. Hij gaat rechter op zitten.

'Eerst nog een pilsje.'

Als hij daar een hap uit heeft genomen en vindt dat de spanning genoeg is opgelopen, gaat hij verder.

‘Nou kijk, het zit zo. Hij doet in wapens. Vooral in pistolen en revolvers. Hij heeft een netwerk van leveranciers op dat gebied. In Amsterdam. In Antwerpen. In Oberhausen. En jawel, hij levert onder anderen aan Verheul.’

‘De huiszoeking bij Verheul heeft geen wapens opgeleverd,’ zegt Job.

‘Klopt. Verheul bemiddelt alleen. Als iemand een wapen nodig heeft, geeft hij dat door aan Van Spangen. Die Verheul is een linkmiegel hoor. Hij zit in allerlei vuile zaakjes, maar zelf blijft hij mooi buiten schot, om het maar eens vuurwapenterminologisch te zeggen. Daar zorgt hij wel voor. ’t Is een wonder dat de politie hem heeft betrapt met dat geld van de diamant. Knap staaltje, dat moet ik ze nageven, want wie verwacht dat ze om zes uur ’s morgens je reiskoffertje komen controleren?’

‘Hoe weet je dat allemaal?’

‘Relaties, hè. Weet je nog van Piet Dolemans, die weleens informant is voor de politie? Via hem. ’t Heb wel wat gekost. Ik neem aan dat jij daar goed voor bent?’

Job knikt.

‘Heeft meneer verder nog wensen?’

‘Alles wat je over Verheul te weten kunt komen, is welkom,’ zegt Job. ‘De rechter-commissaris heeft hem vrijgelaten. Het is maar de vraag of bewezen kan worden dat hij de diamant heeft gestolen en de driekwart miljoen daarvoor heeft gevangen. Anders komt hij er misschien van af met een geldboete voor het witwassen van zwart geld. Ik wil dat hij gepakt wordt voor moord.’

‘Komt goed,’ profeteert Jacco. ‘Zal ik je nou weer effe verslaan op het biljart?’

18

Zaterdagmorgen. Leonie slaapt een gat in de dag. Dat doen studenten die in de kleine uurtjes nog aan een feest beginnen. Bij Leonie wisselt de lust in feesten sterk. Soms moet ze er niets van hebben, dan verkiest ze brainstormen met haar vader ver boven keiharde popmuziek. Maar er zijn ook dagen dat ze uit de band wil springen. Dat is zeker het geval nu ze zo veel uren aan de knie van haar moeder heeft besteed. Gisteravond was het prijs. Ze is pas na vieren platgegaan.

Als ze omstreeks het middaguur de huiskamer binnenkomt, begroet Job haar met een nieuwtje.

'Ik kreeg vanochtend een telefoontje van... je raadt nooit wie.'

'Vertel.'

'Van graaf Dantan-Lachaumière.'

'Echt? Had hij nieuws?'

'Hij is hier.'

'Wat bedoel je – hij is hier?'

'Hij is in Nederland. In een hotel in Amsterdam. Al sinds donderdag.'

'Waarom logeert hij niet bij ons?'

'Tja,' zegt Job, 'als hij zijn komst naar Nederland vooraf had aangekondigd, dan zouden wij erop hebben aangedrongen dat hij bij ons zou logeren. Dat zou hij voor ons te belastend vinden, vermoed ik, maar weigeren zou onbeleefd zijn. Dat hij niet al gisteren heeft gebeld, zit hem waarschijnlijk in vermoeidheid. Hij wil natuurlijk eerst uitgerust zijn van de reis, die voor iemand van zijn leeftijd en zwakke gezondheid vast heel inspannend was. De man is zo door en door wellevend, en wellevendheid is niets meer dan je steeds afvragen wat voor iemand anders aangenaam is. Waar kom je dat nog tegen.'

'Voornaam. Dat vind ik hem,' zegt Leonie. 'Een heel prettig soort voornaamheid heeft hij. Heb je iets met hem afgesproken?'

'Ja, hij komt morgen naar ons toe. Ik haal hem om vijf over twee af aan het station. Hij heeft nieuws te melden, zei hij.'

'Komt Manon ook?'

'Ja, ze is voor achten hier. Ze moet tot zes uur werken. Jij eet toch hoop ik ook thuis?'

'Ja, gezellig,' zegt Leonie. 'Ik kook wel, dan kun jij zorgen dat Manon zich amuseert.'

De graaf is nog doorschijnender dan enkele weken tevoren in zijn kasteel in Frankrijk. De voettocht vanaf het perron, door de hal van het Amersfoortse station, valt hem zwaar, al doet hij zijn uiterste best dat niet te laten merken. Hij gebruikt een stok, met een fraaie knop in de vorm van een hertenkop. Hij heeft een gleufhoed op en draagt een donkergrijze gabardine regenjas. Job is blij dat hij vlak voor de ingang van het station een parkeerplaatsje heeft gevonden.

Als ze thuis zijn krijgen Manon en Leonie een handkus. De graaf accepteert gracieus dat hij zorgzaam wordt geïnstalleerd in een comfortabele fauteuil, een tafeltje voor zijn thee onder handbereik.

'Uit uw laatste brief, meneer Reders, heb ik begrepen dat de moord op meneer Benjamins nog niet is opgelost. Evenmin is het auto-ongeluk dat Jean-Paul Sire is overkomen afdoende opgehelderd,' zegt de graaf. 'Intussen heeft zich in de eenzaamheid van mijn kasteel iets voorgedaan waardoor ik nog dieper de wens ben gaan koesteren dat de dader of de daders worden gepakt.'

'In de eenzaamheid van uw kasteel...' herhaalt Job.

'Ja, er waren geen andere personen bij betrokken dan alleen ikzelf en de *esprit* van mijn vader. De geest van mijn vader.' De graaf spreekt Engels, maar soms vervalt hij even in Frans. 'Ik heb het dagboek van mijn vader gevonden.'

Job, Leonie en Manon kijken hem verwachtingsvol aan.

'Als mijn vader nog leefde zou hij dezer dagen honderdacht jaar zijn geworden. U weet dat hij hield van de grootmoeder van Alain Sire, de meer dan twintig jaar jongere Clotilde Genlis. Ze was de weduwe van Sylvain Sire. U denkt wellicht dat ik een wrok koesterde tegen Clotilde, die van mijn leeftijd was. Vanwege mijn moeder. Dat is niet zo. Mijn moeder was een strenge, rechtvaardige vrouw, zeer traditioneel, het tegendeel van mijn door en door romantische vader. De uitersten raken elkaar, zeggen wij in Frankrijk, het zal daarom zijn dat mijn ouders zijn getrouwd. Maar samenleven met mijn moeder moet niet eenvoudig zijn geweest. Papa was een heel gelovige man, een overtuigd katholiek. Toen de verhouding met Clotilde zo'n vijf jaar had geduurd, heeft hij in de biechtstoel, nadat hij absolutie had gekregen, beloofd dat hij haar nooit meer zou aanraken. Daar heeft hij zich aan gehouden. Zoals u weet heeft hij haar de helft van de blauwe tweeling geschonken, en de rest van zijn leven, bijna dertig jaar lang, heeft hij haar iedere dag opgebeld. Ze hebben samen geleefd, platonisch, een half leven, als Abélard en Héloise. Voor een zo grote liefde heeft een Fransman respect, ook als zijn moeder de bedrogene is.'

De graaf zwijgt even, om uit te rusten, of om aan zijn eigen vorig jaar overleden vrouw te denken? Haar dood is een harde klap voor hem geweest, heeft de butler gezegd. Hij heeft veel van zijn vaders karakter geërfd, denkt Leonie, en de anderen hebben soortgelijke gedachten.

'Toen vader was gestorven, nu 21 jaar geleden, hebben we in zijn bureau een doos aangetroffen met daarin een tiental schriften, met de hand volgeschreven. Zijn dagboek. Bovenop lag een los vel papier waarop stond: *Dit is mijn dagboek. Niemand mag erin lezen zolang Clotilde Genlis nog leeft.*

Uw bezoek bepaalde me bij de dood van Clotilde. Ik had natuurlijk gehoord dat ze was overleden, maar het was niet echt tot me doorgedrongen. Ik ben zelf oud geworden. Maar toen u was vertrokken, dacht ik aan vaders dagboek. Ik heb het tevoorschijn gehaald en ben het gaan lezen. In de eenzaamheid van mijn kasteel.'

Manon schenkt nog eens thee in. Al is het even stil, niemand vindt dat er iets moet worden gezegd.

'Papa had schrijver moeten worden. Het dagboek is prachtig, één groot liefdesgedicht. Het zou gepubliceerd moeten worden. Ik weet niet of mijn broer en zus dat goed zouden vinden. Ze lijken beiden veel op *maman*. Ze zullen het dagboek sentimenteel vinden. En misschien wel een oneer voor de familie. Hoe kan een zo grote liefde iets met oneer te maken hebben?' mijmert de graaf.

Bij bijna ieder ander zou Job er intussen aan hebben herinnerd dat ze geïnteresseerd zijn in dingen die met de moord op Benjamins hebben te maken. Nu komt het niet bij hem op.

'Maar u wilt weten waarom ik naar Nederland ben gekomen.'

De anderen knikken.

'Zoals u weet had Clotilde een zoon, Jean-Paul, die weer de vader is van Alain, die ik via u heb ontmoet. U denkt misschien heel romantisch dat Jean-Paul eigenlijk de zoon was van mijn vader, mijn halfbroer dus, maar dat is niet zo. Jean-Paul was echt de zoon van Sylvain Sire, de overleden man van Clotilde. Wat ik u nu vertel, staat allemaal in het dagboek. Jean-Paul had een achternichtje, Nicole. Hij was dol op haar. Volgens wat Clotilde aan mijn vader vertelde, is hij zijn hele jeugd verliefd op haar geweest. Die liefde werd niet beantwoord. Nicole hield wel veel van Jean-Paul, maar niet op de manier zoals hij had gewild.

Toen Nicole omstreeks twintig was, bleek ze te lijden aan een chronische ontsteking van het nierweefsel. Het nam een zo ernstige vorm aan dat ze aan de dialyse moest, enkele malen per week aangesloten op een kunstnier. Ze kwam op een wachtlijst voor postmortale orgaandonatie, dus ze moest wachten tot er een nier van een overledene ter beschikking zou komen. Dat duurde en duurde en haar gezondheid ging hard achteruit. Ze was intussen verloofd met een Nederlander, een zekere Isaac Benjamins. Toen heeft Jean-Paul laten onderzoeken of een nier van hem bij haar kon worden geïmplanteerd. Dat bleek perfect te passen. Dezelfde bloedgroep en weet ik wat. Bloedverwanten. Hij heeft Nicole toen een van zijn nieren aangeboden, op voorwaarde dat het niet aan de grote klok zou worden gehangen. Waarom hij die voorwaarde stelde, is me niet bekend. Waarschijnlijk wou hij niet met zijn edelmoedigheid te koop lopen. Of hij wou niet dat er iets van zijn diepe verbondenheid met Nicole naar buiten kwam. Hoe dat ook zij, alleen zijn moeder wist ervan, en ondanks de voorwaarde van Jean-Paul vertelde ze alles aan mijn vader. Jean-Paul heeft het zelfs niet aan zijn latere vrouw of aan zijn kinderen verteld, althans voor zover mijn vader wist. Ook dat staat in zijn dagboek. In hoeverre Nicole het stil heeft gehouden, weet ik natuurlijk niet. Ik heb wel begrepen dat Jean-Paul en Nicole elkaar bijna nooit meer hebben gezien, ook al omdat Nicole Nederlandse is geworden na haar huwelijk met Isaac Benjamins.'

'En Isaac Benjamins is de man bij wie ik ben geweest om over de diamant te praten? De man die de volgende dag is vergiftigd? En zijn vrouw heeft dus haar leven te danken aan haar neef, de verongelukte meneer Sire,' begrijpt Job. 'Ze heeft het lang uitgehouden met die nier.'

'Ja,' zegt de graaf. 'Misschien heeft ze later opnieuw een postmortale nier gekregen. Misschien is de ontsteking van haar overgebleven nier toch overgegaan. Dat weet ik niet.'

'Nu begrijp ik waarom de vader van Alain met die kostbare diamant naar meneer Benjamins is gegaan,' zegt Leonie. 'Daar zou hij in ieder geval betrouwbaar advies krijgen.'

'Jean-Paul Sire en Nicole Benjamins kenden elkaar dus goed,' gaat de graaf verder. 'Hoe stond Jean-Paul tegenover meneer Benjamins? Heeft hij hem gehaat, omdat hij met Nicole is getrouwd? Liefde en haat liggen dicht bij elkaar. De uitersten raken elkaar, daar heb je het weer. Anderzijds, Jean-Paul Sire moet een edelmoedig mens zijn geweest. Een nier afstaan is niet niks, en het pleit ook voor hem dat hij zijn mooie daad niet heeft willen rondbazuinen. Maar mensen zijn vreemde wezens. Ik heb er een tijd over nagedacht, en ik heb uiteindelijk besloten dat u dit alles moest weten. Het werpt nieuw licht op de zaak.'

Hij sluit even zijn ogen.

'Misschien moeten we de graaf even rust gunnen,' zegt Job in het Nederlands.

Manon zegt in het Frans tegen hun gast dat zij met Job en Leonie een wandelingetje gaat maken en ze vraagt of hij dat niet erg vindt. Dan kan hij even zijn ogen sluiten hier in de stoel, of misschien wil hij zich een half uurtje uitstrekken op een bed? Tot dat laatste laat de graaf zich verleiden. Hij is erg moe geworden.

Aan het eind van de middag is hij weer aardig opgeknapt. Terwijl Leonie en Job een maaltijd klaarmaken, drinkt hij opgewekt een glas witte wijn met Manon, die hij intussen elegant en ruim binnen de grenzen van het betamelijke het hof maakt.

'In Montaigu ging u door voor mijn dochter,' zegt hij. 'Wat zou ik graag een zo mooie dochter als u willen hebben. Helaas, de Voorzienigheid heeft het anders bepaald. Mijn vrouw en ik zijn kinderloos gebleven. Ons kasteel zal in handen komen van de zoon van mijn broer. Hij is een stevige man, die het kapitaal niet zal verspillen, maar ik heb er mijn twijfels over of hij de tradities van de Dantan-Lachaumières in stand zal houden.'

'Welke tradities zijn dat, *monsieur le comte*?'

'Met Pinksteren komen alle nog levende Dantans naar Palatin de France. Met Kerstmis koken wij een maaltijd voor het personeel. We verkopen de familiejuwelen niet. Dat soort dingen. Over dat laatste wil ik nog met meneer Reders spreken.'

Manon kijkt naar de fijne trekken in het gezicht van de graaf. De jaren en de gebeurtenissen hebben er hun lijnen getekend. Maar ook drukken ze geschiedenis uit, eeuwen geschiedenis, eeuwen cultuur en religie en genealogie. De graaf is voor zijn generatie een modern mens. Hij is sociaal, hij betaalt zijn personeel goed en interesseert zich voor hun wel en wee. Maar altijd zal er afstand blijven, de groeven in zijn gezicht zijn even zovele grenzen die niet worden overschreden.

Na de maaltijd wordt koffie gedronken, vergezeld van een voorzichtig glas cognac.

'Er is nog een reden waarom ik naar uw land ben gekomen,' zegt de graaf.

Job knikt.

'U begrijpt het?'

'Dat denk ik wel. De blauwe tweeling. U vindt dat de blauwe tweeling herenigd moet worden.'

'U bent een opmerkelijk mens, meneer Reders. Waar hebt u dit inzicht in de menselijke ziel opgedaan? U bent niet religieus, meen ik te hebben begrepen?'

'Ik heb veel tijd gehad om in stilte en ongestoord na te denken,' antwoordt Job.

'Het bezoek van u drieën en Alain Sire aan Palatin de France heeft herinneringen losgemaakt. Ook het lezen van mijn vaders dagboek natuurlijk. Ik kijk nu dagelijks naar de helft van de blauwe tweeling die in ons bezit is, van mij en mijn broer en zuster. De gedachten vermenigvuldigen zich. Er is een relatie tussen geest en stof. De diamant heeft geen geest, maar is wel in staat geesten op te roepen. De geest van mijn vader. De geest van mijn vrouw. De geest van Clotilde, die ik maar een enkele keer heb ontmoet. Ik zou de tweeling weer verenigd willen zien. Dat hebt u goed begrepen. Bestaat die mogelijkheid?'

'De andere helft is momenteel in het bezit van een vriendin van ons, Zoë Kantelaer. Hij ligt in een kluis van een bank.'

'In het bezit van... Behoort hij niet toe aan Alain Sire?'

'Waarschijnlijk wel,' zegt Job. 'Tenzij diens vader hem heeft verkocht aan de Verheul die u hebt ontmoet. Hij noemde zich De Vries, weet u nog? Maar wij denken dat Verheul hem heeft gestolen. Van wie hij in dat geval is, weet ik niet in juridische zin. Zoë heeft er driekwart miljoen euro voor betaald. Alain heeft hem geërfd.'

'Kan ik die mevrouw Zoë ontmoeten?'

'Vast wel,' zegt Leonie. 'Ze is een geweldig mens. We kunnen proberen meteen een afspraak te maken. Vader, doe jij dat?'

'Dat doe ik. En ik ga ook mevrouw Benjamins opbellen. Haar zult u ook willen ontmoeten, meneer Dantan.'

'Dat wil ik heel graag. Ik zou het op prijs stellen als u beiden, of liever nog, u drieën, daarbij aanwezig wilt zijn.'

Nicole Benjamins-Rathery is vierenzeventig jaar. Haar gezondheid is zwak, ze beschouwt haar leven als bijna voorbij. De moord op haar man heeft haar diep aangegrepen. Bijna vijftig jaar is ze met hem verbonden geweest. Hoe vreemd kan het leven lopen. Had ze ooit kunnen vermoeden dat ze haar man zou overleven? Had ze ooit kunnen vermoeden dat ze zou trouwen met een Nederlander, een diamantair, een jood? Ze heeft klassieke talen gestudeerd in Orléans, net niet helemaal tot een doctoraat, ze heeft een tijd gedacht dat ze zou trouwen met een jonge medicus, later was een tijdje een sentimentele Italiaan in de race. Ervoor, ertussen en erna was er steeds neef Jean-Paul. Toen kwam Isaac. Ze ontmoette hem tijdens een vakantie aan de Loire, waar ze niet ver vandaan woonde en zich vaak ergerde aan de vele Nederlanders in de zomer, met hun caravans die opstoppingen veroorzaakten, met hun lawaaiigheid, hun slecht zittende korte broeken. Isaac was geestig, erudiet, gepassioneerd. Binnen een week was ze verloren, tot over haar oren verliefd, en hij ook. Zij ging zich verdiepen in de joodse cultuur en geschiedenis en hij poetste zijn Frans op. Religieus was hij niet, wel grondig bekend met de rijke en treurige geschiedenis van het joodse volk. Zijn grootouders waren al Nederlander geworden. Sinds twee generaties woonde zijn familie, zowel van vaders als van moeders kant, in Amsterdam, daar gekomen uit Rusland, via veertig jaar Antwerpen, waar zijn overgrootvader en grootvader het vak van diamantair hadden geleerd.

Nicole heeft niet de muzikaliteit van Manon, haar tongval is zeer Frans gebleven. Ze is Nederlandse geworden, zo zegt haar paspoort, maar niet in haar wezen. Dat geeft niet, want Isaac was haar man, hij was de goede keus. Waarom is hij vermoord? Door wie? Ze was geschokt toen hij dood in zijn bed lag. Maar vergiftiging, moord, dat geloofde ze eerst niet. Wie zou Isaac willen ombrengen, de zachtaardigste, geestigste man in Amsterdam? Later hoorde ze dat Verheul werd verdacht. Ze heeft die Freek Verheul nooit gemogen, ze heeft Isaac krachtig afgeraden zijn bedrijf aan hem over te doen. 'Ik vertrouw hem niet,' heeft ze gezegd. Maar Isaac was zo goedgelovig. Die vertrouwde iedereen. Hoewel, nee, dat was toch ook weer niet zo. Als hij iemand voor het eerst ontmoette, peilde hij wel, maar als hij besloot zijn vertrouwen te geven, dan was dat ook totaal.

Ze hadden Verheul opnieuw gearresteerd, maar hij is wéér op vrije voeten, heeft Thomas Godschalk haar verteld. De man heeft haar niet opgezocht, gelukkig niet.

Ze heeft verdriet, Nicole Benjamins. Haar zoon en schoondochter proberen zo veel mogelijk bij haar te zijn, ze zijn heel zorgzaam, maar eigenlijk is ze het liefst alleen. Het lichaam van Isaac is gecremeerd, in strijd met het joodse gebruik, maar zo wou hij het, zo had hij het al langgeleden laten weten. Typisch Isaac, hij was in zijn geest door en door joods, in zijn daden wou hij het vaak niet zijn.

Nicole is er zelf verbaasd over dat ze geen wraakgevoelens heeft jegens de moordenaar van haar man. Haar zoon Nathan heeft dat wel, hij belt inspecteur Godschalk iedere week om te vragen of er voortgang is in het onderzoek. Hij heeft Verheul thuis opgezocht en heftig ruzie met hem gemaakt. Verheul heeft zijn schouders opgehaald en gezegd dat hij onschuldig is: 'Allemaal misverstanden, ik was een groot bewonderaar van je vader. De politie heeft me weer vrijgelaten, toch?' En Nathan heeft natuurlijk geen enkel bewijs.

Isaac zou geen wraakgevoelens hebben gehad, denkt Nicole. Hij was zo zachtaardig. Ik ben zo met hem vergroeid geraakt, nu heb ik ze evenmin.

Of is ze er te moe voor? Ze zou graag verglijden naar de eeuwigheid. Ze verbeeldt zich zijn lokroep te horen.

Als ze een telefoontje krijgt van een meneer Reders, die op bezoek wil komen met een Fransman en nog enkele mensen, is ze haast te moe om daarmee in te stemmen. Het heeft te maken met de dood van haar man, zegt meneer Reders. Hij is de dag voor zijn overlijden bij hem geweest. Ja, ze herinnert zich dat. Isaac heeft het er nog met haar over gehad. Na de crematie hebben ze ook enkele woorden gewisseld.

Goed, ze maakt een afspraak.

Zoë is op haar schip in de haven van Hoorn. Ze leest weer meer over geologie tegenwoordig, haar oude vak. En ze beheert haar vermogen, wat meer tijd vraagt dan vroeger, toen het rustiger was in de financiële wereld. Ze kan tegen alleen zijn, ze is het grootste deel van haar dagen alleen geweest, maar ze veert op als Job belt, haar beste vriend van de laatste jaren.

'Dobber je?'

'Ik lig zoals gewoonlijk afgemeerd in de haven van Hoorn. Mijn schipper en zijn maatje zijn met vakantie. Heerlijk rustig.'

'Ligt je diamant veilig in de kluis?'

'Dat neem ik aan. Hoe veilig zijn banken vandaag de dag?'

'Haar tweelingzusje verlangt naar haar. De eigenaar is bij ons thuis.'

'De graaf? Is hij in Nederland?'

'Hij wil je graag ontmoeten. Kan dat?'

'Natuurlijk kan dat. Bij jou of bij mij?'

'Wat je wilt.'

Ze maken een afspraak.

19

Het leek Job wel aardig voor de graaf om een typisch Noord-Hollands havenstadje te bezoeken, daarom heeft hij op de *Bounty* afgesproken, in Hoorn. Als ze door het stadje kuieren, vertelt Job hoe belangrijk de stad voor Holland is geweest in de zeventiende eeuw. Er staat nog een aantal huizen uit die tijd en met een beetje fantasie waan je je zo weer in de Gouden Eeuw. De graaf loopt langzaam, met zijn stok, maar hij heeft het goed naar zijn zin, dat zien ze aan zijn opgewekte blik. Het is mooi zacht weer. Job en Leonie voelen zich tegenover hun buitenlandse gast allebei ineens trots op hun land. Als ze even stilgestaan hebben om de gevel van het West-Fries museum te bewonderen, maar vooral omdat de graaf daar kennelijk na iedere honderd stappen behoefte aan heeft, vraagt Job of ze zoetjesaan richting haven zullen gaan.

Al van verre zien ze de majestueuze tweemaster liggen. De graaf is onder de indruk. Ze komen eerst nog langs een viskraampje en Leonie stelt voor een zak kibbeling mee te nemen. Zoë zal er wel weer niet aan denken haar gasten iets aan te bieden en Leonie heeft nu al honger. De haven ruikt lekker naar zee, naar vis, naar alle geuren die in een haven hangen en die je niet precies kunt identificeren. De *Bounty* torent boven de andere schepen uit. Het schip is vijfentwintig meter lang, maar wel rank en sierlijk.

Zoë staat op het dek, gekleed in de gebruikelijke slobbertrui die in de IJsselmeerwind om haar heen wappert, zodat ze eruitziet als een vriendelijke vogelverschrikker waar geen spreeuw van op de vlucht slaat. Ze zwaait enthousiast, Job en Leonie zwaaien terug. De *comte* steekt zijn stok op als groet. Zoë komt de loopplank over, begroet haar gasten hartelijk en helpt de graaf aan boord.

Zelfs een Franse graaf vergeet ze inderdaad iets aan te bieden, maar gelukkig heeft ze wel een prettige stoel klaarstaan, zodat de oude heer gerieflijk kan zitten.

Als Job ostentatief tegen Zoë zegt dat hij wel een biertje zou lusten en Leonie de zak met kibbeling omhooghoudt, drukt ze op een belletje en even later komt een jongeman die ze niet kennen het dek op met bier, witte wijn en spa rood op een blad.

'Dit is Camiel,' zegt Zoë. 'Hij zit op de hotelschool en loopt hier sinds gisteren stage.'

Als de jongen weer naar beneden is om bordjes voor de vis te halen, fluistert ze dat ze volkomen vergeten was dat er een stagiaire zou komen die nu twee weken lang haar heilige rust komt verstoren.

De graaf brengt een dronk uit op Zoë, in welgekozen woorden bewondert hij de *Bounty* en Hoorn, hij prijst de Nederlandse gastvrijheid, en hij bedankt zijn gastvrouw dat ze hem zo hartelijk ontvangt. De *Bounty* maakt dat Zoë er eigenlijk best gravinnelijk uitziet, vindt Leonie. Ze merkt dat het klikt tussen die twee, ondanks het grote verschil in leeftijd. De graaf is breedsprakig. De oude dag? Hoe het zij, allen vinden het prettig om naar hem te luisteren, naar de oude stem die zorgvuldig zoekt om de juiste Engelse uitdrukking te vinden en ieder woord met respect voor die taal lijkt uit te spreken.

'En zo kom ik op de blauwe tweeling,' zegt hij na een uitvoerige inleiding over zijn kasteel. Hij zwijgt en geeft Zoë de kans om te zeggen: 'De helft van de tweeling logeert op het ogenblik in een kluis in Den Haag.'

'Dat hoorde ik van Job.' Het klinkt als *Zjobe*.

'U hecht aan de familiejuwelen,' zegt Zoë.

'Vanzelfsprekend. In onze familie is het een ongeschreven wet dat de familiejuwelen niet worden verkocht. Mijn vader heeft dat dan ook niet gedaan. Hij heeft de helft van de blauwe tweeling weggegeven aan zijn geliefde, juist om hun verbondenheid aan te geven. Maar zij beiden zijn er niet meer en voor mijn oude hart zou het een rustgevende gedachte zijn als de tweeling weer verenigd was.'

'De helft van de tweeling behoort toe aan Alain Sire.'

'Ik heb van Zjobe gehoord dat dat feitelijk onjuist is. U hebt voor de diamant betaald.'

'Het heeft me tot een heler gemaakt,' zegt Zoë berustend. Ze zit er waarschijnlijk niet mee.

'Met een goede reden. Om de dief te vangen,' weet de *comte*.

'Dat is waar.'

'Als Alain Sire ermee instemt dat ik de diamant van hem koop, gaat u er dan ook mee akkoord dat de diamant bij mij terechtkomt?'

'Dat is niet aan mij. Inspecteur Godschalk doet erg zijn best, maar hij heeft nog altijd geen bewijs dat Verheul geen recht heeft op de diamant. Als bewezen kan worden dat Verheul de diamant van Jean-Paul Sire heeft gestolen, zo heb ik van de politie gehoord, zal de rechter mij de zevenhonderdvijftigduizend euro toewijzen die ik ervoor heb betaald en die van Verheul zijn afgenomen door de politie. En natuurlijk moet ík dan de diamant aan Alain geven, wat ik met veel plezier zal doen, kan ik u verzekeren. Ik ken hem niet, maar het zou me niet verbazen als hij bereid is hem vervolgens aan u te verkopen.'

'En *als* hij daarmee akkoord gaat, komt u hem dan persoonlijk naar Palatin de France brengen?' vraagt de graaf. 'Dat zou ik een grote eer vinden en wellicht kan ik u overhalen om een paar dagen te blijven.'

Zelfs Zoë, op wie niet veel mannen vallen, weet hij de indruk te geven dat ze een begerenswaardige schoonheid is, denkt Leonie.

Zoë lacht koket, iets wat ze niet van haar kennen. 'Dat lijkt me een te overwegen idee,' zegt ze. 'Uw tweeling zal verenigd worden en naar wat ik van u hoor, is een bezoek aan Montaigu de moeite waard.'

Ze blijven hangen op de *Bounty*, hebben boeiende gesprekken en drinken meer alcohol dan ze van plan waren. Ze spreken over geologie en Frankrijk en Nederland, en het rijke culturele erfgoed van beide landen. Geheel tegen haar natuur bedenkt Zoë ineens dat het misschien leuk zou zijn om met zijn vieren ergens te gaan eten. Er is een aardig restaurant aan de Roode Steen. Ze bestellen zalmsteaks met frites en ze vergeten helemaal dat ze op zoek zijn naar een moordenaar.

Het wordt laat, maar de graaf wil liever niet blijven slapen op het schip van Zoë, al zijn er prima logeerkamers. Zijn tandenborstel, zijn scheerspullen en zijn kleren liggen in het hotel – oude mannen hechten aan zulke zaken. Ze nemen afscheid van Zoë. Job en Leonie brengen de graaf naar Amsterdam en spreken met hem af dat ze elkaar de volgende dag om elf uur 's morgens bij mevrouw Benjamins weer treffen.

Job en Leonie nemen de trein. De graaf komt per taxi.

Mevrouw Benjamins is een popperig vrouwtje, ongetwijfeld gaat ze de straat niet op zonder hoed en handschoenen. Als ze de straat op komt, want ze is het liefste in haar eigen huis. Haar haar is beslist zwart geweest, nu is het statig wit en het zit in een mooie wrong hoog op haar hoofd. Haar grote ogen kijken droevig. Ze draagt geen bril, wat opmerkelijk is gezien haar leeftijd, en het hele gezelschap denkt bij zichzelf dat ze een knappe vrouw moet zijn geweest.

De kamer is donker. Job is er al eerder geweest, hij herinnert zich vaag dat mevrouw Benjamins toen ook op de achtergrond aanwezig was, maar hij heeft bij die gelegenheid niet met haar gesproken. Overal staan ingelijste foto's. Van het echtpaar Benjamins, van zoon Nathan, als baby, als puber, en als volwassen man met zijn vrouw. Ook heel veel andere mensen – familie? vrienden? – zijn ingelijst en houden Nicole Benjamins gezelschap nu haar man er niet meer is.

Ze heeft koffie klaarstaan in een zilveren koffiekan. Ze schenkt in, in stilte, gaat dan zitten en begint ineens zonder onderbreking te spreken. Ze hoeven niets te vragen, ze is zo lang alleen geweest. Nu moet alles eruit.

Ze vertelt over Isaac, haar Isaac, van wie ze al die jaren zo zielsveel heeft gehouden, en hoe blij ze waren met Nathan, hun geweldige zoon, ze springt van de hak op de tak. Nu eens is ze in Frankrijk als meisje, ze vertelt over haar ouders, de lange zomers in de Provence waar ook altijd neef Jean-Paul was die zo van haar hield. De graaf knikt, de verhalen komen overeen met wat hij in het dagboek van zijn vader heeft gelezen. En dan springt ze weer terug naar Nederland, naar haar ziekte, die steeds ondraaglijker werd. Isaac had haar zo graag willen helpen, maar het kon niet, zijn bloedgroep kwam niet overeen met die van haar.

Jean-Paul kreeg het op de een of andere manier te horen, en met een bleek gezicht kwam hij naar Nederland. Hij wilde haar een nier geven, ze waren per slot van rekening familie, er was grote kans dat zijn nier geschikt was voor transplantatie naar haar lichaam. Isaac wilde er eerst niets van weten, maar Jean-Paul wist hem te overtuigen. Ook met Nicole alleen had hij gesproken, hij had gefluisterd dat ze hem geen grotere vreugde kon bezorgen dan door ermee in te stemmen dat een orgaan van hem in haar lichaam zou voortleven. Ze had zijn wang gestreeld en hij had gehuild. En toen had ze gezegd dat ze het cadeau heel graag, heel heel graag zou accepteren. Maar Jean-Paul had een restrictie: ze mocht aan niemand vertellen van wie de nier kwam. Anderen hoefden niet te weten hoeveel hij om haar gaf. Ze had het ook nooit aan iemand verteld, tot nu, maar nu was Jean-Paul er niet meer. Jean-Paul was na de operatie naar Frankrijk teruggegaan en had nog maar af en toe iets van zich laten horen. Hij trouwde – een gelukkig huwelijk, had ze begrepen – en kreeg twee kinderen, Alain en Marthe. Een enkele keer kwam er een kaartje, maar hij verkoos vooral onzichtbaar te blijven. Kort voor de dood van haar man was hij hier geweest.

Isaac had het er moeilijk mee gehad. Enerzijds was hij zielsgelukkig dat Nicole weer normaal kon leven, anderzijds zat het hem dwars dat hijzelf dit offer niet had kunnen brengen. Hij was toch haar man, en zij was de liefde van zijn leven, hij had haar moeten redden, maar daar was hij niet toe in staat geweest. Ondanks Jean-Pauls verzoek, sprak hij erover met zijn zuster Judith. En die sprak er weer over met haar man Theodoor. En toen kwam er een onaangename sfeer in de familie, een nare zaak.

'Ruzie?' vraagt Leonie.

'Je kunt het best ruzie noemen. Judith en Theodoor hadden wel vaker conflicten. Maar nu kregen ze een conflict over ons. Ze kwamen op bezoek, ik zie ze nog zitten. Judith was een kattige vrouw, een schreeuwlelijk. Ze vond het ongepast dat een oude geliefde zich op deze manier had weten in te dringen in onze familie. We zouden nu altijd iets aan hem verplicht blijven, en hoe konden we dat ooit afkopen? Isaac zei niets, en ik mompelde dat dat helemaal niet nodig was en dat Jean-Paul niet eens had gewild dat anderen er iets van wisten, laat staan dat we iets zouden gaan afkopen of zo. Theodoor dacht er heel anders over. Hij vond het prachtig dat Jean-Paul Sire zijn nier had afgestaan en zei dat hij zou willen dat hij zelf tot zoiets in staat was. Toen begon Judith nog meer onaangename dingen te zeggen. Over zijn vriendinnen ging het en dat hij wel tien nieren zou kunnen gebruiken als hij ze allemaal zou willen bedienen, heel onverkwikkelijk. Ik weet nog dat Isaac mijn hand nam en in mijn oor fluisterde dat het hem speet dat hij zijn zuster over het offer van Jean-Paul had verteld. Theodoor nam mijn andere hand en zwoer een dure eed dat hij de volgende dag een donorcodicil zou invullen en het de rest van zijn leven bij zich zou dragen. Hij zei dat hij zich schaamde dat hij niet zo'n held was als Jean-Paul, maar dat dit toch wel het minste was wat hij kon doen. Judith mopperde en klaagde en Isaac wist het stel de deur uit te werken. Ik heb gehoord dat de ruzie nog lang heeft geduurd, maar Theodoor is nooit van zijn standpunt teruggekomen en toen hij overleed, zijn er inderdaad organen van hem getransplanteerd.'

'Judith heeft dat niet tegengehouden?' vraagt Job.

'Nee, ze overleed eerder dan Theodoor. Hun zoon Jurgen was niet in het land toen zijn vader stierf. Misschien maar goed ook, want ik weet niet hoe die tegenover een transplantatie zou hebben gestaan.'

'Jurgen?' zegt Leonie. 'Nu weet ik waar ik die naam Theodoor pas heb gehoord. Theodoor Hazebrink. De bankier.'

'Ja, dat klopt,' zegt mevrouw Benjamins. 'Theodoor was bankier en Jurgen is onze neef. Hij komt hier geregeld. Ik geloof dat hij soms klusjes doet voor de opvolger van mijn man.'

'Frederik Verheul. Zo kennen die twee elkaar dus!' roept Leonie.

'Kennen jullie ze dan ook?' Mevrouw Benjamins heeft afwisselend Nederlands en Frans gesproken, zodat de graaf het verhaal ook heeft kunnen volgen, maar nu lijkt hij de draad kwijt te raken. Job brengt hem op de hoogte.

'Jurgen Hazebrink is – het spijt me, mevrouw Benjamins dat ik het moet zeggen – hij is een jongeman die door Verheul wordt gebruikt voor zaakjes die het daglicht niet kunnen velen. Het is mogelijk dat hij de laatste tijd ook voor zichzelf is begonnen. We hebben hem betrapt op een zwendel waarbij hij de baas van mijn vriendin probeerde te bedriegen.' Hij kijkt mevrouw Benjamins aan. 'Nogmaals, het spijt me. Het is niet prettig om zoiets over je familie te horen.'

'Ik heb Jurgen nooit zo gemogen,' zegt Nicole. 'Mijn zwager en schoonzus hebben hem geadopteerd toen hij een jaar of twee was en ik heb nooit echt contact met hem gekregen. Toch blijft hij hier komen, soms ben ik daar vertederd over, maar ik moet toegeven dat ik hem er weleens van verdenk dat hij iets van me wil. Hij weet natuurlijk dat Isaac als diamantair dure diamanten moet hebben gehad en misschien hoopt hij in mijn testament te komen. Ik heb inderdaad wel een paar mooie sieraden, maar die gaan naar Nathan als ik dood ben.'

'Past u maar liever op, mevrouw Benjamins,' zegt Leonie. 'Jurgen doet dingen die echt niet door de beugel kunnen. We weten dat hij sjoemelt.'

'Het kan mij allemaal niet zoveel meer schelen,' zegt Nicole Benjamins. 'Isaac is dood, zijn zus en haar man ook. Ook Jean-Paul leeft niet meer. Ik heb het sinds zijn overlijden overigens wel een heel wonderlijk idee gevonden dat een deel van Jean-Paul nog wel leeft. In mij. Weet u, in het jodendom – mijn man was joods – is het van belang dat iemand na zijn dood compleet begraven wordt, ik weet niet meer precies waarom, misschien voor als het eind der tijden komt. Waarom bent u eigenlijk hier?' vraagt ze ineens. 'Het is me even ontschoten.'

'We proberen de moordenaar van uw man op te sporen. Weet u iets over de blauwe diamant waarmee Jean-Paul bij uw man kwam?'

'Ach ja, de moordenaar van mijn man. Wat zei u? Een blauwe diamant? Ja, daar had Jean-Paul het over die laatste keer dat we elkaar spraken, maar nee, daar weet ik niets van. Ik heb direct tegen Jean-Paul gezegd dat hij dat maar met Isaac moest bespreken. Het was erg ontroerend om hem weer te zien, en ik wilde niet dat daar iets zakelijks doorheen zou gaan spelen.'

'Uw verhaal heeft toch erg geholpen. We verdenken Verheul, maar we begrijpen nog niet hoe hij het heeft gedaan.'

'U ook al. Nathan ook. Wat een vreselijk idee. Ik moet zeggen dat ik Freek nooit heb vertrouwd,' zegt Nicole. 'Ik heb Isaac keer op keer voor hem gewaarschuwd. Wat een onprettig idee dat hij hier zo dikwijls in huis is geweest.'

Ze wordt moe, de emoties zullen haar parten spelen, haar zinnen beginnen minder samenhangend te worden en ook de graaf zit te knikkebollen in de slecht verlichte kamer.

'Mag ik u nog één ding vragen?' zegt Job.

'Natuurlijk.'

'Hoe komt het dat die Hazebrink junior geen vermogend man is? Zijn ouders zijn overleden, ik heb begrepen dat ze rijk waren. Hij was hun enige kind, maar ik heb niet de indruk dat hij het financieel bijzonder makkelijk heeft. Anders ga je toch niet zo'n risicovolle oplichterstruc uithalen als bij de baas van mijn vriendin? Heeft hij het kapitaal er in sneltreinvaart doorgejast? Gokt hij? Wedt hij op paarden?'

Ze glimlacht. 'Het is mogelijk. Maar ik meen dat de erfenis pas een paar jaar na Theodoors dood zou worden uitgekeerd. Ik weet niet waarom. Jurgen zal zo langzamerhand het geld wel krijgen, denk ik.'

Ze nemen afscheid. Leonie belt een taxi voor de graaf. Hij is van plan de volgende dag terug te gaan naar zijn kasteel. Daar zal hij afwachten of de politie erin slaagt aan te tonen dat Verheul de diamant heeft gestolen, en dan zal hij contact opnemen met Alain. Hopelijk stemt die erin toe dat de graaf de blauwe diamant van hem koopt. En jazeker, Zoë zal hem die dan graag persoonlijk komen brengen. Zoë, zo benadrukken Job en Leonie, is de meest betrouwbare persoon die ze kennen.

'Ik hoop ook jullie nog eens te mogen ontvangen,' zegt de *comte*.

'We komen heel graag,' zegt Leonie en geeft hem een kus.

'Dank voor het aanbod, *au revoir*,' zegt Job. 'Het ga u goed.'

Vader en dochter nemen de trein terug naar Amersfoort. Veel zeggen ze niet. Allebei denken ze na over alles wat ze de laatste dagen te weten zijn gekomen.

'Dus de blauwe tweeling wordt weer verenigd,' zegt Leonie als ze er bijna zijn. Maar dat zijn maar stukjes glas. Mooi en bijzonder, maar uiteindelijk toch maar glas, nou ja kristal of steen moet je misschien zeggen. Terwijl wat wij de afgelopen dagen hebben gehoord, dat ging over mensen. Mensen die van elkaar hebben gehouden of juist niet, maar die allemaal hebben geworsteld met liefde. Waarom is liefde zo belangrijk voor alle mensen?'

'Als bioloog denk ik dat ons voortbestaan ervan afhangt.'

'Dat is te gemakkelijk. Mensen voelen ook nog gepassioneerde liefde als ze allang onvruchtbaar zijn. Of ze voelen liefde voor een partner die onvruchtbaar is. Het is zo'n krachtige drijfveer voor onze daden. Neem die Jean-Paul. Hij wist dat het niets zou worden tussen hem en Nicole, en toch heeft hij haar een nier gegeven. En daarna is hij uit haar leven verdwenen totdat hij de blauwe diamant vond in het nachtkastje van zijn moeder.'

'Ik vraag me af wat er toen in zijn hoofd is omgegaan,' zegt Job. 'Hij heeft bedacht dat er één persoon was die verstand had van diamanten die hij zou kunnen vertrouwen: Isaac Benjamins.'

'Ja, en toen is hij in zijn auto gestapt en naar zijn oude geliefde gereden. Wat zou hij gevoeld hebben toen hij haar weer zag? Hield hij nog steeds van haar?'

'Daar zullen we niet achter komen. Jean-Paul Sire is dood, en Nicole, de zwakke nierpatiënte die haar leven aan hem te danken heeft, heeft hem overleefd.'

'Tikkie wrang hè?'

'Tikkie wrang.'

20

'Iedereen zegt altijd dat toeval niet bestaat en dan willen ze dat ik dat beaam,' zegt Leonie.

'En wat zeg je dan?'

'Dat ik dol ben op toeval. Dat de wereld kleurloos en saai zou zijn zonder toeval. Toeval is poëzie, een romantische grap van de hemel, voor mijn part. Toeval maakt van een saai leven een roman.' Ze staat bij het raam en ziet hoe de bomen hier en daar roestige kleuren beginnen te vertonen. 'Neem nou die kleurenblindheid van de halfbroers Jonathan en Jurgen. In Nederland hebben 1,3 miljoen mensen een afwijking in het zien van kleuren. Maar zo kleurenblind als Jonathan en Jurgen zie je ze zelden. Honderd procent toeval, of het moet zijn dat de oude Hazebrink zo gefascineerd was door de kleurenblindheid van zijn adoptiezoon dat hij een hang kreeg naar vrouwen die het kleurenblindheid-gen met zich meedragen. Nou, daar geloof ik dus niet in. Nee, die dubbele kleurenblindheid is een voorbeeld van prachtig poëtisch totaal toeval.'

'Toen Nicole Benjamins zei dat de erfenis van vader Hazebrink nog steeds niet is uitgekeerd, begon ik te begrijpen waarom Jurgen niks van een halfbroer wil weten. Hij voorziet natuurlijk dat hij straks die erfenis moet delen.'

Leonie knikt. 'O vast. Ik heb haast medelijden met hem. Hoe kon hij vermoeden dat een vrouw met wie zijn adoptievader een kind heeft geproduceerd, net als zijn eigen biologische moeder een kleurenblindheid-gen had en dat aan dat kind, Jonathan, heeft doorgegeven? En dat Jonathan door dit waanzinnige toeval pas echt begon te geloven dat hij Jurgens halfbroer was? Dat had hij in zijn wildste dromen niet kunnen dromen.'

‘Als het inderdaad halfbroers zijn.’

‘Natuurlijk zijn het halfbroers, nou ja, adoptiehalfbroers.’

Ze zijn onder de indruk van hun bezoek aan Nicole Benjamins, Job en Leonie. Ze twijfelen er nu niet meer aan dat Verheul de oude Benjamins, van wie hij het bedrijfje heeft overgenomen, heeft omgebracht. Na het bezoek van Job moet de diamantair zich hebben afgevraagd of Verheul de blauwe diamant had gestolen, van hemzelf of van Jean-Paul Sire, dat hangt ervan af. Want ze weten niet of Jean-Paul de diamant – in ongetwijfeld terecht goed vertrouwen – bij de man van zijn geliefde heeft achtergelaten, of dat hij hem mee terug naar Frankrijk heeft willen nemen. De politie vermoedt ook dat Verheul Benjamins heeft vergiftigd, maar slaagt er tot dusverre niet in dat te bewijzen. De vraag is: heeft Verheul ook de hand gehad in het auto-ongeluk van de vader van Alain? Hoe dan?

‘Criminelen verlinken elkaar bij het leven,’ zegt Job. Hij kan putten uit zijn rijke ervaring. ‘Ik blijf denken dat Hazebrink ons meer over Verheul kan vertellen. Als we hem maar flink onder druk zetten. Of hem aas voorhouden. Ze mogen dan zakendoen samen, maar boezemvrienden zijn het bepaald niet. De verklaring dat Verheul eigenaar was van de diamant heeft Hazebrink eigenlijk zonder enig gesputter ondertekend.’

‘Mee eens. Laten we Hazebrink nog maar eens achter de vodden zitten,’ vindt ook Leonie. ‘We weten al heel wat over hem. Ik neem aan dat hij daar best zenuwachtig over aan het worden is.’

Leonie zoekt het telefoonnummer van Hazebrink op dat ze van Jonathan heeft gekregen, en Job toetst het.

De telefoon rinkelt langdurig, en Job wil net weer neerleggen, als er toch nog wordt opgenomen. Het is Hazebrink zelf. Niet zijn huisgenoot Berkelaar. Er klinkt een vaag ‘hallo?’.

‘Jurgen Hazebrink?’

‘Met wie spreek ik?’

‘Met Reders.’

‘Ken ik u?’

'U hebt een verklaring ondertekend waarin staat dat u in opdracht van Frederik Verheul een diamant hebt verkocht aan een mevrouw Kantelaer.'

'O, die Reders,' zegt Hazebrink. 'Wat moet je nou weer van me?'

'Ik wil met je praten.'

'Daar heb ik geen behoefte aan.'

'Ik denk het wel,' dreigt Job.

'Hoe bedoel je dat?'

Het is stil aan de andere kant van de lijn. Alleen de hersens van Hazebrink hoort Job zowat zoemen.

'Er is iemand dood,' zegt hij met een nieuwe dreiging in zijn stem.

Hazebrink zwijgt.

'Een Fransman met de naam Sire,' zegt Job. 'Hij was de eigenaar van de blauwe diamant die jij hebt verkocht.'

'Wat heb ik daarmee te maken,' zegt Hazebrink.

'Ik denk dat je daar een heleboel mee te maken hebt.'

'Ik ken de man niet eens.'

'Luister eens even hier,' zegt Job, 'jij hebt een diamant verkocht die het eigendom was van Sire. Sire is op verdachte wijze omgekomen bij een auto-ongeluk. Toen zijn lichaam werd gevonden, was de diamant gestolen. Als je niet heel snel met een goede verklaring komt, ga ik regelrecht naar de politie om te vertellen hoe jij bij deze zaak bent betrokken en dan meld ik ook dat je de diamant hebt verkocht aan mevrouw Kantelaer. Heel wat getuigen kunnen dat bevestigen. Maar begrijp me goed, het gaat me niet om jou. Het gaat me om Verheul. Ik weet dat hij de dader is.'

Hazebrink zwijgt opnieuw. Job vermoedt dat hij zijn kansen aan het afwegen is. Hij zwijgt ook. Hoe lang kan hij de stilte laten voortduren zodat die in zijn voordeel werkt?

Na een minuut die voelt als een uur, kapseist het schip van Hazebrink. 'Ik weet wie die Sire is,' zegt hij. 'Ik heb gezien dat Verheul bij Sire in de auto stapte.'

'Gezien? Wanneer?'

'Ik was op bezoek bij iemand die verstand heeft van diamanten.'

'Zeg maar gewoon bij je oom Benjamins.'

'O, daar ben je ook al achter.'

'Ja. Was Verheul er ook?'

'Die vertrok net toen ik aankwam. Ik hoorde hem vragen om een lift omdat hij naar Antwerpen moest en die Sire vond het goed. En toen zag ik hem bij de Fransman in de auto stappen.'

'Kijk eens aan,' zegt Job.

'Meer weet ik niet,' gromt Hazebrink. 'Stoor me niet meer. Ajuus.' De verbinding wordt verbroken.

Leonie heeft al die tijd ademloos met haar oor vlak bij dat van haar vader gehangen. Ze kon het gesprek maar half volgen, maar aan Jobs ogen zag ze wel dat hij succes had en dat het gesprek een onverwachte wending nam.

'Vertel!' roept ze uitgelaten als Job de telefoon neerlegt.

Hij herhaalt wat Hazebrink heeft gezegd. 'Sire heeft kennelijk niet vermoed dat Verheul hem de diamant afhandig wilde maken. Zeg, vind je het niet opvallend dat toen Sire verongelukte, Verheul er zonder een schrammetje vanaf is gekomen? Gezien de ernst van het ongeluk vind ik dat verdacht.'

'Nou en of.' Leonie zegt het bijna opgetogen. 'Moordenaar! Wat doen we nu? Weten we de precieze plaats van het ongeluk?'

'Daar kunnen we achter komen.'

'Verheul heeft natuurlijk aan de rem of zo zitten knoeien en is zelf op tijd uitgestapt.'

'Wanneer heeft hij aan die auto kunnen sleutelen?' vraagt Job zich af. 'Al in Amsterdam? Dat kan ik me eigenlijk niet voorstellen.'

'En waar zou hij zijn uitgestapt?' zegt Leonie.

'Als we dat te weten kunnen komen...'

Ze bellen Manon en die mailt Alain. De volgende dag geeft hij de locatie van het ongeluk door.

Leonie zoekt op internet informatie over de A27 waar Sire en Verheul overheen reden toen het ongeluk gebeurde. Dat was net voorbij de afrit Ulvenhout.

'Als we ervan uitgaan dat Verheul op dat moment niet bij hem in de auto zat, waar is hij dan uitgestapt? Dat kan eigenlijk alleen maar bij een tankstation of een parkeerterrein zijn geweest. Hij zal zich niet op de vluchtstrook hebben laten afzetten. Kun je zien welke tankstations en parkeerterreinen er zijn vóór Ulvenhout?'

'Ja hoor, kijk maar, dat staat duidelijk aangegeven. Het dichtstbijzijnde is Galgeveld, één terug heet Hank, nog een verder terug is Scheiwijk en ga zo maar door.'

'Mooi,' zegt Job. 'Als we nu eens die kant op rijden en we informeren bij de laatste paar tankstations of iemand zich iets herinnert.'

'Dat lukt nooit. Het is al zo lang geleden en er stoppen zo veel auto's bij zo'n tankstation.'

'We nemen een foto van Verheul mee. En eentje van Sire.'

'Hoe komen we daaraan?'

'Alain mailt ons een foto van zijn vader en Rijksen bezorgt ons er een van Verheul, en hij vertelt ons wat voor auto het was. Of misschien weet Alain dat ook.'

'Verheul is op vrije voeten, is het niet?' vraagt Leonie.

'Alweer even. Zolang niet bewezen kan worden dat hij Benjamins en Sire heeft vermoord, kunnen ze hem niet vasthouden.'

'Ik vind je tankstation-plan een vrij hopeloze onderneming,' zegt Leonie.

'Kom op collega, niet zo somber. Zo ken ik je niet.'

Alain mailt, alweer per omgaande, een foto van zijn vader, die ze op een A4'tje afdrukken. Hij reed in een blauwe Renault. Jean-Paul Sire heeft een intrigerend gezicht. Wit haar in een dikke bos, een bril die een beetje voor op zijn neus is gezakt en waarachter opvallende ogen je aankijken. Streng en lief tegelijkertijd. 'Precies Alain,' vindt Leonie. Ze meent er zelfs 'ruwe bolster, blanke pit' in te ontdekken. Job ziet weinig gelijkenis en vindt haar psychologische ontrafelingen ver gaan.

Ze besluiten Rijksen er voorlopig niet bij te betrekken. En al realiseren ze zich dat er niet veel kans is om bij een tankstation iets te weten te komen, ze stappen in de auto – niet geschoten, altijd mis, vinden ze – en vertrekken richting Breda. Leonie rijdt en vlak na Noordeloos wil ze de afrit voor het tankstation Scheiwijk nemen.

'Ik zou zeggen, rij maar door,' zegt haar vader. 'Dit is veel te ver van afrit Ulvenhout. Ik kan me niet voorstellen hoe Verheul vanaf hier Sire vermoord zou kunnen hebben, hij had geen afstandsbediening.'

'Hoe zou hij het gedaan hebben?'

'Daar heb ik over nagedacht. Kijk, Benjamins heeft hij strychnine toegediend. Bij Sire kon dat niet, want die zou op slag dood zijn geweest. Een injectie in de arm van Sire lijkt me ook onwaarschijnlijk, dan zou hij zijn reis niet hebben voortgezet. Dus denk ik dat hij iets in de auto heeft achtergelaten dat hem langzaam in slaap heeft gebracht.'

'Iets wat Sire niet heeft opgemerkt? Wat kan dat zijn geweest?'

Job trekt een papier uit zijn zak. 'Je gelooft het niet, maar ik heb ook maar eens op internet gezocht,' zegt hij.

'Jij? Op internet?'

'Ja. Fluitje van een cent. Ik heb iets gevonden over chloroform.'

'Chloroform? Als je chloroform gebruikt is je slachtoffer toch direct buiten westen?'

'Dat dacht jij, hè?'

'Ja, dat dacht ik. Zo zie ik het in films gebeuren.'

'Fout gedacht,' zegt Job. 'Zo gaat het dus niet. Chloroform is helemaal niet geschikt om iemand bij verrassing mee te bedwelmen. Als je iemand een doek met chloroform voor zijn mond houdt, heb je grote kans dat hij ter plekke overlijdt.'

'Hè, hoezo? Ik zie ze altijd met zo'n lapje in de weer en dan wordt de persoon in kwestie een paar uur later wakker met zware hoofdpijn.'

'Dat klopt dus niet. Het verschil tussen een werkzame en een dodelijke dosis is bij chloroform zeer klein. Het is gevaarlijk spul.'

'Dus Verheul heeft in ieder geval *geen* chloroform gebruikt.'

'Ik ben nog niet klaar.

Leonie neemt de volgende afrit. Dat is tankstation Hank. Ze parkeert de auto, maar blijft zitten. 'Vertel verder.'

Job leest voor: '*Chloroform heeft een zoetige geur en smaak, en een bedwelmende werking. Hoofdpijn, slaperigheid en bewusteloosheid zijn de gevolgen van het inademen van de damp, hoewel hiervoor wel meer nodig is dan een- of tweemaal snuiven.* Zie je het voor je?'

'Jawel. Maar waarom heb je me dat niet eerder verteld?'

'Sorry. Ik heb dit net voordat we vertrokken geprint. Stel dat Verheul bij Sire in de auto zat. Hij had een flesje bij zich waar chloroform in zat. Met een smoes is hij uitgestapt, maar voordat hij dat deed heeft hij het dopje van het flesje gedraaid en het flesje in de auto van Sire achtergelaten. Die is verder gaan rijden, heeft van lieverlee de chloroform ingeademd, is slaperig geworden...'

'Is toen bewusteloos geraakt en heeft dat ongeluk gekregen. Ik vat 'm. Maar zo'n flesje zou de politie hebben gevonden.'

'Misschien zat het spul ergens anders in. In iets wat niet opviel. En ik zal je nog een argument geven voor het gebruik van chloroform,' zegt Job. 'Er zijn hobbyisten die zelf chloroform kunnen bereiden uit bleekwater en aceton.'

'Echt waar?'

'Ja, echt.'

'Ongelooflijk. Dus we hebben nu een idee hoe Verheul te werk kan zijn gegaan?'

''t Is best aannemelijk, vind je niet?'

'Beslist. Maar wat een schoft. Zo'n ongeluk had veel meer slachtoffers kunnen maken.'

Job knikt.

'Ik ben trots op je,' zegt Leonie.

De foto van Sire levert natuurlijk niets op. De medewerkers van het tankstation hebben geen idee. Dat was te verwachten, vinden de twee detectives, maar ze laten zich niet ontmoedigen en proberen het bij Galgeveld opnieuw. Ook daar krijgen ze nul op het rekest. Ze willen net weer wegrijden als Leonie iets bedenkt.

'Hoe is Verheul vanaf het tankstation eigenlijk thuisgekomen? Had hij zijn eigen auto hier geparkeerd?'

'Het lijkt me dat hij geen tijd heeft gehad om dat te organiseren en bovendien wist hij natuurlijk niet welke route Sire zou nemen. Die had ook via Den Haag kunnen rijden.'

'Hoe dan? Hazebrink?'

'Misschien. Maar zou hij Hazebrink deelgenoot hebben willen maken van het moedwillig veroorzaken van een ongeluk? Vast niet. Als je zoiets niet per se aan een ander hoeft mee te delen, kijk je wel uit.'

'Nou ja, hij kon ook wel een smoes bedenken waarom hij per ongeluk bij Galgeveld of Hank of weet ik waar was achtergebleven.'

Ze denken na.

Dan zegt Leonie: 'We hebben geen idee wat die twee voor elkaar voelen. Zijn ze vrienden? Zakenpartners? Geliefden? Ze doen soms iets voor elkaar, dat is duidelijk. Maar Hazebrink heeft nu al twee keer informatie prijsgegeven over Verheul, wat Verheul hem niet in dank zal afnemen.'

'Misschien heeft Verheul gewoon een taxi genomen. We zitten hier vlak bij Breda. Hij heeft een taxi genomen naar het station en is met de trein naar Amsterdam teruggegaan. Volstrekt onopvallend.'

'Wat fijn dat ik afstam van zo'n genie. Laten we terug naar binnen gaan en vragen of ze een telefoonboek van Breda hebben, dan zoeken we taxibedrijven.'

Maar dat is niet nodig. Als ze bij de kassa informeren, vertelt de medewerker dat af en toe mensen hier om een taxi vragen, en dat hij dan altijd het nummer van Taxicentrale Breda geeft. Hij zoekt het nummer voor ze op. Leonie toetst het voortvarend en vraagt het adres van het bedrijf. Op hun gemak rijden ze erheen, vol goede hoop, want die hebben ze nu eenmaal bijna altijd omdat die het leven fijner en interessanter maakt.

Hoop of niet, het mag weinig baten. De dame die hen bij het taxibedrijf te woord staat is zo dicht als een pot. Ze weigert ook maar enige informatie te geven over de ritten van de chauffeurs. Beroepsgeheim lijkt in haar steviger verankerd dan in artsen.

'Goed, dat moet de politie dan te zijner tijd maar uitzoeken,' zegt Job. 'Hopelijk staat ergens geregistreerd dat iemand op de dag van het ongeluk op Galgeveld een taxi heeft besteld en als we helemaal geluk hebben, heeft Verheul met een creditcard betaald.'

Leonie kijkt mismoedig.

'Geduld, kind, geduld, we zijn niet voor één gat te vangen.'

Een paar dagen later doet Verheul boodschappen in het winkelcentrum bij hem om de hoek. Ineens blijft hij staan. In de winkelende menigte heeft hij Leonie herkend. Ze loopt ontspannen achter een boodschappenkar waar enkele artikelen in liggen.

'Freek, wat een toeval,' speelt ze verrast als ze bijna tegen hem op botst.

'Toeval m'n zolen,' zegt Verheul.

'Ik dacht net aan je.'

'Zo, en waar kom je ineens vandaan?'

'Ik kom van het galgeveld,' zegt Leonie sinister.

Hij kijkt haar geïrriteerd aan.

'Nou ja, van tankstation Galgeveld, bij Breda.'

Verbeeldt ze het zich of wordt hij bleek om zijn neus? 'Ze hebben je daar gespot,' zegt ze en veegt wat roos van zijn jasje. 'De taxichauffeur kon zich jou nog precies herinneren.'

'Taxichauffeur? Wat een leugen. Ik heb helemaal geen taxi genomen. Een vrachtwagen... Ik ben nog nooit op dat galgeveld geweest.'

'Dank je wel Freek, voor je behulpzaamheid,' zegt Leonie. 'Een vrachtwagen dus.' Ze geeft hem een duw en loopt op een holletje de winkel uit. Daar staat Job met zijn auto met draaiende motor.

'Gelukt,' zegt ze achteloos. 'Ik wist dat ik hem zou kunnen overdonderen.'

'Doe dit je oude vader nooit meer aan,' zegt Job.

'Ach wat, ik zei het toch: In zo'n druk winkelcentrum, daar kan niks gebeuren.'

'Onlangs las ik in de krant dat een jongen van zeventien bij klaarlichte dag in zo'n winkelcentrum iemand aan het mes heeft geregen. Die Verheul had je ik weet niet wat kunnen aandoen als hij in paniek was geraakt.'

'Hij verbleekte. In twee etappes. Eerst toen ik Galgeveld noemde en nog erger toen hij besefte dat hij zich versprak,' zegt Leonie.

'De opname is prachtig gelukt,' zegt Job. 'Hoe heb je voor elkaar gekregen dat ik hem zo duidelijk kon verstaan?'

'Ik stond heel dicht bij hem. Ik veegde de roos van zijn jasje. Ik denk eigenlijk dat hij door dat fysieke gebaar even zijn concentratie verloor.' Ze graait in haar bh en haalt er het microfoontje uit dat Jacco haar heeft gegeven.

'Je bedwelmende nabijheid?'

'Werkt bijna zo goed als chloroform. Ik ben niet voor niks zowat psycholoog. Wat denk je, zou het voldoende zijn als bewijsmateriaal?'

'Dat denk ik niet, maar het is beslist een bruikbare aanwijzing.'

Job kan heel aardig Nederlands spreken met een zogenaamd Amerikaans accent, zodat je zou zweren dat hij een Amerikaan is die al enkele jaren in Nederland woont. Daar maakt hij gebruik van als hij twee dagen later Verheul opbelt. Hij maakt zich bekend als Henderson, de naam van iemand uit de Verenigde Staten die eerder in zijn leven een rol heeft gespeeld. Hij zegt tegen Verheul dat hij in de diamanthandel zit en graag eens wil komen om te kijken of ze zaken kunnen doen. En jawel, Verheul hapt. Ze maken een afspraak voor diezelfde middag.

Verheul laat Job binnen, maar voor hij de deur kan sluiten zet

Jacco, die wat opzij stond, er een voet tussen en dringen ook hij en Leonie de gang in.

'Ik heb twee compagnons meegebracht,' zegt Job achteloos. 'Geen bezwaar, hoop ik?'

Verheul is overrompeld, ruikt natuurlijk meteen onraad, maar krijgt geen kans iets anders te doen dan het drietal de huiskamer binnen te laten. Feitelijk wordt hij zelf die huiskamer binnengedreven. Jacco zet demonstratief een stoel voor de deur en gaat erop zitten.

'Wat moet dit?'

'Ga rustig zitten,' zegt Job, alsof hij de gastheer is. 'Ik zal u zeggen wie ik ben. Ik vertegenwoordig een grote levensverzekeringsmaatschappij in Texas.'

Hij overhandigt een speciaal voor de gelegenheid door Leonie vervaardigd visitekaartje.

'Een zekere Jean-Paul Sire, die een dubbele nationaliteit had, de Franse en de Amerikaanse,' gaat hij verder, 'was bij ons verzekerd. In zijn inboedel bevond zich een zeer kostbare diamant. Hij is omgekomen bij een auto-ongeluk waar u de hand in hebt gehad. We hebben mevrouw hier – hij wijst naar Leonie – ingeschakeld om een en ander op te helderen. Ze is verbonden aan Interpol, u hebt haar al enkele malen ontmoet, heb ik begrepen. Hoe dan ook, mijn maatschappij is verplicht het verzekerde bedrag uit te keren, ook al gaat het hoogstwaarschijnlijk om moord, maar we stellen u voor de kosten aansprakelijk.'

'Ik ontken iedere aansprakelijkheid,' zegt Verheul. 'En nu wens ik eerst mijn advocaat te bellen.'

Hij wil opstaan, maar Jacco is er meteen bij om hem terug te duwen in zijn stoel.

'Die advocaat, dat komt nog wel,' zegt Job. 'Ik geef u de keus. U aanvaardt de aansprakelijkheid en we treffen een regeling voor terugbetaling van het verzekerde bedrag aan mijn maatschappij, of als u dat niet doet, draagt mevrouw u over aan de Amsterdamse politie met al het bewijsmateriaal dat ze heeft verzameld.'

‘Ik heb de vrachtautochauffeur opgespoord,’ zegt Leonie met een stalen gezicht.

‘Ik wil dat u mijn huis onmiddellijk verlaat,’ snauwt Verheul.

‘Als u kiest voor optie twee, dan is het wellicht nog interessant voor u te weten dat wij er op zullen aandringen dat u wordt uitgeleverd aan de Verenigde Staten, naar Texas, om precies te zijn. Texas heeft nog de doodstraf, zoals u bekend zal zijn.’

‘Het was een ongeluk. Ik heb Sire niet willen ombrengen.’

‘Verklaar u nader,’ zegt Job.

‘Ik had de diamant gezien. De blauwe diamant. Benjamins had me eerder op de dag om advies gevraagd over de waarde ervan. Ik zag dat Sire hem opborg in een lapje dat hij in zijn rechterjaszak stak. Die avond laat, toen hij weg zou gaan, was ik er weer. Ik zag in gedachten hoe gemakkelijk het zou zijn om het zakje uit zijn jaszak te pakken als hij autoreed. De verleiding was te groot. In een impuls vroeg ik of ik mee kon rijden. De diamant pakken tijdens de rit was geen enkel probleem. Bij een benzinestation vroeg ik Sire te stoppen en me eruit te laten. Ik zei dat ik me had vergist, dat ik een afspraak was vergeten af te zeggen.’

‘U vergeet iets te vertellen,’ onderbreekt Leonie. ‘U had een flesje met een bedwelmend middel bij u. Chloroform? Aceton en bleekwater? Mij lijkt dat voorbedachte rade.’

Nieuwe schrik bij Verheul.

‘Het was niet mijn bedoeling dat hij zich dood zou rijden,’ zegt hij. ‘Ik dacht dat hij pas voorbij de grens slaperig zou worden, zou stoppen bij een parkeerplaats, door de Belgische politie zou worden gevonden, en dat hij dan zou denken dat iemand tijdens zijn slaap de diamant had ontvreemd.’

Even blijft het stil. De echo van de bekentenis sterft maar langzaam weg in het vertrek.

‘Dat was een hele bekentenis,’ zegt Job. Hij heeft zijn Amerikaanse accent afgelegd.

Verheul begrijpt. Het laatste restje kleur trekt weg uit zijn gezicht. ‘Microfoon?’

Leonie wijst op haar linkerborst. 'Dicht bij mijn hart.'

'En vertelt u nu maar aan de politie hoe u Benjamins hebt omgebracht,' zegt Job.

Ze bellen Thomas Godschalk, die een half uur later met een collega arriveert. Jacco haalt de recorder uit zijn rugzak en laat horen wat er is gezegd.

'Dit is onrechtmatig verkregen bewijs,' mompelt Verheul.

'Daar kunt u best gelijk aan hebben,' beaamt de inspecteur, 'maar het geeft ons zo veel aanwijzingen dat we de zaak nu zeker rond krijgen. Ik arresteer u opnieuw, nu op verdenking van moord op de heer Sire.'

Hij bedankt Job en Leonie uit de grond van zijn hart, omhelst Leonie zelfs, schudt ook Jacco de hand en samen met zijn maat voert hij de verdachte af.

Het autowrak wordt opnieuw en nu grondiger doorzocht. Er wordt een geopend colablikje aangetroffen, waarin zich sporen van chloroform bevinden en de afdruk van een pink van Verheul. De rechter geeft opdracht om de zevenhonderdvijftigduizend euro aan Zoë terug te geven, en erop toe te zien dat de diamant wordt overgedragen aan de erfgenaam van wijlen de heer Jean-Paul Sire.

21

Notaris Onderstal was zich ervan bewust dat zijn beroep door velen werd gezien als saai, ambtelijk, bureaucratisch. Daar was ook ontegenzeggelijk iets van waar. Een goed deel van zijn werk en van dat van zijn medewerkers bestond uit het opstellen van documenten, zoals eigendomscontracten van woningen, testamenten met successieberekeningen en renteregelingen, hypotheekakten, statuten voor verenigingen en stichtingen, en meer van het soort bijproducten van de bureaucratie waar de meeste mensen zich intuïtief van afkeren. Waar men minder vaak bij stilstond was dat notarissen nogal eens betrokken zijn bij zeer emotionele momenten in het leven van hun cliënten, bij echtscheidingen, bij faillissementen, ze krijgen nabestaanden op bezoek die komen horen hoe het zit met de erfenis, kortom, er komt ook emotie aan te pas.

Om de ware aard van mensen te leren kennen, is het notariaat geen slechte leerschool, dacht Maurits Onderstal. Hoe vaak hadden mensen hem geen kijkje gegund in de donkerste hoekjes van hun ziel, een blik op hun hebzucht, hun afkeer van een vroegere geliefde, hun onredelijkheid. Maar ook generositeit kwam hij tegen, hij constateerde bijvoorbeeld dat meer en meer mensen legaten nalieten aan goede doelen, vooral ten behoeve van het milieu en van de derde wereld.

Het heftigste moment tijdens zijn notariaat had hij meegemaakt – hoe lang was dat geleden, eind vorige eeuw alweer, wat vloog de tijd – toen een hele familie hem eendrachtig lichamelijk was aangevallen. Ze hadden om de tafel gezeten, hij met kandidaat-notaris Folkert Vreugdenhil die nu notaris was ergens in Gelderland, met de erven van Titus Markveld, een man die zijn hele leven had gependeld tussen de onder- en bovenwereld. Deze Markveld had zeer gedetailleerd vast laten leggen wie wat zou krijgen, niet alleen het motorjacht, de Mercedes en het zomerhuisje in Drenthe, ook de pendule, de gereedschapskist en de compressor. De verdeling viel de aanwezige zonen, dochters en schoonkinderen nogal tegen, want de nieuwe bezitter van het motorjacht haatte watersport, degene aan wie de Mercedes was toebedeeld had geen rijbewijs, en het huisje in Drenthe ging naar een dochter die veertien dagen later met haar man naar Australië zou emigreren. Hoe het zat met de kleinere voorwerpen wist notaris Onderstal zich niet meer te herinneren, maar de humor van de overledene werd niet op prijs gesteld, dat wist hij nog goed. Vervolgens had hij ook nog moeten voorlezen dat grote legaten naar een milieuorganisatie gingen (om boete te doen voor de vele energieslurpende apparaten die de overledene gedurende zijn leven in bezit had gehad, zo stond in een toelichting), naar een tehuis voor gevallen vrouwen (omdat hij veelvuldig aan de noodzaak van zo'n huis had bijgedragen) en naar de kerk (om zijn verblijf in het vagevuur te bekorten). Daarbij was Onderstal er niet in geslaagd om zijn gezicht in de professionele neutrale plooi te houden. Toen waren de erven in een zo hevige woede uitgebarsten dat ze eerst elkaar en daarna ook hem te lijf waren gegaan. De kandidaat-notaris had om hulp geroepen, andere medewerkers waren toegesneld en ten slotte was de rust teruggekeerd zonder inschakeling van de politie. Het had hem een verhaal opgeleverd waarmee hij nog steeds succes had op de sociëteit.

Onderstal neemt de agenda voor de komende week door. Bij zaterdag 6 oktober, dat is over vijf dagen, staat *Dossier Hazebrink, nr. D784531*. Wat is dat ook weer? Wekelijks passeert een menigte dossiers zijn bureau, hij kan het niet allemaal onthouden. Hazebrink, daar was iets bijzonders mee. Hij belt zijn secretaresse en vraagt haar het dossier op te diepen. Ach ja, nu hij het inziet staat het hem ineens weer helder voor de geest. Het gaat om de bankier Hazebrink, nu bijna drie jaar geleden overleden. Hij was een vermogend man geweest. Daar zat hij, in die fauteuil bij het raam, twee weken voor zijn plotselinge dood, het beeld doemt weer op. Hij sprak alsof hij een dagboek voorlas, alsof hij alleen in het vertrek was, en juffrouw Nur notuleerde uitvoerig, bijna woordelijk merkt de notaris. 'Ik sta bijna alleen in de wereld,' zei Hazebrink. 'Alleen een adoptiefzoon heb ik, verder niemand. Mijn vrouw is al vijf jaar geleden gestorven. Mijn ouders zijn er niet meer, broers of zusters heb ik nooit gehad, geen neven of nichten, geen enkele bloedverwant. Onlangs diende zich een jongeman bij me aan, Jonathan. Zonder enige inleiding zei hij dat ik zijn vader was, ik zou hem hebben verwekt bij een vrouw die Marleen heette. Ik had weinig tijd, ik heb hem weer weg laten gaan, maar het laat me niet los. Is het mogelijk dat ik een zoon heb? Misschien heb ik meer kinderen van wie ik geen weet heb, het zou kunnen. Ik heb in mijn leven af en toe een scheve schaats gereden. Niet met prostituees, daar heb ik nooit iets om gegeven, maar relaties, dat wel, meestal kortstondig, meestal heftig, meestal waardevol.

Ik besef dat er veel fraude wordt gepleegd in deze onvolmaakte wereld. Ik ben rijk. Iemand kan op het idee komen dat het aantrekkelijk is om mij als vader te hebben, ook al is dat dan een vader die nooit met zijn moeder getrouwd is geweest. Ik heb alleen een adoptiezoon, Jurgen. Die Jonathan had een sympathieke uitstraling, ik herkende zijn moeder in hem. Niets van mezelf op het eerste gezicht. Maar ik ga het uitzoeken. Als deze jongen mijn zoon blijkt te zijn, dan ga ik hem erkennen. Het kan me niet schelen als er schande van wordt gesproken. Zoals ik zei, familie heb ik niet. De familie van wijlen mijn echtgenote zal het misschien vervelend vinden, hoewel, mijn zwager en schoonzuster zijn ruimdenkende mensen. Maar intussen wil ik mijn testament veranderen. Mocht ik plotseling komen te overlijden, dan wil ik dat u uitzoekt of deze Jonathan werkelijk mijn zoon is, en ik wil dat u mogelijke andere natuurlijke kinderen die ik zou kunnen hebben verwekt de kans geeft zich te melden. Neemt u daar maximaal drie jaar de tijd voor. Ik wil dus dat mijn erfenis gedurende drie jaar na mijn dood niet wordt uitgekeerd. Daarna gaat het vermogen naar Jurgen of wordt het eventueel gelijkelijk verdeeld tussen hem en die Jonathan en eventueel anderen die hebben aangetoond dat ze mijn nazaten zijn. Ik zal u binnenkort meer gegevens over deze Jonathan geven. Daar moet ik nog achterheen gaan.'

Notaris Onderstal bestudeert het dossier zorgvuldig en constateert dat dat laatste nooit is gebeurd en dat hij na het plotselinge overlijden van Theodoor Hazebrink zo kort na het aanpassen van het testament een poging heeft gedaan om de genoemde Jonathan op te sporen. Maar hij had geen clou. Wat moet je met de namen Jonathan en Marleen, als achternamen ontbreken? Vervolgens heeft hij een advertentie in enkele bladen laten zetten waarin mogelijke natuurlijke kinderen van de overledene zich bij hem konden melden. Daar is geen respons op gekomen. Een notarieel bericht, in kleine lettertjes, wie leest dat? Jurgen Hazebrink heeft gesputterd over de drie jaar die hij moest wachten, maar daar heeft de notaris natuurlijk geen boodschap aan gehad. Nu is zaterdag de deadline. Moet hij van de week nog een keer adverteren? Heeft dat zin? Hij ziet er niets in. Hij heeft aan zijn verplichtingen voldaan en hij besluit ervan af te zien. Vandaag over een week zal hij de erfgenaam laten weten dat hij over het vermogen kan beschikken.

De volgende dag, dinsdag, vertelt Zuleika Nur, de secretaresse van notaris Onderstal, haar baas dat ze een afspraak voor hem heeft gemaakt met een zekere meneer Reders. 'Hij komt vanmiddag om twee uur.'

'Wie is meneer Reders? Waar gaat het over?'

'Hij had een persoonlijke zaak met u te bespreken.'

Als Job met de notaris kennis heeft gemaakt en de gebruikelijke plichtplegingen zijn uitgewisseld, kijkt Onderstal hem verwachtingsvol aan.

'U wilt de reden van mijn bezoek weten.'

De notaris knikt.

'Dit weekend heb ik een gesprek gehad met de weduwe van de diamantair Benjamins, die enige tijd geleden is vermoord.'

'Daar heb ik over gelezen.'

'Meneer Benjamins was een zwager van een cliënt van u, wijlen de heer Hazebrink.'

'Hé, dat is sterk,' laat de notaris zich ontvallen. 'Ik heb net gisteren het dossier van de heer Hazebrink in handen gehad.'

'Want u beheert nog steeds – of laat beheren – de erfenis van de bankier, is het niet? Dat vertelde mevrouw Benjamins me.'

'Normaal gesproken praat ik niet met derden over de aangelegenheden van mijn cliënten, meneer Reders. Maar in dit geval zit er een openbaar aspect aan de zaak waar ik dus mededeling over kan doen. Maar vertelt u me eerst waar uw interesse uit voortkomt.'

'Ik wil graag weten, in verband met de moord op Isaac Benjamins, die ik onderzoek, waarom Hazebrink junior nog steeds niet kan beschikken over de erfenis van zijn vader.'

'Bent u van de politie? Ik zie op uw visitekaartje dat u bioloog bent, verbonden aan het bedrijf McManner.'

'Ik ben niet van de politie, maar ik interesseer me voor deze zaak in verband met de belangen van een vriendin van me.'

En opnieuw zegt notaris Onderstal: 'Ik zou u nooit antwoord geven op uw vraag over mijn cliënt, ware het niet dat er het openbare aspect aan kleeft dat ik noemde.'

Hij belt zijn secretaresse en vraagt haar dossier nr. D784531 nogmaals te brengen. Hij haalt er de kopie van de advertentie uit en overhandigt die aan Job.

Er staat: *Personen die er aanspraak op maken een natuurlijk kind te zijn van wijlen Theodoor Hazebrink wordt verzocht zich bekend te maken bij notaris M.J. Onderstal te Amsterdam*, waarna het adres volgt.

Job leest het, herleest het, en vraagt dan wat de betekenis is van het bericht.

'Dat kan ik u wel zeggen. Mijn cliënt, de heer Hazebrink, heeft in zijn testament bepaald dat eventuele natuurlijke kinderen van hem delen in de erfenis, als ze zich althans binnen drie jaar na zijn overlijden bekend maken en aantonen dat ze inderdaad een natuurlijk kind van de overledene zijn.'

‘Zijn daar reacties op gekomen?’

‘Geen enkele, meneer Reders. Meneer Hazebrink had een Jonathan genoemd, maar ook van hem heb ik niets vernomen.’

‘Wie leest zo’n onopvallend berichtje?’

‘Ik heb voldaan aan wat ik als mijn wettelijke plicht zag,’ zegt Onderstal een tikje kribbig.

‘Ik weet wie die Jonathan is. Jonathan Warnsveld, zoon van Marleen Warnsveld, ook overleden.’

‘Marleen, dat doet een belletje rinkelen. Kunt u deze Jonathan Warnsveld vragen zich bij mij te melden? Er zit enige haast achter, want zaterdag is de deadline.’

‘Zaterdag? Aanstaande zaterdag? Zo vlug al? Dat zal ik zeker doen. Hoe moet hij aantonen dat Theodoor Hazebrink zijn vader was?’

‘Dat is mijn zaak niet, meneer Reders. Ik zal er alleen op toezien dat het bewijs wettig en overtuigend is.’

Nog op de stoep van het notariskantoor belt Job naar Leonie. Ze neemt niet op. Dan stuurt hij een sms’je: *bel me onmiddellijk*. Enkele minuten later trilt zijn telefoon.

‘Wat is er? Is alles goed? Ik ben uit mijn college gelopen.’

‘Ja, alles goed. Maar ik heb een spoedbericht.’

‘Het is je geraden dat het echt spoed is,’ zegt Leonie. ‘Ik zat op de tweede rij bij professor Dankevoorde die een college staat te geven over psychotherapeutische methodieken. Er zat honderd man achter me, die me allemaal zagen opstaan. Ik heb er nog een rood hoofd van. Dankevoorde keek maximaal misprijzend.’

‘Stil nou maar. Het is belangrijk.’

Job vertelt in het kort wat hij van de notaris heeft gehoord. ‘Jonathan heeft dus tot zaterdag de tijd om aan te tonen dat de bankier Theodoor Hazebrink zijn vader was. Als hem dat lukt, wordt hij rijk,’ besluit hij. ‘Belangrijk genoeg?’

‘Ruim voldoende,’ zegt Leonie genadiglijk. ‘Ik bel hem en daarna bel ik jou. Tot zo.’

Enkele ogenblikken later meldt ze zich alweer.

'Jonathan is thuis. Ik heb hem gezegd dat ik op weg naar hem ben en dat zijn oren zullen tuiten van het nieuws dat ik breng.'

'Fijn,' zegt Job, 'want ik moet nu eerst beslist naar McManner. Maar vanavond ben ik thuis. Hou me op de hoogte.'

Jonathan heeft met open mond geluisterd naar wat Leonie hem vertelde.

'Dus Hazebrink heeft mij wel degelijk serieus genomen. Hij heeft zelfs zijn testament voor mij aangepast.' Hij slikt zichtbaar. 'En als ik voor zaterdag kan bewijzen dat hij mijn natuurlijke vader was, dan ben ik...' Hij grinnikt, maar het klinkt niet helemaal echt: '... miljonair?'

'Ik weet niet om hoeveel geld het precies gaat, maar daar schijnt het wel zo'n beetje op neer te komen.'

'Hoe bewijs ik dat?'

'DNA,' antwoordt Leonie deskundig. 'We gaan jouw DNA vergelijken met dat van je vader en dan is het bewijs onomstotelijk geleverd.'

'Hoe kom ik aan het DNA van Theodoor Hazebrink?'

'O, we zoeken een familielid. Familieleden hebben voor een groot deel hetzelfde DNA. De Benjaminsen zijn familie. Daar zijn we zondag nog geweest. Kom op, ik ga met je mee.'

'Geweldig dat je me zo helpt.'

'Natuurlijk.'

Nicole Benjamins is verrast dat Leonie alweer op de stoep staat. Ze laat de jongelui binnen en luistert naar wat ze te zeggen hebben.

'Helaas,' zegt ze. 'Van bloedverwantschap is geen sprake. Wel met de vrouw van Theodoor, zij was een zuster van mijn man.'

'Dat is ook zo, dom van me,' zegt Leonie. 'Moeten we dan het lichaam laten opgraven?'

'Theodoor is gecremeerd.'

'Ai. De as, zou daar nog DNA in zitten?'

'De as is verstrooid.'

Dat moeten ze even verwerken.

'Het is als volgt gegaan,' vertelt mevrouw Benjamins. 'Mijn zwager is plotseling ziek geworden. Hij is met spoed in het ziekenhuis opgenomen en twee dagen later was hij dood. Hartproblemen. Jurgen was niet te vinden. Het land uit, zonder achterlating van een adres, althans wij konden hem niet opsporen. Het was oktober, een herfstvakantie misschien. Het is nog geprobeerd via de Wereldomroep, geloof ik. Toen hebben Isaac en ik de beslissingen maar genomen. We meenden te weten dat Theodoor gecremeerd wilde worden. De as is later aan Jurgen gegeven, toen hij na drie weken opdook, en hij heeft gekozen voor verstrooiing. De band tussen hem en zijn adoptievader was nooit geweldig, het kon hem allemaal weinig schelen.'

'Had meneer Hazebrink nog andere familieleden, ik bedoel echte bloedverwanten?'

'Nee. Dat wil zeggen, ik geloof dat er een achternicht woont in Gouda. Wacht, ik zoek het op.'

Ze verdwijnt naar boven en komt terug met een naam en adres: Corry van Lenteren, Koning Willem III-laan in Gouda. Ik heb ook een telefoonnummer.'

'Fijn, dank u,' zegt Jonathan. Hij noteert de gegevens.

'Nog iets, mevrouw,' vraagt Leonie. 'Hebt u misschien nog een kledingstuk van uw zwager? Een jas die hij ooit heeft laten hangen, of zoiets? Ik heb van mijn vader gehoord dat er schilfers huid of misschien een haar of zo op kunnen zitten die ook na jaren bruikbaar zijn voor het bepalen van het DNA.'

Mevrouw Benjamins denkt na, schudt dan haar hoofd.

'Nee, heb ik niet. Jullie hebben meer kans bij Jurgen. Probeer dat eens.'

'Dat doen we. En anders gaan we naar Gouda.'

Jurgen Hazebrink, dat wordt natuurlijk niks. Leonie houdt zich weg, ze wil niet dat Jurgen haar herkent. Jonathan belt aan op de

Weteringschans. Jurgen doet open, maar voordat Jonathan iets heeft kunnen zeggen, snauwt hij: 'Donder op, bedrieger. Je bent mijn broer niet.'

'Ik wou vragen...'

De deur wordt voor zijn neus dichtgeslagen. Nee, van deze eventuele adoptiehalfbroer hoeft Jonathan geen hulp te verwachten.

'Wat doen we,' zegt Leonie, 'bellen we de achternicht?'

'Wil je me nog steeds helpen?'

'Natuurlijk help ik zoeken. Als je dat wilt.'

'Ik vind het fantastisch.'

Ze bellen Corry van Lenteren, die zeer oud klinkt en er geen touw aan vast lijkt te kunnen knopen.

'Theodoor Hazebrink? Ja, dat moet nog familie van me zijn. Wat zeg je? Is hij dood? Nee, dat wist ik niet. Bloedverwant? Hoezo?'

'Dit krijgen we door de telefoon niet uitgelegd,' zegt Leonie. 'We zullen erheen moeten.'

Ze hoopt dat tot mevrouw Van Lenteren doordringt dat ze straks op bezoek komen. Ze maakt niet graag een vergeefse tocht naar Gouda, maar ach, de vrouw die ze aan de telefoon had wekte niet de indruk dat ze op het punt staat een wedstrijd van de Goudse Boys te gaan bijwonen.

'Hoe laat gaat er een trein naar Gouda?'

Ze zoeken het uit. Ze kunnen nog net die van 17.55 uur halen vanaf Centraal, die hen om 18.44 in Gouda brengt. In Gouda nemen ze een taxi, zodat ze iets na zeven uur bij mevrouw Van Lenteren voor de deur staan.

Ze is thuis, maar toch is de reis vergeefs. De achternicht is diep in de tachtig, slecht ter been, dat is voor hun probleem tot daaraantoe, met haar gehoor is het ook niet best meer, dat is al lastiger, maar ze is vooral behoorlijk in de war en traag. Met moeite maken ze haar duidelijk waar het om gaat. Met nog meer moeite wordt haar de familierelatie uit de doeken gedaan, en daarna rest hun niets anders dan te constateren dat er ook hier een aangetrouwde schakel tussen zit, zodat van bloedverwantschap ook hier geen sprake is.

Terug op het station in Gouda eten ze een broodje en houden beraad.

'Ik ga naar huis,' besluit Leonie. 'Mijn vader heeft intussen waarschijnlijk ook nagedacht. Misschien ziet hij een uitweg. Morgenochtend bel ik je op. We hebben weinig tijd te verliezen. Ben je thuis morgenochtend?'

Jonathan blijkt een afspraak te hebben bij een klant die zit met een voorwereldlijke dwarsfluit, maar hij belooft die te zullen afzeggen. Hij neemt een trein naar Amsterdam. Leonie gaat rechtstreeks naar Amersfoort.

Job haalt haar van het station. Ze vertelt van hun tot dusverre weinig geslaagde missie.

'Tja,' zegt Job. 'Daar moeten we eens even over nadenken.'

Om tien uur zitten ze nog in de tuin, bij het licht van een lantaarn, want de avond is onwaarschijnlijk mild voor de tijd van het jaar en ze vergeten naar binnen te gaan.

'Misschien is er de volgende mogelijkheid,' peinst Job. 'Onze bankier woonde ergens. Dat huis zal zijn verkocht en de notaris weet natuurlijk aan wie. Hij moet toestemming hebben gegeven en de financiële transactie hebben verricht. In zo'n woning moeten zelfs na drie jaar nog resten van een vroegere bewoner te vinden zijn. In een kast, een bloedspoortje op een beitel waaraan hij zich heeft bezeerd, zoiets. Morgenochtend bel ik de notaris om te vragen om welk huis het gaat, en om hem te vragen of hij eventueel aanwezig wil zijn bij het zoeken naar sporen. Want hoe bewijs je dat zo'n bloedvlek van Theodoor Hazebrink is en niet van iemand anders?'

'Als we DNA zouden aantreffen dat verwant is aan dat van Jonathan, dan zal een rechter toch te overtuigen zijn,' denkt Leonie.

'Ik hoop het. Maar minstens op voorwaarde dat iemand als de notaris kan getuigen dat wij niet wat bloed van een andere verwante van Jonathan hebben aangebracht. Dat bedoel ik.'

De volgende morgen belt Job de heer Onderstal en legt het probleem voor. De notaris zoekt op dat het huis aan de Prinsengracht stond en is verkocht aan een grote aannemer, W.G.L. Sparendam.

En als ze toestemming krijgen er te gaan zoeken, is hij zeker bereid aanwezig te zijn bij een sporenonderzoek.

'We stellen dat bijzonder op prijs, meneer Onderstal. Weet u, zaterdag is de deadline, hebt u gezegd. Kunt u die niet verschuiven? Het is zo kort dag.'

'Helaas, meneer Reders. Dat is niet mogelijk. Het enige waartoe ik bereid ben is om u nog de hele zaterdag te geven. Hazebrink is omstreeks het middaguur overleden, heb ik in de stukken gezien. Ik rek de termijn op tot het eind van de dag, dus tot zondagmorgen nul nul uur. Meer kan ik niet doen. Ik wens de heer Jonathan Warnsveld veel succes.'

Twee uur later staan Jonathan en Leonie op de stoep van het huis aan de Prinsengracht. Mevrouw Sparendam doet open. Ze leggen uit waar het om gaat.

'We zouden u graag ter wille zijn,' zegt mevrouw Sparendam. 'Maar mijn man is aannemer, weet u. Voor we in het huis trokken is alles vernieuwd. Kasten, lambriseringen, behang, vloeren, alles. Het is ondenkbaar dat er ook maar het geringste spoortje van een vorige bewoner zou zijn achtergebleven. Het spijt me.'

Ze slenteren besluiteloos naar het Rokin. Ook deze dag is weer aangenaam warm.

'Wat nu?' zegt Leonie, in strijd met haar natuur een beetje uit het veld geslagen. 'De uren tikken weg. Het is al woensdagmiddag.'

22

Ze zijn bij de Dam gearriveerd als Leonies mobiel rinkelt. Het is Wies. Of ze eraan gedacht heeft dat ze haar morgenochtend naar het ziekenhuis zou brengen voor de zoveelste controle van haar knie. Autorijden gaat nog steeds niet goed met dat rotgewricht. Leonies hoofd staat er absoluut niet naar. Maar ze wil haar moeder niet teleurstellen. Goed, morgenochtend om half negen zal ze haar ophalen. Jonathan stelt voor ergens iets te gaan drinken en de zaken op een rijtje te zetten. Als ze aan het Damrak een café hebben gevonden, pijnigen ze hun hersens. Hoe komen ze te weten of Theodoor Hazebrink nog meer familieleden had? Of is er iemand te vinden die nog een oude jas van de bankier aan de kapstok heeft hangen? Wie kan hen helpen?

'De bank,' suggereert Jonathan.

'Goed idee. Bellen of erheen?'

'Het is hier niet ver vandaan en het is pas kwart over vier.'

'Erheen dus. Kom op.'

Ze betalen en springen in een tram die hen bij het kantoor van wijlen Hazebrink brengt. Jonathan weet het te vinden, hij is er eerder geweest. 'Had ik toen maar iets van hem meegenomen,' zegt hij. 'Had ik hem maar om een haarlok gevraagd.'

Leonie lacht. 'Daar zou hij van hebben staan te kijken,' zegt ze. 'Pappie, ik weet niet zeker of je mijn pappie bent, maar mag ik toch een haarlok om in een medaillon om mijn hals te dragen?'

'Hij was volgens mij best ijdel,' zegt Jonathan. 'IJdele mensen hebben geen gevoel voor proporties. Hij zou het vast niet gek hebben gevonden. Daar is het trouwens. Laten we opschieten, het is al zowat half vijf.'

Bij de receptie vragen ze wie de secretaresse van Theodoor Hazebrink is geweest. De receptioniste kijkt niet erg coöperatief, maar vertelt toch dat dat Angela Marsman was en dat ze nog steeds bij de bank werkt, niet voor de directeur maar als directiesecretaresse voor de Raad van Bestuur.

'We hebben geen afspraak, maar misschien mogen we toch even inbreken,' zegt Leonie. 'Zou u zo vriendelijk willen zijn mevrouw Marsman te vragen of wij haar tien minuten mogen storen? Het gaat over iets wat te maken heeft met uw vroegere directeur, meneer Hazebrink.'

De receptioniste is een nee-zegster. Ze heeft weinig argumenten, maar het kan gewoon niet, zegt ze. Als ze daaraan zou beginnen... 'Regels zijn regels.'

'Wat is de regel?' vraagt Leonie.

'De regel is dat u een afspraak moet maken.'

'Wilt u echt niet even bellen? Het zou toch kunnen dat mevrouw Marsman tien minuten overheeft vandaag?'

'Nee, het spijt me.'

'Op welke verdieping werkt ze?'

'Dat gaat u niets aan.'

'Vindt u het dan goed dat we hier in die twee stoelen gaan zitten wachten tot Angela Marsman klaar is met werken?'

Daar kan de receptioniste niets tegen inbrengen.

'En wilt u dan zo vriendelijk zijn haar even aan te wijzen als ze langsloopt?' Leonies beleefdheid begint angstwekkende vormen aan te nemen.

De receptioniste wil nee zeggen, zoals haar karakter haar nu eenmaal ingeeft, maar het lukt niet. Ze maakt een soort beweging die lijkt op een knik. Leonie en Jonathan gaan zitten. In stilte wachten ze. Het wordt vijf uur. Het wordt kwart over vijf. Het wordt half zes. Jonathan begint het erg bezwaarlijk te vinden dat Leonie zo veel tijd aan zijn probleem besteedt. Leonie loopt naar de receptioniste. 'Weet u zeker dat Angela Marsman vandaag op kantoor is?'

'Ja, en daar komt ze net aan.' De receptioniste wijst op de grijze dame die uit de lift stapt. Angela ziet er moe uit, maar wel tot in de puntjes verzorgd. Donkere pumps, grijze rok, paarse blazer en een bijpassende paarse strik onder haar kin.

Leonie staat al bij haar. 'Mevrouw Marsman?'

'Dat ben ik, ja.'

'Ik ben Leonie Reders. Dit is Jonathan Warnsveld. Zouden wij u heel even mogen storen om iets over uw vroegere baas te vragen?'

'Vraag maar.'

Leonie kijkt naar de receptioniste. Ze vindt het niet nodig dat die alles hoort. Daarom stelt ze mevrouw Marsman voor iets te gaan drinken in het café tegenover het bankgebouw. Ze bidt in stilte dat de oude secretaresse mee zal willen werken. Die kijkt even verbaasd, maar blijkbaar vindt ze Jonathan en Leonie er niet onbetrouwbaar uitzien of ze is toe aan een drankje, want dan knikt ze bedachtzaam.

In het café leggen Jonathan en Leonie uit waar het om gaat. Angela knikt dat ze het heeft begrepen. 'Jullie hebben dus een kledingstuk van Theodoor nodig.'

'Of een tandenborstel, of een handdoek...'

'Over zulke intieme zaken van meneer Hazebrink beschik ik niet. Ik heb alleen een beeldje dat ik ooit van hem heb gekregen, maar ik weet bijna zeker dat hij het zelf nooit in handen heeft gehad. Toen ik het kreeg – dat was toen ik vijfentwintig jaar voor hem had gewerkt – was het professioneel ingepakt, een kunst die Theodoor beslist niet beheerste. En bovendien is het een glad bronzen beeldje, niet iets waar DNA aan zal blijven hangen, hoogstens een vingerafdruk.'

'Hebt u echt niets anders meer van hem? Een sjaal die hij heeft laten hangen? Een koffiebeker die hij gebruikte?'

Ze schudt haar hoofd. 'Het spijt me.'

'Had hij misschien vrienden die we zouden kunnen raadplegen?'

Weer schudt ze haar hoofd. 'Theodoor was geen man die ergens zijn sjaal liet hangen.'

Leonie geeft Angela haar telefoonnummer. 'Voor als u nog iets te binnen schiet. Maar haast heeft het wel.'

‘Kent u misschien bloedverwanten van meneer Hazebrink?’ vraagt Jonathan nog. ‘Of weet u of hij bloedverwanten had?’

‘Ik weet dat hij bijna geen familie had. Toen zijn vrouw overleed heb ik de rouwkaarten voor hem verzorgd. Ik herinner me dat we het er toen over hebben gehad hoe klein de familie was. Zijn vrouw had een broer.’

‘Ja, dat weten we,’ zegt Leonie snel. Ze wil geen tijd meer verliezen. ‘Mevrouw Marsman, alstublieft, als u zich ook maar iets herinnert...’

‘Dan bel ik direct. Het spijt me dat ik jullie niet kan helpen.’

Ze weten het niet meer. Het lijkt of de tijdsdruk het nog moeilijker maakt om iets te bedenken. Er is geen rust om de problemen waar ze tegenop lopen te laten bezinken. Ook ’s avonds als Leonie thuis met Job voor de zoveelste keer aan het brainstormen is, komen ze op niet één nuttige gedachte. ‘Het was een volle dag,’ zegt Job, ‘laten we maar gaan slapen. Je zult zien, morgen weten we ineens hoe we de zaak moeten aanpakken.’

‘Morgen is het al donderdag,’ zegt Leonie somber.

‘In drie dagen heeft God de halve wereld geschapen,’ zegt Job.

‘Ja ja, dat zal wel.’

‘Kom, naar bed. Je zult zien, de dag van morgen brengt ons een idee.’

De volgende dag zit Leonie al vroeg met Wies in het ziekenhuis. Ze is er volstrekt niet voor in de stemming. De tijd hijgt in haar nek. Daarom spot ze met het feit dat het ziekenhuis is ingedeeld in gekleurde zones. Dermatologie is geel, chirurgie rood, orthopedie bruin. Op de grond zijn gekleurde lijnen getekend die je volgen moet om de juiste afdeling te bereiken. ‘Alsof we imbecielen zijn,’ zegt Leonie.

‘Ik vind het best handig,’ zegt haar moeder.

Gelukkig duurt de controle van de knie kort en kunnen ze weer vertrekken. Eerst nog even een nieuwe afspraak maken bij de afsprakenbalie. Vóór hen is een oude mevrouw aan de beurt. Ze is waarschijnlijk doof want ze praat hard. 'Ik heb een afspraak,' zegt ze, 'maar ik snap niet waar.'

'Laat uw afsprakenkaart eens zien,' toetert de juffrouw over de balie heen in haar oor.

De vrouw laat een kaart zien.

'Nefrologie. Dat is blauw. Als u de blauwe lijnen volgt, komt u er vanzelf.'

'Blauw? Ik begrijp het niet. Ik moet helemaal niet naar nefrologie, ik moet naar de nierdokter.'

'Blauw is voor nieren. U zit helemaal goed. Nefrologie is voor nieren. Volg de blauwe lijnen en u komt er. Gegarandeerd.'

Het dametje druipt af. Leonie ziet haar naar de gekleurde strepen op de vloer turen. Wies maakt een nieuwe afspraak. In Leonies oren gonst de zin van de balieassistente nog na. Blauw is voor nieren. Waarom blauw? Zijn nieren blauw? Nieren zijn paarsig, of misschien bruinig. Wat is er dan blauw? Ogen zijn blauw. En diamanten. Het blauwe oog. O nee, de blauwe tweeling. Ze denkt aan mevrouw Benjamins. *Een wonderlijk idee*, had ze gezegd. *Een wonderlijk idee dat een deel van Jean-Paul nog in mij leeft*. En dan breekt het licht door. 'De organen van Theodoor Hazebrink,' schreeuwt ze over de parkeerplaats waar ze inmiddels lopen.

'Waar heb je het over?' zegt Wies.

'We moeten zijn organen vinden. Zijn hart. Zijn lever. Zijn longen. Vóór zaterdag.'

Wies kijkt haar dochter aan alsof die gek is geworden, maar Leonie heeft haar mobiel al in haar hand.

'Vader,' zegt ze opgewonden in het apparaat. 'De blauwe tweeling. Blauwe strepen op de grond in het ziekenhuis, blauw voor nieren. Ik weet waar we DNA van Theodoor kunnen vinden. In zijn organen. Hij had toch gezegd dat hij zijn organen wilde afstaan na zijn dood? We moeten onmiddellijk te weten komen wie nu ademt met zijn longen en wie liefheeft met zijn hart.'

Job is snel van begrip. 'En ik heb een idee hoe we daar achter kunnen komen,' zegt hij. 'Je bent briljant.'

Leonie brengt haar verbluftte moeder zo snel mogelijk thuis. Onderweg naar haar vader belt Job al. 'Ik heb een vriend,' zegt hij. 'Zijn naam is Casper van Diggelen. Hij is internist in de Lichtenberg, hier in Amersfoort. Ik heb hem gebeld en gevraagd wie er iets af weet van transplantaties en hij heeft me de naam gegeven van een van zijn collega's hier in het ziekenhuis, een nefroloog, dat is...'

'Jaja, een nierendokter,' zegt Leonie.

'Jee, dat je dat weet. Ik heb gezegd dat we die man absoluut vandaag nog moeten spreken. Van Diggelen heeft zijn best voor ons gedaan. De nefroloog, een zekere Schelling, kan ons om half twaalf ontvangen. Kom vlug naar huis, dan gaan we er samen heen.'

'Ik ben er al bijna,' zegt Leonie.

De nefroloog is een rustige man die ondanks zijn volle agenda alle tijd neemt voor zijn gasten. 'Waarmee kan ik u helpen?' vraagt hij.

'Erg vriendelijk van u dat we zo snel mochten komen,' zegt Job. 'Het gaat om het volgende: als iemand een donorcodicil heeft...'

'Dat bestaat niet meer. Wie na zijn dood organen wil afstaan, staat geregistreerd.'

'Goed, als iemand geregistreerd staat om te doneren, is het dan mogelijk te weten te komen wie zijn organen heeft gekregen?'

'Hoe bedoelt u?'

'Hoe komen wij erachter wie de organen van een bepaalde overleden man in zijn lichaam heeft?'

'Daar komt u niet achter.'

'En als het om een noodgeval gaat?'

'Wat voor noodgeval kan dat zijn?'

Job denkt snel na. Als hij vertelt dat het om een erfenis gaat, zal deze arts die reden wellicht niet goed genoeg vinden. 'Stel,' zegt hij daarom, 'stel dat ontdekt wordt dat de donor een ziekte had. Een ernstige ziekte die pas ontdekt wordt als de transplantatie van zijn organen al heeft plaatsgevonden. Dan kan het belangrijk zijn dat de mensen die een orgaan van hem gekregen hebben dat te weten komen, waar of niet waar?'

'Waar.'

'Zou u me in zo'n geval de namen geven van degenen die de organen hebben ontvangen?'

'Als ik de arts was van de donor, had ik die namen niet.'

'Maar iemand moet ze hebben.'

'Natuurlijk. Alle gegevens, zowel van de donoren als van de ontvangers, liggen bij Eurotransplant in Leiden. Daar wordt, zodra een geregistreerde patiënt op het punt staat te sterven, bekeken of degene die boven aan de wachtlijst staat in aanmerking komt voor de organen van deze patiënt. Als dat zo is, wordt deze persoon opgebeld en moet hij zo snel mogelijk naar een van de ziekenhuizen komen waar transplantaties worden verricht. En anders wordt gekeken naar wie volgt op de lijst. Een speciaal uitnameteam verwijdert de organen van de donor zodra die is overleden en vervoert ze naar een van deze zeven ziekenhuizen in Nederland. Daar wordt het orgaan geïmplanteerd. In theorie coördineert Eurotransplant dit hele proces vanuit Leiden, maar in de praktijk komt het erop neer dat de transplantatiemanager in het ziekenhuis dat doet.'

'U bent transplantatiemanager hier in Amersfoort?'

'Dat ben ik. In feite ben ik hoofd van de transplantatiemanagers hier. Maar als er hier een donor sterft, bemoei ik me niet met degene die het orgaan ontvangt. Vertel me eens – meneer Reders was het? – meneer Reders, wat is dat voor verontrustend verhaal over die ziekte die een bepaalde donor gehad zou hebben?'

'Een hypothetisch geval. Maar wat zou u in dat hypothetische geval doen?'

'Ik zou Eurotransplant bellen en vragen wat er met de organen van patiënt X gebeurd is. Daar zouden ze me de juiste informatie geven en dan zou ik contact opnemen met de arts die de ontvangers heeft geopereerd.'

'Zouden ze u bij Eurotransplant zomaar die gegevens geven? Is dat zo gemakkelijk?'

'Nou ja, ze kennen me daar natuurlijk. Die gegevens worden echt niet zomaar vrijgegeven.'

'Ach ja natuurlijk, ze kennen u. Niet iedereen krijgt die informatie zomaar mee.'

Schelling kijkt op zijn horloge. 'Ik moet helaas naar mijn spreekuur,' zegt hij. 'Bent u een boek aan het schrijven of zoiets?'

'Zoiets,' zegt Leonie. Ze bedanken de nefroloog hartelijk en vertrekken. Ze hollen door de gangen van het ziekenhuis.

Binnen tien minuten zijn ze thuis en heeft Leonie de computer aanstaan. Eurotransplant in Leiden, het telefoonnummer vindt ze in een ommezien.

'En nu gaan we oefenen,' zegt ze tegen Job. 'Net zolang totdat jij precies zo praat als die Schelling. Probeer dat zachte in je stem te leggen, ja, zo is het goed, iets arroganter, zacht maar toch arrogant, je bent arts, je gaat over leven en dood, dat moeten we aan je stem horen.' Ze praat op haar vader in op een indringende toon, heel precies aanwijzingen gevend totdat hij het naar haar zin goed genoeg doet.

Job pakt de telefoon.

'Wacht!' roept Leonie en controleert of hun telefoonnummer door de gebelde gezien kan worden. Ze schakelt die mogelijkheid uit. 'Nu,' zegt ze. 'Toe maar.'

Job schraapt zijn keel en belt Eurotransplant. Hij maakt zich bekend als Schelling uit De Lichtenberg en zegt dat hij met spoed informatie nodig heeft over de organen van een bepaalde patiënt. 'Rustiger praten,' fluistert Leonie als Job even moet wachten. 'Denk aan de juiste dosis arrogantie.'

Job wordt doorverbonden, noemt opnieuw zijn voor de gelegenheid geleende naam en zegt weer dat hij informatie nodig heeft over de organen van een zekere Theodoor Hazebrink die drie jaar geleden is overleden.

'Welke datum precies?'

Ai, dat weet hij natuurlijk niet. 'Marit,' roept Job de kamer in, 'geef me de status van Hazebrink eens aan.'

Leonie gaat op haar handen zitten van de zenuwen. Dan schiet haar te binnen dat het zaterdag drie jaar geleden moet zijn. 'Vijf of zes oktober,' fluistert ze.

'Het spijt me,' zegt Job na enige tijd in de telefoon. 'Mijn assistente heeft de status net weer opgeborgen. Het moet vijf of zes oktober zijn, drie jaar geleden. Kunt u het met hulp hiervan vinden? Er is haast bij, ik moet de ontvangers van zijn organen onderzoeken. Het kan zijn dat een erfelijke ziekte van Hazebrink een gevaar gaat opleveren voor deze mensen.' Job kletst maar wat, hij hoopt dat het niet al te onwaarschijnlijk overkomt.

Intussen is de dame van Eurotransplant blijkbaar al aan het zoeken. 'Wat een nare toestand,' zegt ze, 'enige tijd geleden heeft dokter Goudfazant er ook al over gebeld.'

'Goudfazant? Wat wilde die weten?' vraagt Job.

'Precies hetzelfde als u. Misschien is het verstandig als u contact met hem opneemt.'

'Dat zal ik zeker doen. Waar zit hij ook weer?'

'Ik ken hem zelf niet, maar hier staat dat hij in het Tergooi in Hilversum werkt.'

'Dank u, ik neem meteen contact met hem op,' zegt Job. 'Hebt u de informatie over Hazebrink al gevonden?'

'Ja. Helaas konden alleen zijn nieren worden getransplanteerd. Hij is overleden aan een hartinfarct, maar dat weet u natuurlijk. Zijn longen waren slecht omdat hij veel te veel rookte. Zijn lever was ook niet gezond. Zijn hoornvliezen had hij zelf uitgesloten van transplantatie. Huid wilde hij blijkbaar ook niet. Eeuwig zonde, vooral van die longen, er zitten zo veel mensen op longen te wachten. U als nefroloog realiseert zich dat misschien niet, maar het is schrijnend dat een paar nieuwe longen voor bijvoorbeeld mensen met taaislijmziekte vaak te laat komt. In bed lig ik er vaak over te denken. Ik zou willen dat we meer mensen konden overtuigen om zich te laten registreren. We zouden zo veel mensenlevens kunnen redden.'

'Ik ben het volkomen met u eens,' zegt Job. 'Al die prima organen die zomaar de verbrandingsoven of de grond in gaan. Ongelooflijk zonde. Maar Hazebrinks nieren zijn getransplanteerd, zegt u?'

'Ja, zijn nieren zijn getransplanteerd. Een in Utrecht, een in Rotterdam.'

'En de namen van de patiënten?'

'Heb ik. Ik zal ze u mailen.'

Job denkt pijlsnel na. Dat moet hij niet hebben. 'Geef maar mondeling door,' zegt hij, 'ik heb geen tijd om naar mijn mail te kijken en om het u eerlijk te zeggen, ik ben daar ook niet zo'n ster in. En mijn assistente is naar de kelder om de status van Hazebrink op te halen.'

'Prima. Hebt u een pen?'

En Job noteert twee namen, twee geboortedata, twee adressen. Een in Schiedam, de andere in Dalfsen, althans daar woonden de ontvangers ten tijde van de operaties. 'U wordt reuze bedankt,' zegt Job.

'Dag dokter Schelling.'

Job legt neer. Leonie zit met een rood hoofd naar hem te kijken. 'Erg arrogant klonk je niet, maar je hebt ze,' zegt ze. 'Denk je dat een van die twee bereid is voor zaterdag wat DNA van zijn nier af te staan voor onderzoek?'

'Kleine kans,' zegt Job. 'Misschien als er een stevige vergoeding tegenover staat. De ingreep zal overigens niet zoveel voorstellen, denk ik. Al heb je er natuurlijk wel een arts voor nodig. Maar weet je waar een van de ontvangers woont? In Dalfsen! Frank van Haeringen heet hij.'

'Dalfsen? Daar zijn we pas geweest.'

'Juist. En dat is me iets té toevallig.'

Leonie stort zich op de computer en heeft het verhaal na enkele minuten gevonden.

'Frank van Haeringen,' leest ze voor. 'Ongelooflijk. Verbrand in een groot paasvuur. Eerst gedood met een kogel door het hoofd, browning 9 mm. Vrouw en zoon. Geen enkel spoor. Politie tast in het duister. Die nier kun je op je buik schrijven. Niks van over.'

'Wonderlijk verhaal. Meteen maar naar Dalfsen?' vraagt Job.

'Ik heb mijn schoenen al aan. Maar laten we eerst even bellen.'

Loes van Haeringen in Dalfsen treurt om haar man Frank. Haar verdriet wordt erger, niet minder. De tijd heelt de wonden met horten en stoten. Bij de hectiek van de crematie, de brieven die moesten worden beantwoord, de goedwillende vrienden die langskwamen met opbeurende woorden en uitnodigingen voor concerten ter afleiding, toen ging het nog. Daarna kwam het zwarte gat, de leegte, eenzaamheid. Ze heeft veel steun aan haar zoon Gijs, maar ze wil ook over Gijs kunnen praten met de enige die net zoveel van hem heeft gehouden als zij.

Ze heeft lange huilbuien, niet als een stortbui maar als doormiezerende motregen. Uren kan ze zachtjes huilen, een en al wanhoop. Ze weet zich goed te houden als Gijs in de buurt is, maar als hij in bed ligt en de avondlijke uren een tunnel zijn zonder licht aan het eind, dan vloeien de tranen, geruisloos, uitzichtloos.

De collega's op het werk zijn allerliefst. Ze noemen Frank geregeld, ze sturen haar naar huis als het weer even te veel is, haar kamergenoot zet af en toe een vaasje bloemen op haar bureau, ze doen echt wat ze kunnen. Maar wat kun je weinig als iemand een zo intens verdriet heeft. 'Ik moet erdoorheen,' zegt ze soms. 'Ik kom erdoorheen.' Maar ze voelt dat het nog lang gaat duren.

Een week of zes na Franks dood belde er een man op die zei dat hij nieuws had over de moord en of hij langs mocht komen. Ze had geantwoord dat hij beter naar de politie kon gaan, maar hij had aangedrongen en ten slotte had ze een afspraak gemaakt. Het was afschuwelijk geweest. Hij had een naar voren stekende, natte onderlip, zijn haren zaten geplakt op een schedel waarvan je tussen die haren door kon zien dat hij spierwit was, veel witter dan het onbehaarde deel van zijn hoofd. En hij staarde, hij staarde haar aan. Al gauw werd duidelijk dat hij een ziekelijke gluiperd was, iemand die een kick kreeg van het verdriet van anderen. Ze had hem al direct bij de deur weg moeten sturen, maar ze had thee voor hem gemaakt, waardoor het nog moeilijker werd van hem af te komen. Hij boorde pinnen in haar kwetsbare gedachten en zoog verlekkerd het verdriet op dat uit de wonden sijpelde. Hij wist niets van de moord, dat bleek later toen ze de politie op zijn spoor had gezet. Hij was een gestoorde die genoot van ellende.

Als de telefoon gaat en weer iemand zegt dat hij zich bezighoudt met de moord op haar man, smijt ze de hoorn dan ook meteen op de haak, zodat Job een venijnig tuut tuut tuut in zijn oren krijgt.

'Dat viel niet goed,' zegt hij tegen Leonie.

'We gaan er toch maar heen,' vindt ze.

Onderweg bedenken ze een manier om Loes van Haeringen te spreken te krijgen. Nu maar hopen dat de zoon niet te oud is. Dalfsen is vrij klein. Het is dan ook niet moeilijk om uit te vinden waar Gijs naar school gaat. Ze lopen het gebouw in. De klaslokalen hebben ramen naar buiten en naar de gang. Ook vinden ze iemand die hem door een van die ramen kan aanwijzen. Ze krijgen te horen dat hij te voet naar huis gaat, want hij woont vlak bij de school. Ze hebben al deze informatie net op tijd verzameld. Als de school uitgaat, zorgt Leonie dat ze vlak voor Gijs loopt en dan laat ze een spiegeltje uit haar zak glijden.

'Je verliest wat,' roept Gijs.

Hij raapt het spiegeltje op en reikt het haar aan.

'Dank je wel,' zegt Leonie met haar charmantste glimlach. 'Attent van je. Ik ben erg gehecht aan dit spiegeltje, het is nog van mijn oma geweest.'

'O ja?'

'Ja, een schat van een oma. Helaas, ze is vorig jaar overleden. Ik ben Leonie Reders. Hoe heet jij?'

'Gijs van Haeringen.'

Ze geven elkaar een hand.

'Van Haeringen? Is jouw vader... Ik heb het in de krant gelezen. Wat vreselijk.'

Gijs knikt.

'Gaat het weer een beetje met jou en je moeder?'

‘Kon beter.’

‘Mijn vader is iemand die misdadigers opspoort. Ik help hem soms een beetje.’

‘Een detective?’

‘Ja, een detective. Hij heeft ook al hard nagedacht over de moord op je vader.’

‘Goh.’

‘Ja, en hij wou het er eigenlijk eens met je moeder over hebben, maar hij aarzelt, want hij vraagt zich af of ze dat wel wil. Of ze de zaak niet liever wil laten rusten. Ze zal het er best moeilijk mee hebben.’

‘Jawel, maar ík wil héél graag weten wie het heeft gedaan en waarom. Hè, loop even mee. We wonen daar om de hoek.’

Een uurtje later vindt Leonie haar vader terug in het afgesproken cafeetje. ‘Fluitje van een cent,’ zegt ze. ‘Loes van Haeringen is diep in de rouw, maar ze is aardig en toen ik haar iets heb verteld over wat wij samen zoal hebben gedaan, werd ze heel toegankelijk. En die Gijs is geweldig, lief voor zijn moeder en stoer tegen mij. Zijn vader leed al jaren aan een ernstige ziekte waardoor zijn nieren op den duur helemaal niet meer functioneerden en hij aan de dialyse moest. Tweeënhalf jaar voor zijn dood heeft Frank een donornier gekregen. Het was een zegen voor hem en zijn gezin. Hun leven is er compleet door veranderd. Natuurlijk was hij niet helemaal patiënt-af, maar het verschil tussen geen nier en een nier van een ander was toch het verschil tussen een drama en een overkomelijk probleem. Denk jij wat ik denk, vader?’

‘Ongetwijfeld,’ zegt Job somber.

‘Hoe heet de patiënt die de andere nier van Hazebrink heeft gekregen?’

‘R.B.S. Nijenheim.’

Leonie kijkt haar vader aan. ‘Uit Schiedam toch?’

‘Inderdaad.’

‘Kom, we gaan naar huis en zoeken uit of we deze R.B.S. Nijenheim kunnen opsporen.’

23

Donderdag, de zon staat al laag. Wat vliegt zo'n week, als je niet wilt dat hij vliegt. Leonie zoekt naar een R.B.S. Nijenheim in Schiedam en vindt hem niet. In Schiedam is niemand met die naam geregistreerd. Job telefoneert intussen met Manon, die hij de laatste tijd ernstig heeft verwaarloosd.

'Ik vind hem niet,' roept Leonie.

Dan zullen we erheen moeten, gebaart Job door naar iets verafs te wijzen. Hij wil het gesprek met Manon niet afbreken, maar de tijd dringt. Intussen propt Leonie een paar krentenbollen in een zak en wast twee appels. Dan gaat zíj staan gebaren, dat het afgelopen moet zijn met het gebabbel.

'Ik moet gaan,' zegt Job. 'Slaap lekker straks. Ik zie je dit weekend.'

Routeplanners zijn een geweldige uitvinding. Ze hebben dan ook geen enkel probleem om het adres in Schiedam te vinden dat ze van Eurotransplant hebben gekregen. Wel is de lage zon hinderlijk. Als ze in Schiedam aankomen, is hij net onder, maar echt donker is het nog niet. Toch brandt er al licht in het huis waar ze moeten zijn. Mooi. Waarschijnlijk is er dus iemand thuis. Ze bellen aan. Een blondine met een felrode mond, en ogen waar ook veel tijd aan is besteed, doet open. Die ogen kijken vragend naar het voor haar onbekende tweetal.

'Sorry dat we u op dit uur storen,' zegt Job. 'Ik ben Job Reders en dit is mijn dochter Leonie. We zijn op zoek naar meneer R.B.S. Nijenheim.'

'O, die woont hier niet meer. Al heel lang niet meer.'

'Weet u wat zijn nieuwe adres is?'

De blondine keert zich om en roept de gang in: 'Willem, waar is Nijenheim ook weer heen gegaan? In het begin stuurden we nog weleens wat post na.'

Blijkbaar komt er antwoord, want ze horen de vrouw zeggen 'o ja' en dan tegen hen: 'Hij moet nu in Haamstede wonen. In Zeeland. Sorry, ik heb nogal haast, we moeten zo weg.'

'Dank u wel.'

Ze lopen terug naar de auto maar rijden niet meteen weg. Een poosje zitten ze zwijgend naast elkaar.

'Dat iemand zo door en door verrot kan zijn,' fluistert Leonie dan.

'Er zijn mensen zonder enige vorm van geweten,' mompelt Job. 'Hoe heette die vrouw?'

'Mathilde Jonker.'

'Het zal haar meisjesnaam zijn. Heb je haar telefoonnummer?'

'Nee, maar wel van die Cunera.'

Ze belt het en krijgt het nummer van Mathilde. Vervolgens belt ze die.

'Met Leonie Reders, weet je nog? We hebben elkaar getroffen bij Cunera. Ik was daar met mijn moeder.' – 'Ja, een foute knie. Je hebt me toen verteld over de vreselijke dingen die je man zijn overkomen. Mijn vader en ik piekeren daar soms nog over.' – 'Ik bel je omdat ik graag wil weten hoe je man heette.'

Job kan niet horen wat Mathilde antwoordt.

'Dat vertel ik je binnenkort. Ik heb nu even weinig tijd.' – 'Roderick hoe?' – 'Roderick Nijenheim?' – 'En zijn voorletters?' – 'Dank je wel.'

Op de routeplanner heeft Job *thuis* ingetoetst. De auto rijdt als vanzelf de goede kant op. Een tijdje zeggen ze niets, vader en dochter. Hun hersens zetten wat ze te weten zijn gekomen op een rijtje.

'De stukken vallen op hun plaats,' zegt Job.

Leonie knikt. Ze zoekt een snoepje in het handschoenenvak en peutert het papiertje er voor haar vader af. Zelf neemt ze er ook een.

'Drie jaar geleden,' zegt Job, 'hoorde Jurgen Hazebrink van notaris Onderstal dat hij op de erfenis van zijn stiefvader moest wachten, omdat eventuele natuurlijke kinderen van die stiefvader zich moesten kunnen melden en erin mee zouden delen. Ik denk dat Jurgen zich daar in het begin weinig zorgen over heeft gemaakt. Hij leefde er lekker op los, in de verwachting dat hij over afzienbare tijd miljonair zou zijn. Maar wat is er daarna gebeurd? Van lieverlee raakte zijn spaargeld natuurlijk op.'

'En wie kwam toen ineens aanbellen?'

'Juist. Op een gegeven moment komt een zekere Jonathan Warnsveld langs, die beweert de zoon te zijn van de overleden bankier. Jurgen wordt ongerust. Maar, denkt hij, het zal gelukkig niet eenvoudig zijn voor die Jonathan om te bewijzen dat hij de natuurlijke zoon van Theodoor Hazebrink is. Dat gaat via DNA, weet hij.'

'Hoera, denkt hij misschien aanvankelijk, de as van adoptievader is verstrooid.'

'Precies. En zijn eigen DNA kan geen uitsluitsel geven, want hij is geen bloedverwant.'

'Maar dan bedenkt hij: Ai, vader heeft zijn nieren gedoneerd. Die leven voort, en daarmee zijn DNA. En dus besluit de gewetenloze...'

'... dat de twee mensen die de nieren hebben ontvangen moeten sterven en dat de nieren moeten worden vernietigd. Hij denkt dat hij dat vrijwel zonder risico kan doen, want hoe moet de politie ooit verband leggen tussen hem en de moorden?'

'Hij komt erachter wie de organen hebben ontvangen, zoals ook wij dat te weten zijn gekomen.'

'Hij doet zich voor als dokter Goudfazant die de mevrouw van Eurotransplant noemde.'

'Dat zou best kunnen. Hoe dan ook, als je genoeg tijd hebt, vind je een manier.'

'Bijvoorbeeld doordat in plaatselijke kranten wordt bericht over de succesvolle transplantatie van een dorpsgenoot,' zegt Leonie.

'Er is achter te komen. Hazebrink logeert een tijdje in een hotel in Dalfsen en in Zierikzee om de gangen van zijn slachtoffers na te gaan. Hij schiet zijn slachtoffers eerst dood en dan vernietigt hij de organen. Een tijd lang gaat alles goed, geen enkel spoor wijst in zijn richting.'

'Waarom heeft hij niet liever Jonathan omgebracht?' vraagt Leonie zich af.

'Te link,' vermoedt Job. 'Het verband tussen hem en Jonathan kon te makkelijk worden gelegd door de politie.'

'Dat zal het zijn. Oké. Maar dan komt het moment waarop Verheul gearresteerd wordt op verdenking van moord op Benjamins.'

Job knikt. 'En dat verontrust Jurgen Hazebrink. Misschien heeft hij vanuit de hotelletjes getelefoneerd met Verheul. Dat lijkt me zelfs waarschijnlijk, ze hadden geregeld contact. Mobieltjes kunnen gemakkelijker worden afgeluisterd dan vaste telefoonlijnen, nietwaar, dus gebruikte hij liever die laatste. Ik raad maar wat, zoiets zou kunnen. Hij is bang dat de politie nazoekt met wie Verheul de laatste maanden heeft gebeld.'

'En de politie zou weleens nummers kunnen tegenkomen die horen bij hotels in Dalfsen en Zierikzee. En dan zouden ze weleens kunnen gaan zoeken in de hotelregisters.'

'Daar moeten ze niet op hem stuiten, bedenkt Hazebrink.'

'Hij zal toch wel een valse naam hebben gebruikt?' zegt Leonie.

'Misschien tweemaal dezelfde valse naam? Ik weet het niet. Hoe dan ook, hij wil zijn aanwezigheid uit de bestanden gewist hebben. Vandaar zijn schijnbaar zinloze tochten naar Dalfsen en Zierikzee. Wat denk je, zou het zo ongeveer zijn gegaan?'

'Ik denk dat we dicht bij de waarheid zitten,' zegt Leonie. 'Maar hoe bewijzen we dat?'

Ze zijn geen robots. Het vermoeden dat bij hen beiden al was gerezen na hun bezoek aan Dalfsen, is met een schok zekerheid geworden toen ze het woord Haamstede hoorden uit de mond van de Schiedamse in de Van Eeckelendwarsstraat. Kortgeleden hebben ze een andere moordenaar ontmaskerd, Verheul. Maar daarbij konden ze zich iets voorstellen. Daar ontbrak de voorbedachte rade, althans een lang voorbedachte rade. Daar was het de plotselinge hebzucht die had toegeslagen. Wat Hazebrink heeft gedaan is nog zoveel schokkender: een combinatie van hebzucht en koelbloedige moordzucht, en van een seriemoordenaar met een obsessie. Ondanks de nuchtere analyse zijn ze van slag. Als ze thuis zijn duikt Leonie meteen in haar boeken om na te gaan of dat vaker is voorgekomen, die combinatie van hebzucht en bloeddorst. Want het is toch zeldzaam hebzuchtig als je twee moorden pleegt om niet een halve maar een hele erfenis te krijgen. En het is zeldzaam bloeddorstig als je je slachtoffer niet alleen neerschiet, maar daarna ook nog afslacht.

Natuurlijk is het vaker voorgekomen, alles komt voor.

'Deze man moet voorgoed van de straat,' zegt Job.

'Ik las net ergens dat de combinatie hebzucht en totale gewetenloosheid tegenover slachtoffers vaak gepaard gaat met sluwheid,' zegt Leonie. 'Stel dat hij de moorden heeft uitgevoerd zonder dat iemand er iets van heeft gezien. Geen getuigen. Stel hij staat voor de rechter. Jacco getuigt dat Hazebrink een kort nachtje in Dalfsen heeft doorgebracht. Dan vraagt de rechter wat hij dat korte nachtje in Dalfsen ging doen. Hazebrink zegt dat hij zin had in een autoritje. Hoe het komt dat zijn gegevens uit het register zijn gewist? Geen idee. Computerfoutje?'

'Het motief is torenhoog,' zegt Job. 'Zijn gedrag is zeer verdacht. Dat telt allemaal mee. Maar een sluitend bewijs, je hebt gelijk, dat is er niet.'

'Als bewezen kan worden, echt bewezen, dat hij de moordenaar is van de mannen met de gedoneerde nieren, erft hij dan toch?'

'Dat zou best kunnen. Ik weet het eigenlijk niet. Wellicht erft hij niet als hij zijn stiefvader had omgebracht, met het doel om te erven. Maar dat lijkt niet het geval te zijn. En als hij erft, kan hij zich een dure advocaat veroorloven.'

Leonie slaat een arm om de nek van haar vader. 'Ik moet even iemand aanraken die ik vertrouw. Ik ben misselijk, lichamelijk misselijk van de gedachte aan zo'n moordenaar, wil je dat geloven.'

'Ja, bij mij voelt het ook niet goed.'

Het wordt laat. De kansen voor Jonathan worden klein, beseffen ze.

'Zou Jonathan toch nog gevaar lopen?' vraagt Leonie zich af. 'Die Hazebrink is kennelijk tot alles in staat. Als hij vermoedt dat Jonathan in de komende twee dagen nog kan aantonen dat hij van bankier Hazebrink afstamt, dan zou hij niet schromen ook hem alsnog om te brengen.'

Jobs hoofd schudt langzaam heen en weer. Als hij nadenkt is zijn hoofd altijd in beweging. 'Je hebt gelijk, die man staat voor niets. Maar waarom zou hij zo'n risico nemen? Anderzijds, hij zou roekelozer kunnen worden omdat de deadline nadert. Misschien is hij bang voor juridische foefjes of zo. Of...'

'Of wat?'

'Of moeten we Hazebrink op de een of andere manier laten denken dat Jonathan het bewijs heeft? Moeten we een aanslag uitlokken?'

'Job Reders toch!' zegt Leonie streng, maar de gedachte neemt haar meteen in zijn greep.

Ze mogen Jonathan natuurlijk niet in gevaar brengen. Hoewel, ze zouden het in zijn eigen belang doen. Zijn belang? Nog steeds is niet aangetoond dat hij de zoon is van de bankier.

'Hoe laat is het?'

'Elf uur.'

'Zou Jacco al slapen?' vraagt Job zich af.

'Hoezo?'

'We denken verkeerd. Jurgen Hazebrink heeft er niets aan als hij Jonathan ombrengt. Als die geen DNA van zijn vader vindt, is zijn dood overbodig, want dan krijgt Jurgen toch wel de hele erfenis. Als hij het wel op tijd vindt, gaat een deel van de erfenis waarschijnlijk naar zijn erfgenamen. Neven, nichten, weet ik veel. Nee, Jonathan hoeft niet dood. Degene die het DNA van de vader vindt, moet dood. En wie is dat? Dat ben ik.'

'O nee,' roept Leonie, die meteen begrijpt wat Job van plan is.

'Dat ga je niet doen.'

'We gaan rustig nadenken over een plan. Een plan dat ook jouw goedkeuring moet hebben. Een veilig plan.'

'Ja ja, dat ken ik,' zegt Leonie. 'Je gaat jezelf als lokaas inzetten. Schietschijf voor Jurgen Hazebrink, van beroep moordenaar.'

'Zover zijn we nog niet. Eerst Jacco bellen,' zegt Job. 'Het wordt later en later. Waar zou hij zijn, bij Chantal in Amsterdam of thuis in Rotterdam?'

'Geen idee. Bel zijn 06-nummer.'

'Eerst Rotterdam proberen.'

En ja, Jacco neemt op.

'Met Job. Nog niet in bed?'

'Nee, wat dacht je. Ik zit naar een film te kijken die ik bij de videotheek heb gehaald.'

'Een documentaire over het verheven gedachtegoed van Tibetaanse priesters, neem ik aan?'

'Bijna goed,' zegt Jacco. 'Het zijn priesteressen.'

'Gekleed in hoog gesloten, fraai geborduurde gewaden?'

'Zeer zeker. Die hangen nu op prachtige kleerhangers.'

'Zou je de film willen uitzetten, in je ouwe Chevrolet stappen en naar Amersfoort komen?'

'Ah, zo ken ik je weer, een nachtelijke kraak. Moet ik mijn dievenlantaarn meebrengen?'

'Jacco, het gaat om iets ernstigs. Je kunt bij ons slapen. Vannacht bedenken we een plan dat we morgen gaan uitvoeren. Akkoord?'

'Ik ben er over een uur.'

Leonie heeft het begrepen, al hoorde ze de antwoorden van Jacco niet. 'Ik zal een bed voor hem opmaken,' zegt ze. 'Zat hij naar een pornofilm te kijken?'

Job knikt.

Als Leonie terug is, overtuigt Job haar ervan dat ze het plan met Jacco laten rusten tot hij er is en zich tot die tijd concentreren op de vraag of er niet toch nog ergens DNA van Hazebrink senior te vinden is. Job komt er eindelijk toe een fles wijn te ontkurken en dan laat Leonie haar gedachten de vrije loop.

'Laten we ons inleven in bankier Theodoor Hazebrink. Hij heeft een succesvolle carrière, een tamelijk chagrijnige vrouw en ze zijn kinderloos. Ze adopteren een jochie van twee, Jurgen. Waar komt hij vandaan? Weten we niet. Wij weten intussen wel dat het jochie niet deugt, maar zijn de adoptieouders daar achter gekomen?'

'Ze moeten toch wel iets gemerkt hebben van het karakter van Jurgen. Hij is handig met computers, zoals zo veel kinderen, hij interesseert zich voor edelstenen, voor juwelen (neem ik aan, gezien zijn contacten met Verheul), hij gaat uit huis.'

'Wat voor opleiding heeft hij gehad?'

'Geen idee,' zegt Job. 'Intussen vertoont het huwelijk van Theodoor en zijn vrouw scheurtjes. Althans, Theodoor gaat af en toe vreemd. Niet naar de hoeren, hij heeft affaires, waarschijnlijk kortstondige.'

'Had mevrouw Hazebrink daar enig idee van?'

'Weten we ook niet. Een jaar of vijf geleden is ze overleden. Wat weten we wel van haar?'

'Dat ze een jaloers typje was, want ze kon het niet hebben dat de vrouw van haar broer een nier kreeg van een ouwe aanbidder, meneer Sire.'

'Een beetje mager om haar met niet meer dan dat te reconstrueren, maar goed.'

Leonie knikt en Job vervolgt: 'Theodoor Hazebrink was een romanticus. Als Jonathan hem komt vertellen dat hij wellicht een natuurlijke zoon van hem is, is zijn eerste reactie die van de zakenman Hazebrink: *dat moeten we dan eerst maar eens zien*. Maar vervolgens bouwt de romanticus luchtkastelen: *stel dat het waar is*. Dat gaat zo ver dat hij zijn testament aanpast.'

'Net op tijd, zo blijkt, want zijn hart geeft het op.'

'Ja, net op tijd. En nu vraag ik je: waar was de romanticus Theodoor al die tijd na de dood van zijn vrouw?'

'Hij is een paar jaar weduwnaar geweest. Heeft hij al die tijd zitten treuren?'

‘Zie jij dat voor je? Ik niet,’ zegt Job.

‘Hij heeft vast opnieuw een relatie gehad.’

‘Waarom weten we daar niets van? Als hij een relatie had, dan hoefde hij die toch niet geheim te houden?’ vindt Leonie. ‘Misschien een jaartje, voor de buitenwacht, als treurende weduwnaar. Uit eerbetoon aan zijn overleden vrouw. Maar daarna?’

‘Reders en Reders,’ vraagt Job. ‘Gaan we daar achterheen?’

‘Wie kunnen we bellen?’

‘We kunnen niemand meer bellen op dit uur,’ vindt Job. ‘Maar er achterheen gaan we. Goed bedacht. Psychologie is best een nuttig vak, al met al.’

Om kwart over twaalf arriveert Jacco, als altijd luidruchtig. Goed dat Job en Leonie in een vrijstaand huis wonen. Er wordt bier uit de koelkast gehaald. Jacco barst meteen los over zijn belevenissen van de afgelopen dagen, beseft dan toch dat ze hem daarvoor niet na middernacht hebben gevraagd naar Amersfoort te komen, staakt zijn woordenstroom en kijkt Job verwachtingsvol aan.

Die vertelt kort wat ze te weten zijn gekomen over Jurgen Hazebrink en de moorden in Dalfsen en Haamstede.

‘Godsamme,’ zegt Jacco. ‘Ik heb heel wat criminelen voorbij zien komen in mijn deugdzame leven, maar hier sta ik toch van te kijken.’

‘Deze man moet voorgoed achter de deur,’ zegt Job.

Jacco knikt. ‘Niet genoeg bewijs, hè?’

‘Zo is het. We gaan een valletje bedenken.’

Er komen heel wat ideeën langs, die vervolgens weer worden verworpen. De klok tikt door. Het aantal lege bierflesjes neemt toe.

‘Stel dat Jurgen het volgende bericht krijgt,’ zegt Job. ‘Morgenmiddag om twee uur – nou ja, vanmiddag om precies te zijn – gaat Reders, de gozer die je wel kent, die je zo achter de vodden zit, vanaf het kantoor van notaris Onderstal naar Apeldoorn, naar McManner, het farmaceutische bedrijf waar hij werkt, met in zijn tas een flesje. In dat flesje zit genetisch materiaal van je adoptievader Hazebrink.

Want de notaris heeft natuurlijk, toen het testament werd opgemaakt, netjes wat genetisch materiaal van de bankier bewaard, voor het geval zich een natuurlijk kind zou melden. Nu heeft zich inderdaad iemand gemeld, een zekere Jonathan Warnsveld, welbekend bij u, meneer Hazebrink, zodat de notaris verplicht is om zijn DNA te laten vergelijken met dat wat hij in de koelkast had staan. Wie kan dat voor hem doen? De geneticus Reders, die een mooi laboratorium tot zijn beschikking heeft bij McManner. Stel dat Jurgen zo'n bericht krijgt. Wat doet hij dan?'

'De notaris had het DNA toch niet bewaard?' vraagt Jacco.

Leonie tikt zachtjes op Jacco's knie. 'Nee, sukkie, maar we kunnen toch doen alsof.'

'Ah. Maar hoe zou Jurgen dat bericht moeten krijgen? Ik bedoel, hoe moet hij het krijgen op zo'n manier dat hij het gelooft?'

'Dat weet ik nog niet, maar stel dat hij het krijgt en gelooft. Wat doet hij dan?'

'Dan slaat hij die meneer Reders desnoods de hersens in om het flesje te pakken te krijgen,' zegt Jacco. 'Zo zeker als twee keer twee vier is.'

'Precies. En dat vinden wij dan niet goed.'

Leonie vindt het meteen een slecht plan, tenzij de dochter van die geneticus Reders het genetische materiaal vervoert. Jacco vindt het een puike gedachte, met dien verstande: alleen als *hij* met dat flesje op stap gaat.

'We laten even in het midden wie de vervoersdiensten verricht,' zegt Job, 'en concentreren ons op de vraag hoe Hazebrink het bericht kan ontvangen. Wat denk je, Jacco, kun je iets met die Van Spangen of Berkelaar?'

'Hazebrink woont in hetzelfde huis als Berkelaar.'

'Van Spangen deed in schiettuig, is het niet?'

'In Dalfsen is een kogel gevonden,' zegt Leonie. 'Is het denkbaar dat Van Spangen het pistool heeft geleverd aan Hazebrink? Is die gedachte bruikbaar? Het was een browning 9 mm. Dat heb ik op internet gelezen.'

‘Dat zou zomaar kunnen,’ vindt Jacco.

Er komen geen echt vruchtbare gedachten meer boven. De vermoeidheid begint toe te slaan. Ze gaan slapen, maar Job kondigt aan dat zijn wekker op zeven uur zal staan en dat hij de anderen niet lang daarna zal wekken. Er wacht een drukke dag, voorspelt hij.

‘Ben jij een ochtenddoucher?’ vraagt hij aan Jacco.

‘Althans geen avonddoucher.’

Vijf minuten later is het stil in huis.

24

Als Job de volgende ochtend de keuken binnenstapt, staat Jacco met een schort voor eieren te bakken. Leonie maakt thee en is bezig borden op de keukentafel te zetten. Ze waren eerder op dan hijzelf, er zit onrust in die lijven. Er wordt nauwelijks een woord gewisseld, niet ongebruikelijk voor avondmensen in de vroege ochtend.

'Suiker?'

'Nee, dank je.'

Jacco haalt zijn neus op. Te hard, vinden de beide anderen, maar ze beheersen zich. Ze eten de eieren, die Jacco tot Jobs vreugde dubbel heeft gebakken zonder het geel stuk te maken.

'Wat eerst,' vraagt Job, 'de val voor Hazebrink of het DNA van zijn adoptievader?'

Van de drie stroomt bij Leonie deze ochtend het bloed het vlotst door de aderen. Een eitje, een ontbijtje, ze komt weer op gang. Terwijl de mannen nog zwijgend in hun thee roeren of daar nu suiker in zit of niet, vat ze samen hoe ver ze de vorige avond zijn gekomen. Jurgen Hazebrink moet een bericht krijgen van iemand, misschien Berkelaar, misschien Van Spangen. Wat voor bericht? De notaris heeft DNA bewaard, geeft dat mee aan Job, die gaat dat laten onderzoeken bij McManner. Punt. Dat is het deel *uitlokken van actie bij Jurgen Hazebrink.*

Verder moeten ze zoeken naar een voormalige maîtresse van de oude Hazebrink, een kleerborstel van hem te pakken krijgen, en dan echt naar McManner.

'Vinden van het DNA heeft de meeste haast,' besluit ze. 'Gisteren zeiden we tegen elkaar dat Theodoor Hazebrink vriendinnen moet hebben gehad. Marleen Warnsveld was er een van, een kortstondige. De vrouw van Hazebrink heeft bij zijn schoonzuster en zwager in woede geroepen dat haar man wel tien nieren zou kunnen gebruiken als hij al zijn vriendinnen er een zou willen schenken.'

'Hoe sporen wij die vriendinnen op?' zegt Job.

'Hm, dat klinkt als een klusje voor mij,' zegt Jacco.

'Jonathan en ik hebben de secretaresse van Theodoor gisteren ontmoet,' zegt Leonie tegen Jacco. 'Ik had niet de indruk dat zij zelf bij die vriendinnenclub hoorde, ze was wat stijfjes en misschien ook te oud, maar het kan best zijn dat ze er wel iets van weet. Secretaresses zijn volgens mij vaak beter op de hoogte dan echtgenotes.'

'Gaan we haar bellen?' vraagt Jacco.

'Natuurlijk,' zegt Job.

Leonie zegt peinzend: 'Die mevrouw Marsman, de secretaresse van bankier Hazebrink dus, beweerde dat haar baas niet het type was om ergens een jas te laten hangen. Over minnaressen heeft ze helemaal niets gezegd.'

'Nee, vanzelf niet,' zegt Jacco en slaat zijn ogen naar het plafond alsof dit de domste opmerking is die iemand kon maken.

'Maar misschien,' zegt Job, 'wordt ze mededeelzamer als ze hoort dat het gaat om moord.'

'Dan is het toch beter als ik daar weer mee aan de slag ga,' zegt Leonie. 'Ik hoop dat ik langs die nee-zegster achter de balie kom.' Ze grijpt de telefoon. Ze belt de bank van de overleden Hazebrink en wordt zonder protest van de receptioniste doorverbonden met Angela Marsman. De telefoon heeft macht. Hij breekt in waar dat fysiek lastig zou zijn. Het helpt ook dat ze een autoritaire stem opzet en doet alsof ze bij een advocatenkantoor werkt. Misschien ook zit er vandaag een ander achter de balie.

'Mevrouw Marsman, u spreekt met Leonie Reders, we hebben elkaar gisteren gesproken.'

'Jazeker. Ik herinner me uw naam.'

'Gisteren vroegen we u, Jonathan Warnsveld en ik, of u iets bezit waar we nog DNA van de heer Hazebrink op zouden kunnen vinden. Ik heb u toen niet verteld dat er een verband is tussen het overlijden van de heer Hazebrink en een nog niet opgeloste moordzaak. En dat we vermoeden dat zijn zoon erbij is betrokken.'

Angela Marsman laat niet merken of ze geschokt is door het bericht. 'Ik heb je al gezegd dat ik geen voorwerp bezit waar DNA van de heer Hazebrink aan kan zitten.'

'Er is maar één manier om de man van wie vermoed wordt dat hij de moord heeft gepleegd te kunnen aanwijzen, en daarvoor is DNA van de heer Hazebrink nodig. Zijn zoon kunnen we nu juist niet om hulp vragen, omdat hij waarschijnlijk een rol heeft gespeeld in de zaak. Nou weten we dat de heer Hazebrink meerdere vriendinnen heeft gehad. Ook toen zijn vrouw nog leefde. En het is natuurlijk best mogelijk dat een van die vriendinnen wél nog een jas of trui van haar vroegere vriend heeft. We weten niet met wíé de heer Hazebrink een relatie heeft gehad. Daar hebben we u gisteren niet naar gevraagd, omdat we ervan uitgaan dat u iemand bent die niet over privézaken van haar voormalige werkgever uit de school klapt. Maar omdat het zo belangrijk is – de moordenaar loopt tenslotte nog vrij rond en kan nog meer misdaden begaan – hopen we en verwachten we dat u ons in dit geval toch wilt vertellen of u iets weet van de relaties van de heer Hazebrink.'

Angela is even stil. Dan zegt ze: 'In de jaren dat zijn vrouw nog leefde, ging hij om met een getrouwde vrouw. Ik weet dat, omdat je als secretaresse nu eenmaal iemands agenda beheert. Ze zal het niet prettig vinden als ik je haar naam geef. Ik aarzel dus.'

'Natuurlijk zullen we omzichtig te werk gaan. Ik beloof u dat we heel discreet zullen zijn,' zegt Leonie.

'Daar vertrouw ik dan maar op,' zegt Angela. 'Die zoon van Theodoor heb ik nooit vertrouwd. Hij is een onopvallende man, maar dat hij tot slechte daden in staat zou zijn, verbaast me niet. Hij heeft geen open blik.' Ze noemt de naam en het adres van een vrouw in Bunnik. Gelukkig niet in Zuid-Limburg, denkt Leonie.

Tina van der Waals heet ze. Ze woont in een rijtjeshuis aan de rand van Bunnik, met haar man en haar twee kinderen, tieners. Job en

Leonie zijn er samen heen gereden, ze hebben de auto in de buurt geparkeerd. Ze aarzelen of ze zullen aanbellen. Misschien doet haar man open. Anderzijds, het kan uren duren voordat er iets gebeurt en tijd is nu juist waaraan het ze ontbreekt. Maar ze hebben geluk. Een vrouw komt naar buiten in gezelschap van twee grote honden. Ze is een jaar of veertig en heeft een verzorgd uiterlijk. Ze moet het haast wel zijn.

Job en Leonie hebben geen tijd voor langdurig wikken en wegen hoe ze het zullen aanpakken. Ze zijn allang blij dat ze Tina van der Waals treffen en doen een schietgebedje dat ze een beetje zal meewerken. Als ze ver genoeg naar hun zin van het huis verwijderd is, lopen ze naar haar toe.

'Mevrouw Van der Waals?'

'Ja, dat ben ik,' zegt ze verbaasd. Een vrolijk gezicht, dat geeft hoop.

'Mijn naam is Job Reders en dit is mijn dochter Leonie,' zegt Job. 'We zijn privédetectives.'

Tina schrikt.

'U hoeft niet te schrikken,' zegt Leonie. 'We willen u alleen iets vragen. Het is belangrijk.'

Nu schrikt ze helemaal. De honden voelen het en beginnen te grommen. Tina trekt ze naar zich toe.

'Waar gaat het over?' vraagt ze.

'Het gaat om Theodoor Hazebrink.'

Tina wordt nu bleek. De honden grommen harder.

'We begrijpen dat u hem goed kende,' zegt Job.

'Gaat wel.' Het vrolijke gezicht heeft een sluier gekregen.

'Het is van het allergrootste belang dat wij vandaag nog aan het DNA van Theodoor Hazebrink komen,' zegt Job. 'Het is echt van groot belang.'

Nu kijkt Tina verbaasd. 'Zijn DNA? Weet u niet dat hij is overleden? Al drie jaar geleden.'

'We weten het. En juist daarom komen we bij u. Hebt u misschien nog iets wat heeft toebehoord aan Theodoor, iets wat sporen DNA zou kunnen bevatten? Een sjaal, een tandenborstel, een trui?'

'Hoe komt u erbij dat ik...'

'Mevrouw Van der Waals,' zegt Job, 'het gaat ons niets aan wat uw relatie was met meneer Hazebrink. En we zullen daar vanzelfsprekend ook met niemand over spreken, maar we moeten echt voor morgen zijn DNA hebben. Het gaat om een moordzaak.'

'Een moordzaak? Wordt Theodoor beschuldigd? Na zijn dood? Welja zeg, dat is te gek voor woorden. Daar werk ik niet aan mee.'

'Nee, nee,' zegt Leonie. 'Theodoor wordt niet beschuldigd. Iemand anders wordt van een heel andere moord beschuldigd. Het is een ingewikkeld verhaal. We willen het u natuurlijk uitleggen als u tijd hebt.'

'Nou vooruit, kom dan maar even mee naar huis,' zegt Tina. 'Jullie maken me nieuwsgierig.' De honden kwispelstaarten weer. Job en Leonie lopen met Tina en haar dieren mee. De beesten sluit ze thuis op in een zijkamertje. Ze laat Job en Leonie in de woonkamer, wijst ze een zitplaats en blijft zelf staan met haar armen over elkaar. Ze verspilt geen tijd aan koffiezetten of andere inleidende bezigheden. Gelukkig. Job begint te vertellen en halverwege gaat Tina toch in een diepe stoel zitten. Ze zakt erin weg zoals ze wegzakt in het verhaal dat Job vertelt.

'Wat gruwelijk,' fluistert ze als Job is uitgepraat. 'Die man moet inderdaad gepakt worden. Nu zal *ik* vertellen.'

Ze is tweeënveertig jaar. Theodoor was achtenzestig. Maar dat maakte niet uit. Ze hield van hem. Tussen haar en haar man is het jarenlang niets geweest, Kars was altijd naar het buitenland, vaak voor een paar maanden, hij zal vermoed hebben dat zijn vrouw een minnaar had, maar gaf er niet om. Tina is kapster, ze werkt drie dagen in de week, vroeger in Amsterdam, tegenwoordig in Odijk. In de Amsterdamse knipperiode heeft ze Theodoor leren kennen. Hij keek naar haar via de spiegel en zij deed alsof ze het haar achter zijn oorlel probeerde te trimmen, maar stiekem keek ze ook naar hem, naar zijn ogen, naar zijn mond.

Steeds vaker bezocht Theodoor zijn kapster, zodat zijn haar onvermijdelijk steeds korter werd. Maar wat groeide waren hun gesprekken en zo groeide ook hun band. ‘Echt, ik hield van die man,’ zegt ze. ‘Hij vertelde me over zijn moeilijke vrouw – en nou weet ik heus wel dat mannen altijd over hun moeilijke vrouw beginnen als ze iets van je willen – maar ik geloofde hem toch. Enkele jaren heeft het geduurd. Toen overleed zijn vrouw en ik was zo naïef te denken dat hij mij nu met open armen in zijn leven zou ontvangen en dat ik weg zou kunnen gaan bij Kars. Maar zo ging het niet. Theodoor zette onze relatie op dezelfde geheime voet voort. Ik was ontgoocheld. Wilde de belangrijke bankier niet met een gewone kapster gezien worden? Het heeft me moeite gekost, maar ik heb de relatie uiteindelijk verbroken. Theodoor was beledigd. Hij was gewend de touwtjes in handen te hebben, ik vermoed dat hij meestal degene was die zijn vriendinnen aan de kant zette in plaats van andersom, want dat ik niet zijn eerste affaire was, had ik intussen wel begrepen. Maar ik heb voet bij stuk gehouden, al waren we jaren samen geweest.’

Job en Leonie zien de tijd wegtikken. Zou Tina nog iets van de heer Hazebrink bezitten waar DNA op is te vinden? Zou ze misschien wat van zijn afgeknipte haar hebben bewaard?

‘Nee hoor, zijn haar was de moeite niet waard,’ zegt Tina. ‘Maar ik heb wel iets anders. Ik haal het even.’

Job en Leonie zitten in spanning alsof ze op een juryuitspraak zitten te wachten.

Tina stommelt de trap op en komt terug met een potje dat ze aan Leonie geeft. Die maakt het open en laat het dan meteen van schrik bijna uit haar handen vallen. In het potje zit een grote gele kies.

‘Ik hield van die man, dat zei ik toch,’ zegt Tina. ‘Toen hij deze kies op een dag moest laten trekken, ben ik met hem meegegaan naar de tandarts. En ik heb gevraagd of ik de kies mocht hebben. Ik kon het niet verdragen dat er lichaamsdelen van Theodoor bij het vuil zouden worden gezet. Hij vond me getikt, maar ik geloof dat de tandarts het wel begreep. Die heeft de kies in dat potje gedaan en hem aan mij gegeven. Ook nadat ik het had uitgemaakt met Theodoor heb ik de kies bewaard.' Ze haalt een beetje verlegen haar schouders op. 'Idioot hè. Sentimenteel. En ook om mezelf te waarschuwen dat ik me nooit meer zo in een verliefdheid zou storten. Ik was gewoon gek in die tijd, maar Theodoor was echt een bijzondere man met een grote aantrekkingskracht. Op mij in elk geval. Als hij iets zei, geloofde je erin, wist je dat het de beste oplossing voor je probleem was. Neem die kies maar mee, ik hoef hem niet meer. Eigenlijk wel fijn om ervan af te zijn.'

Job en Leonie weten zich even geen houding te geven. Dan vraagt Job of Tina op papier wil zetten dat deze kies toebehoorde aan Theodoor Hazebrink. Ze aarzelt. Dat wil ze liever niet, met haar huwelijk gaat het nu juist zoveel beter, ze wil niet dat haar man erachter komt.

'Wilt u ons dan de naam geven van de tandarts van Hazebrink? Die heeft misschien nog foto's van zijn gebit en zal de kies kunnen identificeren.'

Dat wil ze wel. Job en Leonie bedanken haar hartelijk, beloven nogmaals niet over haar met anderen te spreken, en nemen afscheid. In de auto kijken ze elkaar aan. Dan schieten ze in de lach. Een hele kies, een grote nog wel, stikvol DNA, wie komt erop! Maar dan worden ze weer serieus. Wat moeten ze nu doen? Ze hebben niet veel uren meer. Moeten ze eerst naar Amsterdam om de tandarts te bezoeken? Die man heeft natuurlijk een drukke praktijk. Hij zal geen tijd hebben om tussendoor een kies te identificeren. Nee, ze kunnen beter eerst het DNA van de kies laten onderzoeken bij McManner en dan bewijzen ze later wel dat de kies echt van Hazebrink was. Job belt Lidewij Zwagerman, een collega en vriendin die bij McManner werkt en wel vaker iets voor hem doet. Het is bepaald geen kleine klus om een DNA-identificatie te doen, dat kost normaal gesproken drie dagen. Maar als het echt nodig is, kán het in één dag. Lidewij zal dat kunnen en ze wil het zeker voor hem doen, en als ze vandaag niet kan, wil ze zelfs morgen haar vrije zaterdag vast wel voor Job opgeven.

Maar ze is er niet. Job krijgt een collega aan de telefoon die meldt dat Lidewij twee dagen aan het zeilen is. Vandaag en morgen. Waar? Op de Friese meren. Met wie? Met twee vriendinnen. Ze zouden een zeilschip huren. In welke haven? Dat blijkt Sneek te zijn, maar bij welk botenverhuurbedrijf, dat weten ze niet bij McManner. Zou de boot op naam van Lidewij worden gehuurd? Waarschijnlijk wel, want zij is de enige van het drietal die kan zeilen, hebben ze bij McManner begrepen.

Job probeert Lidewij's mobiel, maar ze neemt niet op. Wat moeten ze nu in vredesnaam doen?

Ook op haar huisadres wordt niet opgenomen. Vanzelfsprekend niet, want ze woont alleen.

'Is er niemand anders bij McManner aan wie je 't kunt vragen?' zegt Leonie.

'Geen kans.'

'Pap, bedenk iets. We gaan het niet op tijd redden. We hebben nog maar anderhalve dag.'

'Jacco,' zegt Job. Hij heeft Jacco naar Amsterdam gestuurd om tot nader order Jurgen Hazebrink in de gaten te houden. Dat moet dan maar even niet. Hij belt Jacco en zegt dat hij nu meteen, onmiddellijk, onverwijld, naar Sneek moet. Hij beschrijft Lidewij. Misschien overnachten zij en haar vriendinnen in Sneek, de thuishaven van de boot die ze hebben gehuurd.

'Vind haar en zeg dat ze me direct op moet bellen. Absoluut vandaag nog.'

'Is die Lidewij een stuk?' wil Jacco weten.

'Hoepel op, geilkont,' zegt Job. 'En Sneek ligt in Friesland, mocht je dat niet weten.'

Ze rijden naar huis. Intussen overleggend hoe het verder moet. Thuis neemt Leonie opnieuw de telefoon. Haar hand trilt, dit is griezeliger dan ze had gedacht.

'Nog even denken,' zegt ze. 'Kent hij mijn stem? Nee, volgens mij heeft hij die nooit gehoord.'

Ze belt Hazebrink, die gelukkig opneemt.

‘Met Carla de Boer spreekt u, ik ben de secretaresse van notaris Onderstal.’

Het is alsof ze kan horen dat Hazebrink iets rechter op gaat zitten. Maar blijkbaar is hij op zijn qui-vive, want hij zegt: ‘Dat is vreemd, uw naam was toch Zuleika? We hebben elkaar eerder gesproken.’

‘Dat is mijn collega. Ik werk twee dagen per week voor de notaris, mijn collega drie,’ bedenkt Leonie vlot. ‘De notaris is vandaag niet op kantoor, maar hij heeft me gevraagd u te informeren dat morgennacht om twaalf uur de termijn van de erfenis van uw vader afloopt. In principe kan die dan uitgekeerd worden, de notaris stelt voor dat u daarvoor maandagmorgen om tien uur op zijn kantoor komt, zou u dat schikken?’

‘Dat schikt me uitstekend,’ zegt Hazebrink kalm. ‘Maar uw collega had me hierover al gebeld. We hebben een afspraak staan voor maandagmorgen elf uur.’

‘Hé,’ zegt Leonie, ‘dan heeft de notaris zich blijkbaar vergist. Laten we het dan maar op elf uur houden. Mijn excuses.’ Leonie laat even een stilte vallen, zodat Hazebrink de tijd heeft zich lekker te verheugen. Dan vervolgt ze: ‘De notaris heeft me gevraagd u nog iets te zeggen. Maar misschien heeft Zuleika dat ook al verteld. Er heeft zich hier ten kantore een man gemeld met de naam Jonathan Warnsveld. Hij beweert uw halfbroer te zijn.’

‘O, die vent,’ zegt Hazebrink. ‘Hij is ook bij mij aan de deur geweest, maar zijn verhaal deugt voor geen meter.’

‘Het leek de notaris ook uiterst onwaarschijnlijk dat hij uw broer zou zijn, temeer daar hij zo kort voor het aflopen van de termijn is komen opdagen. Maar hij is volgens het testament verplicht de man een kans te geven zijn zaak te bewijzen.’

‘Nou, ik wens hem succes, hij heeft nog één dag.’

‘Hij heeft nog vijfendertig en een half uur.’

‘*Whatever*,’ zegt Hazebrink. ‘Hij is mijn halfbroer niet, dus hij zal dat ook niet kunnen bewijzen.’

Leonie krijgt steeds meer lef. Hazebrink zal hangen en zij gaan daarvoor zorgen.

'Notaris Onderstal is het met u eens, de kans op zo'n bewijs is klein, maar er was een geneticus aanwezig bij het bezoek van die jongeman Warnsveld en de notaris kon niet anders doen dan beloven hun het DNA van uw vader te zullen geven.'

Even is het doodstil. Dan zegt Hazebrink: 'Wat zegt u? DNA van mijn vader? Waar komt dat ineens vandaan?'

'Dat ligt al drie jaar in het vriesvak van de koelkast hier op kantoor.'

'DNA van mijn vader? Maar... hoe... Het was mij niet bekend dat er DNA van mijn vader is afgenomen toen hij dood was.'

'Natuurlijk. Het testament...'

'Maar waarom heeft notaris Onderstal mij daar nooit iets van gezegd?'

'Misschien is het u ontgaan? U was toentertijd natuurlijk in de rouw, dan hoort een mens niet alles, artsen klagen er ook vaak over dat patiënten beweren dat de arts nooit gezegd heeft dat ze terminaal ziek zijn. Wij hebben dat probleem wel vaker met cliënten.'

Hazebrink zwijgt. Hij bedenkt nu natuurlijk dat het vermoorden van Frank van Haeringen en Roderick Nijenheim volkomen zinloos is geweest als het DNA van zijn vader al die tijd doodleuk in een koelkast in het notariskantoor stond.

'Maar ik heb er indertijd nog speciaal naar gevraagd,' zegt hij. 'Hoe kan dat nou?'

'Ik weet het echt niet meneer Hazebrink, misschien kunt u dat maandag aan de notaris zelf vragen, ik werkte toen nog niet hier op kantoor.'

'Is Zuleika er niet?'

'Ook zij is er maandag weer,' zegt Leonie.

'En waar is die Warnsveld nu met dat flesje naartoe?'

'Warnsveld had een geneticus bij zich, een meneer Reders...' Leonie hoort Jurgen aan de andere kant van de lijn bijna ontploffen.

'Reders?!'

'Ja, Job Reders. Hij werkt bij een farmaceutisch bedrijf in Apeldoorn dat McManner heet. Om tien uur morgenochtend komt hij het flesje DNA ophalen om het te laten onderzoeken in zijn laboratorium. Wij kunnen dat niet verhinderen. Warnsveld heeft het recht zijn eigen DNA met dat uit het flesje te vergelijken en, zoals u al opmerkte, hij heeft nog maar enkele uren de tijd om eventuele bloedverwantschap met uw vader te bewijzen.'

Hazebrink brengt het gesprek nu snel tot een einde. Hij vraagt nog even of het echt niet mogelijk is dat hij de notaris zelf spreekt, maar Leonie zegt dat die naar een bruiloft is en de hele dag onbereikbaar. Maandag zal hij al zijn vragen kunnen stellen. Hazebrink bedankt en hangt gehaast op.

'Nou, daar is hij helemaal ingestonken,' zegt Leonie opgelucht. 'Ik ben er moe van. Jakkes. Doodeng om met die griezelige moordenaar te praten.'

'Er is geen tijd om moe te zijn,' zegt Job streng.

'Toch ben ik het. Vader alsjeblieft, laten we even stilstaan bij wat we aan het doen zijn. We dachten steeds dat Hazebrink een onbelangrijk oplichtertje was. Nu weten we dat hij een gruwelijke moordenaar is. Hij staat voor niets. Hij vermoordt onschuldige huisvaders louter en alleen om geld. Misschien heeft hij zijn vader ook om zeep geholpen, wie zal het zeggen. Hij heeft veel moeite gedaan om die moorden te plegen. Hij moest te weten zien te komen wie de nieren had ontvangen, hij moest zich verdiepen in het leven van deze mensen, hij moest aan een wapen zien te komen. Dat heeft die gladjakker er allemaal voor overgehad. Haal je voor de geest wat hij met het lichaam van Frank van Haeringen en helemaal met dat van Roderick Nijenheim heeft gedaan. Die afschuwelijke verbranding in de buurt van Dalfsen, die afgrijselijke slachtpartij in Haamstede. En hij kent ons allemaal. Hij kent jou, hij kent mij, hij kent Zoë...'

'Jacco kent hij niet.'

'Maar hij is slim, slimmer dan hij eruitziet. Op dit moment is deze gruwelijke moordenaar aan het nadenken. Hoogstwaarschijnlijk is hij een moordaanslag op jou aan het beramen. Of weet ik veel, hij gaat mij gijzelen om jou te chanteren. Of hij gaat toch achter Jonathan aan. Of misschien is hij achter het bestaan van Manon gekomen en doet hij haar iets aan. Of hij realiseert zich dat het wel heel vreemd is dat er in een notariskantoor een flesje DNA wordt bewaard. Bewaar je DNA trouwens wel in flesjes? En in een vriesvak? Wij hebben geen idee, we zeggen maar wat.'

'Bedaar,' zegt Job. 'Hebben we geen idee? Ik heb mijn halve leven in laboratoria gewerkt. Ik weet alles van reageerbuisjes, retorten en erlenmeyers. Je onderschat mijn formidabele vakkennis op het gebied van flesjes en flessen.'

Leonie lacht, en ja, ze bedaart wat.

'Oké, maar we hebben geen idee welke rare sprongen die maniak nu gaat maken. Hij is een meedogenloze gestoorde gek en ik vind dat een doodeng idee. Ik vind echt dat we nu de politie erbij moeten halen.'

25

De vrijdagmiddag loopt ten einde. Leonie belt al een half uur met Jonathan, die ze op de hoogte brengt van alle ontwikkelingen. Jonathan is onthutst over de daden van zijn mogelijke halfbroer, maar ook is hij ontroerd door de inspanningen die Job en Leonie zich getroosten om het DNA van de bankier op te sporen.

'Als ik de erfenis inderdaad krijg, krijgen jullie allebei de helft.'

'Grapjanus,' zegt Leonie, 'wat blijft er dan voor jou over?'

'O ja. Nou, maar tien procent vindersloon is wel het minste,' zegt hij.

'Zo,' zegt Leonie. 'En als het om tien miljoen gaat?'

'Dan helemaal.'

''t Is goed hoor, zover is het nog niet. Maar Jonathan, kijk voorlopig alsjeblieft uit je ogen en blijf bereikbaar. Misschien hebben we je morgen nodig. Ja, wacht eens. We hebben in ieder geval je DNA nodig. Stom dat we daar niet eerder aan hebben gedacht. Kun je naar Amersfoort komen met een wattenstaafje? Vanavond nog? Een beetje wangslijm schijnt het handigst te zijn.'

Dan belt Job naar Jacco. Voor de zoveelste keer. Die zegt dat hij niet wist dat er zo veel zeilscheepjes op de wereld waren, allemaal met thuishaven Sneek, en allemaal in de verhuur, zelfs in dit seizoen. Job moet geduld hebben en niet steeds bellen.

Wachten als je in spanning zit kost energie. Je wordt er doodmoe van. Je hebt geen zin in eten. Je wilt het liefst aan de drank, maar Job en Leonie beseffen dat ze nuchter moeten blijven. Ze drentelen door de kamer, bladeren gedachteloos door de krant, drinken te veel koffie.

'Kun je dat DNA niet zelf analyseren?' vraagt Leonie aan haar vader.

‘Nee, dat kan ik niet. Ik weet wel hoe het moet, maar ik heb noch de handigheid, noch de bevoegdheid om het zelf te doen. Mijn analyse zou niet worden erkend. Daar gelden strenge regels voor.’

‘Hoe doe je het eigenlijk?’

‘Heb je een uurtje?’ vraagt Job.

‘Het principe, dat kun je toch uitleggen? In het kort?’

‘Goed. DNA is een lange keten van stikstofbasen. Dat zijn verbindingen van stikstof met in ieder geval waterstof en zuurstof. De volgorde van de stikstofbasen in het DNA van het ene organisme is anders dan de volgorde bij een ander organisme. Stel je nu voor dat je een DNA-keten splitst in kleine stukjes. Je geeft al die stukjes een elektrische lading. Dan leg je een elektrisch veld aan. De geladen deeltjes gaan daarin bewegen, maar met verschillende snelheid. Dat proces heet elektroforese. Na een tijdje maak je zichtbaar waar ieder DNA-fragmentje zich op dat moment bevindt. Het patroon dat je dan ziet is voor het DNA van de ene persoon anders dan van een ander. Maar het DNA van bloedverwanten geeft patronen die veel op elkaar lijken. Het is een stuk ingewikkelder dan ik nu beschrijf, maar zo heb je een idee.’

‘Dank u, professor,’ zegt Leonie.

En dan, tegen half negen, belt Lidewij.

‘Wat is er?’

‘Geen doden of gewonden,’ zegt Job. ‘Een heel dringende klus. Ik moet morgenavond het DNA bepaald hebben uit een kies die een jaar of acht geleden is getrokken. En dat moet worden vergeleken met DNA op een wattenstaafje.’

‘Dat zal niet lukken,’ zegt Lidewij.

‘Het kan toch in een dag, als het moet?’

‘Ja, het kan, maar je vindt geen instantie die dat op zaterdag, en dan nog binnen een dag, gaat doen. Particuliere instanties nemen er twee weken voor, geloof ik.’

‘Daarom bel ik jou. Daarom heb ik je laten opsporen op de Friese meren.’

‘Echt niet, Job. Ik ben hier met twee vriendinnen die zelf niet kunnen zeilen.’

'Het is van het allergrootste belang, Lidewij. Ik doe alles voor je als je morgenochtend naar het laboratorium komt. Ik schenk je een vervalste Mondriaan. Ik laat een terracotta standbeeld van je maken. Ik word je minnaar voor zeven dagen. Wat je maar wilt.'

'Vooral dat laatste aanbod is verleidelijk,' zegt Lidewij, 'maar ik kan het mijn vriendinnen, die vrij hebben genomen, die zich weken hebben verheugd, niet aandoen.'

'Zeg tegen ze dat ik hun allebei een zeilcursus aanbied, die ik zelf geef of waarvoor we iemand vinden, naar hun keuze. Zeg dat het om leven of dood gaat. Lidewij, alsjeblieft.'

'Ik bel je over een half uur weer.'

Dat doet ze. Intussen is Jonathan gearriveerd met een doos wattenstaafjes in zijn tas. En een tandenborstel, want Leonie heeft hem opnieuw gebeld om te zeggen dat hij beter kan blijven overnachten, vooral voor de veiligheid. Je weet maar nooit wat die Hazebrink van plan is.

Lidewij belt dus. Ze zegt dat ze morgenochtend om acht uur in het laboratorium zal zijn. Ze geeft Job de adressen van de twee vriendinnen en zegt te verwachten dat daar om te beginnen enorme bossen bloemen naartoe zullen gaan. Ze zegt dat Job de rekening voor het voor niets huren van de zeilboot tegemoet mag zien. Ze zegt dat ze verwacht dat Job tot in lengte van jaren kopjes koffie voor haar in de kantine zal halen, te beginnen morgenochtend. Einde bericht. Ze heeft de verbinding al verbroken voordat Job kreten van dankbaarheid kan slaken.

Ruim een uur later is ook Jacco weer present na, zoals hij zegt, een slopende rit vanuit Sneek. Hij maakt kennis met Jonathan en begint een uitvoerig verhaal over de manier waarop hij Lidewij heeft opgespoord, waar niemand echt aandacht voor heeft.

'Het plan voor morgen,' zegt Job. 'Ik ben er niet voor om de politie in te schakelen, Leonie. Veel te veel heisa, en wat we ze kunnen vertellen is ook te weinig concreet. We weten niet wat Hazebrink gaat doen, de man is sluw en onvoorspelbaar. Jacco, heb je je makker in Amsterdam bereikt? Kan hij van de partij zijn?'

'Vanzelf.'

'Dan stel ik het volgende voor. Ik ga om acht uur naar McManner met de kies en Jonathans wangslijm. Lidewij gaat aan het werk. Dan rij ik naar Amsterdam. Dat doen ook Leonie en Jonathan, in een auto die jullie morgenochtend moeten huren. Jacco is daar dan al, met Gerard. Ik ben om tien uur bij het kantoor van de notaris. Hij heeft me beloofd er te zullen zijn, zodat er open wordt gedaan als ik aanbel. Ik ga kort naar binnen en kom terug met een tasje in mijn hand. Jullie hebben de omgeving al onopvallend verkend en jullie volgen me. De grootste kans dat Hazebrink iets probeert is als ik in mijn auto stap, of als ik er bij McManner weer uitstap. Ik kan me niet voorstellen dat hij iets kan beginnen als ik onderweg ben. Tot dusverre heeft hij grotendeels alleen gewerkt, voor zover we weten.'

'Het kan ook anders lopen,' zegt Leonie. 'Hazebrink zit daar ergens als een tweede Oswald achter een raam met een geweer. Op het moment dat jij naar buiten komt, schiet hij je morsdood. Daarna rent hij naar je ontzielde lichaam en grijpt het tasje. Wij overmeesteren hem, hij verdwijnt achter de tralies, en op je grafsteen komt te staan: de dief is gepakt.'

Job lacht. 'Welnee, dat kan hij allemaal niet zo gauw organiseren. En hij is veel te kleurenblind om mijn kleurrijke gestalte te onderscheiden. Bovendien zouden jullie hem allang hebben ontdekt achter dat raam. Volgens mij doet hij het als volgt: op het moment dat ik naar buiten kom, staat hij bij de deur. Hij grist het tasje uit mijn hand en rent ermee weg. Maar dat verhinderen jullie.'

'We weten niet hoe hij het aanpakt,' constateert Jacco. 'Maar dat hij iets onderneemt, lijkt me zeker. Hij heeft die twee mannen niet voor nop omgebracht.'

Ze brengen een onrustige nacht door. Om kwart voor acht is Job bij McManner. Tien minuten later arriveert Lidewij, op de fiets. Hoewel het zaterdag is, zijn ze lang niet de enigen. Heel wat afdelingen van het bedrijf hebben continudienst, er zijn minstens veertig mensen in het gebouw. Ook de kantine is bemand, zodat Job de eerste koffie aan kan dragen. Lidewij is een schat. Haar gezicht is gebruind door een dag op het water. Met een vrolijke grimas zegt ze dat er voor haar niets heerlijkers bestaat dan op zaterdagmorgen op het bedrijf een routineklus te gaan doen. Je beseft dan dat het leven zin heeft, wat is er mooier dan arbeidsvreugd. Job geeft haar de kies van Hazebrink senior en het wattenstaafje van Jonathan.

'Gaat het hier om vader en zoon, dat is de vraag,' zegt Job.

'Aan het eind van de middag weet je het.'

'Je bent fantastisch. Ik moet nu naar Amsterdam, omstreeks half twaalf ben ik terug.'

Hij rijdt naar Amsterdam. Hij ziet geen spoor van Jacco en zijn maat, noch van Leonie en Jonathan. Ze blijven keurig uit zicht, denkt hij. Op 't Singel kan hij vrijwel voor de deur van de notaris parkeren. Hij stapt uit en kijkt om zich heen, toch een beetje gespannen. Niets verdachts te zien. Hij belt aan bij het kantoor. Er zoemt iets, het slot klikt open. Hij gaat naar binnen, groet de notaris, haalt een opgevouwen plastic tas uit zijn zak, verfrommelt drie opgevouwen zakdoeken die hij voor dat doel heeft meegenomen en stopt die in de tas, zodat die er niet zo plat uitziet. Daarna laat de notaris hem uit. Ze geven elkaar een hand, goed zichtbaar vanaf de straat, en Job loopt zo voor het oog op zijn gemak naar de auto.

Er gebeurt niets. Hij rijdt rustig naar Apeldoorn, spiedend in de achteruitkijkspiegel, maar hij ziet niets ongewoons. Hij stapt uit, kijkt weer om zich heen: niets. Opnieuw gaat hij langs de kantine om koffie voor Lidewij te halen. Hij vindt haar, hard aan het werk, nauwelijks aandacht om hem even te groeten of te bedanken voor de koffie.

Dan trilt zijn mobiel. Leonie.

'Niets te zien, niets te horen, niets te beleven,' zegt ze.

'Ja. Vreemd, vind je niet? Maar de dag is nog niet om. Ik blijf bij Lidewij. Houden jullie het gebouw in de gaten?'

'Doen we.'

Enkele uren gebeurt er niets. Job probeert Lidewij niet te storen. Af en toe gaat hij naar zijn eigen kamer en doet een poging wat werk verricht te krijgen. Daar komt niet veel van terecht. En dan, als de dag hem lang begint te vallen, jammert er op de rustige zaterdagmiddag een alarmsignaal door het gebouw. Het houdt even aan en daarna zegt een stem door de overal aanwezige luidsprekers: 'Iedereen moet het gebouw onmiddellijk verlaten. Er is een bommelding binnengekomen.'

Job rent naar het laboratorium waar Lidewij aan het werk is.

'Kom mee, naar buiten.'

'Geef me dat flesje DNA-polymerase even aan,' zegt Lidewij. '*Hittebestendig* moet erop staan.'

'Er is een bommelding, dat hoorde je toch? Kom mee.'

'Ik heb de DNA-moleculen van het wattenstaafje vermenigvuldigd, nu ben ik bezig met die van de kies.'

'Mee naar buiten.'

'Beste Job,' zegt Lidewij, 'het is toch duidelijk dat die bommelding komt van de man die jij te grazen wilt nemen. Het is toch vals alarm. Hij wil ons uit het laboratorium hebben.'

'Hoogstwaarschijnlijk,' zegt Job. 'Maar niet zeker. Ik wil niet dat je risico loopt. Bovendien komt de bewakingsdienst ons er zo dadelijk uitgooien.'

'Als ik het werk nu onderbreek, krijg je je resultaat vandaag niet meer.'

'Over enkele uren mogen we wellicht weer naar binnen. Krijg je het dan vanavond klaar?'

'Misschien.'

'Kunnen we dingen meenemen zodat je buiten het laboratorium nog iets kunt doen?'

'Nee, ik heb de apparatuur die hier staat nodig. Wacht jij even hier.'

Ze sprint weg en is heel kort daarna terug met de ketting waarmee ze haar fiets aan het hek had geketend.

'Ik vertrouw het simpele slotje van de deur hier niet,' zegt ze. Ze verlaat met Job de ruimte waar ze aan het werk was, en haalt de fietsketting door de handvatten van de schuifdeuren.

Buiten treffen ze een kleine schare druk pratende en gebarende mensen. Job belt Leonie en vertelt wat er aan de hand is. Zijn vier bewakers houden zich uit zicht.

'Truc van Hazebrink,' constateert Leonie.

'Ongetwijfeld. Gaan jullie maar naar ons huis. Ik bel wel als er nieuws is.'

Zelf gaat hij met Lidewij broodjes eten in een restaurantje in de buurt. Vier uur moeten ze zoekbrengen. Dan meldt de bewakingsdienst eindelijk dat er geen bom is gevonden.

Lidewij gaat weer aan het werk, onverstoorbaar. Job belt de notaris thuis om aan te kondigen dat het later wordt.

'Belt u me als u met het rapport kunt vertrekken,' zegt de notaris. 'Dan kom ik naar 't Singel. Ik blijf de hele dag thuis bereikbaar.'

Om acht uur 's avonds heeft Lidewij resultaat.

'Bloedverwantschap evident,' deelt ze met een officiële stem mee. 'Kijk zelf maar.'

Job kijkt naar de DNA-'fingerprints' op de computer en stelt net als Lidewij vast dat er geen twijfel mogelijk is. Lidewij maakt een afdruk en tikt een rapportje, waarin staat dat met 99 procent zekerheid is vastgesteld dat de twee DNA-moleculen laten zien dat er bloedverwantschap in de eerste graad is. Job bedankt haar, kust haar en zegt dat hij haar helaas niet thuis kan brengen, hij moet onmiddellijk naar Amsterdam. Hij belt notaris Onderstal en zegt dat hij nu vertrekt. Hij brengt ook Leonie en de anderen telefonisch op de hoogte. Hij hoort dat de maat van Jacco nu in Amsterdam is en daar Hazebrink nog aan het eind van de middag heeft gezien. Hij zal denken dat met de bommelding genoeg tijd is gewonnen om de DNA-analyse afdoende te vertragen. Lidewij gaat naar haar fiets, Job loopt naar zijn auto. Die staat in een donkere hoek van het verlaten, nauwelijks verlichte parkeerterrein. Hij ontgrendelt de portieren met de afstandsbediening, gaat op de bestuurdersplaats zitten, legt het rapport van Lidewij op de zitplaats naast zich, maar voor hij de sleutel in het slot kan steken om te starten, wordt zijn portierdeur opengerukt en kijkt hij in de loop van een pistool.

'Hernieuwde kennismaking,' zegt Jurgen Hazebrink.

Vreemd hoe je hersens kunnen werken onder ongebruikelijke omstandigheden. Job verbaast zich er vooral over hoe deze man verschilt van het kruiperige sluwe zakkenrollertje dat probeerde meneer Gans valse diamanten te verkopen. Toen droop de karakterzwakte van het gezicht, nu kijkt hij in een gelaat met harde vastbesloten lijnen en koude, genadeloze ogen. Hij maakt zich weinig illusies, deze man is een berekenende moordenaar.

'Eruit, gezicht naar de auto, en geen geluid,' beveelt Hazebrink.

Hij blijkt tape bij zich te hebben, waarmee Jobs handen op zijn rug worden samengesnoerd.

'In die envelop daar op de zitting bevindt zich ongetwijfeld een verklaring dat Warnsveld de natuurlijke zoon is van wijlen mijn stiefvader,' zegt Hazebrink. 'Kruip jij maar braaf in de kofferbak. Er ligt al een groot stuk plastic voor je klaar. Makkelijk hè? Kan ik je lijk achter mekaar in wikkelen.'

Jobs hersens werken als een opgevoerde motor. 'Je kunt me nu wel doodschieten en er met dat rapport vandoor gaan, maar dat zou heel onverstandig zijn. De halve wereld weet dat ik hier ben en vermoedt dat jij achter dat rapport en achter mij aan zit. Als ik niet heel snel wat van me laat horen, wordt er binnen de kortste keren alarm geslagen. Ik word ongetwijfeld snel gevonden. Bovendien wordt er spoorslags een kopie van de verklaring naar notaris Onderstal gebracht. Jij wordt hoe dan ook opgepakt wegens verdenking van de moord op mij, en de erfenis kun je op je buik schrijven. Dus, Jurgen Hazebrink, als ik je raden mag, ga niet ondoordacht jezelf in de nesten werken.'

Hazebrink heeft de kofferbak geopend. 'Vooruit, d'r in,' snauwt hij, maar Job meent te horen dat er iets is veranderd aan Hazebrinks stem. Hij hoort onzekerheid. Hij duwt Job hardhandig de kofferbak in, plakt een paar lagen tape over zijn mond en slaat de klep dicht.

Job ligt zeer oncomfortabel. Maar ik leef, denkt hij verbaasd.

Hij kan horen dat Hazebrink op de voorbank gaat zitten, en hij meent te ruiken dat hij een sigaret opsteekt.

Langzaam tikken de seconden weg. Op de parkeerplaats blijft het stil. Job verwacht niet dat iemand Hazebrink zal zien zitten, en al helemaal niet dat iemand zal bedenken dat er een man in de kofferbak ligt.

Zijn hoop is op Jacco en Leonie gevestigd. Ze zullen niks meer van Job horen. Wanneer zullen zij iets gaan ondernemen en wat? Zijn schouder begint behoorlijk pijn te doen.

In Jobs binnenzak trilt zijn mobieltje. Dat is Leonie, denkt hij. Hij kent haar door en door. Ze heeft uitgerekend dat hij intussen klaar moet zijn bij de notaris en wil weten of alles goed is gegaan. Er is natuurlijk geen sprake van dat hij kan reageren. Vijf minuten later trilt de mobiel opnieuw. En weer vijf minuten later nog eens.

Nu dringt ongetwijfeld tot Leonie door wat hij besefte toen hij in de loop van het pistool keek: ze zijn oliedom geweest door aan te nemen dat het gevaar voorbij was toen de bommelding was ontzenuwd. Het spoortje hoop zwelt aan. Leonie en Jacco gaan naar hem op zoek, daar is hij van overtuigd. Het mobieltje blijft trillen.

Foute boel, denkt Leonie als haar vader niet antwoordt. Helemaal fout. Waarom hebben Jacco en zij hem niet opgewacht aan de poort van McManner? Hoe kon ze zo lichtvaardig denken dat het gevaar was geweken? Job is in levensgevaar, denkt ze. Je zult zien dat hij in handen is van Hazebrink, van die psychopaat. Of erger.

'Jonathan, pas op het huis,' zegt ze autoritair, maar haar stem is vaster dan haar maag. Die kronkelt van de zenuwen alsof een nest slangen zich er heeft gehuisvest. 'Doe voor niemand open. We zijn oer en oerstom geweest. Jacco en ik gaan op onderzoek uit.'

Het is een kleine drie kwartier rijden naar McManner, maar ze zijn er in een half uur. Als ze in de buurt komen van het parkeerterrein dooft Jacco zijn lichten.

'Het kan geen kwaad om even onopgemerkt te blijven,' fluistert hij.

Het parkeerterrein is in de duisternis van de zaterdagavond gehuld.

'Mijn vaders auto stond daar links in de hoek, weet je nog?' fluistert ook Leonie.

Jacco knikt. 'En volgens mijn valkenogen staat hij daar nog steeds.'

Er lijkt niets te bewegen in de auto, die ze omzichtig van achteren benaderen.

'Volgens mij zit er iemand op de bestuurdersplaats,' zegt Jacco.

Leonie wil erop afstormen, bang dat Job daar zit, dood, of minstens met een schotwond of een hartinfarct, maar Jacco houdt haar tegen. 'Dat is Job niet, zeg ik je.'

'Wie dan? Is het Jobs auto wel?'

'Dat gaan we uitzoeken.'

Gebukt en met snelle, geruisloze stappen lopen ze op de auto af. Jacco rukt het portier open. Hazebrink graait naar het pistool, dat op de stoel naast hem ligt. Maar Jacco is iemand die zich jarenlang staande heeft moeten houden in een crimineel circuit. Ofschoon de mannen van ongeveer gelijk postuur zijn – geen van beiden echte krachtpatsers – is Hazebrink geen partij voor hem. Bovendien staat Jacco en zit Hazebrink en was Hazebrink nergens op verdacht. Hij krijgt een kanjer van een dreun in zijn gezicht en voor hij beseft wat er aan de hand is, wordt hij uit de auto gesleurd. Er volgt nog een schop tegen zijn hoofd en dat is genoeg om hem buiten westen te brengen. Jacco wil het pistool grijpen, maar Leonie roept: 'Pas op, vingerafdrukken.' Met een zakdoek in haar hand vist ze zelf het pistool van de bank.

Pas dan horen ze een zacht gebonk, of eigenlijk is het meer een schudden van de auto. De kofferbak is snel geopend. Job wordt eruit geholpen, de tape wordt van zijn mond en handen verwijderd. Het eerste wat hij doet is op zijn horloge kijken. 'Twee voor elf,' zegt hij. 'Mijn telefoontje.'

Hij schudt Leonie, die aan zijn hals hangt, van zich af en voor hij iets ter verklaring zegt, toetst hij het nummer van de notaris. Die neemt direct op.

'Meneer Reders,' zegt hij, 'ik zit al uren te wachten op uw komst. Ik probeer ook al een tijd u te bellen, maar u nam niet op.'

'Ik leg het u straks allemaal uit, notaris. Hazebrink junior heeft mijn komst vertraagd. U begrijpt wel waarom. Maar ik haal het niet meer. Wilt u alstublieft de termijn met een half uur verlengen?'

'Nee, meneer Reders, dat kan ik niet doen,' zegt de notaris. 'Ik ben gebonden aan mijn beroepseed.'

'Mag ik u het rapport dan mailen? Leonie kan het over drie kwartier gescand hebben en dan kunt u het iets later op uw mailadres ontvangen.'

'Helaas,' zegt notaris Onderstal, en zijn stem klinkt ambtelijker dan ooit een ambtelijke stem heeft geklonken, 'ik heb het document zelf nodig, met de handtekening van de opsteller.'

'Ik kan onmogelijk voor middernacht in Amsterdam zijn,' zegt Job somber. Maar de notaris zegt opgewekt: 'Het probleem is oplosbaar.'

'Hoe dan?'

'Mijn auto staat voor de deur. Ik stap over enkele minuten in en rij naar Bussum. Naar De Rode Klaverbeek. Kent u dat? Daar is een parkeerterrein.'

'Jazeker, dat ken ik heel goed.'

'We kunnen daar beiden nog net voor twaalf uur zijn.'

'Meneer Onderstal, ik race.'

'Jacco, duizendmaal bedankt, gabber, bewaak deze snoodaard. Breng hem zolang maar in het souterrain bij ons thuis, dat ken je nog wel. Ik vertel je straks wat er is gebeurd. Leonie, kom mee. Ligt het rapport nog in de auto? Ja, het ligt er.'

Leonie geeft Jacco het pistool, met zakdoek en al, en voor de zekerheid ook de huissleutel.

Om tien voor twaalf zijn ze op het parkeerterrein bij Bussum. Ook pikdonker natuurlijk. De notaris is er nog niet. Ze turen in de richting vanwaar ze verwachten hem te zien aankomen. Geen auto draait het parkeerterrein op. Twee voor twaalf. Nog steeds niets. Job kijkt op zijn horloge. Voor ze het weten is het vijf over twaalf, en dat is het moment dat dan toch een auto aan komt rijden en vlak voor hen stopt. Job doet het portier open en Leonie propt de notaris het dossier in handen.

'Alstublieft, het rapport over het DNA van Warnsveld en van Hazebrink senior.'

De notaris neemt het dossier aan en haalt een ouderwets horloge dat aan een kettinkje in zijn vestzak zit tevoorschijn.

'Te laat?' vraagt Job. 'Het is nog maar vijf minuten over tijd.'

Notaris Onderstal stapt uit en kijkt in het licht van de koplamp van zijn auto op het horloge.

'U loopt voor, meneer Reders. Kijkt u maar, het is vijf voor twaalf. Ik stel vast dat ik het rapport op tijd heb ontvangen.'

Job en Leonie kijken elkaar aan. Ze vermoeden beiden dat de notaris onderweg zijn horloge tien minuten achteruit heeft gezet, toen hij begreep het niet op tijd te zullen halen. Maar dat zal hij nooit toegeven.

'Dat is ook zo,' zegt Leonie. 'Jouw horloge loopt immers altijd voor.' Dan stapt ze op de notaris toe en kust de enigszins onthutste man op beide gladgeschoren wangen.

'Ik ben Leonie Reders,' zegt ze. 'En u bent met voorsprong de beste notaris van Nederland.'

26

Ze zijn met zijn tienen, een gemêleerde groep, maar toch voelen ze zich met elkaar verbonden. Alain heeft hen uitgenodigd voor een diner in Gillestein, een prachtig restaurant midden op de Veluwe. Ook al ligt Gillestein afgelegen, de zaal is vol mensen die wellevend met elkaar converseren. In een hoek speelt een pianist op een glanzende zwarte vleugel nocturnes van Chopin. Op alle tafels branden kaarsen die het tafelzilver doen flonkeren en waarvan het licht wordt weerkaatst in de ogen van de gasten.

Het gezelschap dat door Alain is uitgenodigd, zit om een grote ronde tafel.

Jacco weet niet goed raad met zijn houding in een restaurant als dit. Hij had liever een frietje, met kroketten en een groot glas bier gehad. Hij heeft zich op zijn Jacco's uitgedost, licht pak, paarse das en het haar strak in de gel. Leonie heeft het voordat ze gingen zitten even met affectie en huivering aangeraakt. Al zou het stormen, het zou niet uit model raken. Zoë, die naast hem zit, geeft hem subtiel aanwijzingen over welke vork aan de beurt is en waar hij zijn servet moet laten. Hij volgt ze op met een grijns, maar hij maakt niet de indruk dat hij het samen met Chantal ook zo gaat doen in de toekomst.

Thomas Godschalk, de inspecteur, geniet zichtbaar van de chique sfeer. Zijn gezicht is rood en glimt, van blijdschap, van trots, maar vooral van bovenmatige teamgeest. Hij kan nauwelijks stilzitten, zijn benen wiebelen onder de tafel en met zijn vingers trommelt hij voortdurend deuntjes waarvan alleen hij de melodie hoort.

Mevrouw Benjamins heeft zich laten verleiden ook te komen. Alain heeft haar opgebeld en gezegd dat hij het diner in de eerste plaats gaf om haar te ontmoeten. Zijn vader heeft zijn leven lang van haar gehouden zonder dat Alain dat wist. Hij vindt het een voorrecht dat hij op deze manier toch nog een belangrijk aspect van zijn vaders leven leert kennen. Ze mag niet ontbreken. Nu zit ze naast Alain en hij behandelt haar als een koningin. Hij denkt aan haar nier, die eens zijn vaders nier was.

Aan de andere zijde van Alain zit de graaf. Ook hij wilde aanvankelijk beslist niet komen. Opnieuw naar Nederland... het was de vorige keer erg vermoeiend geweest, maar Alain heeft hem met de auto opgehaald nadat hij hem ervan had overtuigd dat hij nu eenmaal deel uitmaakt van de geschiedenis van de blauwe tweeling en niet kon worden gemist. Nu geniet hij van het gezelschap 'jonge mensen' waartoe hij het complete gezelschap rekent, en hij heeft mevrouw Benjamins, Zoë, Manon en Leonie bij binnenkomst alle vier van zijn gebruikelijke handkus en charmante complimenten voorzien.

Naast Leonie zit Jonathan. Een beetje verlegen, maar wel verguld om in het gezelschap te zijn van al deze aardige mensen. Hij heeft woord gehouden, en met de notaris geregeld dat Job en Leonie allebei het vindersloon, zoals hij het blijft noemen, van de erfenis van zijn vader krijgen. Voor Job maakt dat niet zoveel uit, maar voor Leonie betekent het dat ze in financiële zin onbezorgd kan afstuderen en daarna ook best een jaar kan freewheelen.

Manon zit naast Job. Ze is mooier dan ooit en Job vraagt zich af waar dat aan ligt. Komt het door de aanwezigheid van landgenoten? In gedachten ziet hij haar weer zoals ze in Parijs was, in haar biotoop. Hij is melancholiek vanavond. Haar vingers spelen met de zijne. Toch lijkt ze ver weg. Nu laat ze zijn hand los. Alain heeft iets tegen haar gezegd, Job heeft het niet precies gehoord, ging het over een baan in Frankrijk die geknipt voor haar zou zijn? Had hij maar beter geluisterd. Ze kijkt hem aan. Job ziet schuldgevoel in haar ogen, en ook een flikkering die – verbeeldt hij het zich – zou kunnen duiden op een verandering van koers. Een nieuwe toekomst? Hij schudt de gedachte van zich af. Niet nu, niet vanavond, het is een feestavond. Hij glimlacht naar Manon, maar zijn glimlach is wat weemoedig. Is hij zelf ook toe aan een nieuwe toekomst?

'Jullie zijn echt geweldig!' zegt Thomas Godschalk voor de zoveelste keer. 'Hebben jullie al gehoord dat Verheul inderdaad degene was die het pistool heeft geleverd aan Hazebrink? Hij had het weer van Van Spangen, die hebben we ook meteen kunnen arresteren, samen met zijn maat Berkelaar. De kogel die in Dalfsen in de as van de brandstapel is gevonden, kwam uit het pistool waarmee Hazebrink de heer Reders heeft bedreigd. We hoefden maar even te suggereren dat Berkelaar en Van Spangen zelf zouden worden beschuldigd van de moorden of ze sloegen door. Wanneer komen jullie bij de politie werken?'

Iedereen lacht. Thomas is zo enthousiast, hij zit er kennelijk niet mee dat het niet de politie is die deze twee zaken heeft opgelost. Deze twee dubbele moordzaken.

'Er was chloroform in het huis van Verheul, waarvan de samenstelling overeenkwam met het restje chloroform dat we in het colablikje in de auto van de heer Sire hebben gevonden. Thuisklusserij, die chloroform.'

Alain schudt zijn hoofd. 'Het is een vreselijk idee dat mijn vader is vermoord.'

'Ja, verschrikkelijk. Ik vind het verschrikkelijk voor u. En dat meneer Benjamins is vergiftigd vind ik ook zo vreselijk.' Thomas is even stil. Iedereen trouwens. Maar dan gaat hij weer verder. Het is haast een tafelrede die hij houdt. 'Dat jullie ook de moorden in Dalfsen en Haamstede hebben opgelost! Ik vind het ongelofelijk. Mijn hoofdcommissaris peinst erover hoe hij jullie op gepaste manier kan bedanken.'

Manon zegt: 'Wat ik nou steeds niet begrijp, is dat notaris Onderstal geen DNA van Theodoor Hazebrink bezat. Er stond toch duidelijk in het testament dat eventuele kinderen, ook als ze buitenechtelijk waren, zouden delen in de erfenis?'

'Dat is zo,' zegt Job, 'maar het was natuurlijk niet de verantwoordelijkheid van de notaris om voor bewijsmateriaal te zorgen. Dat had Theodoor Hazebrink zelf moeten doen. En die heeft het verzuimd, maar hij heeft er ook nauwelijks de tijd voor gekregen. Veertien dagen na zijn bezoek aan de notaris was hij al overleden.'

Mevrouw Benjamins is stiller dan de anderen. Het heeft haar zeer geschokt dat het kind van haar mans zuster zulke vreselijke misdaden heeft begaan. Jurgen, die ze als klein jochie gekend heeft, die bij haar op schoot heeft gezeten, die met haar Nathan heeft gespeeld. Hoe kan een mens zich voorstellen dat iemand die hij goed kent tot moordenaar uitgroeit? Wie realiseert zich dat moordenaars ook moeders hebben gehad, en tantes en vriendjes, en dat ze als kind met lego hebben gespeeld en autootjes in een houten garage hebben geparkeerd? De kleine Jurgen, met zijn kleurenblindheid, was toch haar neefje geweest, en dat was hij nog, op een bepaalde manier had ze van hem gehouden. En Frederik Verheul, de opvolger van haar man, hij heeft meerdere malen bij hen gegeten, en nu blijkt hij haar Isaac en haar lieve neef Jean-Paul te hebben vermoord. Twee moordenaars in haar directe omgeving, en twee dierbaren die vermoord zijn, het is veel om te verwerken.

De ober komt het voorgerecht brengen. Alain heft het glas en heet iedereen in gebroken Engels welkom. Het is het begin van een hartelijke toespraak van hun gastheer. Nicole Benjamins lijkt hem niet te horen. Ze zit zachtjes met haar hoofd te schudden en mompelt voor zich uit, dwars door de speech van Alain heen. Ze begint steeds harder te praten, zodat Alain ten slotte maar ophoudt met zijn verhaal. Frans spreekt ze. 'Jean-Paul hield van me,' zegt ze. 'Liefde is sterker dan de dood, beweren de mensen. Jean-Paul is dood, vermoord door een hebberig mens, vermoord, slechts om een juweel, een glinsterend stukje blauw glas, de helft van een tweeling. U, meneer de graaf, u hebt uw tweeling terug. Uw vader gaf de helft ervan weg, uit liefde voor een vrouw. Jean-Paul gaf ook de helft van een tweeling weg uit liefde voor een vrouw, voor mij. Ik heb hem nog nodig, die helft. Ik kan hem niet teruggeven, ik koester hem. Het is een wonder dat de nier van Jean-Paul het al die jaren bij mij heeft uitgehouden. Misschien omdat hij uit liefde is gegeven? Mijn lieve Isaac is dood en gecremeerd. Ik heb geen graf om te bezoeken. Ik heb nagedacht. Als ik sterf, en dat zal niet lang meer duren, wil ik begraven worden bij Jean-Paul.' Ze knikt, om haar eigen woorden te bevestigen. 'Ja, ook zijn tweeling moet weer verenigd worden. Mijn man was joods moet u weten, al deed hij daar niets aan. Maar ik heb me verdiept in het jodendom, ik ben ervan gaan houden. Het speet me zelfs dat Isaac geen joodse begrafenis wou. Mooie rituelen horen daarbij. Maar gij, ga het einde tegen en ge zult rusten en opstaan tot uw bestemming aan het einde der dagen, zo zeggen joden als een geliefde is overleden. Het zijn de laatste regels van het boek Daniël. Ik geloof niet dat een lichaam compleet hoeft te zijn in de eindtijd. Als organen uit liefde zijn gedoneerd aan mensen die ze nog kunnen gebruiken zal God daarin voorzien. Maar ik vind dat ik de liefde van Jean-Paul alsnog kan eren door zijn nieren weer te verenigen na de dood. Vind je dat goed, lieve Alain? Mag ik naast je vader begraven worden? Zou je moeder me dat kwalijk nemen?'

'Ik hoop dat er nog heel lang geen sprake van is,' zegt Alain, 'maar ik ga mijn best doen ervoor te zorgen dat het gebeurt zoals u wilt.'

Van dezelfde auteurs:

Job Reders is veroordeeld voor moord. Na zeven jaar cel blijkt hij onschuldig en komt vrij. Als een soort privédetective raakt hij betrokken bij een andere moordzaak. Wie bracht de charmeur Gerard Brandenburg om het leven en waarom? Haatte zijn koele vrouw hem of vergaf ze hem zijn erotische avonturen? Brandenburg blijkt meer vijanden te hebben. Terwijl Job en zijn dochter Leonie elkaar na zeven magere jaren opnieuw leren waarderen, blijft het tot de laatste pagina's een raadsel wie de charmeur vermoord heeft.

'Ik ben mijn zonovergoten balkon niet meer af geweest voor het uit was, omdat het zo ontroerend was.' *de Volkskrant*

paperback, 304 blz.
ISBN 978 90 468 0581 7

Job Reders heeft zeven jaar in de gevangenis gezeten voor een moord die hij niet heeft gepleegd. Samen met zijn dochter Leonie wil hij de werkelijke dader ontmaskeren. Daar is hardnekkig speurwerk voor nodig. De dader vinden is één ding, maar hoe bewijs je iets wat zo lang geleden is gebeurd? Zal Job gerehabiliteerd worden?
Venijn is wederom een spannende literaire thriller van vader en dochter Terlouw.

'Een verademing in de lawine van schreeuwerige thrillers die ons de laatste tijd overspoelt. Een intelligent, spannend verhaal.' *Gooi- en Eemlander*

paperback, 256 blz.
ISBN 978 90 468 0582 4

Antoinette, eigenares van een apotheek en moeder van drie kinderen, wordt dood aangetroffen in de Kager Plassen. De politie staat voor een raadsel. Zoon Olivier is ervan overtuigd dat zijn moeder is vermoord. Als hij en zijn zusje vervolgens worden bedreigd, vraagt hij hulp aan zijn medestudente Leonie en haar vader Job Reders. Wie heeft het gedaan? Heeft Oliviers vader contacten in de onderwereld? Of is zijn vader zelf de dader? Welke rol speelt de vreemde neef in Doetinchem? Reders & Reders zijn soms ten einde raad, maar weten uiteindelijk de zaak te ontrafelen.

paperback met flappen, 256 blz.
ISBN 978 90 468 0384 4